THOMAS
KOWA

ERWACHE NIE

Neuausgabe April 2019

ERWACHE NIE

ISBN 978-3-96087-729-5
E-Book-ISBN 978-3-96087-666-3

Umschlaggestaltung: Rauschgold Coverdesign
unter Verwendung einer Abbildung von
© posteriori/shutterstock.com
Lektorat: Daniela Höhne
Satz: dp DIGITAL PUBLISHERS

Dies ist eine Neuausgabe des bereits 2016
bei dp DIGITAL PUBLISHERS erschienenen Titels
Redux – Das Erwachen der Kinder (ISBN 978-3-94529-881-7).

DER AUTOR

Thomas Kowa ist Autor, Poetry-Slammer, Musikproduzent und manchmal Weltreisender. Während in seinen Thrillern fleißig gestorben werden darf, ist es ihm in seinen absurd-komischen Romanen trotz mehrfacher Versuche noch nicht gelungen, jemanden umzubringen.

In seiner erfolgreichen Thriller-Trilogie *Schlafe tief*, *Erwache nie* und *Erhebe dich* ermittelt der charismatische Kommissar Erik Lindberg in drei packenden, für sich stehenden, aber doch miteinander verwobenen Fällen.

Seine humorvolle Romanreihe *Anna von IKEA* zeigt, dass er nicht nur für Gänsehaut, sondern auch für viele Lacher sorgen kann.

FAKTEN UND FIKTION

Büren an der Aare war im Mittelalter ein Wallfahrtsort für Kindstaufen, hunderte von bestatteten Skeletten auf dem Gelände der ehemaligen Wallfahrtskirche belegen dies noch heute.
Der Limbus – die Vorhölle für ungetaufte Kinder – war jahrhundertelang gelebter Bestandteil der katholischen Kirchenlehre und wurde erst 2007 widerrufen, als »ältere theologische Meinung, die nicht vom kirchlichen Lehramt unterstützt wird«.
1994 hat der BND den Schmuggel von waffenfähigem Plutonium per Linienmaschine nach München organisiert, auch die Fakten zum Fall Tinner wurden soweit dargestellt, wie es der Kenntnisstand nach Vernichtung aller belastender Unterlagen durch den Schweizer Bundesrat heute noch zulässt.
Ebenso haben die geschilderten Anthrax-Attentate im Oktober 2001 stattgefunden – einige Wochen nach 9/11 – wobei der Täter nie zweifelsfrei ermittelt werden konnte.
Weitere historische Gegebenheiten wie das Valentinsmassaker in Straßburg und die Abfolge der Ereignisse um das Erdbeben in Basel 1356 entsprechen ebenfalls dem heutigen Kenntnisstand.
Trotz dieser und weiterer Fakten ist das Buch sowie alle darin auftretende Charaktere pure Fiktion, auch wenn sich Ähnlichkeiten mit lebenden Personen manchmal nicht vermeiden ließen :-).

Mir bleibt jetzt nur noch, gute Unterhaltung zu wünschen, eine Menge Nervenkitzel und hoffentlich auch den einen oder anderen Lacher.

Thomas Kowa

TEIL I

Zähringen bei Freiburg, 1495

Er sah das Blut und in seinen Augen blitzte Misstrauen auf.

Sie griff nach seiner Hand. »Ich bin nicht verflucht.«

Er zog seine Hand weg, musterte die roten Flecken auf dem Waldboden. Er biss sich auf die Lippe, sein Blick wanderte höher zu ihren blutverschmierten Ledersandalen, ihren Knöcheln, dem Rock. Das Neugeborene hingegen schaute er nicht an. »Wir müssen weiter«, sagte er und ließ sie stehen.

Selma legte ihre Hand auf die Stirn des Säuglings. Sein Kopf fühlte sich fiebrig heiß an. Die Wolldecke, die den kleinen Körper umschloss, schimmerte schweißnass. Selma öffnete die Decke ein wenig, sprach ein Stoßgebet und folgte ihrem Mann den Hang hinauf. Die Kälte schnitt in ihre Sandalen. »Wie weit ist es noch bis zum Priester?«, fragte sie.

Bartholomä deutete auf ein Gehöft abseits des Weges. »Das Haus des Baders liegt auf dem Weg.«

Sie drückte den Säugling näher an sich und wischte sich die Tränen aus den Augen. »Er wird uns nicht mehr helfen können.«

Bartholomä lief schneller. »Der Bader hat schon manches Wunder vollbracht.«

»Wir haben kein Geld.«

Er wartete auf sie, doch er nahm sie nicht in den Arm.

»Ich spüre es«, flüsterte sie, als sei verboten, was sie aussprach. »Er gibt auf.«

»Er darf nicht sterben!« Bartholomä richtete seinen Blick gen Himmel. »Nicht bevor er getauft wurde. Sie würden unser Hab und Gut verbrennen, uns aus dem Dorf jagen. Wenn sie uns nicht gleich töten.«

»Ich habe alles genauso gemacht, wie die Hebamme es mir aufgetragen hat.«

»Ich weiß«, sagt er, doch er lief weiter.

Eine Träne kullerte ihre Backe hinunter, benetzte ihre trockenen Lippen und fiel hinab auf den eiskalten Boden. Sie atmete tief ein, schaute nach vorn und stapfte ihm hinterher.

Endlich erreichten sie die Anhöhe. Bartholomä atmete nicht einmal durch, sondern eilte den Weg nach Freiburg hinab.

Sie nahm ihre letzte Kraft zusammen und folgte ihm. So wie sie es immer getan hatte.

An der Abzweigung zum Haus des Baders blieb Bartholomä stehen und wartete auf sie. Mit tränenüberströmten Augen bedeutete sie ihm, weiterzugehen.

Nach quälend langen Minuten erblickte sie endlich die Silhouette des Kirchturms. Im Dunkel des Morgens wirkte er unheimlich, fast geisterhaft.

Sie musste rennen, um mit ihrem Mann Schritt zu halten. Bartholomä erreichte die Kirche, lief zum Eingang des Pfarrhauses und schlug den Türklopfer auf das Holz.

Noch bevor er dreimal geschlagen hatte, stand Selma neben ihm.

Der Türriegel wurde aufgeschoben und eine Frau lugte durch den Türspalt. Sie trug eine weiße Haube, ihre Augen verrieten Müdigkeit. Und Mitgefühl.

Selma hielt ihr den Säugling hin. »Der Priester muss unseren Erstgeborenen taufen.«

Die Frau nickte, schloss die Eingangstür, ihre Schritte entfernten sich schnell. Selma hörte zwei Stimmen, jemand stapfte zur Tür und riss sie auf.

Der Priester musterte sie wie Eindringlinge und ließ sie nur soweit in sein Heim hinein, dass sie von der Dorfstraße aus nicht mehr zu sehen waren. »Was macht ihr hier um diese Zeit?« Sein unerbittlicher Blick traf Selma mitten ins Herz.

»Unser Sohn muss getauft werden.« Selma ging in die Knie, bot ihm den Säugling dar wie ein Opfer.

Der Priester seufzte unwillig, legte seine Hand auf das Kind und betastete dessen Kopf. Er hielt inne, ein, zwei Sekunden. Dann, mit einem Ruck zog er seine Hand fort. »Ihr wagt es?« Der Priester bekreuzigte sich, seine Augen flammten auf vor Zorn.

»Was ist?«, fragte Bartholomä.

»Hinweg mit euch!«, rief der Priester und drängte sie hinaus auf die Straße. »Seht ihr nicht, dass er schon tot ist?«

1

Erik Lindberg blickte in den Lauf eines entsicherten Sturmgewehrs. »Aus dem Weg!«, rief der Mann und kam einen Schritt auf ihn zu. »Oder ich knall dich ab!«

Kommissar Lindberg hielt seine Hände in die Höhe. Seine Dienstwaffe lag im Büro, die Schutzweste ebenso; kein Wunder, noch vor einer halben Stunde hatte er im Basler Hirscheneck ein Feierabendbier getrunken und einem alten Schulfreund zugehört, wie toll, frei und abwechslungsreich das Leben als Single war.

Der Schulfreund hatte dabei beinah geweint.

Dann war diese Frau gekommen und hatte Lindberg um Hilfe angefleht. Obwohl er sie nicht kannte, hatte er ihr zugehört.

Und jetzt stand er in ihrer Wohnung vor der Schlafzimmertür und ein Mann richtete ein Sturmgewehr auf ihn. Aus zwei Metern Entfernung. Die Augen des Mannes waren trüb von zu viel Alkohol, von Verzweiflung und Wahnsinn. »Ich will zu meiner Frau und meinem Sohn!«

Lindberg blieb in der Tür stehen. »Ihre Frau hat Angst vor Ihnen.«

»Ich will nur mit ihr reden!«

»Das können Sie, wenn Sie mir Ihre Waffe geben.«

»Du hast mir gar nichts zu befehlen!« Der Mann machte zwei Schritte auf Lindberg zu und zielte mit diesem verdammten Gewehr direkt auf sein Herz. Eine SIG 550, das übliche Modell der Schweizer Armee, vollautomatisch, 20-Schuss-Magazin. Nahezu jeder ehemalige Schweizer Soldat besaß eines davon, Milizarmee nannte man das. Und die hielt man immer noch für notwendig, denn wie jeder wusste, war die Schweiz ja von so unglaublich vielen Feinden umgeben.

Es war völlig paranoid. Und zog die Wahnsinnigen an wie kostenloses Koks auf einem Züricher Nachtclubklo.

Alle zeigten immer mit dem Finger auf die USA, aber hier, in der kleinen Schweiz starben jedes Jahr über dreihundert Menschen durch Armeewaffen. Und die Polizei durfte die Überreste einsammeln.

So wie die Kollegen ihn einsammeln würden, wenn der Mann abdrückte.

»Ihr wollt sie mir nur wegnehmen!« Der Mann spuckte auf den Boden. Sein Atem stank nach Korn und Bier. »Du auch!«

»Ich kenne Ihre Frau gar nicht«, entgegnete Lindberg.

»Und warum bist du dann hier?«

»Sie hat mich um Hilfe gebeten. In der Kneipe gegenüber.«

»Und kaum kennst du sie fünf Minuten, riskierst du schon dein Leben für sie?«

Lindberg atmete tief aus. Wie war es soweit gekommen?

Die Frau hatte erzählt, ihr siebenjähriger Sohn habe sich im Bad eingeschlossen, aus Angst vor seinem Vater. Dieser habe schon mehrfach gedroht, sich umzubringen und alle mitzunehmen, doch es sei noch nie so eskaliert wie heute. Er habe sie geschlagen, ihr Handy und Geld abgenommen und sie mit einer Waffe bedroht.

In ihrer Verzweiflung sei sie in die gegenüberliegende Kneipe geflüchtet, habe den Barkeeper gebeten, die Polizei zu rufen und der habe ihr erzählt, dieser Schwarzhaarige am Tisch neben der Garderobe sei Kriminalkommissar.

Und so war sie zu Lindberg gekommen und er hatte sie in ihre Wohnung begleitet. Dort hatte er jeden Raum überprüft und dann den Jungen und die Frau ins Schlafzimmer geschickt, um das Nötigste zu packen. Plötzlich war dieser Mann aus dem Gartenschuppen gekommen und über die Terrasse ins Wohnzimmer gestürmt. Mit erhobenem Gewehr.

Lindberg hatte sich schützend vor die Schlafzimmertür gestellt. Was hätte er auch tun sollen, ohne Waffe?

Er konnte nur hoffen, dass er den Mann solange aufhalten konnte, bis die Frau und der Junge durch das Fenster geflüchtet waren.

Falls sie das überhaupt taten.

Er sah, wie der Mann zitterte, seinen Finger am Abzug krümmte. »Geh zur Seite!«

»Noch ist es nicht zu spät.« Lindberg blickte dem Mann direkt in die Augen. »Noch ist nichts geschehen. Ich bin bei der Polizei ...«

In dem Moment fiel der Schuss.

Er spaltete Lindbergs Satz in zwei Teile, von dem der zweite nie gesagt werden würde.

2

Antipas legte den Kopf auf den Kofferraum und lauschte.

Stille.

Sein Atem kondensierte in der kalten Novemberluft.

Nur noch wenige Tage, dann würde niemand mehr atmen.

Er stieg in den Wagen und fuhr los, ohne die Scheinwerfer anzuschalten.

Nichts sollte die Schwärze der Nacht stören. Er mochte sie. Schon als Kind hatte er sich in der Dunkelheit geborgen gefühlt.

Und Antipas mochte die Finsternis erst recht.

Nach wenigen Minuten parkte er den Wagen auf der anderen Seite des Waldes und zog den Zündschlüssel ab. Er holte die Drahtschlaufe aus dem Handschuhfach, eine Spezialkonstruktion, die man mit nur einer Hand zuziehen konnte und so stets die Kontrolle über den Gegner behielt. Er stieg aus dem Auto und lauschte wieder.

Wahrscheinlich war Eva noch bewusstlos.

Er wartete einen Moment, nahm dann den Autoschlüssel und öffnete den Kofferraum.

Evas Füße trafen ihn mit voller Wucht an der Brust. Er geriet ins Wanken, trat einen Schritt zurück und lächelte überlegen. Sie war eine Kämpferin. Selbst mit gefesselten Händen und einem Gaffer-Tape vor dem Mund. Und weil sie eine Kämpferin war, würde er sie retten.

Eva war ein guter Mensch. Er hatte viel von ihr gelernt. Früher.

Jetzt würde sie von ihm lernen.

Ihre hinter dem Rücken gefesselten Hände suchten am Kofferraum nach Orientierung. Er ging einen Schritt auf sie zu. Das Weiß ihrer Augen blitzte in der Dunkelheit auf. Er spannte die Drahtschlaufe zwischen seinen Fingern und beobachtete ihre suchenden Bewegungen.

Jetzt! Mit einem einzigen Handgriff legte er ihr die Schlinge um den Hals und zog zu. Die Drahtschlaufe brannte sich in jene Striemen, die er vor ein paar Stunden hinterlassen hatte. Eva trat erneut nach ihm, doch sie verfehlte ihn. Für ihre Augen war die Dunkelheit ein Feind. »Wenn du dich bewegst, machst du es nur schlimmer«, sagte er. »Du möchtest doch deinen Körper behalten, dort wo du hingehst, oder?«

Sie zerrte an ihren Fesseln.

»Ich will dir nicht wehtun«, flüsterte er. »Ich bringe dich an einen Ort, an dem es keine Schmerzen gibt. Keine Sünde. Und keine Versuchung. Du wirst glücklich sein.«

Sie trat noch verzweifelter um sich.

Er zog die Schlaufe enger zu. »Steh auf!«, befahl er.

Sie röchelte und in ihren Augen erkannte er Tränen.

Er gab dem Draht mehr Spiel. »Steh auf!«, befahl er erneut.

Taumelnd erhob sie sich.

»Und jetzt spring!«

Sie reagierte nicht, blickte ihn angsterfüllt an.

»Dir kann nichts passieren«, sagte er. »Ich bin bei dir.«

Eva wimmerte irgendetwas, das unter dem Gaffer-Tape nicht zu verstehen war.

Er zog fester zu und sie sprang aus dem Kofferraum.

Sie kam mit beiden Beinen auf dem Boden auf, verlor das Gleichgewicht, wollte sich trotz ihrer hinter dem Rücken gefesselten Hände instinktiv abstützen und fiel zur Seite. Ihr Oberkörper prallte auf den Waldboden. Regungslos blieb sie in den Laubblättern liegen.

Er ging in die Hocke und beugte sich über sie. »Eva?«

Ihr Tritt traf ihn dort, wo es wehtut.

Er fiel nach hinten, stützte sich ab, verlor dabei den Draht und fluchte. Sie sprang auf und rannte in die Dunkelheit. Mit schmerzverzerrtem Gesicht hob er den Draht auf und folgte ihr.

Sie rannte so haarscharf an ein paar Bäumen vorbei, dass er sich fragte, ob sie diese in der Dunkelheit sah. Schon bald war er dicht hinter ihr, ihr keuchender Atem ganz nah. Mit einer einzigen Bewegung schwang er die Drahtschlaufe wieder um ihren Hals und zog zu.

Sie riss den Kopf nach hinten, wollte schreien, doch es kam nicht mal ein Röcheln aus ihrer Kehle. Er drängte sie tiefer in den Wald, ließ sie nicht mehr zu Atem kommen.

»Siehst du sie schon?«, fragte er.

Doch sie winselte nur um Gnade.

Er zog ihren Kopf nach oben und zeigte auf ein hölzernes Gebäude wenige Meter vor ihnen. »Das ist meine Kapelle«, erklärte er. »Du darfst sie leider nicht betreten.« Er verstärkte den Druck auf die Drahtschlaufe. »Noch nicht.«

Sie versuchte sich zu wehren, zerrte panisch mit den Händen an den Handschellen.

Er zog den Draht fester zu, Eva zappelte, sie wollte keuchen, doch sie konnte nicht mal mehr das. Sie zuckte ein letztes Mal und erschlaffte in seinen Armen.

Er zählte bis dreißig und dann erst ließ er von ihr ab.

Er musste ihren Puls nicht überprüfen. Er wusste auch so, dass Eva tot war.

Jetzt musste er sie nur wieder zum Leben erwecken.

3

Überall war Blut. Auf seinem Gesicht, seinem Hemd, am Boden. Erik Lindberg lehnte mit dem Rücken am Türpfosten, die Beine von sich gestreckt, seine Arme hingen schlaff herab.

Vor ihm lag der nach Korn stinkende Mann, niedergestreckt von den Scharfschützen der Sondereinheit *Basilisk*. Der Mann bewegte sich nicht mehr.

Lindberg hatte nicht damit gerechnet, dass die Kollegen so schnell eingreifen würden, nur fünfundzwanzig Minuten nachdem der Barkeeper die Polizei angerufen hatte.

Ein Typ in Vollmontur stellte sich vor Lindberg. Der Kommissar fokussierte auf dessen Namensschild. Kübler stand darauf. »Das war ziemlich fahrlässig von Ihnen. Wir hatten gerade unsere Position bezogen.« Kübler zeigte auf den Mann, der aus dem Bauch und dem linken Unterarm blutete. »Eine Minute später und Sie lägen jetzt an seiner Stelle da.«

Lindberg war sich sicher, dass der Mann ohne sein Eingreifen erst seine Frau und den Jungen getötet hätte und dann sich selbst, aber er schwieg.

»Wie kamen Sie überhaupt dazu, sich da einzumischen, und das auch noch ohne Waffe?« Kübler schüttelte den Kopf. »Man kann kaum glauben, dass Sie bei der Bundespolizei sind.«

Lindberg blickte auf den Boden. »Danke«, sagte er schließlich, »dass Sie die Frau und den Jungen gerettet haben.« Er richtete sich auf und torkelte ohne weitere Worte aus dem Haus.

Irgendeiner würde sich schon melden, um seine Aussage aufzunehmen.

Irgendeiner meldete sich immer.

Lindberg ging wieder in das Hirscheneck, sah, dass sein Schulfreund nicht mehr dasaß, nickte dem Barkeeper zu und bestellte noch ein Bier. Er wollte jetzt nicht nach Hause. Er brauchte erst ein wenig Ablenkung.

In die Rehaklinik konnte er auch nicht. Er hatte Paula heute schon besucht und die Ärzte sagten, er dürfe sie nicht überfordern. Und wenn sie schlief, glaubte er immer, sie würde nie mehr aufwachen.

Als die Kneipe endlich schloss, fand er doch noch den Weg nach Hause.

Er legte sich ins Bett und wenn das möglich gewesen wäre, hätte er sich gewundert, dass er direkt einschlief.

Jedenfalls schreckte er erst aus dem Schlaf hoch, als sein Handy klingelte.

Sein Kopf schmerzte, als baue jemand eine Autobahn mittendurch. Er griff nach seiner Jeans, kramte sein Privathandy aus der Hosentasche und blickte auf das Display. Es war schwarz.

Es musste ein dienstlicher Anruf sein. Normalerweise erkannte er das schon am Klingelton. Er holte sein

Polizeihandy aus der Jackentasche und nahm das Gespräch an. »Ja?«

»Hi, Erik«. Es war seine Kollegin Mia. »Bist du schon auf dem Weg zur Arbeit?«

»Ich bin grad aufgestanden.« Lindberg rieb sich die Augen und blickte auf den Wecker. Morgens sechs Uhr dreißig. Definitiv zu früh. »Und ziemlich fertig.«

»Dann musst du allein nach Einsiedeln kommen. Wir fahren jetzt los.«

»Einsiedeln?«

»Ein Mordfall, es wäre wirklich gut, wenn du so schnell wie möglich kommst.«

Lindberg massierte sich den schmerzenden Schädel. »Ich war gestern in einen Amoklauf verwickelt.«

»Was? Bist du verletzt?«

»Nein, nur Kopfweh und Kater.«

»Bist du selbst Amok gelaufen, oder was?« Sie lachte.

»Nicht wirklich.« Er räusperte sich. »Ist es so wichtig?«

»Würde ich dich sonst um die Zeit anrufen?«

Er atmete tief durch. »Wo muss ich hin?«

»In den Chlosterwald. Ich schicke dir die genauen Koordinaten per SMS.«

Lindberg legte auf, zog seine Jeans an, griff sich ein frisches Hemd und schob sich eine Sonnenbrille in die schwarzen Haare. Auch wenn er in Basel geboren war, was die Sonne anging, war er Schwede, notfalls konnte er auch ein halbes Jahr ohne sie auskommen. Jedenfalls wenn er einen Kater hatte.

Er ließ seinen Volvo stehen und rief sich ein Taxi. Als Lindberg einstieg, rümpfte der Fahrer missbilligend seine Nase. Lindberg schluckte ein Fisherman's und rieb sich die Stirn. Gemäß Dienstanweisung hätte er aus Versicherungsgründen erst nach Bern zur Bundespolizei fahren müssen und dann dort in einen Dienstwagen steigen, aber er bezweifelte, dass er in einer Stunde schon wieder fahrtüchtig war. Außerdem hatte Mia ihn gebeten, so schnell wie möglich zu kommen. »Nach Einsiedeln«, sagte er so normal es ihm momentan möglich war.

»Das wird aber nicht günstig«, antwortete der Taxifahrer. »Das liegt ja voll in der Pampa.«

»Deswegen heißt es auch Einsiedeln.« Ein besserwisserischer Taxifahrer hatte Lindberg gerade noch gefehlt.

Ebenso einer, der an jeder Ampel eine Vollbremsung machte, als wolle er das Taxi einem Belastungstest unterziehen.

Und Lindbergs Magen gleich mit.

Der Kommissar erinnerte sich daran, dass er als Kind vor zwei Dingen Angst gehabt hatte: Erstens auf einen hohen Turm zu steigen und zweitens, mehr als dreißig Minuten mit einem Bus fahren zu müssen. Unweigerlich war ihm dabei schlecht geworden. Mit den Jahren hatte sich Letzteres gelegt, aber momentan fühlte Lindberg sich, als sei er wieder fünf und säße in einem Bus irgendwo zwischen Basel und Bangladesch.

Er schloss die Augen und atmete tief durch.

4

Das nächste was Lindberg mitbekam war, dass der Fahrer ihn antippte. »Wo müssen wir jetzt hin?«

Lindbergs Kopf schmerzte immer noch und ihm war hundselend. Sie standen vor dem riesigen Portal eines Barock-Klosters. »Sind wir schon in Einsiedeln?«

Der Taxifahrer nickte. »Ich kann mir nur nicht vorstellen, dass in dem pompösen Ding nur Einsiedler leben.«

Lindberg holte sein Smartphone heraus und führte den Fahrer am Kloster vorbei zu einem Feldweg und auf diesem in Richtung Wald. Jede Bodenunebenheit schlug Lindberg direkt auf den ohnehin schon strapazierten Magen.

Er schaffte auf dem Feldweg nicht einmal hundert Meter. »Stopp!«, rief er.

Der Taxifahrer hielt an, Lindberg stürzte aus dem Wagen und beugte sich über die Gräser am Wegesrand.

Ich bin wohl der erste Kommissar, der schon vor dem Tatort kotzt. Lindberg wischte sich mit einem Taschentuch den Mund ab, deckte seine Hinterlassenschaft mit Herbstlaub ab, nahm dieses Mal gleich drei Fisherman's und stieg wieder in das Taxi.

»Zu viel Alkohol ist nicht gut«, erklärte der Taxifahrer, als habe er die Weisheit mit Schaufelbaggern gefressen.

Sie fuhren in den Wald hinein und hielten neben mehreren Streifenwagen, die dort parkten. »Da können Sie ja froh sein, dass Sie nicht selbst gefahren sind«, sagte der Fahrer.

Lindberg antwortete nichts, sondern nickte nur.

Der Mann zeigte auf den Taxameter und bewies, dass er nicht zu viel versprochen hatte. Kein Wunder, das Leben in der Schweiz war eben teuer.

Und das Sterben auch.

Lindberg zückte seine Kreditkarte und verließ schwankend das Taxi. Ihm war immer noch schlecht, aber die frische Waldluft tat gut. Und wenigstens stand er jetzt am Tatort. *Tatort? Was hatte Mia noch einmal gesagt?*

Ein Streifenpolizist stand am Ende des Waldweges, Lindbergs Kehle brannte, als habe er Feuerwasser getrunken. Und zwar nicht nur im übertragenen Sinne. *Ich brauche dringend ein Wasser.*

Lindberg trottete zu dem Polizisten und zückte wortlos seinen Ausweis.

Der Kollege zeigte in den Wald. »Geht da hinten lang, fünfzig Meter und dann links. Ist nicht zu übersehen.«

Lindberg zog sich Schutzoverall und Handschuhe an. Auch das war ihm schon leichter gefallen. Doch irgendwie schaffte er es und ging los. Der Boden war mit Laub übersät, das dichte Gestrüpp war an einigen Stellen niedergetreten. Es mussten etliche Kollegen vor Ort sein. Wenn jemand hier entlanggekommen war, würde man kaum mehr Spuren von ihm finden.

Nach einigen Metern blieb Lindberg stehen. Hat der fünfzig oder hundertfünfzig Meter gesagt?

Der Pfad vor Lindberg verlor sich im Nichts. Links wucherten ein paar Büsche, nur rechts schien es weiterzugehen. Lindberg torkelte nach rechts, glaubte, ein paar Stimmen zu hören und lief schneller.

Dann sah er das Kreuz. Ein schlichtes, naturbelassenes Holzkreuz. Es ruhte auf einem aufgeschütteten Erdhaufen. Die Erde war noch frisch.

Lindberg lief von hinten auf das Kreuz zu, dann erst erkannte er seine Assistentin Mia Adam, deren knallroter Bubikopf selbst in der Morgendämmerung unverkennbar war. Neben ihr stand die Chefin der Kriminaltechnik Katharina Zach, sie lebte schon viele Jahre in der Schweiz, aber ihre Berliner Schnauze hatte sie nie abgelegt. Wie immer war sie ganz in Schwarz gekleidet, samt schwarzlackierten Fingernägeln. Nur den Einwegoverall der Spurensicherung trug die Mittvierzigerin notgedrungen in Weiß, angeblich hatte sie sich jedoch schon aus Japan ein schwarzes Modell bestellt.

Lindberg erkannte weitere Mitarbeiter der Bundespolizei, sowie eine Menge Kollegen, die er noch nie gesehen hatte, wahrscheinlich von der Kantonspolizei.

Normalerweise überließ die Bundespolizei den lokalen Behörden die Ermittlungen und schaltete sich nur bei Terrorismus ein oder wenn die Sicherheit der Schweiz bedroht war, sowie bei internationalen oder kantonsübergreifenden Fällen, dazu kamen Entführungen. Was also machten sie hier?

Mia Adam erblickte ihn als Erstes und ließ ein Lächeln aufblitzen. Selbst am frühen Morgen sah sie aus wie siebzehn, obwohl sie vierundzwanzig war. »Geht‹s dir gut?«

Lindberg zuckte mit den Schultern, am besten er redete nicht viel.

»Erst dachte ich, das ist ein Scherz«, sagte Katharina Zach und zeigte auf das Grab mit dem Holzkreuz. »Aber der Täter hat wohl nicht meinen Humor.«

Ein Blick in ihre Augen verriet Lindberg, dass es nur der übliche Sarkasmus am Tatort war, reiner Selbstschutz. Jetzt erst sah er hinab in das Grab. Dort lag eine Frau. In einem weißen Totenhemd.

5

Lindberg blickte zur Seite und atmete tief ein. *Wer begräbt eine Tote mitten im Wald, verziert mit einem Holzkreuz?* Eva stand darauf.

Eva? Nur Eva?

Das Holzkreuz sah aus wie eines dieser provisorischen hüfthohen Kreuze, die man in der Schweiz auf das frische Grab stellte, bis der Grabstein gesetzt wurde. Wenn kein Geld für einen Grabstein oder ein Metallkreuz vorhanden war, blieb es auch stehen. Aber immer trug es den kompletten Namen. Außer bei Kindern.

Zwei Kriminaltechniker waren gerade dabei, die feuchte Erde zu beseitigen, die am Körper der Leiche und an ihrem Totenhemd klebte.

»Was machen wir hier?«, fragte Lindberg. Das sah eher nach einer illegalen Bestattung aus als nach ihren üblichen Fällen.

»Das ist Eva Rohner«, antwortete Mia Adam. »Wurde vor zwei Tagen entführt. Du erinnerst dich?«

Lindberg nickte, aber viel wusste er nicht über das Opfer. Lehrerin, Single, Ende dreißig, ein Zeuge hatte gesehen, wie sie beim Joggen von einem Mann überwältigt worden war. »Woher wisst ihr, dass sie es ist?« Die Kollegen hatten die Leiche gerade mal freigelegt, da war es unwahrscheinlich, dass sie schon identifiziert war.

Mia Adam deutete auf ein weißes Jutesäckchen. »Der Täter hat ihre Kleider mit ihr bestattet, darin befand sich ein Ausweis.«

Lindberg blickte wieder hinab in die Gruft. Das brünette Haar der Toten setzte sich kaum von der Erde ab, ihre Augen waren geschlossen, Mund und Nase noch mit Erde bedeckt. Lindberg hätte am liebsten weggeschaut, denn jetzt hatte der Tod ein Gesicht. Ein bräunlich-roter Bluterguss zog sich quer über den Hals von Eva Rohner. »Stranguliert?«, fragte er.

Katharina Zach nickte. »Wahrscheinlich mit etwas Schmalem wie einer Drahtschlaufe.«

»Wer hat sie entdeckt?«, fragte Lindberg.

Mia Adam zeigte auf einen älteren Mann, der mit zwei Polizisten sprach. »Ein Spaziergänger.«

»Um die Uhrzeit?«

»Der Mann dreht immer morgens um fünf Uhr dreißig seine Runde. Sein Hund hat angeschlagen, ist in den Wald gelaufen und er hinterher. Tja, und dann stand er vor dem Grab.«

»Ist ihm etwas aufgefallen?«

Mia schüttelte den Kopf. »Keine merkwürdigen Spuren, kein Auto, er hat nichts gesehen.«

»Warum hier?«, fragte Lindberg. »Kam die Entführte nicht aus Zürich?«

»Das hab ich mich auch gefragt«, sagte Mia. »Vielleicht hat er den Ort gewählt, weil Einsiedeln der bekannteste Wallfahrtsort des Landes ist.«

»Und daher das Kreuz?«

Mia Adam nickte.

»War das Grab komplett zugeschaufelt?«

Mia nickte. »Wie auf dem Friedhof.« Sie blickte Lindberg an. »Hast du so was schon mal gesehen?«

»Einen Täter, der sein Opfer bestattet?« Lindberg schüttelte den Kopf. »Gibt's hier irgendwo ein Wasser?«

Mia schaute ihn irritiert an.

»War ein Bier zu viel gestern«, flüsterte er.

»Ist nicht zu übersehen.« Sie zwinkerte ihm zu. »Ist trotzdem gut, dass du gekommen bist.« Sie kramte in ihrer übergroßen Handtasche, holte aber nur eine leere PET-Flasche heraus und schüttelte den Kopf. »Willst du eine Alka-Seltzer?«

»Ohne Wasser?« Er winkte ab, nicht ohne ein ›Hicks‹ hinterherzuschieben. *Verdammt, jetzt hab ich auch noch Schluckauf!*

Katherina Zach lupfte eine Augenbraue, doch dann widmete sie sich wieder der Leiche. »Mach mal das Gesicht richtig frei!«, rief sie zu einem ihrer Mitarbeiter. »Über den Lippen liegt irgendetwas.«

Zach ging erst am Rand des Loches in die Knie und stieg dann doch selbst hinab.

Schließlich richtete sie sich wieder auf und drehte sich zu den Kommissaren. In ihrer Hand hielt sie eine weiße Daunenfeder.

6

Die letzten Tage hatte er nicht gut geschlafen. Und er befürchtete, dass er es niemals wieder tun würde.

Sein früheres Leben war unglaublich weit entfernt.

Vorsichtig bewegte er erst den einen Arm, dann den anderen und als der auch wehtat, verzichtete er darauf, sein Kreuz durchzudrücken.

Das Schlimmste erwartend, schaute er auf den Wecker.

Acht Uhr dreißig. Er war mal wieder spät dran. Selbst für einen Montag. Doch war das nicht egal, wenn die Kirche bald für immer schließen würde? Oder wenn sie ihn mit Schimpf und Schande davonjagten?

Urs Hediger richtete sich auf und blickte zwangsläufig auf das Jesuskreuz an der Wand gegenüber. Schnell schaute er weg.

Er quälte sich aus dem Bett, stellte sich unter die Dusche und zog sein Priestergewand an. Dann machte er sich einen Espresso, nahm zwei Knäckebrote, beschmierte sie mit Butter und verteilte darauf die letzten drei Scheiben Salami, die sich in seinem Kühlschrank fanden.

Während er kaute, blätterte er in der Zeitung von gestern.

Nichts Neues.

Er blickte auf das Schachspiel, das schon seit Tagen auf dem Küchentisch stand und überlegte, ob er ein Spiel gegen den Computer wagen sollte.

Dabei konnte er eine Zeit lang seine Probleme vergessen, so bedeutend sie auch waren.

Oder war das nur eine Flucht? Er stand auf und stellte das Schachspiel ins Wohnzimmer, aus seinem Blickfeld. Dann ging er zur Haustür. Mit einem Seufzen trat er hinaus in die Novemberkälte. Die Tageszeitung lag auf dem Boden vor der Tür. Er musste den Briefkasten jetzt wirklich mal leeren.

Hediger ging über die Straße zur Kirche, schloss die hölzerne Tür des Hauptportals auf, schaltete das Deckenlicht an und blickte durch den Türspalt zurück zu seiner Wohnung. Selbst von hier aus sah man den überquellenden Briefkasten. Er fluchte leise, ging zurück, nahm seinen Schlüsselbund, öffnete den Kasten und versuchte, dessen Inhalt mit einer Hand zu packen.

Es gelang ihm nicht.

Hediger klemmte die eine Hälfte zwischen die Beine, nahm den Rest aus dem Briefkasten, schloss ihn und legte alles aufeinander in beide Hände. Umständlich griff er nach dem Schlüssel, verlor dabei drei Briefe, öffnete die Haustür, legte die Post auf die Anrichte, sammelte die verlorenen Briefe sowie die Zeitung ein, seufzte und ging wieder in seine Wohnung.

Er setzte sich an den Küchentisch, nahm den obersten Brief, schaute auf den Absender und legte ihn beiseite.

Er wusste, was die Sozialversicherung wollte. Momentan konnte er ohnehin nichts daran ändern.

Hediger nahm das nächste Anschreiben, riss es auf und überflog es. Es war der Bittbrief eines verschuldeten Familienvaters. Auch wenn ihn die Worte berührten, er war erleichtert, dass es sich nicht um eine Rechnung handelte. Er würde den Brief an die Caritas weiterleiten. Vielleicht konnten die helfen.

Nach zwei weiteren Rechnungen und drei Werbesendungen ließ Hediger die restlichen Briefe liegen, stand auf, richtete sich noch einmal den Priesterkragen, ging auf die Straße und schaute hoch zum Kirchturm. St. Joseph. Seine Heimat. Wenn auch erst knapp über hundert Jahre alt, war sie mit ihrem neobarocken Stil nach dem Vorbild des Klosters Einsiedeln gebaut worden und damit eine der wenigen katholischen Kirchen in Basel, die nicht dem Beton huldigten.

Hediger schritt durch das Kirchenportal, ging neben dem Weihwasserbecken in die Knie, bekreuzigte sich und lief zum Altar. Dort kniete er erneut nieder und begann zu beten.

Zehn Minuten später erhob er sich wieder, atmete tief durch und drehte sich zum Kirchenschiff. In der Zwischenzeit hatte niemand die Kirche betreten. Wie fast jeden Morgen. Die meisten Touristen und ein paar Gläubige kamen erst gegen Mittag.

Dann sah er, dass die rote Lampe des Beichtzimmers brannte.

Wahrscheinlich hat sich eines der Kinder einen Scherz erlaubt. Die alten Beichtstühle hatte man vor einigen Jahren beim Umbau entfernt, was Hediger heute noch im

Herzen wehtat. Stattdessen standen jetzt rechts und links vom Haupteingang zwei quadratische Zimmer.

Hediger hielt nicht viel von festen Beichtzeiten, schließlich folgte das Gewissen keiner Uhr. Als er die Gemeinde vor wenigen Jahren übernommen und mit neuem Leben gefüllt hatte, war seine erste Verfügung gewesen, die Beichtzimmer nicht mehr abzuschließen. Schließlich konnte man auch die Sünde nicht einfach wegschließen. Die Zimmer konnten jederzeit von jedem betreten werden.

Außerdem hatte er die Anonymität wieder hergestellt, indem er das Zimmer mit einem purpurnen, schweren Vorhang unterteilt hatte, das ein fein gewebtes Kreuz in der Mitte aufwies, durch das man nur die Silhouette des anderen sehen konnte.

Hediger öffnete die Tür des Beichtzimmers und hörte jemandes Atem. Das war kein Kind. Er bekreuzigte und setzte sich.

Von seinem Gegenüber konnte er hinter dem Vorhang nur erkennen, dass er ein wenig größer als er und blond war, trotzdem spürte er, dass ihm ein Fremder gegenübersaß. Einer, den er noch nie in der Gemeinde gesehen hatte.

7

Katharina Zach nahm die kleine Daunenfeder und legte sie in ein transparentes Plastikgefäß für fragile Beweismittel.

»Lag die Feder auf der Toten?«, fragte Lindberg.

Katharina Zach nickte. »Kann natürlich auch Zufall sein, aber sie lag direkt auf ihren Lippen. Und sie ist noch unversehrt.«

Lindberg runzelte die Stirn. »Warum eine Feder?«

»Bin ich hier der Kommissar oder du?«

Mia Adam deutete auf den Jutesack mit den bestatteten Kleidern der Toten. »Da war auch keine Daunenjacke oder so dabei. Nur Joggingklamotten, ein iPod, Stirnlampe und ein Zwanzig-Franken-Schein.«

»Und was ist mit dem Ausweis?«

»Ist ein Swisspass. Deswegen hat man uns sofort informiert.«

Das Swisspass war eine scheckkartengroße Karte, mit der man alle Züge, Busse und Straßenbahnen der Schweiz nutzen konnte. Es galt zwar nicht als offizieller Ausweis, trug aber Namen und Lichtbild. Lindberg verglich das Passfoto mit der Leiche. Die brünetten

Haare, das oval gerundete Gesicht, die schmalen Lippen, er war überzeugt, vor ihnen lag Eva Rohner.

»Willst du etwas Bestimmtes sehen?«, fragte Mia Adam. Sie war erst seit Kurzem bei der Bundespolizei, genau wie Lindberg, aber er hatte zuvor schon Ermittlungen in Berlin und bei der Basler Kantonspolizei geleitet.

Lindberg schüttelte den Kopf. Normalerweise ließ er einen Tatort gerne auf sich wirken, doch heute kam in seinem schummrigen Hirn gar nichts bei ihm an. »Wir lassen am besten die Spurensicherer ihre Arbeit machen. Als Erstes reden wir noch mal mit den Angehörigen, offensichtlich war das keine Entführung, um Lösegeld zu erpressen.« Er massierte sich die Stirn. »Ich wäre froh, wenn du das übernehmen könntest.«

»Yep.« Sie lächelte ihn aufmunternd an.

»Ich fahre in die Zentrale, hier stehe ich eh nur im Weg rum.«

»Soll ich dir ein Taxi rufen?«

»Ich fahre lieber mit dem Zug. Tut mir auch gut, ein paar Meter zu laufen.« Er drehte sich um und ging.

Kurz bevor er wieder auf den Waldweg traf, sah er jemanden mit schnellen Schritten auf sich zukommen. Obwohl Lindberg erschrak, meldete sich sein Schluckauf wieder. *Verdammt, was macht der denn hier?*

Bundespolizeichef Graf erkannte ihn und hielt weiter auf ihn zu. Lindberg überlegte, ob er noch ein paar Fisherman's einwerfen sollte, doch das war jetzt zu auffällig.

In seiner immer etwas zu gestressten Art gab Graf ihm flüchtig die Hand. »Morgen, Herr Lindberg.« Dann hielt Graf inne und musterte sein Gegenüber genauer. »Was ist denn mit Ihnen los? Ist Ihnen nicht gut?«

Lindberg nickte. »Herbstgrippe.« Er trat einen Schritt zurück. Vielleicht roch Graf den Alkohol in seinem Atem so nicht.

Graf strich sich über seine Glatze. »Sie hatten schon bessere Ausreden.«

Lindberg überlegte, ob er den Vorfall von gestern Nacht erwähnen sollte, doch dann ließ er es dabei. Graf würde noch früh genug davon erfahren. »Ich hab schlecht geschlafen.«

»Tja, gäbe es das Remexan noch ...« Graf biss sich auf die Lippe, er schien dem Medikament immer noch nachzutrauern. »Und jetzt trinkt man eben ein, zwei Bier, um die nötige Bettschwere zu bekommen?« Graf setzte ein Lächeln auf, als sei er ein verständnisvoller Freund.

»Diese homo ... äh ... diese homöopathischen Medikamente enthalten Alkohol.« Lindberg versuchte den Schluckauf zu unterdrücken, obwohl er wusste, dass das auf Dauer nicht funktionieren würde. »Frau Adam meinte letztens schon, dass man das riecht.«

»Dann müssten Sie ja eigentlich blasen«, grinste Graf. »Damit wir sehen, ob Sie dienstfähig sind.«

»Ich kann mich auch krankmelden«, antwortete Lindberg. »Bisher dachte ich, sie wären kein Weichei.« Graf klopfte Lindberg auf die Schulter. Eine Geste, die so unnötig war wie aufgesetzt. »So eine Herbstgrippe stecken Sie doch locker weg. Oder was immer Sie da erwischt hat.«

Lindberg trat einen Schritt zurück. »Weswegen sind Sie eigentlich hier? Ich habe Sie noch nie an einem Tatort gesehen.«

»Der Fall hat möglicherweise eine politische Bedeutung.«

Lindberg warf dem Bundespolizeichef einen fragenden Blick zu.

Graf seufzte überheblich. »Erstens ist das Kloster Einsiedeln weltbekannt und zweitens sind wir angehalten, allen religiös motivierten Taten besondere Beachtung zu schenken.«

»Der Täter wird kaum ein Islamist sein«, entgegnete Lindberg. »Der Leichenfundort sieht aus wie ein Friedhofsgrab. Sogar ein Kreuz steht drauf.«

»Das ist ja mal ein vorbildhafter Mörder«, entgegnete Graf. »Hat er einen Kranz mit seinem Namen dagelassen?« Graf lachte über seinen eigenen Witz bis genau zu dem Moment, in dem ihn der Schluckauf von Lindberg unterbrach.

Der Bundespolizeichef fixierte Lindberg. »Können Sie mir diese homöopathischen Medikamente mal zeigen?«

Lindberg spürte, wie er rot anlief. »Ich ... hab sie nicht dabei.«

»Dann können Sie auch nicht so krank sein.« Graf schüttelte den Kopf. »Kommen Sie um ein Uhr in mein Büro. Pünktlich!«

Lindberg nickte, drehte sich um und ging so schnell davon, wie er es ohne zu torkeln konnte. Vor einer Übersichtstafel mit Wanderschildern blieb er stehen. Direkt am Kloster führte auch noch der Jakobsweg vorbei. Das war ja fast heiliger Boden hier. War das der

Grund, weshalb jemand Eva Rohner hier begraben hatte?

8

Der Mann hinter dem purpurnen Vorhang des Beichtzimmers bekreuzigte sich. »Im Namen des Vaters und des Sohnes und des Heiligen Geistes.«

»Gott, der unser Herz erleuchtet, schenke Euch wahre Erkenntnis Eurer Sünden und seiner Barmherzigkeit.« Wie immer, wenn Hediger die Eingangsworte des katholischen Beichtrituals sprach, versuchte er sich ganz auf sein Gegenüber zu konzentrieren. Also auf das, was er von ihm durch den Vorhang wahrnehmen konnte: Seine Emotionen, seine Präsenz, seine Aura, auch wenn das ein von Esoterikern verbranntes Wort war. Dem Mann wohnte etwas Kindliches inne. Und doch auch etwas Kaltes.

Der Mann sprach das *Amen* leise, aber mit fester Stimme.

»Nun«, begann Hediger. »Was liegt Euch auf dem Herzen, um diese Zeit?«

»Ich finde Gott in der Einsamkeit«, sagte der Mann. »Ich mag den Kirchtrubel nicht.«

»Ich auch nicht«, antwortete Hediger, obwohl er sich durchaus wünschte, dass in seiner Kirche manchmal mehr Trubel herrschte.

»Ich habe gesündigt.«

»So sprecht.«

»Ich glaube an Gott, Jesus und die Heilige Dreifaltigkeit«, sagte der Mann. »Aber ich bin nur ein einfacher Gläubiger.«

»Gott hat die einfachen Gläubigen am liebsten.«

»Ich ... ich habe jemanden getauft.«

Hediger horchte auf. Ehebruch, Diebstahl, häusliche Gewalt, solche Reuebekundungen kannte er zur Genüge, aber eine Taufe hatte noch nie jemand bei ihm gebeichtet. »Weshalb habt Ihr das getan?«

»Es war ... eine Frau.« Dem Mann schien jedes Wort wie ein Stein auf dem Herzen zu liegen. »Sie ... sie lag im Sterben.«

»Und es war kein Priester anwesend?«

»Nur ich, sonst niemand.«

»Das muss keine Sünde sein«, erklärte Hediger. »Die katholische Kirche erlaubt die Laientaufe in Notsituationen.« Er rieb sich die Stirn. »Aber Ihr sagt, es war eine Frau, kein Kind. Woher wusstet Ihr denn, dass sie getauft werden wollte?«

»Sie war ein guter Mensch.«

Hediger wartete ein paar Sekunden. War das schon die Antwort? Er hörte nichts als den nervösen Atem das Mannes. »Es gibt auch gute Menschen, die nicht katholisch sind«, sagte Hediger schließlich.

»Aber sie kommen nicht in den Himmel.«

Der Priester nickte. »Das glauben wir.« Wieder legte er eine Pause ein. Er fühlte, dass der Beichtende noch nicht alles gesagt hatte.

Doch der Mann schwieg.

»Woher wisst Ihr, dass die Frau ein guter Mensch war?«, fragte Hediger schließlich. »Kanntet Ihr die Sterbende?«

»Ja.«

»Woher, wenn ich fragen darf?«

»Sie ... war meine Lehrerin.«

»Aber Sie gehen nicht mehr zur Schule, oder?«

»Es ist schon eine Weile her, dass sie meine Lehrerin war.«

»Und Ihr habt die Frau am Krankenbett besucht? Sie lag dort im Sterben?« Hediger vermutete, dass er den Mann nur über Fragen dazu bringen konnte, seiner Beichte nachzukommen. Und es war wichtig, dass er das tat. Denn schlimmer als nicht zu beichten war es, bei der Beichte nicht die volle Wahrheit zu sagen.

»Sie ... sie lag in meiner Kapelle«, antwortete der Mann. »Dort ist sie gestorben.«

»Jetzt verstehe ich.« Urs Hediger nickte erleichtert. »Ihr habt die Frau in einer Kapelle gesehen und daher habt Ihr angenommen, dass sie getauft werden wollte.«

»Sie war ein guter Mensch.«

»Ja, das war sie sicher.«

Der Mann schwieg.

»Wollt Ihr mir noch etwas sagen?«, fragte Hediger.

»Sie lag in meiner Kapelle.«

»Das war richtig von Ihnen, die Frau zu taufen«, antwortete Hediger. »Die wenigsten hätten das gemacht. Aber gibt es noch etwas, dass Ihr mir beichten wollt?«

Wieder hörte Hediger nur den nervösen Atem des Mannes.

Der Priester wartete ein paar Sekunden.

Der Mann biss sich auf die Lippe. »Ich möchte jetzt mein Reuegebet sprechen«, sagte er schließlich.

Hediger nickte. »Wenn Euch noch etwas auf dem Herzen liegt, redet mit mir. Denn Ihr wisst: Nichts von dem, was hier gesprochen wird, verlässt diesen Raum.«

»Oh, mein Jesus, verzeih uns unsere Sünden, bewahre uns vor dem Feuer der Hölle, führe alle Seelen in den Himmel, auch jene, die deiner Barmherzigkeit am meisten bedürfen.«

»So habt Ihr Euer Reuegebet gesprochen«, sagte Hediger.

Die Stimme des Mannes hatte jegliche Sicherheit verloren, flatterte leicht. »Diese und alle meine Sünden tun mir von Herzen leid. Mein Jesus, Barmherzigkeit.«

»Ego te absolvo a peccatis tuis in nomine Patris et Filii et Spiritus Sancti«, sprach Hediger die obligatorischen Schlussworte und vergab dem Beichtenden damit seine Sünden.

Jene, die er gebeichtet hatte.

»Amen«, flüsterte der Mann.

»Danket dem Herrn, denn er ist gütig«, sagte Hediger.

»Sein Erbarmen währt ewig«, antwortete der Mann.

»Der Herr hat Eure Sünden vergeben. Gehet hin in Frieden.« Hediger stand auf, bekreuzigte sich und verließ das Beichtzimmer.

Der Beichtende betete noch ein stilles Gebet zur Danksagung, dann würde auch er gehen. Hediger war versucht, auf ihn zu warten, sich zu vergewissern, ob er ihn nicht doch irgendwoher kannte. Doch er wusste, dass er das niemals tun durfte. Was im Beichtstuhl gesprochen wurde, blieb im Beichtstuhl.

Für immer.

9

Am Bahnhof von Einsiedeln kaufte sich Lindberg eine Flasche Wasser, leerte sie und holte sich eine weitere. Dann ging er in eine Apotheke, kaufte eine Packung Alka-Seltzer und nahm eine Tablette. Anschließend fuhr er mit dem Zug nach Bern und dort weiter zur Zentrale der Bundespolizei.

Im Büro nahm er eine weitere Alka-Seltzer, setzte sich an den Computer und rief die Akte zu Eva Rohner auf. Er rieb sich die Stirn. Wie ein Anfänger war er vom Tatort davongelaufen, planlos, ohne irgendwelche Anhaltspunkte, ohne Gespür für den Ort. Wie sollte er da recherchieren? Er nahm sein Handy und rief Mia an.

»Und, schon ausgenüchtert?«, meldete sie sich.

»Ich hab eine Herbstgrippe.«

»Echt jetzt?«

»Hab ich Graf erzählt. Ist er noch da?«

»Hat nur ein paar Sprüche über die immense Bedeutung des Ortes abgelassen und ist dann wieder gegangen.«

Mia räusperte sich. »Ich bin gerade auf dem Weg zurück von Eva Rohners Eltern.«

»Und?«

»Sie waren natürlich geschockt.« Mia hielt kurz inne, so als müsse sie das erst noch verarbeiten »Die beiden haben keinen Verdacht, wer der Täter sein könnte, das hatten sie auch schon bei der Entführung angegeben. Sie meinten, Eva sei überall beliebt gewesen.«

»Und sie hatte wirklich keinen Freund?«

»Eva Rohner war seit drei Jahren Single, ihren Eltern hat sie immer gesagt, sie sei auch ohne Partner glücklich. Ihr letzter Freund, den sie noch an der Pädagogischen Hochschule kennengelernt hatte, lebt inzwischen in den USA.«

»Also scheidet eine Beziehungstat erst mal aus.«

Mia räusperte sich. »Ich hatte mir gestern ihren Computer genauer angesehen, sie besaß ein Konto bei einer Onlinedating-Börse, hat dieses aber schon über sechs Monate nicht mehr benutzt.«

»Tja, entweder sie hat doch einen Freund oder sie will wirklich keinen mehr.« Lindberg runzelte die Stirn.

»Etwas war noch merkwürdig«, sagte Mia. »Als ich der Mutter erzählt habe, dass ihre Tochter im Grunde christlich begraben wurde, war sie richtiggehend erleichtert.« Sie räusperte sich. »Als ob das den Täter zu einem besseren Menschen machen würde.«

Lindberg biss sich auf die Lippe. »Alles was ein Trost für die Angehörigen ist, sollte man ihnen nicht nehmen.«

Mia schwieg.

»Was gibt es von Katharina?«, fragte Lindberg. »Irgendwelche weiteren Spuren an der Leiche?«

»Sie ist angeblich an was dran.«

»An was denn?«

»Keine Ahnung, am besten du rufst sie mal an.«

Er legte auf und wählte die Nummer der leitenden Kriminaltechnikerin. Sie ging sofort ans Telefon. »Schon im Delirium tremens, oder alles noch im grünen Bereich?«

Lindberg seufzte. »Ich hab nur eine Herbstgrippe.«

»Die Knallcharge, die das glaubt, muss erst noch gecastet werden.« Katharina Zach lachte. »Ich hab mir übrigens dieses Holzkreuz näher angeschaut. Wie zu erwarten war, hat der Täter die Plakette der Schreinerei entfernt. Aber man kann noch sehen, wo sie befestigt war.«

»Und du meinst, über die Schreinerei könnten wir herausfinden, wer der Käufer war?«

»Exakt. Ich hab die Fotos und Maße vom Kreuz in die Ermittlungsdatenbank gelegt.«

»Okay, ich kümmere mich darum.« Lindberg trank noch einen Schluck Wasser. »Wann ist die Obduktion?«

»Molet mag keine Besucher ...«

»Das ist nichts Neues. Sagst du mir Bescheid, wenn ihr loslegt?«

»Im Rechtsmedizinischen Institut herrscht striktes Alkoholverbot ...«

Lindberg suchte nach Worten, blickte ausweichend auf seinen Bildschirm und blieb an der Akte von Eva Rohner hängen. Beim Punkt Religionszugehörigkeit stand nur ein Wort: keine.

10

Roland Träger liebte das Leben, die Liebe und die *Image-Zeitung*. Kein Wunder, er war ihr Chefredakteur. Und weil er die Zeitung liebte, liebte er auch seinen Job.

Meistens jedenfalls.

Wenn er selbst mal wieder eine Reportage machen konnte, dann war er glücklich.

So glücklich, wie nach einem Blick auf den Zürichsee bei Sonnenschein und steigender Auflage.

Doch bei dem trüben Wetter war der See nicht zu sehen, es regnete und die Auflage sank seit Jahren. Auch wenn die *Image*-Zeitung immer noch unangefochtener Marktführer war, es wurmte ihn, dass nur noch sieben Prozent der Schweizer zu den Lesern seiner Zeitung zählten. Es könnten doppelt so viel sein.

Klar hatten sie online inzwischen eine beachtliche Reichweite, aber er war ein Zeitungsmann der alten Schule und betrachtete das Onlinegeschäft nur als notwendiges Übel. Er wollte den ganzen Internetgläubigen beweisen, dass man selbst heute noch erfolgreich eine Zeitung verkaufen konnte.

Tag für Tag.

Träger blätterte gerade in den Ausgaben der Konkurrenz, da öffnete sich die Tür zu seinem Büro. Sein Assistent Soldau schaute hinter der halb geöffneten Tür hervor, als wolle er sich verstecken. »Herr Träger, wir haben da was ganz Komisches bekommen.« Er hielt einen Brief in der Hand. »Den sollten Sie sich mal anschauen.«

»Ein Leserbrief, oder was?« Träger seufzte. Der Kerl kann nicht mal Scheiße von Gold unterscheiden. Und Anklopfen kann er auch nicht.

Soldau schüttelte den Kopf. »Es ist ... eher ein Drohbrief.«

»Die bekommen wir doch jeden Tag, oder?«

»Der hier ist aber anders.« Soldau ließ die schützende Tür los und trat ins Büro. »Wenn ich die richtigen Schlüsse gezogen habe, bezieht der Brief sich auf diesen Mord in Einsiedeln.«

»Merkwürdige Geschichte, oder?«

»Daher wollte ich Ihnen den Brief zeigen. Vielleicht sehen Sie das auch so.«

Kann ich mir nicht vorstellen. Aber selbst eine kaputte Uhr zeigt zweimal am Tag die richtige Uhrzeit. »Dann geben Sie mal her.«

»Er ist in Fraktur geschrieben«, erklärte Soldau. Er hielt den Brief weiter in der Hand. »Soll ich ihn vorlesen?«

»Glauben Sie etwa, ich kann kein Altdeutsch?«

»Natürlich nicht.« Soldau senkte seinen Blick und legte den Brief auf den Schreibtisch.

Träger nahm eine Pinzette, hob den Brief damit an und betrachte den Umschlag. Kein Absender, keine

Briefmarke. »Hat jemand den Brief bei uns im Hausbriefkasten eingeworfen?«

»Ja, hier in Zürich.« Soldau räusperte sich. »Der Mord war ja erst heute Nacht, meint zumindest die Polizei.«

»Und Sie haben den Brief einfach so geöffnet?«

»Ich ...« Soldau machte eine Pause. Wie immer wenn er angegriffen wurde. »Ja, also ... die Kollegen konnten ja nicht wissen, dass es ein Drohbrief ist.«

»Und jetzt sind diverse Fingerabdrücke drauf.«

Soldau nickte tonlos.

»Sie können jetzt wieder an die Arbeit.«

Soldau trottete zur Tür, blieb davor stehen und drehte sich noch einmal um. »Sollten wir den Brief nicht der Polizei zeigen?«

»Wenn wir denen alles zeigen würden, was wir an Material bekommen, könnten wir eine Rohrpoststation zwischen unserer Redaktion und der Kantonspolizei einrichten.«

»Ich verstehe.« Soldau schloss unterwürfig die Tür.

Nein, du verstehst gar nichts. Träger zog sich ein paar Einweghandschuhe über, nahm den Umschlag und fingerte den Brief heraus. Normales Schreibmaschinenpapier. Mit Tinte beschrieben, leicht krakelige Handschrift. Tatsächlich in Fraktur.

Schon ein paar Sekunden später *war* Roland Träger so gebannt von dem, was er da las, dass er das feine weiße Pulver, gar nicht bemerkte, dass aus dem Umschlag rieselte.

Welche Person den Brief hat und den Menschenkindern nicht offenbart, der sey verflucht von der Kirche Gottes, und von meiner allmächtigen Hand verlassen. Dieser Brief soll einem jedem gegeben werden abzuschreiben, und sollt euere Sünde so viel sein, als Sand am Meer und Gras auf dem Feld, so sollen sie euch verzogen und vergeben werden. Ihr werdet bald in das Reich Gottes übergehen.

Denn endlich kommt der Tag des Herrn, an dem er richten wird die Lebenden und die Toten.

Eine Pestilenz wird an St. Martin über Europa kommen, wie sie noch nie jemand erlebet hat. Nur solche, die in den Himmel gehören, werden überleben.

So wie Eva Rohner, getaufet und begraben in Einsiedeln.

11

Lindberg stützte seinen Kopf mit beiden Händen ab. Sollte er seine Kopfschmerzen mit einem Konterbier vertreiben? Funktionierte das überhaupt? Das letzte Mal hatte Lindberg das mit neunzehn probiert, doch damals hatte sein Körper alles wegstecken können. Außerdem musste er nüchtern werden und nicht betrunkener. Statt zum Bier griff er zu einem weiteren Fisherman's und dann zum Telefon.

Eine weibliche Stimme meldete sich. »Christine Hübner, Bezirksverwaltung, Einsiedeln.«

»Kommissar Lindberg von der Bundespolizei.«

»Bundespolizei?« Die Frau räusperte sich. »Wie kann ich Ihnen helfen?«

»Sie sind für die Friedhöfe in Einsiedeln zuständig?«

»Nicht ich persönlich«, antwortete die Frau. »Aber hier in der Bezirksverwaltung betreue ich sie, das stimmt.«

»Wir haben da einen merkwürdigen Fall«, sagte Lindberg. »Eine Bestattung im Chlosterwald.«

»Eine Bestattung?«

»Die Tote wurde im Waldboden begraben, die ausgehobene Erde zu einem Grab aufgetürmt und mit einem Holzkreuz geschmückt.«

»Gottfriedstutz! Wer macht denn so was?«

»Das wollte ich Sie fragen«, entgegnete Lindberg. »Gab es hier schon mal illegale Bestattungen?«

»Ich habe noch nie davon gehört«, antwortete sie. »Zumal die Bestattung in Einsiedeln kostenlos ist«, antwortete sie. »Die Beisetzung, die Grabeinfassung und das Grabfundament werden vom Bezirk bezahlt, selbst das provisorische Holzkreuz.«

»Wirklich?« Lindberg runzelte die Stirn. Als seine Eltern gestorben waren, war er noch zu klein gewesen, um sich um die Formalitäten zu kümmern.

»Das ist schon seit ein paar Jahrhunderten so«, antwortete sie. »Man könnte fast sagen, es lohnt sich, in Einsiedeln zu sterben.«

Lindberg musste fast lachen. Dann hatte er wohl doch falsch gelegen und in der Schweiz war zwar das Leben teuer, aber das Sterben kostenlos. »Und wie kommt das provisorische Kreuz auf das Grab?«

»Der Bezirk Einsiedeln stellt es den Angehörigen zur Verfügung. Wie gesagt kostenlos.«

»Haben Sie einen festen Lieferanten für die Holzkreuze?«

»Moment«, sagte die Frau. »Da muss ich nachschauen.« Sie legte den Hörer beiseite.

Lindberg trank einen großen Schluck Wasser. Direkt nach dem Mittag musste er zu Graf, verkatert und übernächtigt. Das konnte nur scheitern.

Er hörte, wie das Telefon wieder aufgenommen wurde. »Wir haben drei Lieferanten«, sagte die Frau und blätterte in ein paar Unterlagen. »Die kommen aber nicht aus der Region. Soll ich Ihnen trotzdem die Adressen geben?«

Lindberg notierte sich die Anschriften. »Darf man auch ein privates Kreuz aufstellen?«, fragte er. »Eines, das man von einer anderen Schreinerei hat?«

»Wenn es der Würde des Ortes entspricht, ist das kein Problem«, antwortete sie.

Also kann das Kreuz von überall stammen. Warum sollte es auch einfach sein? »Die Kreuze von Ihren drei Lieferanten, sehen die alle gleich aus?«

»Kleine Unterschiede gibt es schon«, antwortete sie. »Soll ich Ihnen von jedem ein paar Fotos schicken?«

»Das wäre sehr nett«, antwortete er. »Sie würden mir wirklich helfen, wenn Sie das heute noch erledigen könnten.«

»Ich mache das gleich«, sagte sie.

Lindberg gab ihr seine E-Mail-Adresse und hörte, dass ein weiterer Anrufer in der Leitung war. Er bedankte sich und nahm den anderen Anruf an. Es war Zach, die Kriminaltechnikerin. »Die Leiche wird gerade überführt, Graf hat ziemlich Druck gemacht und Dr. Molet bittet um zwei Uhr zur Audienz. Schaffst du das?«

»Hat er was dazu gesagt, dass ich mitkomme?«

»Meinst du, ich sag ihm das? Da regt er sich nur vorher schon unnötig auf.«

»Du bist eine Meisterin der Psychologie.« Lindberg legte auf.

Er ging in die Cafeteria und drückte sich einen Kaffee aus dem Automaten, mit der einzigen Kombination, in der das Zeug nicht schmeckte wie Spülwasser: Doppelter Espresso, extra stark, extra Milch, extra Zucker.

»Da ist ja der Mann, wegen dem man sich neuerdings als Bundespolizist schämen muss.«

Lindberg drehte sich um. Vor ihm stand Thorben Furrer, der Leiter der Terrorermittlung. Er sah aus wie die Schweizer Ausgabe von James Bond und wahrscheinlich hielt er sich auch dafür. Doch er trug eben eine Aktenmappe statt einem Martini, dazu eine Hornbrille und einen graumelierten Oberlippenbart. »Also was Kübler vom Basilisk mir da erzählt hat ...«

Lindberg nahm einen Schluck Espresso, wollte etwas sagen, doch sein Hirn schien vollends damit beschäftigt, Kopfschmerzen zu produzieren und ihm fiel keine Entgegnung ein. Er warf Furrer einen Blick zu, der mindestens so bitter war wie der Kaffee und ließ ihn stehen.

Als er wieder ins Büro kam, war Mia schon vom Tatort zurückgekehrt und saß an ihrem Schreibtisch. »Gibt es was Neues?«, fragte sie.

Lindberg schüttelte den Kopf und öffnete sein Mailprogramm. Zu seiner Überraschung hatte die Verwaltungsmitarbeiterin aus Einsiedeln schon eine E-Mail gesendet. Lindberg klickte auf die Fotos im Anhang und betrachtete sie. Auf jedem war ein Kreuz abgelichtet, alle leicht unterschiedlich in Farbe und Größe. Das Kreuz der Schreinerei Ullrich kam ihm irgendwie bekannt vor. Er verglich es mit den Bildern, die Katharina Zach vom Tatort gemacht hatte.

»Schau dir das mal an.« Er schwenkte seinen Bildschirm in Mias Richtung und zeigte auf eines der Fotos.

»Das könnte das Kreuz sein«, sagte sie. »Aber ich hab keine Ahnung, ob die nicht alle gleich aussehen.«

Er schaute auf die Uhr. »Sollen wir bei der Schreinerei mal vorbeifahren? Sie sitzt in der Nähe von Biel.«

»Musst du nicht zu Graf? Er hat vorhin so was angedeutet.«

»Um eins«, sagte Lindberg. »Aber wenn wir Glück haben, dauerte die Befragung so lange, dass ich den Termin verpasse.«

»Und falls nicht?«

»Dann wird mir schon etwas einfallen.«

12

»Was war jetzt heute Nacht?«, fragte Mia ihn auf dem Weg zur Tiefgarage. »Das war doch ein Scherz mit dem Amoklauf, oder?«

Lindberg schüttelte den Kopf. »Die Kollegen vom Basilisk mussten mich retten.«

»Was?«

Lindberg erzählte was vorgefallen war. »Danach musste ich erst mal ein paar Bier trinken, um mich zu beruhigen.«

»Also muss ich fahren?«

»Wenn wir nicht riskieren wollen, dass uns die Bullen anhalten.«

Mia lächelte. »Schon den neuen Dienstwagen gesehen?« Sie ließ die Blinker eines silbernen Sportwagens aufleuchten. »Ist alles elektrisch.«

»Die Fensterheber, oder was?«

»Sehr witzig.« Sie strich über den Lack. »Das ist ein Tesla, der erste alltagstaugliche Elektrosportwagen. Fünf Sitze, cooles Design. 225 Sachen.«

»Bin beeindruckt«, sagte Lindberg. »Aber Tesla? War der nicht wahnsinnig?«

»Mir doch egal«, antwortete sie. »Das Ding schießt von Null auf Hundert in sechs Sekunden.«

Lindberg blickte sie irritiert an. »Ich dachte, du bist bei Greenpeace?«

»Das heißt nicht, dass man keinen Spaß mehr im Leben haben darf. Außerdem fährt das Teil mit Ökostrom.« Sie stieg in den Wagen.

Lindberg setzte sich auf den Beifahrersitz. Es roch nach Neuwagen und Leder, so hatte sein Volvo für fünfzehn Jahren wahrscheinlich auch gerochen. »Und warum haben wir so einen Dienstwagen?«

»Du kennst doch Graf, der braucht immer ein neues Profilierungsprojekt«, antwortete sie. »Nachdem die für uns zuständige Bundesrätin der Energiewende höchste Priorität eingeräumt hat, ist er sofort auf den Zug aufgesprungen und präsentiert sich mal wieder als Vorreiter.«

»Na, wenigstens ist es dieses Mal ungefährlich.«

»Du bist noch nie mit mir Auto gefahren, oder?« Sie grinste. »Geht's eigentlich mit dem Kater?«

»Ich tu einfach so, als hätte ich keinen.«

»Und, klappt's?«

»Seh ich so aus?«

Mia lachte. »Dann schnall dich mal an.« Sie drückte das Gaspedal durch und schoss aus der Tiefgarage. Lindberg hielt sich am Haltegriff fest. »Willst du den Wagen gleich zu Schrott fahren?«

»Ich will doch nicht schuld sein, wenn du dein Tête-à-Tête mit Graf verpasst.«

»Du könntest mir keinen größeren Gefallen tun.«

Gerade als Lindberg einnicken wollte, parkte Mia vor einem alten, hölzernen Bauernhaus. »Wir sind da.« Sie zeigte auf eine an das Haus angebaute Werkstatt. Die Schreinerei lag in Aarberg im Berner Seeland, von nichts umgeben als von abgeernteten Feldern, selbst die asphaltierte Straße endete dort.

»Kannst du die Befragung durchführen?«, fragte Lindberg, während sie aus dem Auto stiegen. »Aber bitte nicht so hektisch.«

»Hektisch? Ich?« Mia hob die Hände, so unschuldig wie ein Fußballspieler nach einer Schwalbe. »Ich bin die Ruhe selbst. Völlig relaxed.«

»Hm«, brummelte Lindberg. Vor dem Eingang der Schreinerei stand ein alter Transporter mit deren Logo. Sie klingelten an der bemerkenswert schlichten Eingangstür der Schreinerei.

Ein großgewachsener Mann Mitte zwanzig öffnete die Tür. Er hatte seine Haare zu einem Pferdeschwanz gebunden und blickte die Kommissare freundlich an. »Wie kann ich Ihnen helfen?«

»Wir sind von der Bundespolizei.« Mia zeigte ihren Ausweis. »Wir hätten ein paar Fragen an Herrn Ullrich.«

Der Mann blickte sie verunsichert an. So ging es den meisten, wenn unangemeldet jemand von der Bundespolizei vorbeikam. Er bat sie in den Verkaufsraum. »Worum geht es denn?«

»Sind Sie Herr Ullrich?«, fragte Mia.

»Er ist hinten in der Schreinerei. Ich ... hole ihn.«

Lindberg blickte sich um, im Verkaufsraum standen einige Kommoden mit applizierten Schnitzereien, zwei Küchentische mit Stühlen und ein Kleiderschrank. Auf einem der Küchentische stand das Modell einer

Kapelle, sie war als einzige nicht in Naturholz, sondern in Weiß gehalten.

Ein Mann mit graumelierten Haaren betrat den Raum. »Sie wollten zu mir?«

»Sie sind Herr Ullrich?« Mia gab ihm die Hand und zeigte ihren Ausweis.

Der Mann nickte. »Wie kann ich Ihnen helfen?«

»Wir haben heute Morgen in Einsiedeln den Leichnam einer wahrscheinlich ermordeten Person gefunden«, sagte Mia. »Der Leichnam wurde in einem Grab bestattet, mit einem Holzkreuz darauf.«

»Und wieso kommen Sie zu mir?«

»Wir vermuten, dass dieses Holzkreuz aus Ihrem Betrieb stammt.«

»Trägt es denn einen Namen?«

»Nur einen Vornamen.«

Ullrich zog eine Augenbraue hoch. »Also ist es ein Kinderkreuz?«

»Nein«, antwortete Mia. »Eines für Erwachsene.«

»Und unser Schild ist auf der Rückseite angebracht?«

»Das fehlt, aber das Modell sieht aus wie Ihres.« Sie lächelte entschuldigend. »Zumindest laut der Gemeinde Einsiedeln, die Sie beliefern. Können wir die Kreuze mal sehen?«

»Sicher.« Der Schreiner zeigte in Richtung Werkstatt. »Ich habe immer ein paar auf Lager.«

»Sie haben in letzter Zeit nicht zufällig einen Diebstahl festgestellt?«, fragte Mia.

Ullrich schüttelte den Kopf und führte sie in die Werkstatt. Bis auf eine Sägemaschine stand sie leer. Durch ein Fenster sah Lindberg auf der Straße den

Mitarbeiter stehen, der sie hereingelassen hatte. Er unterhielt sich mit einem anderen, jüngeren Mann.

»So ein einzelnes Kreuz würde nicht auffallen, wenn es fehlt«, sagte Ullrich. »Ist ja nicht so viel wert.«

»Ist die Werkstatt immer abgeschlossen?«, fragte Mia.

»Wenn man nicht gerade auf massive Holzmöbel steht, gibt es bei uns nichts zu holen.«

»Das heißt?«

Der Schreiner rieb sich das Kinn. »Tagsüber schließe ich normalerweise nicht ab.«

»Haben Sie keine Angst, dass jemand einbrechen könnte?«

»Wir leben hier ziemlich auf dem Land, da vertraut man einander. Und tagsüber sind David und mein Sohn Christian da.« Er öffnete die Tür zum Lager. »David ist mein Mitarbeiter. Er hat Sie vorhin hereingelassen.«

»Und Ihr Sohn?«

»Er hilft auch mit«, sagte Ullrich, stockte dann jedoch. »Er ist allerdings ... na ja ... er leidet am Down-Syndrom.«

»Das tut mir leid«, sagte Mia.

»Gott gibt, Gott nimmt«, antwortete Ullrich. »Meist kümmert sich meine Frau um ihn, aber sie arbeitet halbtags im Büro, da ist er dann in der Schreinerei.« Er blickte auf den Boden. »Aber das wollen Sie sicher gar nicht wissen.« Er ging zu einem Holzregal, in dem einige Kreuze lagen. »Das wären dann meine Kreuze. Kinderkreuze habe ich gerade keine da.«

»Das ist die richtige Größe«, sagte Mia.

Lindberg nahm ein Kreuz. Es sah genau aus, wie das, welches ihm die Mitarbeiterin aus der Stadtgärtnerei fotografiert hatte. »Könnte man zweifelsfrei feststellen, dass diese Kreuze von Ihnen stammen?«

»Na ja ... was ist zweifelsfrei?« Ullrich rieb sich die Nase. »Wenn es vom selben Baum ist, dann bestimmt. Ansonsten werden alle mit derselben Maschine hier bearbeitet.« Er zeigte auf die Sägemaschine in der Werkstatt. »Ich nehme an, Ihre Techniker könnten an dem Kreuz Charakteristika der Maschine feststellen.«

»Dürfen wir ein Kreuz mitnehmen?« Mia zeigte auf das Kreuz, das Lindberg immer noch musterte.

»Sie können es behalten«, antwortete Ullrich. »Normalerweise liefern wir die Kreuze immer mit vollem Namen. Falls das für Sie wichtig ist.«

»Das heißt, Sie lagern hier die Rohlinge und sobald eine Bestellung kommt, schnitzen Sie den Namen in das Kreuz und senden es an den Besteller?«, fragte Mia.

Ullrich nickte.

»Privatpersonen bestellen nicht bei Ihnen?«

»Möbel schon, aber keine Kreuze.«

»Danke, Sie haben uns sehr geholfen.« Mia wandte sich zu Lindberg. »Hast du noch Fragen?«

Lindberg schüttelte den Kopf. In seinem Zustand wären ihm nicht mal die Hälfte der Fragen eingefallen, die Mia gestellt hatte.

Die Kommissare verabschiedeten sich und gingen zu ihrem Tesla. Ein Jugendlicher stand davor und versuchte, den Tachometer abzulesen. Er bemerkte die Kommissare erst, als Mia schon fast an der Tür war.

»Schnelles Auto«, sagte er und lächelte. Sein Blick war ein wenig schief, aber freundlich.

»Du bist Christian?«, fragte Lindberg.

Der junge Mann nickte. »Dein Auto?«

»Nein, es ist ein Polizeiwagen.«

»Wie kommt man zur Polizei?«

»Indem man immer ehrlich ist, mutig, und etwas gegen das Böse tun will.«

Christian nickte interessiert und zeigte auf Mias roten Bubikopf.

»Schöne Haare.«

»Danke«, sagte sie. »Du hast einen guten Geschmack.«

Der junge Mann lächelte und ließ die beiden Kommissare einsteigen. Zum Abschied winkte er ihnen nach.

Mia gab Gas. »Ehrlich, mutig und kämpft gegen das Böse? Hast du dabei an Graf gedacht?«

Nein, an dich, dachte Lindberg, doch er sagte es nicht. Er wollte nicht, dass Mia auf falsche Gedanken kam.

»Und, war das Verhör hektisch?«, fragte sie.

Lindberg schüttelte den Kopf. »Du hast das gut gemacht.«

»Aber?«

»Der Mann, der uns die Tür geöffnet hat.« Lindberg massierte sich die Stirn. »Dieser David. Er hat uns die ganze Zeit von draußen beobachtet, zusammen mit dem Sohn des Schreiners.«

»Die Polizei kommt hier eher selten vorbei, oder?«

Lindberg nickte. »Aber der wirkte auf mich, als habe er ein schlechtes Gewissen.«

»Wer hat das nicht?«, fragte Mia. »Wenn plötzlich die Polizei vor der Tür steht? Hat doch jeder eine kleine Leiche im Keller.«

Lindberg schaute sie irritiert an. »Ich hab das nicht.«

»Nö, du kommst nur betrunken zur Arbeit und lässt die Termine mit deinem Vorgesetzten sausen.«

Lindberg lächelte. »Was zumindest beweist, dass ich keine Angst vor der Polizei habe.«

»Du könntest den Termin mit Graf übrigens noch schaffen, wenn ich in den Sebastian-Vettel-Modus schalte.«

»Mir ist plötzlich total übel«, sagte Lindberg. »Ich glaub, du musst ganz, ganz langsam fahren.«

13

Roland Träger zündete sich eine Zigarette an, nahm den Telefonhörer und wählte eine Nummer. In der gesamten Schweiz gab es nur zwei Personen mit dem Namen Eva Rohner. Und er würde herausfinden, welche die richtige war. Schließlich fühlte er sich immer noch als Reporter und er war überzeugt, dass niemand ein guter Chefredakteur sein konnte, der das Handwerk nicht von der Pike auf gelernt hatte. Und es ab und an anwendete.

Eine Frauenstimme meldete sich. »Rohner hier.«

»Spreche ich mit Eva Rohner?«

»Ja. Was möchten Sie denn?«

»Ich bin von der Werbeagentur Active-Ad und würde gerne mit Ihnen eine Umfrage ...«

Eva Rohner hatte aufgelegt. Umso besser.

Träger zog an seiner Kippe und wählte die zweite Telefonnummer. Er ließ es klingeln, bis er die Zigarette ausgeraucht hatte. Niemand ging an den Apparat. Er öffnete das Fenster und warf die Kippe hinaus. Er hatte noch zwei Handynummern von Eva Rohner gefunden. Er wählte die erste und während er das Telefon läuten ließ, überdeckte er den Zigarettengeruch in seinem

Büro mit einem Raumspray und schloss das Fenster wieder. Er hasste das Rauchverbot, hatte kräftig dagegen in seiner Zeitung anschreiben lassen, doch es hatte nichts genutzt. Das hatte mal wieder bewiesen, dass selbst seine Macht begrenzt war.

Träger legte auf, wartete eine Weile und versuchte es dann bei der zweiten Nummer, dem Geschäftshandy von Eva Rohner. Die Rechnung dafür lief über eine Schule in Zürich, offensichtlich ihr Arbeitgeber.

Erneut ließ er es eine gute Minute lang klingeln, dann suchte er im Internet nach der Telefonnummer von Eva Rohners Schule und wählte die Nummer des Sekretariats. »Hier ist Bernd Rohner«, meldete er sich.

»Womit kann ich Ihnen helfen?«

»Ich bin der Onkel von Eva Rohner und wollte meine Nichte wegen einer dringenden Familienangelegenheit sprechen, aber sie geht nicht an ihr Telefon.«

»Wenn sie im Unterricht ist, kann sie natürlich keine Gespräche annehmen.«

»Ich würde auch nicht anrufen, wenn es sich nicht um einen Notfall handeln würde«, sagte er und legte ein wenig Verzweiflung in seine Stimme. »Wissen Sie denn, ob Eva heute zum Unterricht erschienen ist? Dann könnte ich sie vielleicht in der Pause kurz abpassen.«

»Einen Moment bitte.« Es raschelte in der Leitung, wahrscheinlich blätterte die Frau in irgendwelchen Unterlagen. »Frau Rohner ist heute nicht zur Arbeit gekommen«, sagte sie schließlich. »Das ist ungewöhnlich, denn normalerweise ist sie sehr zuverlässig.«

»Hat sie sich nicht krankgemeldet?«

»Nein, das ist ja das Merkwürdige.«

»Dann fahre ich mal bei ihr daheim vorbei«, sagte Träger. »Vielleicht ist sie ja krank und braucht Hilfe.«

»Das wäre sehr nett«, antwortete die Sekretärin, doch Träger hörte gar nicht mehr hin. Er öffnete Facebook, suchte nach Eva Rohner, fand sie und klickte auf ihr Profil. Verdammt! Die Lehrerin teilte ihre Daten nur mit Freunden ihrer Freunde.

Aber auch dafür wusste er eine Lösung. Er suchte nach Freunden, möglichen Verwandten und Kollegen von Eva und versendete ein paar Freundschaftsanfragen. Irgendeine von Evas Freundinnen würde ihn schon annehmen, schließlich sah er in diesem Profil um einiges blendender aus als in der tristen Realität. Während er auf Antwort wartete, drängte sich plötzlich ein Gedanke nach vorn: *Was ist eigentlich, wenn die Drohung in dem Brief ernstgemeint ist?*

14

Drei Minuten nach eins kamen Lindberg und Mia in der Bundespolizei an. Sie fuhren mit dem Aufzug auf Zachs Etage, die Tür zu deren Büro stand wie immer offen. Lindberg nahm das Holzkreuz von der Schulter, das Ullrich ihnen mitgegeben hatte. »Das Kreuz vom Tatort, sieht es so aus?«

Katharina Zach nahm das Kreuz in die Hand. »Auf den ersten Blick schon«, antwortete sie und deutete mit dem Daumen nach hinten. »Das andere liegt im Schrankregal.«

Lindberg ging hinüber und nahm das Kreuz heraus. Daneben lag eine transparente Plastikdose, in der sich eine weiße Feder befand. Lindberg legte sie auf das Kreuz, hielt es waagerecht und ging zurück zu den Kollegen. »Ist das die Feder?«, fragte er.

Zach nickte. »Ist eine Gänsedaune.«

»Ganz schön weiß«, sagte Lindberg. »Dafür, dass sie in der Erde gelegen hat.«

»Daher meine Theorie, dass sie erst mit dem Leichnam in die Erde kam.« Katharina Zach räusperte sich. »Zumal im Wald für gewöhnlich keine Gänse rumlaufen.«

Lindberg legte beide Kreuze nebeneinander auf einen freien Schreibtisch. »Sie scheinen identisch zu sein«, sagte er. »Zumindest sieht das für mich so aus.«

»Das ist kein Beweis«, sagte Zach. »Das müssen wir forensisch untersuchen. Holzart, Maserung, Schnittkanten, das volle Programm.«

»Und wie lang dauert das?«

»Das muss ich extern vergeben. Ein paar Tage.«

Mia nahm die beiden Kreuze und drehte sie auf die Rückseite. »Das Schild der Schreinerei sitzt genau an derselben Stelle, hier in der kleinen Einbuchtung.« Sie zeigte auf das Kreuz, das auf dem Grab gestanden hatte. »Jemand hat es gestohlen und das Schild entfernt.«

»Und er hat nicht mit euch Supercops gerechnet.« Zach klatschte demonstrativ in die Hände.

In dem Moment öffnete sich die Tür. Bundespolizeichef Graf trat ein, wie immer ohne anzuklopfen. »Was machen Sie hier, Herr Lindberg?«

»Wir waren noch beim Lieferanten des Grabkreuzes aus Einsiedeln und sind gerade wiedergekommen.«

»Das hat sich vielleicht noch nicht bis nach Schweden rumgesprochen, aber heutzutage gibt es so kleine elektronische Geräte, mit denen kann man anrufen, wenn man unterwegs ist und zu spät kommt.« Graf deutete auf die Kreuze auf Zachs Tisch. »Davon abgesehen sieht das hier nicht nach *gerade wiedergekommen* aus.«

»Wir haben die Kreuze schnell noch abgeglichen. Es scheint ...«

»Das kann ja wohl warten. Hätten Sie vielleicht zufällig einen Moment für Ihren Vorgesetzten?«

»Hier oder bei Ihnen?«

»Bei mir, falls Sie es ohne Unfall dahin schaffen.«

15

Auf dem Weg zu Grafs Büro wurde Lindberg wieder schlecht. Seit seinem dreißigsten Geburtstag machte sein Körper nicht mehr jeden Unsinn mit, jedenfalls nicht widerstandslos. Wahrscheinlich merkte ihm Graf die schlaflose und bierselige Nacht nur deswegen an, weil Lindberg kein Gewohnheitstrinker war. Genau wie in der Schule, dort erwischten die Lehrer meist die braven Schüler, wenn die ausnahmsweise mal was Verbotenes taten, nie die durchtriebenen, erfahrenen Hinterbänkler.

Lindberg hoffte, dass er als Polizist nicht genauso halbblind war.

Bundespolizeichef Graf öffnete die Tür zu seinem Büro, ging hinein, wartete, bis Lindberg ihm gefolgt war und schloss die Tür direkt hinter ihm ab. Zweimal. Graf ließ sich in seinen Chefsessel fallen, ohne Lindberg einen Platz anzubieten.

Lindberg setzte sich auf den Besucherstuhl.

Graf fixierte ihn ein paar Sekunden. Auf seiner Stirn erkannte Lindberg jene pochende Ader, die immer erschien, wenn Graf sich aufregte. »Können Sie mir bitte erklären, was Sie gestern Abend in der Wohnung von Frau Krasnic gemacht haben?«

Lindberg hatte keine Ahnung, wie die Frau hieß, aber er wusste auch so, worum es ging. »Sie wurde von ihrem Mann bedroht und hat mich um Hilfe gebeten.«

»Sind Sie neuerdings Streifenpolizist?«

Lindbergs Augen funkelten. »Ich bin nicht Polizist geworden, um tatenlos danebenzustehen, wenn eine Frau und ein Kind in Gefahr sind.«

»Und ich bin nicht Bundespolizeichef geworden, um mir von meinen Mitarbeitern auf der Nase herumtanzen zu lassen.«

»Das hatte doch gar nichts mit Ihnen zu tun«, entgegnete Lindberg. »Außerdem hatte der Barkeeper die Kollegen sofort informiert. Aber das Kind der Frau war noch im Haus, also bin ich ...«

»Was für ein Barkeeper denn?«

Lindberg schloss die Augen. Er hatte sich übertölpeln lassen wie ein Anfänger. »Ich hatte mich mit einem Schulfreund getroffen. Mehr nicht.«

»Wäre vielleicht besser, Sie hätten was getrunken. Das würde wenigstens erklären, warum Sie im Alleingang in diese Wohnung gegangen sind, ohne Waffe, ohne Schutzweste.«

»Ich war nicht im Dienst ...«

»Und dann legen Sie Ihr Hirn genauso ab, wie die Waffe?«

»Wenn ich es nicht getan hätte, würden die Frau und das Kind vielleicht nicht mehr leben.«

»Vielleicht«, sagte Graf. »Wenn die Sondereinheit aber nicht so schnell gewesen wäre, dann wären die beiden trotzdem tot. Und Sie gleich mit.«

Lindberg schloss die Augen. Er wusste, das Graf recht hatte. Trotzdem würde er wieder genauso handeln.

»Und dann nach dem Vorfall, betrinken Sie sich einfach«, sagte Graf. »Obwohl Sie wussten, dass Sie heute Morgen Dienst haben.«

»Ich hab mich nicht betrunken«, antwortete Lindberg. »Ich hab wegen einer Grippe Medikamente genommen.« Er fasste in seine Tasche und holte ein Arzneifläschchen heraus.

Graf winkte ab. »Das haben Sie vorhin noch schnell gekauft«

»Und warum ist es dann offen?« Lindberg stellte die Flasche auf Grafs Schreibtisch. Noch vor der Apotheke hatte er die Flasche aufgedreht und die Hälfte in den Gully geschüttet. Er war ja kein Anfänger. »Da sind einundfünfzig Prozent Alkohol drin. Das ist mehr als in einem Whiskey.«

»Sie scheinen sich ja gut auszukennen.« Graf zog seine Augenbrauen hoch. »Und Sie meinen wirklich, ich glaube Ihnen diesen Schwachsinn?«

»Soll ich irgendwo blasen?« Lindberg hatte sich entschieden, in die Offensive zu gehen, sonst würde die Diskussion nie aufhören.

Graf seufzte. »Sie haben sich äußerst unprofessionell verhalten.«

»Es wird nicht wieder vorkommen.«

»Der Meinung bin ich auch«, sagte Graf. »Und damit das sichergestellt ist, lassen Sie mich eines klarstellen: Noch so ein Ding, und Sie können Ihr Helfersyndrom als Privatperson ausleben!«

Bevor Lindberg etwas sagen konnte, redete Graf weiter. »Von nun an erwarte ich absolute Disziplin«, sagte er. »Keine Widerreden mehr, Pünktlichkeit wie es sich für einen Schweizer Polizisten gehört und jeden Tag einen schriftlichen Bericht über den Ermittlungsstand in unserem Mordfall. Ist das klar?«

Lindberg nickte, stand auf und schaffte es gerade so, die Tür nicht hinter sich zuzuschlagen.

16

»Es gibt wahrscheinlich keinen Gott«, sagte Tanja Egger. »Sorge dich nicht und genieße das Leben!«

»Ein interessanter Name für eine Kampagne«, antwortete der Reporter am Telefon. »Aber was ist, wenn es doch einen Gott gibt?«

»Bisher ist noch kein Bus, der mit unseren Plakaten fährt, von brennenden Büschen, Sintfluten oder den himmlischen Heerscharen von seinem Kurs abgebracht worden«, antwortete sie. »Und wir fahren unsere Kampagne weltweit: London, Chicago, Madrid und jetzt Zürich.«

»Wenn die Verkehrsbetriebe nicht noch einen Rückzieher machen.«

»Zürich ist eine tolerante Stadt. Und wenn die katholische Kirche in den Straßenbahnen Werbung machen darf und die reformierte an den Haltestellen, dann ist es nur legitim, dass auch die Atheisten ihre Meinung kundtun können. Oder finden Sie nicht?«

»Meine Meinung steht hier nicht zur Debatte«, antwortete der Mann. »Ich bin nur Journalist.«

Das Argument kannte Tanja Egger zur Genüge. Viele Atheisten scheuten sich, Position zu beziehen. Genau aus diesem Grund hielten die Kirchen immer noch die Meinungsmacht inne, obwohl es in vielen Großstädten inzwischen mehr Konfessionslose gab als Katholiken oder Protestanten. »Haben Sie noch eine Frage?«

»Mein Bericht wird wahrscheinlich eine Diskussion auslösen«, antwortete der Reporter. »Sind Sie darauf vorbereitet?«

Sie strich sich durch ihr vorzeitig ergrautes Haar und lächelte. »Wir freuen uns auf die Diskussion. Denn genau die wollen wir mit unseren Plakaten anregen.«

»Und Sie haben keine Angst vor Drohungen?«

»Nein. Sonst hätten wir schon lange aufgehört.«

»Das heißt, Sie werden bedroht?«

Tanja Egger hielt den Atem an. Es war nicht richtig, diesen fundamentalistischen Spinnern auch noch Aufmerksamkeit zu verschaffen. »Ab und an«, antwortete sie ausweichend.

»Wenn Ihre Kampagne erst läuft, wird das sicher zunehmen.«

»Hunde die bellen, beißen nicht.«

Der Reporter lachte.

Doch so cool Tanja Egger sich nach außen hin gab, ihr war nicht nach Lachen zumute. Der Reporter hatte recht. Es war in letzter Zeit immer schlimmer geworden. Vor allen Dingen mit diesen Fanatikern von den Primuschristen. Wie würden sie reagieren, wenn die Plakate in jedem Züricher Bus hingen?

»Sie sind eine sehr mutige Frau«, sagte der Reporter. »Die trifft man heutzutage selten.«

»Danke«, antwortete sie leise. Wenn ich wirklich so mutig bin, warum hab ich dann solche Angst?

»Vielleicht sollten wir uns mal auf einen Kaffee treffen?« Der Reporter räusperte sich. »Privat.«

Tanja Egger schluckte. »Ich bin ...äh ... ich habe sogar schon graue Haare.«

»Dafür klingen Sie aber noch sehr jung.«

»Wenn sie zweiunddreißig noch jung finden ...«

»Was denn sonst?«, antwortete er. »Wir legen Ihre grauen Haare und meine Glatze zusammen und trinken einen Kaffee. Wie sieht es bei Ihnen heute Abend aus?«

Ihr Herz schlug schneller. Als sei dort eine Antwort zu finden, ging sie zu ihrem Küchenfenster und blickte hinaus. »Ich weiß nicht«, antwortete sie. »Das ist doch ein wenig kurzfristig.«

»Ich dachte, Sie wären so mutig ...«

»Das haben Sie gesagt!« Tanja Egger lächelte.

»Die Gläubigen gründen ihre Hoffnung in Gott«, sagte er. »Die können jeden Rückschlag hinnehmen und darauf hoffen, dass Gott es schon richtet.« Er legte einen schmeichelnden Unterton in die Stimme. »Aber ich bin Atheist. Wenn Sie mir die Hoffnung nehmen, wer soll mich dann trösten?«

»Sie sind Atheist?«

»Dass ich meine Meinung als Reporter nicht in den Vordergrund stelle, heißt nicht, dass ich keine habe.«

»Und Sie haben heute Abend wirklich nichts Besseres vor, als mit einer grauhaarigen Aktivistin essen zu gehen?«

»Ich könnte mir nichts Schöneres vorstellen.«

»Dann ist Ihre Phantasie nur schwach ausgeprägt.« Sie lächelte und fühlte sich fast ein wenig kokett.

»Ertappt«, sagte er. »Also ich konkretisiere: Von den Dingen, die es sich geziemt, zu einer jungen Frau am Telefon zu sagen, könnte ich mir nichts Schöneres vorstellen. Also bitte enttäuschen Sie meine Hoffnung nicht.«

Tanja Egger hatte schon lange nicht mehr geflirtet. Es tat ihr unerwartet gut. Warum eigentlich sollte sie sich nicht mit dem Reporter treffen? Er schien unterhaltsam und lachte sogar über ihre Witze.

Außerdem war es immer gut, einen Verbündeten in der Presse zu haben. Und vielleicht wurde auch mehr daraus. »Na gut«, sagte sie. »Schließlich haben auch wir Atheisten Mitgefühl.«

»Zu gnädig.« Sie hörte ihn schmunzeln. »Wie wäre es um zwanzig Uhr im Hiltl?«

Sie lupfte eine Augenbraue. Ein Reporter, der das älteste vegetarische Restaurant der Welt für ein Date vorschlug, war auf alle Fälle ein Treffen wert. »Das würde passen. Woran erkenne ich Sie?«

»Ich erkenne Sie«, antwortete er. »Eine so junge, hübsche Frau mit grauen Haaren wird wohl nicht zu übersehen sein, oder?«

»Ich habe nicht behauptet, dass ich hübsch bin«, erwiderte sie.

»Mutige Frauen sind auf ihre eigene Art immer hübsch«, antwortete er. »Außerdem habe ich Ihr Bild auf der Homepage gesehen.« Er klang übertrieben charmant und trotzdem frech.

Das gefiel ihr. Es gefiel ihr gut. »Ich freue mich«, flüsterte sie und verabschiedete sich.

Sie blickte wieder aus dem Küchenfenster. Dieses Mal nicht, um eine Antwort zu finden. Sondern einfach nur, um den Moment zu genießen. Die Sonne schien auf die Hecke zwischen dem Fenster und ihrem kleinen Garten. Manchmal ärgerte sie sich, dass sie im Erdgeschoss wohnte, aber jetzt, in diesem Moment gefiel ihr der Ausblick. Sie öffnete das Fenster. Ein bisschen frische Luft würde ihr guttun.

Tanja Egger lehnte ihren Oberkörper auf die Fensterbank, schaute hinaus und hörte plötzlich unter sich ein Rascheln.

Dann Schritte. Irgendwelche Bewegungen.

Sie schaute hinab. »Hey, was machen Sie da?«

Der Mann, der sich unter ihrem Fenster versteckt hatte, drehte ihr den Rücken zu, sprang über die Hecke und verschwand in der nächsten Seitenstraße.

Tanja Egger hatte nicht viel gesehen. Nur, dass der Flüchtende blonde Haare hatte.

17

Erschöpft ließ Lindberg sich in den Bürostuhl fallen und schaltete den Computer ein. Mia telefonierte gerade, legte aber kurz darauf auf. »Was habt ihr denn so lange besprochen?«, fragte sie. »Ich dachte schon, Graf hat dich gefeuert.«

»Bin noch mal davongekommen.« Lindberg zuckte mit den Schultern. »Und ich war noch in der Kantine. Ich musste mal was essen.«

»Und was machst du dann noch hier?« Mia blickte demonstrativ auf die Uhr. Bei der Zusammenarbeit mit Lindberg war das eine ihrer Lieblingsgesten. »Es ist Viertel nach zwei. Solltest du nicht bald bei der Obduktion sein?«

»Verdammt!« Lindberg stand wieder auf. »Kommst du nicht mit?«

»Zu Molet? Ich bin froh, wenn ich Le 'Obbydiktator nicht sehen muss. Da schreib ich lieber den Tatortbericht. Und du weißt, wie sehr ich Berichte hasse.«

Eine Viertelstunde später stieg Lindberg aus dem Taxi und betrat das Rechtsmedizinische Institut in Bern. Der bisherige Pathologe war vor ein paar Wochen in Rente gegangen und ausgerechnet der griesgrämige Dr.

Molet aus Basel hatte die Stelle übernommen. Schon der Eingangsbereich des Instituts roch nach Formaldehyd und schlechter Laune.

Lindberg zog sich um und öffnete die Tür zum Obduktionsraum. Er sah zwei Personen an einem Stahltisch stehen, Katharina Zachs schwarze Bluse war selbst unter dem grünen Kittel zu erkennen. Neben ihr stand Dr. Luc Molet, Spitzname Le ›Obbydiktator.

Zach hob den Kopf und kam auf Lindberg zu. »Hast du den Weg nicht mehr gefunden?«

»Der Bundespolizeichef hat mich noch aufgehalten.«

Molet schaute Lindberg an, als sei er die Heilige Inquisition und nuschelte etwas auf Französisch, das eine Begrüßung sein konnte, oder eine Beschimpfung.

»Sie waren doch im Urlaub, oder?«, fragte Lindberg. »Wie war es denn?«

Dr. Molet brummelte ein paar Worte in seinen imaginären Bart, von denen Lindberg nur Bandscheibenvorfall verstand. Dann wandte sich Molet wieder der Leiche zu.

»Haben Sie schon etwas herausgefunden?«, fragte Lindberg.

Molets stahlblaue Augen funkelten. »'err Lindberg, glaube Sie, wir stehen uns 'ier nur eine 'albe Stunde lang die Beine in die Bauch?«

»Natürlich nicht«, antwortete Lindberg. »Ich dachte nur, Sie könnten mich kurz auf den aktuellen Stand bringen.«

»Entweder Sie sein pünktlich und 'alte die Obduktion nicht auf, oder Sie müsse die Bericht lese.«

»Ich werde den Kollegen später orientieren«, mischte sich Zach ein. »Er hat sicher nichts dagegen, wenn wir direkt mit der Obduktion fortfahren.«

In dem Moment klingelte Lindbergs Diensthandy. Molet lupfte wieder eine Augenbraue. Stimmt, das ist ja hier auch verboten. Lindberg stellte das Handy auf lautlos und nickte den anderen entschuldigend zu.

In Molets Gegenwart kam Lindberg sich immer vor wie das platte, fünfte Rad am Wagen. Im Ernstfall völlig nutzlos.

Er zwang sich, die Leiche zu betrachten. Sie lag auf dem Bauch, Lindbergs Blick fiel als Erstes auf die rotblauen Hämatome am Nacken der Toten, die er schon am Fundort der Leiche gesehen hatte. Molet schob die Oberschenkel der Frau zusammen.

»Haben Sie Spuren eines Sexualdelikts entdeckt?«, fragte Lindberg.

Molet schwieg und betastete den Po der Toten.

»Bisher haben wir keine Hinweise in die Richtung«, antwortete Zach und hielt den Zeigefinger vor die Lippen.

Und zu Schweigen hat man hier auch, während der Meister sein Können zelebriert.

»Wir haben auf der Stirn Spuren von Olivenöl entdeckt«, sagte Zach. »Es könnte aber auch Salböl sein, wie Chrisam, das zur Taufe verwendet wird.«

»Zur Taufe?« Lindberg trat näher an den Obduktionstisch heran, betrachtete den Kopf der Toten. Bis auf die Würgemale am Hals war nichts Außergewöhnliches zu sehen. Sein Blick wanderte weiter nach unten. Er hatte schon einige Leichen gesehen, aber die Haut am Rücken des Opfers wirkte unnatürlich trocken, fast gegerbt wie die einer Mumie. Molet war das anscheinend auch schon aufgefallen. Er strich mit den Einweghandschuhen über den Rücken der Toten. »Die 'aut fühlt sich an, als 'abe sie jemand gegrillt.«

»Ein Feuer?«

Molet hob wieder eine Augenbraue. »Die Verbrennungen sind exklusiv an 'interkopf, Rücken und Steiß. Als 'abe die Oberkörper ein oder zwei Minuten auf eine 'olzkohlegrill gelegen.«

»Auf Holzkohlen?«, wiederholte Lindberg. »Zu welchem Zweck?«

Molet warf Lindberg einen überheblichen Blick zu. Lindberg glaubte fast, darin ein Lächeln zu erkennen. »Das, 'err Lindberg, müssen Sie schon selbst 'erausfinden.«

18

Kaum war Lindberg wieder zurück im Büro, klingelte sein Telefon. Es war irgendeine Züricher Nummer. Lindberg nahm den Hörer ab. »Hier ist Roland Träger, Chefredakteur der *Image*-Zeitung«, sagte der Anrufer. Seine Stimme klang warm, erfahren und selbstsicher.

Lindberg überlegte, ob er gleich wieder auflegen sollte. Nach seiner Erfahrung waren Boulevardjournalisten mehr an ihrer Auflage interessiert als an der Wahrheit.

Obwohl Lindberg nichts antwortete, redete der Reporter einfach weiter. »Ich habe Ihren Vorgesetzten Herrn Graf nicht erreicht und da es sich um eine dringende Angelegenheit handelt, habe ich mir erlaubt, bei Ihnen anzurufen.«

Natürlich will er Graf sprechen, der passt zu solchen Typen. Lindberg sagte immer noch nichts. Der Reporter würde ohnehin weiterplappern und dann die üblichen Fragen stellen, zu denen Lindberg nichts anderes antworten konnte als no comment.

»Es geht um diesen Mordfall in Einsiedeln«, sagte der Mann. »Ich glaube, wir haben Hinweise dazu.«

»Hm«, brummelte Lindberg. Er hasste es, wenn die Reporter sich auch noch wichtigmachten.

»Uns ist eine Art Bekennerschreiben geschickt worden. Oder ein Drohbrief, je nach Interpretation.«

Zwar wurden nach Morden häufiger falsche Bekennerschreiben an die Presse gegeben, meist jedoch, nachdem die Fälle medial ausgewalzt worden waren. Bisher hatten jedoch erst zwei lokale Radiosender von der Tat berichtet und ein paar Onlineportale. Lindberg stellte das Telefon auf Lautsprecher, so dass auch Mia mithören konnte. »Was ist denn der Inhalt des Bekennerschreibens?«, fragte Lindberg.

Träger las den Brief vor. »Er ist übrigens in Fraktur geschrieben«, erklärte er anschließend. »Mit der Hand.«

»Tun Sie mir den Gefallen und verwahren Sie Brief und Umschlag in einer verschlossenen Plastiktasche«, antwortete Lindberg. »Wir lassen ihn sofort von den Züricher Kollegen abholen.«

»Kein Problem.«

»Wie haben Sie den Bekennerbrief erhalten?«

»Er lag bei uns im Hausbriefkasten, unfrankiert, kein Absender.«

»Und wann haben sie ihn erhalten?«

»Die Mitarbeiter haben ihn gegen acht Uhr bemerkt.«

Um diese Zeit kannten nur wir den Namen des Opfers, dachte Lindberg. »Wir werden den Bereich vor diesem Briefkasten überwachen lassen. Falls die Person weitere Briefe einwirft.«

Träger schwieg, schien kurz nachzudenken. »Das finde ich gut«, sagte er schließlich, doch es klang nicht, als meine er das wirklich.

»Dürfte ich Sie bitten, die Information aus dem Brief noch zurückzuhalten?«, fragte Lindberg.

Träger schwieg erneut ein paar Sekunden. »Das wird leider nicht möglich sein. Die Druckmaschinen laufen schon.«

»Was?« Lindberg blickte auf die Zeitanzeige des Telefons. »Wir haben gerade mal fünfzehn Uhr!«

»Schon mal was von der *Image am Abend* gehört?« In der Stimme des Chefredakteurs lag eine Spur Überheblichkeit. »Die Zeitung erscheint in einer Stunde. Die ist schon in der Auslieferung.«

»Ich dachte, Sie hätten sofort bei mir angerufen, als Sie das Schreiben erhalten haben?«

»Der Brief ging durch einige Hände«, erklärte Träger. »Wir sind ein großes Medienhaus mit verschiedenen Redaktionen. Der Mordfall ist eine potentielle Headline und als ich informiert wurde, hatten die Kollegen schon einen Auszug aus dem Drohbrief in den Artikel kopiert.«

Mia Adam umfasste mit der Hand ihre Nase und tat so, als würde sie diese wie Pinocchio langziehen. Lindberg nickte ihr zu. »Welchen Auszug?«, fragte er.

Träger räusperte sich. »Der Brief ist ja nicht so lang. Genaugenommen haben wir ihn komplett übernommen.«

»Wollen Sie eine Panik verursachen?«

»Ein Mord und eine unbewiesene Drohung verursachen doch noch keine Panik. Aber wir dürfen die Bevölkerung da nicht im Ungewissen lassen.«

Natürlich nicht, Angst schüren könnt ihr ja am besten, dachte Lindberg. »Falls Sie noch mal einen Brief erhalten sollten, wäre ich Ihnen dankbar, wenn Sie uns direkt informieren.«

»Selbstverständlich«, antwortete Träger. Es war nur eine Floskel, so leer wie die *Image*-am-Abend-Zeitungsboxen am Morgen.

Lindberg legte auf.

»Mann, war das ein Arschloch«, sagte Mia.

Lindberg nickte. »Der wird die Story bis zum Martinstag am Kochen halten und wir werden das ausbaden müssen. Aber mit unserem Chef versteht er sich anscheinend bestens.«

Mia lachte. »Da bin ich sicher. »Du wirkst übrigens gar nicht mehr betrunken«, sagte Mia. »Gibt's da ein Geheimrezept?«

Bis auf das martialische Kopfweh merkte er tatsächlich nichts mehr vom Alkohol. Das Gespräch mit Graf hatte ihn irgendwie in die Realität zurückgeholt. »So betrunken war ich gar nicht«, antwortete er.

»Na, dann kannst du dich ja um den Bericht kümmern, oder?«

Lindberg schüttelte den Kopf. »Von Berichten bekomme ich Kopfweh. Lass uns lieber mal recherchieren, warum die Pestilenz, von der in dem Bekennerschreiben die Rede ist , ausgerechnet an St. Martin ausbrechen soll.«

19

Irgendwann kommt ein Prinz, der sich nicht als Frosch entpuppt. Jedes Mal wenn eine Beziehung in die Brüche gegangen war, hatte Tanja Egger sich das eingeredet.

Und das war häufig vorgekommen, vor allem, weil sie nicht aufgeben wollte, was ihr wichtig war. Sie wollte nicht zwischen Kinder, Küche und Karriere pendeln, sondern etwas Bleibendes schaffen. Sie wollte den Atheisten eine Stimme geben, genauso einflussreich wie die der Kirche.

Außerdem war das Leben auch ohne Mann lebenswert.

Meistens jedenfalls.

Vielleicht ging ja auch beides. Es musste eben nur ein echter Prinz kommen. Oder wenigstens ein aufrichtiger Mann.

Inzwischen verfluchte sie sich dafür, dass sie dem Reporter von ihren grauen Haaren erzählt hatte. Sonst hätte sie die noch färben können, was sie sicherlich fünf, wenn nicht gar zehn Jahre jünger gemacht hätte. Und war jünger nicht besser? Oder war er anders als die meisten Männer? Gab es das überhaupt? Oder waren alle Männer doch gleich und unterschieden sich nur in ihrer schauspielerischen Fähigkeit, einer Frau das zu sagen, was sie hören wollte?

Andererseits musste man manches Mal auch dem Spielerischen, dem Gefühl und den eigenen Träumen freien Lauf lassen. Und wann dann, wenn nicht bei der Liebe?

Sie blickte in den Spiegel und zog den Lippenstift nach. War das Rot nicht viel zu knallig? Und die Ohrringe, passten die überhaupt? Vielleicht stand er ja nur auf natürliche Frauen? Sie schaute auf die Uhr. Es war zu spät, noch etwas zu ändern. Hoffentlich stand der Reporter auf innere Werte. Oder tat zumindest so.

Tanja Egger legte ihren Mantel über den Arm und schob sich ein Pfefferminzbonbon in den Mund. Verdammt, wo hatte sie denn jetzt ihren Schlüssel? Sie suchte ihre Taschen ab, kramte in der Handtasche, nichts. Nach zwei Minuten hektischer Suche fand sie den Schlüssel unter der Anrichte. Hatte sie ihn da hingelegt? Wahrscheinlich war sie nur ein wenig durcheinander.

Sie schloss die Tür ab, zog den Mantel an und schaute erneut auf die Uhr. Wenn sie pünktlich sein wollte, musste sie unbedingt den Bus bekommen.

Es war schon dunkel, aber der schnellste Weg zur Haltestelle ging nun einmal durch den Wald. Sie verließ das Haus, klappte den Mantelkragen hoch und spürte ein leichtes Kribbeln auf der Haut. Tanja Egger hörte hinter sich ein Rascheln und drehte sich um.

War da jemand?

Sie blickte in Richtung der Büsche.

Nein, ihre Nervosität spielte ihr wohl nur einen Streich.

Sie lief die Straße entlang und bog nach dreißig Metern auf einen Feldweg ein. Wie eine dunkle Festung türmte sich der Wald vor ihr auf. Obwohl es heute nicht geregnet hatte, war der Boden leicht feucht. November eben. Sie blickte auf ihre Stöckelschuhe. Sie würde sie im Bus putzen müssen. Hatte sie überhaupt ein Taschentuch dabei?

Tanja Egger verzichtete darauf, in ihrer Handtasche nachzuschauen. Da waren sicher welche drin, bestimmt zwei oder drei Packungen. Sie nahm ihr Handy aus der Hosentasche, schaltete die Taschenlampen-App ein und leuchtete den Boden aus. Das musste reichen. Hauptsache sie stolperte nicht, oder trat in irgendwelche Pfützen oder Kuhfladen. Hier auf dem Land konnte man nie wissen. Sie lächelte und entspannte sich ein wenig.

Sie freute sich auf den Abend, doch irgendwie schob sich immer dieses unangenehme Kribbeln in den Vordergrund. Wahrscheinlich war sie männertechnisch einfach nur aus der Übung. Sie atmete tief durch.

Wieder hörte sie ein Rascheln.

Dieses Mal drehte sie sich nicht um.

Sicher nur ein Tier. Ein Vogel. Nein, bestimmt ein Kaninchen, die gab es ja hier zuhauf.

Sie schaute wieder auf die Uhr und lief ein wenig schneller. *Die Schweiz ist wohl das einzige Land der Welt, in dem die Busse manches Mal sogar zu früh kommen.*

Sie lächelte wieder.

Eine Sekunde lang.

Dann röchelte sie, zuckte, schlug um sich.

Schon nach wenigen Augenblicken wurde ihr schwarz vor Augen.

Ihr Unterbewusstsein stellte lediglich noch fest, dass ihr kein Kaninchen gefolgt war. Und auch kein Vogel. Denn für gewöhnlich hatten die keine Hände, die eine Drahtschlaufe hielten.

20

Gegen 22 Uhr stand Lindberg vor der Basler Klinik Neuro-Re. Es war absurd, jeden Tag von Basel nach Bern zu pendeln, aber solange Paula hier lag, ging es nicht anders.

Die normalen Besuchszeiten waren schon lange vorbei, aber da die leitende Schwester Verständnis für Angehörige mit unregelmäßigen Arbeitszeiten hatte, durfte Lindberg kommen und gehen, wann er wollte.

Auf der Station konnte er ohnehin niemanden stören.

Er hätte gerne früher Feierabend gemacht, aber er war erst um 20 Uhr bei der Bundespolizei in Bern losgekommen. Und er hatte nicht schon wieder mit dem Taxi fahren wollen, so viel verdiente ein Schweizer Kommissar auch wieder nicht.

Er war schon vor Stunden erschöpft und müde gewesen und das hatte sich seitdem nicht gebessert. Doch Bundespolizeichef Graf hatte ihn zweimal daran erinnert, dass er nicht ewig gedachte, darauf zu warten, dass sie ihm einen Verdächtigen präsentierten. Unter *ewig* verstand Graf einen Zeitraum von weniger als einer Woche.

Lindberg hatte sich die Bemerkung verkniffen, was es wohl bedeutete, wenn Graf einer Frau *ewige Liebe* versprach.

Außerdem schien der Bundespolizeichef zu meinen, mit ein wenig Ermittlungsarbeit würde man den Täter schon finden.

Lindberg seufzte und betrat die so karge wie moderne Eingangshalle des Spitals, sie schien nur aus Glas und Beton zu bestehen. Nirgendwo im Neuro-Re gab es Treppen, jeder Aufgang war rollstuhlgängig ausgeführt. Lindberg fuhr mit dem Aufzug in den dritten Stock und ging zum Zimmer 303. Vor der Tür blieb er stehen und starrte auf die Klinke.

Er träumte nachts nicht mehr vom brennenden Auto, in dem er und Paula gesessen hatten, als sie ins Koma fiel, sondern merkwürdigerweise von genau diesem Zimmer. Immer begann es damit, wie er die Tür öffnete und hineinblickte. Manchmal erwartete Paula ihn in seinem Traum freudig strahlend, häufiger lag sie, sich vor Schmerzen krümmend, im Bett, doch meistens war das Bett leer.

Im Traum stand er immer vor der 303, doch manches Mal landete er trotzdem in einem anderen Raum, hatte dort gegen doppelköpfige Amazonen gekämpft, gegen Schlangen, deren Biss einen lähmte und gegen ihn: Udo Wohlers. Der Mann, der für all das verantwortlich war.

Wenigstens war Wohlers im Gefängnis, nach seinem letzten Ausbruch zudem in Sicherheitsverwahrung. Und dort würde er hoffentlich Zeit seines Lebens bleiben.

Denn in der Realität konnte er nicht so leicht aus dem Gefängnis entkommen wie in Lindbergs Träumen.

Nicht noch einmal.

Doch wenn Lindberg dann im wirklichen Leben die Klinke herunterdrückte und die Tür öffnete, erwartete ihn stets dasselbe Bild.

Vielleicht war es die Angst vor dem ewig Gleichen, die ihn vor der Tür innehalten ließ und seine Träume befeuerte.

Oder war es die Angst, dass es nie wieder so werden würde, wie es einmal gewesen war?

Aber da war auch Hoffnung und so drückte er die Klinke schließlich hinunter und ging in das Zimmer.

21

Antipas nahm ein Stück Lindenholz und legte ein Foto von Tanja auf den Werktisch. Er setzte das Schnitteisen an und hieb eine Kerbe in das Holz. Und noch eine. So musste Gott sich gefühlt haben, als er die Welt erschaffen hatte. Aus Erde, aus einer Rippe, aus blankem Holz wurde Leben.

Nachdem Antipas die grobe Form aus dem Holz gehauen hatte, widmete er sich ihren Beinen und arbeite sich langsam nach oben. Ihr Becken, ihr flacher Bauch, ihre Brüste. Er arbeitete akkurat, mit Liebe zum Detail, nur ihren Ausschnitt schloss er etwas höher als auf dem Foto. Den Kopf schnitzte er zuletzt, achtete auf jeden Zug ihres Gesichts, jede Strähne ihrer Haare.

Immer wieder glich er das Foto mit der Holzfigur ab. Seine Finger wussten genau, was sie zu tun hatten. Dabei hatte er sich alles selbst beigebracht.

Schließlich rieb er die Figur mit einem Tuch sauber, wachste sie und betrachtete sie noch einmal.

Zufrieden mit seinem Werk öffnete er die kleine Tür der Kapelle und legte Tanja hinein. Dort war sie sicher.

Er blies die Kerzen aus und wartete eine Weile, bis er die Konturen seines Städtchens selbst im tiefen Dunkel der Nacht erkennen konnte. Friedlich lag es vor ihm. So wie die Welt sein sollte.

Aber so war die Welt nicht.

Noch nicht.

Trotz des güldenen Altars, der hinter der Stadt thronte.

Er ging nach oben in den Dachstock und überprüfte, dass die Bleitonne mit der russischen Aufschrift noch an ihrem Platz stand. Dann stieg er wieder nach unten und verließ seine Wohnung.

Er legte seinen Kopf auf den Kofferraum seines VWs, nickte schließlich zufrieden, stieg in den Wagen und fuhr los. Wie immer auf diesem Weg blieben seine Scheinwerfer dunkel. Licht gehörte nicht in seinen Wald. Nicht zu dieser Zeit.

Ein paar Minuten später fuhr er auf den Parkplatz am anderen Ende des Waldes, der wie immer nachts leer stand. Antipas parkte im Schutz eines Holzstapels, stieg aus und tauschte mit wenigen Handgriffen seine Schweizer Nummernschilder gegen ein paar deutsche aus. Dann horchte er wieder am Kofferraum.

Stille.

Wie er seit Eva wusste, hatte das nichts zu bedeuten. Sie hatte sich gewehrt. Weil sie ihn nicht verstanden hatte. Es war noch zu früh gewesen. Doch schon bald würde Eva ihn verstehen.

Genau wie Tanja.

Antipas zog sich Einweghandschuhe über, nahm die Drahtschlaufe in die eine Hand und öffnete mit der anderen den Kofferraum.

Nichts rührte sich. »Steh auf«, sagte er. »Wir werden ein bisschen spazieren gehen.«

Nur die Stille antwortete.

Ein paar Sekunden lang beobachtete er sein Opfer. Tanja lag zusammengekauert da wie ein Baby, die Augen geschlossen, aber sie atmete noch, also war sie am Leben. Vielleicht bewusstlos, aber am Leben. Das machte alles einfacher. »Ich möchte dir nicht wehtun«, sagte er. »Also steh auf.«

Sie bewegte sich immer noch nicht.

Er nahm einen länglichen Klotz von dem Holzstapel neben seinem Auto und stieß Tanja damit in den Nacken. Sie rührte sich nicht, lag da wie ein totes Reh. Er beugte sich näher zu ihr. »Du willst also nicht hören«, flüsterte er. »Ich gebe dir zehn Sekunden. Wenn du dann nicht aufgestanden bist, werde ich dir mit diesem Hammer das Bein brechen.« Er deutete mit der freien Hand eine Armbewegung an. Er hielt darin nur den Klotz, aber das konnte Tanja durch ihre geschlossenen Augen nicht sehen. Er zählte langsam rückwärts. »Zehn ... neun ... acht ... sieben ... sechs ... fünf ... vier ... drei ... zwei ... eins!«

Bei *null* zuckte sie zusammen. Ganz leicht, und doch hatte er es gesehen. Sie spielte mit ihm.

Er schlug ihr mit dem Holzklotz in die Leiste. Sie schrie auf, drehte sich, versuchte ihn zu packen, doch er stand schon wieder einen Meter vom Kofferraum entfernt. »Es ist einfacher für dich, wenn du tust, was ich dir sage.«

Ihre Augen voller Angst und Schmerzen suchten ihn in der Dunkelheit. Ihre Pupillen wanderten tiefer und entdeckten seine weißen Einweghandschuhe. Ein panischer Schrei entglitt ihr, gedämpft durch das Gaffer-Tape vor ihrem Mund.

Ihr Blick suchte wieder sein Gesicht. »Ich kenne dich«, schien sie sagen zu wollen.

»Ich kenne dich auch.« Er lächelte sie an. »Deswegen bist du hier. Weil ich weiß, dass du trotz allem ein guter Mensch bist. Obwohl du dem Teufel verfallen bist. Aber es gibt einen Weg zurück.«

Sie blickte ihn irritiert an.

»Und ich werde ihn dir zeigen. Steh auf!«

Dieses Mal tat sie, was er verlangte. Obwohl ihre Füße gefesselt waren, sprang sie aus dem Kofferraum. Als sie auf dem Waldboden aufkam, verlor sie das Gleichgewicht, doch er stützte sie.

Als sei er ein Freund.

Und doch wollte er sie töten.

22

Der Raum 303 lag im Dunkeln, Lindberg betätigte den Lichtschalter und blickte auf Paula.

Sie lag genauso da, wie er sich gestern Abend von ihr verabschiedet hatte. Ihre Augen geschlossen, den Kopf zur Seite geneigt, der restliche Körper unter einer weißen Decke versteckt.

Lindberg setzte sich auf das Bett und nahm ihre Hand. »Ich bin es«, flüsterte er.

Ihre Augen blieben geschlossen.

Er gab ihr einen Kuss auf die Stirn, strich ihr sanft über den Arm und legte seine Hand in die ihre.

Sie reagierte nicht.

Er legte seinen Kopf neben den ihren, sprach lauter, massierte ihr den Nacken und die Stirn.

Nichts.

Es gab gute Tage, schlechte und beschissene.

Und das schien mal wieder ein beschissener zu sein.

Er seufzte und begann von seinem Tag zu erzählen.

Der irgendwie in dieselbe Kategorie passte, auch wenn er ihn überlebt hatte.

Doch es ging nicht um ihn. Wenn er starb, war niemand mehr für Paula da.

Geschwister hatte sie keine und ihre Eltern waren schon in ihrer Jugend gestorben.

Etwas – das sie wie so vieles – gemeinsam hatten.

Selbst an dem was geschehen war, hatte er seinen Anteil.

Seinen Teil der Schuld.

Es war in Berlin gewesen, Paula war nach dem Überfall von Wohlers schwer verletzt ins Koma gefallen. Äußerlich hatte man sie wieder hinbekommen, jedenfalls wenn man von den Schläuchen und Zugängen absah.

Doch sie war einfach nicht mehr aufgewacht. Also hatte Lindberg sie nach Basel verlegen lassen, im Glauben, Paula würde sich dort heimisch fühlen. Der vertraute Dialekt, die Stadt, Ausflüge in die heimische Natur. Doch nichts hatte geholfen.

Als Lindberg schon fast die Hoffnung aufgegeben hatte, da hatte Paula endlich die Augen geöffnet.

Nach endlosen sechs Monaten. Er hatte für sie gelernt, Gitarre zu spielen, nur einen Song, ›Enjoy the silence‹ von Depeche Mode. Aber es war nun mal ihr Lieblingssong gewesen und bei den letzten Worten, die er sang, da hatte sie ihn plötzlich angeblickt.

Danach war sie langsam wieder ins Leben zurückgekommen, konnte ihm an guten Tagen zublinzeln, den kleinen Finger der rechten Hand bewegen, aber sprechen, das konnte sie nicht.

Und heute öffnete sie nicht mal mehr die Augen.

Die Ärzte redeten von einem langen Weg, doch wenn er nachfragte, ob sie diesen jemals zu Ende gehen würde, da schwiegen sie.

23

Antipas stützte sie, half ihr auf und legte ihr die Drahtschlaufe um den Hals. Tanja wehrte sich kaum. Entweder hatte sie schon resigniert oder sie sparte sich ihre Kräfte. Es würde ihr nichts nützen.

Er führte sie in den Wald.

Tanja versuchte irgendetwas zu sagen, aber er verstand sie nicht. Er hätte sich gerne mit ihr unterhalten, sie so viel gefragt, aber wenn er ihr das Gaffer-Tape vom Mund nahm, würde sie schreien.

Er sah die Kapelle lange bevor Tanja sie bemerkte. Als es endlich soweit war, stoppte sie unvermittelt. Er ließ zu, dass sie sich zu ihm umdrehte. Tränen standen in ihren Augen. Und eine Frage. »Das ist meine Kapelle«, erklärte er. »Gott hat mir befohlen, sie zu bauen.«

Ihr Blick verriet ihm, dass sie immer noch nichts verstand.

»Dreh dich wieder um!«, befahl er. Ihre Tränen kannten kein Halten mehr. Sie wollte etwas sagen, wahrscheinlich um Gnade flehen. Sie würde sie bekommen.

Vom Herrn.

Nicht von ihm.

Er packte sie an der Schulter und zog die Schlaufe zu. Sie ging in die Knie und hieb ihm ihre Schulter in den Magen.

Er krümmte sich, holte Luft, aber er hielt die Schlaufe immer noch in seiner Rechten. Sie rammte ihn erneut mit der Schulter in die Seite, ließ ihn taumeln. Er spürte, wie der Draht aus seiner Hand glitt und packte ihn fester.

Sie war stark. Aber nicht so stark wie der Herr. Antipas wickelte den Draht um sein Handgelenk und zog die Schlaufe noch enger. Er ließ ihr nicht einmal Luft für ihre letzten Worte.

Er drückte zu, bis sie jegliche Spannung verlor und zählte bis sechzig. Bei jeder anderen hätte er den Griff jetzt gelockert, doch er zählte noch einmal bis sechzig.

Und noch einmal.

Dann erst ließ er von ihr ab.

Wie ein Sack Zement fiel sie auf den Boden. Er hob sie an und legte sie auf seine Arme, als sei sie eine Braut, die er über die Schwelle tragen würde. Ihre grauen Haare rochen nach Herbstlaub.

Vor dem Eingang der Kapelle legte er sie in das Laub, öffnete das Vorhängeschloss und betrat den fensterlosen, hölzernen Bau. Er kniete nieder und bekreuzigte sich. Die Kälte ließ ihn leicht zittern.

Oder war es die Aufregung?

Er erhob sich und brachte den Leichnam in den Präparationsraum der Kapelle und schloss dessen Tür. Der Raum lag komplett im Dunkel, doch er fand die Kerze auf Anhieb, zündete sie an und blickte zufrieden auf das stählerne Bett.

Er nahm ein wenig Reisig aus einem der Fächer an der Wand, schichtete es am oberen Ende des Bettes auf und zündete es mit der Kerze an. Knisternd fing es Feuer. Der Rauch trieb den Abzug hinauf und durch den kleinen Kamin in den Wald. Er warf ein paar dünne Äste in die Flammen und legte eine Reihe Holzscheite darauf.

Dann nahm er Tanja und säuberte sie mit einem Lappen. Er entfernte all den Schmutz, den ihr irdisches Leben hinterlassen hatte. Er trocknete sie behutsam ab, zog ihr ein weißes Büßerhemd über und legte sie auf eine Bahre, die mit Rosenblüten bedeckt war.

Er wartete, bis das Feuer verklungen war, schürte die Glut, verteilte sie gleichmäßig in dem stählernen Bett und schob den metallenen Rost eine Handbreit darüber in die Wand.

Schließlich nahm er ein Einmachglas aus dem Regal, betrachtete es andächtig und holte dann eine einzelne weiße Daunenfeder heraus.

Alles war vorbereitet.

Es konnte beginnen.

24

Katharina Zach beugte sich über ihn und strich langsam mit dem Messer an seinem Hals entlang.

Er schluckte, Schweiß stand auf seiner Stirn.

Sie führte die Spitze der Klinge zu seiner Halsschlagader. Dort hielt sie inne. Es war ein schönes Bild, sein männlicher Hals, die pulsierende Ader, das scharfe Messer, ihre zarten Hände, ihr enges, langärmeliges Latexkleid, das ihre Tattoos bedeckte.

Jugendsünden.

Die Sünden, die sie als reife Frau beging, fand sie wesentlich verlockender.

Vor allem mit einem jüngeren Mann.

»Hast du Angst?«, fragte sie.

Er schüttelte kaum merklich den Kopf.

»Das glaube ich dir nicht.«

Er lächelte peinlich berührt.

»Vielleicht müssen wir doch harmloser beginnen«, sagte sie, legte das Messer auf den Stahltisch neben sich und überprüfte den Sitz seiner Handschellen. Es hatte sich gelohnt, in vernünftige Ausrüstung zu investieren.

Katharina nahm eine langstielige, schwarze Kerze und zündete sie mit einem Streichholz an. Das Streichholz ließ sie ausbrennen und auf seinen Oberkörper fallen. Mit der Asche malte sie ein Kreuz auf seine Brust.

Anschließend ließ sie die brennende Kerze langsam über seinen Oberkörper kreisen und zeichnete mit dem Wachs das Kreuz nach. Dann erst ging sie tiefer um die Formen seines Sixpacks in Wachs zu gießen.

In dem Moment klingelte ihr Diensthandy.

Sie löschte die Kerze, nahm das Handy vom Stahltisch und blickte auf das Display. Es war Lang, der Streber aus ihrer Abteilung.

Vielleicht war es keine gute Idee, in der Kriminaltechnik einen Workaholic zu beschäftigen. Das sparte ihr zwar eine Menge Arbeit, doch manche wussten einfach nicht, wann Feierabend war. Und hier und jetzt, um Mitternacht, war verdammt noch mal Feierabend!

Sie stellte das Handy auf Vibrationsalarm und legte es wieder auf den Tisch.

Nach wenigen Sekunden hörte es auf zu vibrieren. Typisch, Lang hatte nicht mal die Eier, um durchzuhalten.

»Du dachtest wohl schon, du kommst mir davon«, sagte sie, entzündete die Kerze wieder und ließ das Wachs über seine Bauchmuskeln laufen.

Er biss sich auf die Lippen, sagte aber immer noch nichts.

Denn jedes Wort zu viel bedeutete stärkere Schmerzen.

Jedenfalls wenn es nicht das Codewort war.

Gerade als sie weiter nach unten wandern wollte, vibrierte ihr Handy erneut. Anscheinend konnte Lang doch hartnäckig sein.

Ohne auf das Display zu blicken, drückte sie den Anruf weg und schaltete das Handy aus. Sie wusste ohnehin, dass es Lang war. Oder irgendeine andere Nervensäge. Einzig für die Einsatzzentrale musste sie rund um die Uhr erreichbar sein. Schlau wie sie war, hatte sie der Zentrale einen anderen Klingelton zugewiesen.

Dumm nur, dass sie den jetzt nicht mehr hören konnte.

Und wenn der Täter erneut jemanden entführt oder ermordet hatte?

Katharina Zach fluchte und schaltete das Handy wieder ein.

Der Mann auf der Streckbank warf ihr einen genervten Blick zu.

»Du hättest also gern wieder mehr Schmerzen?«, fragte sie und ließ das Wachs auf seine Brustwarzen tropfen.

Er schien es zu genießen, blickte sie herausfordernd an.

Sie war gespannt, ob das auch so sein würde, wenn sie zu seiner empfindlichsten Stelle kam.

In kleinen Kreisen ging sie tiefer, hielt an seinem Bauchnabel inne und wanderte dann langsam nach unten, bis zum Muskelansatz seines rechten Oberschenkels.

Schließlich führte sie die Kerze weiter nach innen.

Sofort zuckte er zusammen. Doch er schwieg immer noch.

Und dann klingelte das Handy erneut.

Sie seufzte, zuckte entschuldigend mit den Schultern und während sie das Gespräch annahm, ließ sie die

Kerze weiter kreisen. »Was gibt es?«, meldete sie sich, ohne den herrischen Tonfall abzulegen.

»Das tut weh!«, rief der Mann unter ihr.

»Schweig, Sklave!«, befahl sie.

»Was?«, fragte Lang am Telefon.

»Ich meine nicht dich«, erklärte sie, löschte die Kerze und verließ den Raum. »Aber wenn du keinen verdammt guten Grund hast, hier anzurufen, mach ich dich einen Kopf kürzer. Dann kannst du dich umbenennen in Halblang, ist das klar?«

»Ich dachte, du wolltest sofort Bescheid wissen«, antwortete Lang kleinlaut. »Sonst hätte ich mich nicht getraut anzurufen, um Mitternacht.«

»Ich weiß selbst wie spät es ist! Also was gibt es?«

Lang räusperte sich. »Wir haben ein Problem mit der Probe.«

»Mit welcher Probe?«

»Dieses Bekennerschreiben. Wir haben es auf chemische, radioaktive und biologische Rückstände testen lassen.«

»Und was soll es dabei für ein Problem geben? Das ist das Standardprozedere für Drohbriefe.«

»Einer der Tests war positiv.«

»Positiv?« Katharina Zach schluckte.

Langs Stimme klang brüchig, irgendwie zu hoch und viel zu ängstlich. Doch dieses eine Wort, das er sagte, verstand Katharina Zach trotzdem: »Anthrax.«

25

»Alle preisen den Himmel. Aber keiner will jetzt schon hin.« So stand es auf dem Kalenderblatt für den heutigen Tag. Lindberg fand den Spruch so passend, dass er beschloss, ihn hängen zu lassen, bis ein besserer kam. Und das konnte dauern.

Nachdem er gestern Nacht von der Reha-Klinik zurückgekommen war, hatte er sich nicht mehr getraut, bei seiner Nachbarin Isabel zu klingeln, um seine Katze Dr. Watson dort abzuholen. Isabel kümmerte sich immer dann um sie, wenn er unterwegs war. Und das war oft der Fall.

Er hatte es heute Morgen direkt nach dem Aufstehen erledigt, misstrauisch beäugt von Isabels neuem Freund Frank.

Frank war Gruppenleiter bei einer kriminellen Vereinigung, die Ahnungslose immer noch Investmentbank nannten. Den Spruch hatte Lindberg halb im Scherz bei ihrer ersten Begegnung gebracht und sofort war das Eis zwischen ihnen auf zwei Meter Dicke angewachsen. Dr. Watson schien den Banker auch nicht leiden zu können.

In beiden Fällen beruhte das auf Gegenseitigkeit, wobei Dr. Watson das viel subtiler mitteilen konnte als Lindberg, jedenfalls solange er genügend zu essen bekam.

Eigentlich hätte Lindberg froh sein müssen, dass Isabel ihm jetzt keine Avancen mehr machte, andererseits war es schon merkwürdig, auf welche Typen Frauen manchmal abfuhren.

Und was das über einen selbst aussagte.

Doch am meisten tat ihm ihre Tochter Nina leid und natürlich Leon, ihr sechsjähriger Sohn. Er vergötterte Lindberg und ließ das den neuen Mann im Haus jeden Tag spüren. Schließlich war Lindberg Kommissar, hatte der Familie das Leben gerettet und im Gegensatz zu Frank nie versucht, Isabels Kinder zu erziehen.

Schließlich war er nur der Nachbar und ein guter Freund.

Es gab wahrlich einfachere Startbedingungen für eine Beziehung, als jene, mit denen Frank konfrontiert war, aber ausnahmsweise war das mal nicht Lindbergs Problem.

Der Kommissar stieg in seinen Volvo, gab Gas und gerade als er auf der Autobahn war, klingelte sein Handy.

Er erkannte Katharina Zachs raue Stimme sofort. »Ich hab zwei schlechte Nachrichten«, sagte sie. »Welche willst du zuerst hören?«

»Keine von beiden«, antwortete Lindberg.

»Sei froh, dass ich dich nicht um Mitternacht rausgeklingelt hab wie meine Kollegen mich. Also pass auf. Es gibt ein neues Grab, im Bruderholz, Basel. Ich schicke dir gleich die Koordinaten. Und beeil dich, Mia und ich sind schon unterwegs und sie hat das Blaulicht ausgepackt.«

»Wenn das erste ein Mord ist, was ist dann die zweite schlechte Nachricht?«

»Ich habe gestern Nacht noch den Reportern von der *Image*-Zeitung Bescheid gegeben, damit sie entsprechende Vorsichtsmaßnahmen ergreifen. Denn der Drohbrief der dort eingegangen ist, war mit Anthrax versetzt.«

»Anthrax?« Lindberg hielt den Atem an. Hatte er den Brief nicht auch in Händen gehalten? Zwar nur in einer Plastikmappe, aber was hieß das schon bei einem hochgefährlichen Stoff wie Anthrax? »Ist das Zeug nicht in kleinsten Mengen tödlich?« Irgendetwas kratzte in seinem Hals.

»Ist es«, antwortete Katharina Zach. »Weniger als ein Milligramm und du bist Geschichte. Erinnerst du dich an die Anthrax-Briefanschläge in den USA kurz nach 09/11? Dabei sind fünf Menschen gestorben. Mit ein paar Gramm könnte man jedenfalls eine ganze Großstadt auslöschen.«

»Hat der Täter nicht mit dem Jüngsten Gericht gedroht?«

»Daran musste ich auch als Erstes denken«, seufzte Zach. »Bisher hab ich das für Spinnerei gehalten.«

»Das dachte ich bis vor ein paar Sekunden auch noch«, antwortete Lindberg. »Aber ich bin gerade dabei, meine Meinung zu ändern.«

26

Seit der Nacht vor seiner Priesterweihe hatte Pfarrer Urs Hediger nicht mehr so schlecht geschlafen. Er schleppte sich aus dem Bett, stellte sich unter die Dusche und ließ das Wasser an. Wenigstens das hatten sie ihm noch nicht abgestellt. Erst nachdem er sich angezogen hatte, traute er sich, auf die Uhr zu sehen. Natürlich, er war mal wieder zu spät. St. Joseph müsste schon seit fünfzehn Minuten geöffnet sein.

Doch auf die paar Minuten kam es jetzt auch nicht mehr an.

Während er sich einen Kaffee machte, fiel sein Blick auf den Kalender, der noch das Blatt vom Oktober zeigte, obwohl schon der fünfte November war.

Er schlug das Blatt um, sah diese unförmige Betonkirche von Le Corbusier und blätterte wieder zurück. Da betrachtete er lieber noch einen Monat das Straßburger Münster.

Hediger trank den Kaffee aus, nahm den Schlüssel, ging hinüber zur Kirche und schloss sie auf. Am Portal schaltete er das Licht ein und trottete zurück zum Pfarrhaus. Aus dem Briefkasten quollen schon wieder Briefe. Wie bei einer neunköpfigen Hydra wuchsen ständig neue nach. Und er hatte nicht einmal ein Schwert. Es war so viel einfacher, den Briefkasten nicht zu öffnen. Doch er durfte sich keinen Fehler mehr erlauben. Er musste die dringendsten Rechnungen bezahlen, irgendwie. Und wenn er dafür erneut seinen Lohn opferte. Er würde schon nicht verhungern.

Andererseits war nach dem Frühstück auch noch Zeit für die Post. Er hörte von der Straße Schritte, drehte sich um und sah gerade noch, dass jemand durch die hölzerne Eingangstür der Kirche huschte. War das Krause? Überwachte der ihn?

Hedigers Magen knurrte. Das Frühstück war für ihn die wichtigste Mahlzeit des Tages, selbst wenn es so karg ausfiel wie in letzter Zeit. Aber es war die Einzige, bei der er sicher wusste, wann und wo er sie aß. So war das Leben als Pfarrer eben. Aber er war gern unter den Menschen. Nur musste er morgens eine Grundlage schaffen, sonst diktierte sein Magen den Zeitplan und nicht die Seelsorge.

Trotzdem, er musste sich vergewissern, wer da gekommen war. Sonst würde er nicht in Ruhe frühstücken können.

Er ging hinüber in sein Gotteshaus und lief durch das Kirchenschiff. Niemand betete dort. Hediger überprüfte, dass die seitlichen Aufgänge zur Orgelempore verschlossen waren und blickte erst dann zum Beichtzimmer. Das rote Licht leuchtete.

Genau wie gestern.

Kurzentschlossen klopfte Hediger an das Beichtzimmer, bekreuzigte sich und setzte sich auf seinen Stuhl.

»Im Namen des Vaters und des Sohnes und des Heiligen Geistes«, begann sein Gegenüber.

Hediger erkannte die Stimme sofort. Es war die des blonden Mannes. Also hatte der gestern doch nicht alles gebeichtet und wollte es jetzt nachholen. Ein guter Seelsorger sorgte eben dafür, dass der Mensch seine Schwächen und Fehler erkannte. Hediger sprach seine Begrüßungsworte und versuchte, den Vorhang zu ignorieren, der sie trennte. »Was liegt Euch auf dem Herzen?«

»Ich habe noch einmal über die Frau von gestern nachgedacht«, sagte der Mann.

»Habt Ihr Eurer Beichte noch etwas hinzuzufügen?«

Der Mann schwieg.

»Es gibt in der Hölle einen besonders furchtbaren Ort«, erklärte Hediger. »Er liegt ziemlich tief unten, in der hintersten Kammer. Da kommen die Gläubigen hin, die bei der Beichte nicht aufrichtig waren. Wer sich Gottes Vergebung durch falsche Reue erschleichen will, wird härter bestraft als ein Sünder, der sich der Sühne verweigert.«

»Jemand muss die Frauen retten.«

»Die Frauen?« Hediger runzelte die Stirn. »Gestern habt Ihr nur von einer Frau erzählt.«

»Wenn ich sie doch retten muss ...«

»Warum müsst Ihr die Frauen retten?«

»Christus wird kommen und die Menschen erlösen. Wer nicht getauft ist, wird in der Hölle schmoren.«

»Das lehrt uns die Bibel«, sagte Hediger. »Und ich glaube daran. Aber noch sind wir auf dieser Erde und haben unser Leben zu meistern. Daher sollten wir uns auf das Hier und Jetzt konzentrieren. Und jetzt gerade sitzt Ihr im Beichtstuhl und wollt beichten. Oder?«

Der Mann schien nachzudenken. »Ich habe gesündigt«, sagte er schließlich.

»So sprecht.«

»Ich ... ich habe noch eine zweite Frau getauft.«

Hediger riss die Augen auf. Er hatte vieles erwartet, aber das nicht. »Es war auch in dieser Kapelle?«

Der blonde Mann antwortete fast tonlos. »Ja.«

»Und lag sie auch im Sterben?«

Der Mann nickte.

»Warum habt Ihr mir gestern von der zweiten Frau noch nichts erzählt?«

»Weil sie gestern noch nicht tot war.«

Hediger verschluckte sich vor Schreck. *Für einen Jugendlichen, der ihm einen Streich spielte, war der Mann viel zu ernst. Und zehn Jahre zu alt.* Um seine Gedanken wieder zu sammeln, blickte er auf die Bibel vor sich. »Ihr habt gestern erneut eine sterbende Frau getauft?«

Der Blonde nickte. »Sonst wäre sie nicht in den Himmel gekommen.«

Hediger starrte durch das gewebte Kreuz hindurch. Er konnte nicht viel erkennen, doch eines spürte er: Der Mann wirkte seltsam beherrscht, ruhte in sich selbst. War es sein Gottvertrauen, das ihm Sicherheit gab? Oder war der Mann wahnsinnig? »Aber es kann doch kein Zufall sein, dass nacheinander zwei Frauen im Sterben in eine Kapelle kommen und sich von euch taufen lassen.«

»Es war Gottes Werk.«

»Wo war denn der Pfarrer?«

»Es ist meine Kapelle«, antwortete der Mann. »Gott hat Antipas befohlen, sie zu bauen.«

Etwas an diesem Mann machte Hediger nervös. Sehr nervös. »Und diese Frauen sind in Ihre Kapelle gekommen?«, fragte er.

»Ich habe sie dort hingebracht«, sagte der Mann.

»Um sie zu taufen?«

Der Mann nickte. »Es waren gute Menschen.«

»Und nach der Taufe habt Ihr die Frauen wieder zurückgebracht?«, fragte Hediger.

»Zurückgebracht?«, wiederholte der Mann. Er schien nicht zu verstehen, worauf Hediger hinauswollte. »Wohin?«

»Na, wo sie herkamen, wo sie lebten?«

»Nein«, antwortete der Mann mit ruhiger Stimme. »Ich habe sie begraben.«

Hediger schloss die Augen. Irgendwie hatte er bisher nicht wahrhaben wollen, dass der Mann wirklich von Sterbenden gesprochen hatte. »Die Frauen sind in Eurer Kapelle gestorben?«

»Vorher«, antwortete der Mann. »Aber bei der Taufe waren sie am Leben. Sonst hätte man sie ja nicht taufen können.«

Hediger verstand überhaupt nichts mehr. Das passte alles nicht zusammen. Vielleicht musste er einfachere Fragen stellen. »Woran sind die Frauen denn gestorben? Waren sie krank?«

»Alle Menschen sind krank.«

»Ist Eure Kapelle in einem Krankenhaus? Lagen die Frauen dort?« Vielleicht gab es ja doch eine einfache Erklärung. »Ihr habt ein paar alte Damen besucht, am Sterbebett?«

Der Mann schüttelte den Kopf. »Meine Kapelle liegt im Wald.«

»Und die alten Damen sind dort hingekommen?«

»Die Frauen waren nicht alt.«

»Und woran sind sie dann gestorben?«

Der Mann schwieg. Lange. Hediger dachte schon, er müsste erneut fragen. Dann sprach sein Gegenüber doch noch. Leise, fast unhörbar und doch verstand Hediger jedes Wort.

Was der Mann sagte, war so ungeheuerlich, so schockierend, dass Hediger regungslos im Beichtzimmer sitzen blieb, selbst als der Mann aufstand und ging.

Hediger saß noch da bis die Glocken neun Uhr schlugen.

Dann stand er endlich auf und wiederholte die Worte des Mannes, so als habe er sie doch nicht verstanden. »Ich habe sie getötet.«

27

Lindberg wendete an der nächsten Raststätte und musste sich zusammenreißen, dort nicht mit dem Smartphone nach den Symptomen einer Anthrax-Kontamination zu suchen.

Er beruhigte sich damit, dass Katharina ihn sicher nicht zum Tatort geschickt hätte, wenn er sich wirklich in Lebensgefahr befand.

Und dass sein Hals kratzte, war bestimmt nur Einbildung.

Er nahm ein Fisherman's und drückte das Gaspedal durch.

Er schenkte sich die Fahrt nach Bern, nur um mit dem Dienstwagen dieselbe Strecke zurückzufahren und fuhr direkt zum Leichenfundort in Reinach an der Stadtgrenze zu Basel. In der Heiligholzstrasse sah er den Dienst-Tesla neben einigen Einsatzwagen stehen.

Lindberg ließ sich von einem Streifenpolizisten die Richtung zeigen und zog sich Einweghandschuhe und Schutzoverall an. Schon als er den kleinen Wald betrat, kam der ihm bekannt vor. Doch woher sollte er ihn kennen? Er hatte zwar in Basel seine Kindheit verbracht, aber in Reinach war er wie in den meisten Vororten kaum je gewesen.

Wahrscheinlich war es nur ein normaler Laubwald im November, die Bäume kahl, der Boden mit braunen Blättern bedeckt.

Er musste daran denken, wie er sich beim letzten Opfer übergeben hatte. Er ging ein wenig langsamer, atmete tief durch und dann sah er zwischen den Baumstämmen seine Kolleginnen Mia und Katharina stehen. Er begrüßte sie und dann erst sah er das Grab.

Zwei Kriminaltechniker hatten schon mehr als einen halben Meter tief gegraben, neben der aufgeschütteten Erde lag ein Holzkreuz.

Darauf stand ein Name: Tanja.

»Ziemlich eindeutiges Beuteschema«, sagte Mia.

Zach drehte sich zu ihr. »Glaubst du ernsthaft, schon nach einem Opfer das Beuteschema des Täters zu kennen?«

»Er steht auf Frauen«, antwortete Mia. »Gut aussehend, natürlicher Typ. Ungefähr dreißig.«

»Na dann bin ich ja zum Glück nicht in Gefahr«, entgegnete Katharina und rieb sich das Augenbrauenpiercing. »Trifft ja nur das erste Kriterium auf mich zu.«

»Wer hat das Grab gefunden?«, fragte Lindberg.

»Eine Orientierungsläuferin«, antwortete Zach. »Sie hat erst mal ihren Lauf beendet und die Kollegen dann angerufen. Trainiert wohl für irgendeinen Wettbewerb und wollte sich ihre Zeit nicht versauen.«

Zach kniete sich nieder und deutete auf eine graue Haarsträhne, die aus der Erde lugte. »Das mit dem Beuteschema war wohl ein Griff ins Klo!«

Lindberg wendete sich ab, ging näher zum Kreuz und musterte es. »Tanja also. Gibt noch keine Vermisstenmeldung dazu, oder?«

Mia schüttelte den Kopf. »Das hab ich gleich als Erstes überprüft.«

Lindberg zeigte auf die Rückseite des Kreuzes. »Wieder kein Schild einer Schreinerei. Aber das Kreuz ist ein wenig kleiner.«

Mia nahm das Kreuz in die Hand und strich mit den Handschuhen über dessen Kanten. »Leicht uneben. Ich würde sagen, das ist handgeschnitzt.«

»Das wird ja immer besser«, antwortete Zach. »Und auf dem nächsten Grab steht eine Marienstatue oder was?«

»Schau mal«, rief einer der Kriminaltechniker aus der Grube. Die Männer hatten inzwischen den Kopf des Opfers freigelegt. Auf Tanjas Mund lag etwas Weißes, Flauschiges. »Ist es das, was ich denke?«, fragte Lindberg.

Zach nickte. »Also war die Feder kein Zufall.«

Lindberg runzelte die Stirn. »Spielt hier jemand ›Das Schweigen der Lämmer‹ nach, oder was soll das?«

»Im Schweigen der Lämmer war es ein Falter, keine Feder«, korrigierte ihn Mia.

»Es war weder Falter noch Feder, weil es fiktiv ist«, entgegnete Zach. »Ich hingegen stehe mitten in der Scheiße. Respektive in einem Grab.«

Mia trat näher an das Loch heran und ging in die Hocke. »So alt ist sie gar nicht.«

Zach bückte sich und betrachtete den Kopf der Toten. »Ich gebe ja ungern jemand anderem als mir recht, aber das Gesicht passt zu einer Dreißigjährigen. Natürliche

Haarfarbe. Ein Punkt für dich.« Sie seufzte und zeigte auf den Hals der Frau. »Dieselben Strangulationsspuren. Die Leichenstarre ist noch ausgeprägt, sie wurde wahrscheinlich gestern ermordet oder heute Nacht.«

Lindberg hatte genug gesehen und ließ seinen Blick in die Ferne schweifen. Er rieb sich die Augen, drehte sich einmal um sich selbst und dann erkannte er am Horizont den markanten Bruderholzer Wasserturm.

»Verdammt«, sagte Lindberg. »Jetzt weiß ich wo wir sind. »Ich hab das nicht gleich erkannt, weil ich früher immer von der Basler Seite hierhergekommen bin. Und nicht von Riehen. Als Kind hatte ich immer Angst vor diesem Ort.«

Katharina Zach blickte ihn skeptisch an. »Vor dem Wald hier oder was?«

Lindberg nickte. »Das Gebiet hier nennt man Galgenbruderfeld«, sagte er. »Im Mittelalter hielt man das für einen verwunschenen Ort, weil man glaubte, hier würden die Seelen böser Menschen umherstreifen.« Er deutete auf den Hügel gegenüber. »Dort drüben stand der Galgen von Riehen.« Er ging näher an das Grab heran. »Und hier stand der Münchensteiner Galgen, eine der früheren Hinrichtungsstätten von Basel.«

28

Benommen trottete Urs Hediger zurück in das Pfarrhaus. Den Briefkasten ließ er geschlossen, nur die Tageszeitung, die darin steckte, nahm er heraus. Ohne sie anzuschauen, warf er sie auf den Küchentisch.

Er zitterte. Hatte der Beichtende wirklich einen Mord begangen? Oder wollte er sich über einen alten Pfarrer lustig machen?

Nein, dazu war der Mann einfach zu ernst gewesen. Zu betroffen. Entweder der Beichtende war wahnsinnig, oder er hatte die Taten begangen. Und dann war er beides.

Welche Prüfungen hatte Gott noch für ihn vorgesehen? Erst seine finanzielle Situation, nun die drohende Bevormundung und jetzt noch ein Mörder, der in seiner Kirche ein- und ausging.

Der auch für ihn selbst eine Gefahr sein könnte. Hediger stand auf, goss Wasser in die Kaffeemaschine, doch seine Hand war so unruhig, dass er die Hälfte verschüttete.

Obwohl ihm der Hunger vergangen war, wusste Hediger, dass er etwas essen musste.

Er schmierte sich ein paar Scheiben Knäckebrot mit nichts als Butter, schnitt ein paar Äpfel klein, legte sie in eine Schüssel, füllte Haferflocken und Milch dazu. Das lenkte ihn ein wenig ab. *Sicher bildet sich der Mann das alles nur ein. Welcher Mörder kam schon zur Beichte?* Hediger war schon seit achtunddreißig Jahren Priester, aber nie hatte jemand eine schwere Straftat gebeichtet. Na ja, fast nie, eine Unterschlagung war dabei gewesen und er musste zugeben, auch ein paar Fälle häuslicher Gewalt. Ja, die hatten ihn betroffen gemacht. Aber das war nichts im Vergleich zu einem Mord.

Wahrscheinlich fantasierte der Mann nur, ging nachts auf irgendwelche Friedhöfe und taufte die Toten. Wie die Mormonen. Die taufen ja auch Verstorbene. Selbst wenn die schon mehrere hundert Jahre tot waren. Ja, so war es!

Aber hatte der Mann sich nicht selbst als *Antipas* bezeichnet? Antipas. *Gegen alles.* Bezog er sich damit auf Herodes Antipas, der Jesus an die Römer ausgeliefert hatte?

Oder auf den Antipas aus der Offenbarung des Johannes, der in Pergamon, *wo der Satan wohne*, als Märtyrer gestorben sei. Gerichtet von Kaiser Domitian, der ihn in einen glühenden eisernen Ochsen werfen ließ, welcher zur Vertreibung von Dämonen diente.

Hediger setzte sich an den Frühstückstisch, zwang sich, das Müsli zu essen und schlug die Zeitung auf. Mitten in der Kaubewegung hielt er inne. Seine Hand zitterte wieder, stärker noch als zuvor.

Erst nach und nach fanden die Zeitungslettern, die auf seiner Netzhaut abgebildet waren, einen Weg in

Hedigers Gehirn. Eine Frau war gestern ermordet worden. Der Täter hatte sie in Einsiedeln begraben. Und ein Kreuz auf das Grab gestellt.

Hat der Mann das nur aus der Zeitung?, dachte Hediger.

Doch er zitterte immer noch.

Denn etwas stimmte nicht.

Der Mann hatte die Zeitung bis zur Beichte noch gar nicht lesen können. Hier stand, die Leiche sei am frühen Morgen gefunden worden, der Beichtende war gestern aber schon um sieben Uhr dreißig bei Hediger in der Kirche gewesen. Selbst die fixesten Onlinemedien waren nicht so schnell. Also wusste der Mann etwas über den Mord.

Am Ende des Zeitungsartikels stand eine Telefonnummer der Polizei. Hediger ging zum Telefon, legte die Zeitung daneben und wählte die Nummer.

»Bundespolizei Bern«, meldete sich eine junge Frau. »Wie kann ich Ihnen helfen?«

»Ich habe den Artikel in der Zeitung gelesen«, sagte Hediger. »Bei mir ...« Mitten im Satz stoppte er. *Was mache ich hier? Ich kann doch das Beichtgeheimnis nicht brechen! Was, wenn es eine Prüfung Gottes ist? Hat Gott einen Plan, den ich nur noch nicht verstanden habe?*

»Hallo?«, fragte die Polizistin in der Leitung. »Sind Sie noch am Apparat?«

Im nächsten Moment legte Urs Hediger auf.

29

Lindberg war nicht lang am Tatort geblieben. Ohne Zeugen, ohne Spuren und ohne die Identität des Opfers zu kennen, gab es vor Ort nicht viel zu ermitteln. Er musste auf Katharinas Ergebnisse warten und auf die Obduktion. Die Befragung der Zeugin durch die Basler Kollegen hatte nicht viel ergeben. Im Gegenteil, die Orientierungsläuferin hatte ihren Teil zur Verwirrung beigetragen.

Sie sei durch den Wald gelaufen, habe das Grab entdeckt, dabei mindestens dreißig Sekunden verloren und sei dann weitergelaufen, natürlich nicht, ohne pflichtbewusst die Koordinaten der Fundstelle in ihrem GPS-Gerät zu speichern. Nach Ende ihres Laufes habe sie die Polizei angerufen.

Die Orientierungsläuferin war eine halbe Stunde zu spät zur Befragung gekommen, angeblich, weil sie in die falsche Straßenbahn gestiegen war. Wie auch immer, sie hatte niemanden beobachtet, nichts Auffälliges bemerkt, wusste lediglich, dass vor zwei Tagen, als sie das letzte Mal an der Stelle vorbeigekommen war, dort noch kein Grab gewesen sei.

Das war alles, was sie bisher hatten.

Zumal die Tote noch nicht identifiziert war.

Wieder im Büro in Bern hatte Lindberg als Erstes die Vermisstenakten noch einmal durchgesehen, doch es war keine Tanja darunter und auch keine andere Frau um die dreißig, die ihr ähnlich sah.

Es klopfte an Lindbergs Bürotür und ein kleiner, knochiger Mann mit Glatze und albinotisch weißer Haut trat ein. Die Kollegen nannten ihn Giftzwerg, doch er war der höchste Vertreter des Staates in der Verbrechensbekämpfung, Bundesanwalt Schiller. »Kann ich davon ausgehen, dass wir kurz vor der Auflösung des Falles stehen?«, fragte er.

»Wie kommen Sie zu dieser Einschätzung?«

»Graf hat mir das berichtet. Der Bekennerbrief, die Zeit, die der Täter aufbringt, sein Opfer zu bestatten, das kann doch nicht lang dauern, bis Sie den Mann haben. Und es darf auch nicht lang dauern!«

»Wir tun unser Bestes«, sagte Lindberg, was zwar nur eine nichtssagende Floskel war, aber wenigstens besser klang als: »Wir tappen total im Dunkeln.«

»Das will ich hoffen«, entgegnete Schiller. Er legte den Zeigefinger auf die Lippen. »Von dem Anthrax darf keiner erfahren. Ist das klar?«

Lindberg nickte. Der Bundesanwalt war zwar nicht sein Vorgesetzter, aber er legte die grundsätzliche Richtung der Ermittlungen fest und war weisungsbefugt.

Lindbergs Telefon klingelte, doch Schiller ignorierte es und dozierte über die Wichtigkeit des Falles und dass die Bundespolizei jetzt endlich mal zeigen könne, was sie draufhabe. Und das könne positive Presse bringen, denn hier gehe es um Terrorismus und nicht um die Festnahmen einiger korrupter FIFA-Funktionäre, welche der Bundespolizei zuletzt Schlagzeilen beschert hatte.

Lindberg nickte wieder, doch überzeugt war er nicht.

Als Schiller endlich gegangen war, blickte Lindberg auf sein Handydisplay. Der *Image*-Chefredakteur Träger hatte versucht ihn zu erreichen.

Lindberg hätte nicht gedacht, dass er jemals freiwillig einen Boulevardjournalisten zurückrufen würde, aber nun wählte er dessen Nummer. Wenn Träger nur wissen wollte, was es Neues gab, würde er ihn schnell abwimmeln.

»Roland Träger, Chefredakteur der *Image*-Zeitung«, meldete sich der Journalist. »Gut, dass Sie gleich zurückgerufen haben«, sagte er. »Wir haben wieder einen Bekennerbrief bekommen.«

»Was?« Lindberg hob eine Augenbraue. »Meine Kollegen, die den Briefkasten überwachen, haben mir nichts davon berichtet.«

»Er hat den Brief auch nicht in unserem Büro in Zürich eingeworfen, sondern in Basel.«

»Sie wissen, dass der erste Brief kontaminiert war?«

»Wir wurden informiert«, antwortete Träger knapp. Wenn er geschockt war, ließ er es sich nicht anmerken.

»Wir holen den Brief sofort ab«, sagte Lindberg. »Niemand sollte ihn anfassen. Wir schicken ein Analyseteam vorbei.«

»Der Brief wurde schon geöffnet.«

»Was?«

»Die Kollegen in Basel hatten unsere interne Mitteilung noch nicht gelesen.«

Lindberg seufzte. »Haben Sie die Mitarbeiter untersuchen lassen?«

»Es gab bisher keine Auffälligkeiten.«

»Über die Kontamination mit dem Anthrax darf auf keinen Fall berichtet werden.«

Roland Träger klang, als zöge er an einer Zigarette. »Was wir zu dem Fall schreiben, müssen Sie schon mir überlassen.«

»Der Bundesanwalt entscheidet, was in dem Fall kommuniziert wird und was nicht.«

»Herr Schiller ist nicht mein Vorgesetzter«, antwortete Träger. »Und selbst wenn er eine Nachrichtensperre verhängt, betrifft das nur die Information der Behörden, die dann eben nicht mehr fließen. Wenn wir eigene Quellen haben, dürfen wir diese trotzdem nutzen. Und die haben wir ja wohl.«

»Im Regelfall hält sich die Presse an Nachrichtensperren.«

»Auf freiwilliger Basis. Und die ist hier nicht gegeben. Der Mann droht mit dem Weltuntergang!« Träger hustete. »Und darüber sollen wir nicht berichten?«

Lindberg seufzte resigniert. Es war nicht seine Aufgabe mit Träger darüber zu diskutieren. »Gibt der Täter wieder den Namen des Opfers preis?«

»Den kennen Sie noch nicht?« Träger klang wie ein Kind, das ›Ich sehe was, was du nicht siehst‹ spielt. »Sie heißt Tanja Egger. Ich schicke Ihnen den Brief gleich per E-Mail.«

»Würden Sie wenigstens den Namen zurückhalten, bis wir das überprüft und die Angehörigen informiert haben?«

»Sicher«, antwortete Träger. »Aber spätestens heute Nachmittag bringen wir die Story. Die Tote leitete nämlich die Atheismus-Kampagne in Zürich. Und sie wurde offensichtlich kirchlich beerdigt, von jemandem, der droht, die Welt würde untergehen. Und wenn bei dem Thema kein öffentliches Interesse besteht, dann kann ich die Zeitung gleich dicht machen.«

Lindberg legte auf und erhielt zwei Minuten später die versprochene E-Mail von Träger. Er öffnete sie und las den Text des Drohbriefes.

Es ist zu viel Sünde geschehen, in der Welt. Sodom und Gomorrha weilen jeden Tag unter uns. Die Pestilenz wird alles Leben von der Erde vertilgen. Erst Europa, dann die Welt. Das Jüngste Gericht kommet bald!

Oder wisset ihr nicht, dass wir alle, die wir auf Jesus Christus getauft sind, auf seinen Tod getauft sind? Wir sind also mit ihm begraben worden durch die Taufe auf den Tod, auf dass, gleichwie Christus durch die Herrlichkeit des Vaters von den Toten auferweckt worden ist, so auch wir in einem neuen Leben wandeln.

So wie Tanja Egger, getaufet und begraben unter dem Galgen von Münchenstein.

An St. Martin werdet ihr folgen.

Alle.

30

»Wie sind die Symptome einer Anthrax-Vergiftung?«, fragte Lindberg, hielt sich mit der einen Hand am Haltegriff des Dienst-Teslas fest und rieb sich mit der anderen den immer noch kratzenden Hals.

»Hohes Fieber, Benommenheit, Herzrhythmus- und Kreislaufstörungen bis hin zum Schock«, antwortete Katharina Zach. »Sie treten in den ersten zwölf Stunden nach Kontamination auf.«

»Und was ist mit Halsschmerzen?«

»Die kommen bestimmt von der Herbstgrippe, die du gestern noch hattest.« Katharina Zach lachte. »Hast du etwa Angst?«

Lindberg blickte sie irritiert an. Zach war zwar für ihren schwarzen Humor bekannt, aber das ging selbst für sie zu weit.

»Bis vor einer Stunde habe ich mir auch noch Gedanken gemacht«, sagte sie. »Aber jetzt habe ich die definitiven Resultate vom ersten Bekennerbrief erhalten. Sie liegen nur knapp über der Nachweisgrenze.« Sie atmete tief aus. »Zum Glück für uns.«

»Und was folgerst du daraus?«

»Der erste Bekennerbrief war für Menschen ungefährlich. Vielleicht handelt es sich auch nur um eine zufällige Kontamination.«

»Der Mann redet von einer Pestilenz, vom Jüngsten Gericht«, entgegnete Lindberg. »Davon, dass er erst Europa und dann den Rest der Welt vernichten will. Da passt Zufall nicht sonderlich gut dazu, oder?«

Katharina Zach zuckte mit den Schultern.

»Wir sind da«, sagte Mia und deutete auf ein Einfamilienhaus, welches nur durch eine Wiese von einem Waldstück getrennt war. »Fast wie bei Eva Rohner.«

»Beides geeignete Orte, jemanden zu entführen.« Lindberg legte die Stirn in Falten. »Den Wald müssen sich die Kollegen später vornehmen. Vielleicht finden wir diesmal Spuren.« Ein Schlüsseldienst hatte die Haustür geöffnet. Als Lindberg den aufgebohrten Zylinder sah, zog er die Augenbrauen hoch. »Das hätte man auch einfacher machen können.«

»Manchmal glaub ich, an dir ist ein Einbrecher verloren gegangen.« Mia zwinkerte ihm zu.

»Ich hab noch nie etwas gestohlen«, antwortete Lindberg, musste dann aber selbst lachen. »Wenn es nicht für einen guten Zweck war.« Er musste an das Sudoku-Heft denken, das er bei seinem letzten Fall aus der Berliner Asservatenkammer entwendet hatte. Den Schlüssel zu der Kammer hatte er bei Basel in den Rhein geworfen, wenn die Strömung mithalf, würde er in ein paar Jahren wieder in Deutschland landen.

Die Kommissare zogen sich die übliche Ausrüstung an und grüßten die Kriminaltechniker, die schon dabei waren, die Wohnung systematisch in Chaos zu verwandeln. Katharina Zach gesellte sich zu den Kollegen, Mia und Lindberg gingen in das Wohnzimmer. Es war im skandinavischen Stil eingerichtet, hell und nüchtern. An der Wand hing ein großes Plakat mit pinkfarbenen Lettern: ›*Es gibt wahrscheinlich keinen Gott. Sorge dich nicht und genieße das Leben!*‹

»Sie wird wohl einige Feinde gehabt haben«, sagte Mia.

Lindberg nickte. »Aber normalerweise morden die nicht gleich.«

»Wenn alle normal wären, ständen wir nicht hier.« Mia öffnete erst die Nachttischschubladen und dann den Kleiderschrank. Sie konnte es einfach nicht lassen, selbst am Tatort herumzustöbern. Sie schob die Bügel auseinander. »Fast nur Jeans, kein einziges Kleid«, sagte sie. »Eine praktisch veranlagte Frau.«

»Was suchst du?«, fragte Lindberg.

»Hinweise«, antwortete sie.

»Die Kriminaltechniker lassen hier ohnehin kein Stück auf dem anderen.«

»Aber es macht viel mehr Spaß, wenn wir was finden.«

Sie streckte ihren Oberkörper in den Kleiderschrank. Es raschelte, Bügel schlugen aneinander. »Schade«, sagte sie schließlich, öffnete aber noch im selben Moment die oberste Schublade einer Kommode. Sie schaute nur oberflächlich hinein und betastete dann von außen deren Unterseite.

Sie wiederholte das bei drei Schubladen, bis sie plötzlich grinste. »Ich glaub, hier ist was ... Moment ... Ist mit Gaffer-Tape festgeklebt.«

Mia zog die Schublade weiter heraus, löste das Gaffer-Tape und hielt kurz darauf drei Briefe in der Hand. Sie fächerte die weißen Umschläge auf, sie waren akkurat oben aufgeschnitten. »Für Liebesbriefe sehen die ziemlich nüchtern aus«, sagte sie. »Und ihre Steuererklärung wird sie auch nicht im Schrank lagern.«

»Was ist, wenn die Dinger auch kontaminiert sind?«, fragte Lindberg.

»Dann hätte sie die Briefe nicht im eigenen Kleiderschrank versteckt, oder?«

»Wenn sie davon wusste.« Lindberg zog die Einweghandschuhe nach hinten über die Handgelenke, nahm einen der Briefe und zog ein Blatt heraus. Es war mit Buchstaben beklebt, die aus einer Zeitung ausgeschnittenen worden waren. »Das wäre in der Tat ungewöhnlich für einen Liebesbrief«, sagte er und las den einzigen Satz vor, aus dem der Brief bestand. »Gott wird Eure frevelhafte Kampagne nicht zulassen!«

»Fragt sich nur, ob jemand dabei nachgeholfen hat«, sagte Mia.

»Wer immer den Brief geschrieben hat, er scheint wenig Ahnung von DNA-Nachweisen zu haben«, sagte Lindberg. »Die Zeitung kaufen, ausschneiden, aufkleben, da kann einiges hängen bleiben.«

Mia nahm einen anderen Brief und holte ein weiteres Blatt mit ausgeschnittenen Lettern heraus. »Stoppt die Kampagne, solang Ihr noch könnt!«, las sie vor. »Was meinst du, weswegen hat Tanja Egger die Briefe versteckt?«

»Möglicherweise hatte sie Angst vor einem Einbruch und wollte verhindern, dass der Täter seine Drohbriefe verschwinden lässt. Oder es sollte uns im Falle ihres Todes einen Hinweis geben.« Er zeigte auf das Telefon. »Und wer Briefe schreibt, ruft vielleicht auch an.«

»Ich hab die Verbindungsauskunft vorhin schon beantragt«, sagte Mia. »Für die Anrufer der letzten sechs Monate. Sollten wir bald bekommen.«

»Hast du genug gesehen?«, fragte Lindberg.

Sie nickte. »Ein Wünschelrutengänger hätte nicht erfolgreicher sein können, oder?«

Lindberg lächelte. Manchmal war er froh, dass Mia sich an keine Regeln hielt.

Mia legte die Briefe in einen Plastikbeutel und übergab sie Katharina Zach. »Ich glaube, das ist was für deine neue Supermaschine.«

Die Kriminaltechnikerin verschränkte die Arme. »Damit analysiere ich nur DNA, die *mein* Team gefunden hat.«

»Sie hätten sie ja auch gefunden«, entgegnete Mia. »Nur halt ein paar Stunden später.« Sie lächelte. »Das sind Drohbriefe. Außerdem bist du doch bestimmt schon ganz heiß darauf, das Ding auszuprobieren ...«

»Gib schon her!« Katharina Zach nahm die Plastikmappe entgegen.

»Gab es eigentlich irgendwelche Anrufe bei der Telefonhotline, die wir eingerichtet haben?«, fragte Lindberg.

Mia Adam schüttelte den Kopf. »Nur ein paar jugendliche Scherzkekse. Plus ein paar haltlose Verdächtigungen und Zeugenaussagen, die zwar gut gemeint waren, aber nach unseren bisherigen Erkenntnissen nichts mit dem Fall zu tun haben. Hinzu kommen die üblichen falsch verbundenen Rentner.«

31

Urs Hediger fluchte, wie es sich nicht einmal für jemanden gehörte, der *nicht* gläubig war. Und erst recht nicht für einen Pfarrer. Er blickte wütend das Telefon an, als könne es etwas für die schlechten Nachrichten, die es gerade überbracht hatte. Er solle sofort zum Rapport kommen! In diesen hässlichen Betonklotz! Diesen Seelensilo!

Es ging um die Finanzen von St. Joseph, mal wieder. Man erwartete ihn in zwanzig Minuten. Er hatte entgegnet, dass er einen Krebskranken besuchen müsse, der seinen Zuspruch benötige. Man hatte ihm gesagt, der Mann könne warten, Gott würde ihn in den paar Stunden sicher nicht zu sich rufen.

Was immer Hediger einwandte, es interessierte die Herren nicht. So wie es sie nie interessiert hatte, wenn er die finanziell schwierige Lage angesprochen hatte. Damals als sie noch erträglich gewesen war. Damals, bevor er sich auf dieses unselige Geschäft eingelassen hatte.

Hediger hasste es, wenn die Kirche krampfhaft versuchte, modern zu sein, wenn sie ihre zweitausend Jahre alte Tradition verleugnete. Nirgendwo konnte man mehr richtig beichten, nirgendwo war eine Gemeinde wirklich das, was man früher darunter verstanden hatte: Ein Ort der Gemeinsamkeit nicht nur für Jung und Alt, sondern auch für die Menschen zwischen Firmung und Rente.

Ein einziges Mal hatte auch er modern sein wollen und das getan, was ihm ein Berater empfohlen hatte. *Er könne doch nicht die fantastischen Möglichkeiten, die der Markt heutzutage bot, einfach ignorieren. Er müsse doch auch daran denken, was er mit dem Geld alles tun könne. Gutes tun könne. Und die Gelegenheit sei einmalig! Jeden Tag, den er warte, würde den Gewinn schmälern. Und er könne ja in ein paar Monaten wieder aussteigen und niemand würde etwas mitbekommen.*

Hediger hatte unterschrieben, ohne die Genehmigung des Kirchenrates einzuholen.

Nach sechs Monaten war er tatsächlich ausgestiegen. Weil alles eingesetzte Kapital vernichtet gewesen war. Der Anlageberater hatte seine Provision trotzdem erhalten.

Wenigstens hatte der Vorfall Hediger bewiesen, dass es nur einen Weg gab. Den der Tradition. Was jahrhundertelang richtig gewesen war, konnte nicht auf einmal falsch sein. Und was es dort draußen an Neuem gab, war nicht *fantastisch*, es war *fatal*.

Doch diese Einsicht nützte ihm jetzt auch nichts mehr.

Das Geld war weg, fünfhunderttausend Franken.

Urs Hediger seufzte, stieg in seinen Wagen und fuhr in die Kannenfeldstraße. Schon von Weitem erkannte er den riesigen Betonquader der St.-Antonius-Kirche, der jeden Ortsunkundigen vermuten ließ, hier befände sich die Städtische Müllverbrennung. Kein Wunder, der unverputzte Betonkirchturm sah aus wie ein Schornstein. Nur fünfundzwanzig Jahre nachdem seine Kirche, St. Joseph im neobarocken Stil gebaut worden war, hatte man hier dem Beton ein Denkmal gesetzt. Das, man konnte es kaum glauben, tatsächlich denkmalgeschützt war.

Hediger parkte seinen Wagen und stieg aus. Jedes Mal, wenn er vor diesem Gebäude stand, stieg sein Puls vor lauter Zorn, allein nur, weil er diese Bausünde betreten musste. Vielleicht war er deshalb nie gut mit dem Kirchenrat klargekommen. Und alles nur, weil Krause sich gerne als großzügiger Gastgeber aufspielte, sonst würden sie sich nicht hier in dessen Gemeinde treffen, sondern im Dekanat. Doch das spielte jetzt alles keine Rolle mehr. Er musste stark sein. Denn es ging darum, wie er seine Gemeinde führte. Und wie keiner der anderen Pfarrer in Basel es tat.

Hediger öffnete die schwere Tür der St.-Antonius-Kirche. Durch die großen Kirchenfenster fiel farbiges Licht, welches den nüchternen Anblick der Kirche wenigstens etwas abmilderte. Doch die quadratischen Betonsäulen, die Betondecke, die Wände, alles sah aus wie eine Kirche für Bauunternehmer.

Hediger kniete sich nieder, bekreuzigte sich und sprach ein Vaterunser. So viel Zeit musste sein. Vielleicht hatte Gott eine Lösung für ihn.

Doch als er aufstand, fühlten sich seine Beine viel schwerer an als sonst.

Er verließ die Kirche, ging in die nahegelegenen Büroräume und klopfte an die Tür. Weber, der Geschäftsleiter, der für die Finanzen des Kirchenrats zuständig war, öffnete ihm. Am Sitzungstisch saßen die drei leitenden Kirchenräte: Sein alter Fürsprecher Fritz Langenbrück, dann Riescher, der sich bisher aus allem herausgehalten hatte und Krause, ein Betonkopf genauso wie seine Kirche.

»Schön, dass Sie es so kurzfristig einrichten konnten«, begrüßte ihn Weber und bot ihm einen Platz an.

Hediger nickte nur. Er war noch viel zu aufgewühlt, um etwas Freundliches, oder wenigstens Neutrales entgegnen zu können.

»Dann möchten wir gleich zur Sache kommen«, erklärte Weber. Er holte einen Brief heraus, Hediger erkannte den Briefkopf der Sozialversicherungsbehörde. Anscheinend hatten sie eine Kopie des Schreibens an das Dekanat gesendet. Hediger schluckte. Das war noch schlimmer, als er befürchtet hatte.

»Sie kennen dieses Schreiben?«, fragte Weber.

Hediger nickte. »Es lag in der Post.«

»Und was haben Sie dazu zu sagen?«

»Nichts«, hätte Hediger am liebsten geantwortet, doch er wusste, dass dies keine Option war.

»Ich habe schon vor Jahren auf die finanziellen Probleme meiner Gemeinde hingewiesen«, sagte er stattdessen. »Dann die ganzen Kirchenaustritte ... und aus dem Bistum mit diesem ultrakonservativen Bischof bekommen wir auch mehr Gegenwind als Unterstützung.«

»Ich empfinde das als Rückenwind«, entgegnete Krause. »Aber das ist wohl eine Frage der Position.«

»Die Austritte in Ihrer Gemeinde sind die höchsten in ganz Basel«, entgegnete Hediger.

Langenbrück gab Hediger ein Zeichen, sich zu mäßigen. »Meine Herren, wir wollen doch sachlich bleiben.

Pfarrer Hediger hat stets nur das Beste für die Gemeinde im Sinn. Da bin ich mir sicher. Und er führt St. Joseph ausgesprochen erfolgreich.«

Hediger seufzte erleichtert.

»Dennoch müssen wir auch an den Schaden denken, der entstehen würde, wenn die finanzielle Situation anhält.« Langenbrück blickte in die Runde. »Also werden wir in zwei Stunden im Kirchenrat abstimmen, ob St. Joseph weiterhin selbstständig bleibt oder einer anderen Gemeinde unterstellt wird, um die Finanzprobleme in den Griff zu bekommen.«

»Du auch?«, sagte Hediger. »Du bist auf ihrer Seite?«

Langenbrück atmete tief aus. »Es geht nicht darum, auf welcher Seite ich bin, es geht darum, was richtig ist. Es handelt sich offensichtlich um eine Notlage. Wir könnten auch ohne dich abstimmen. Ich habe mich jedoch dafür eingesetzt, dich anzuhören.« Er warf Hediger einen versöhnlichen Blick zu, doch der schaute sofort weg. »Du bekommst das Dossier mit der Entscheidungsvorlage und kannst dich im Büro nebenan vorbereiten. Mehr kann ich dir nicht anbieten.« Langenbrück blickte wieder in die Runde. »Also treffen wir uns um dreizehn Uhr wieder hier?«

Alle stimmten zu.

Nur Hediger hielt den Kopf gesenkt, als sei das Urteil schon gesprochen. Jetzt konnte ihm nur noch ein Wunder helfen.

32

Drei Stunden später standen sie in Katharina Zachs Labor. »Ihr fasst hier nix an«, sagte sie und klang auf einmal sehr dominant. »Vor allen Dingen du Mia.«

Katharina deutete auf ein schrankgroßes, weißes Gerät, das leise vor sich hin surrte. »Das hier ist nämlich die Zukunft der Kriminaltechnik.«

»Für mich sieht das Ding aus wie jeder andere Automat hier auch: weiß, Schläuche, kleine Reagenzgläser.«

»Das sind Probenbehälter«, sagte Katharina. »Außerdem hab ich um das Analysegerät zwei Jahre gekämpft. Ich habe allein sieben Anträge gestellt, in Kommissionen vorgesprochen und jedes Mal wurde die Investition abgelehnt.«

»Und dann hast du die Kiste selbst gekauft?«

Katharina Zach lächelte. »Wäre ich Millionärin hätte ich das glatt getan. Stattdessen habe in einem Fernsehinterview erzählt, das wir damit Terroristen viel schneller überführen würden, weil wir so die DNA von Verdächtigen in zwei Stunden statt in zwei Wochen analysieren könnten.« Sie lächelte. »Und innerhalb von drei Tagen war der Antrag genehmigt und zwei Wochen später stand die Kiste hier. Irgendein paranoider

Sicherheitspolitiker hat sich damit zwar profiliert, genau wie Graf, aber solange wir solche Fälle wie diesen schneller lösen können, soll mir das recht sein.«

»Und warum ist das jetzt so viel schneller?«

»Bisher wurde alles in externen Labors getestet«, antwortete sie. »Allein der Probenversand hat schon ein paar Tage gedauert. Dann musstest du für Eilbearbeitung immer einen Antrag stellen und der musste genehmigt werden, weil das kostete ja extra. Wenn du nicht jedem ständig damit auf den Wecker gegangen bist, hat das noch mal eine Woche gedauert. Die Analyse selbst war in ein bis zwei Tagen erledigt.«

Sie klopfte auf den Deckel des Sequenziergeräts. »Tja, und jetzt spare ich mir die Anträge und kann in derselben Zeit die DNA von bis zu drei Spuren analysieren und sofort mit der DNA-Datenbank CODIS abklären.«

»Und wie viele Spuren hast du auf den Erpresserbriefen gefunden?«

»Auf einem Brief zwei Speichelproben, auf dem nächsten keine und dann noch mal eine.«

»Und wann bekommen wir jetzt das Resultat?« Lindberg schaute auf die Uhr.

»Wenn du weiterhin so ungeduldig bist, in zwei Wochen.«

In dem Moment piepste das Gerät und auf dem Bildschirm erschien eine grün unterlegte Meldung.

»Da ist unsere erste DNA«, sagte Katharina, exportierte die entsprechende Datei auf einen USB-Stick und steckte diesen in ihren Computer. »Old style, ich weiß«, sagte sie. »Aber das Analysegerät kann auf CODIS nicht zugreifen. Und verschlüsseln kann es die Daten auch nicht. Und da bei einem Transfer über das Internet jeder schauen könnte, was wir hier so analysieren, mache ich das auf die bewährte Art und Weise.«

»Jetzt muss die DNA nur noch einem Verbrecher gehören«, sagte Mia.

»Ach was«, antwortete Katharina und lud die Datei zum Abgleich in die DNA-Datenbank. »Es reicht schon, wenn du dem Staat quer kommst. Beispielsweise hat die Berner Kantonspolizei 2014 den Demonstrantinnen gegen die ›Miss Schweiz Wahl‹ die DNA abgenommen, nur weil deren Sitzstreik nicht genehmigt war.« Sie lächelte. »Und erst nach einem Urteil des Bundesgerichts musste die Probe wieder vernichtet werden. Hier sind also nicht nur Schwerverbrecher drin, sondern Leute wie du und ich.«

»Wieso? Hast du auch gegen die ›Miss Schweiz Wahl‹ protestiert?«, fragte Mia.

»Klar«, antwortete Katharina. »Aber nur, weil sie mich nicht zugelassen haben.« Sie grinste, doch dann blickte sie irritiert auf den Bildschirm und klickte auf der Maus herum, jedes Mal eine Spur lauter.

»Was ist denn?«, fragte Lindberg.

»CODIS hat eine Übereinstimmung gefunden.« Katharina Zach rieb sich das Kinn. »Aber ich kann mir die Datei nicht anzeigen lassen.« Sie klickte ein paar mal, schüttelte dann den Kopf. »Das hab ich ja noch nie gesehen«, sagte sie. »Der Datensatz hat einen Sperrvermerk.«

33

Die Kirchenratssitzung war noch keine fünf Minuten alt, da präsentierte Krause schon die dritte Mahnung. »Laut diesem Brief haben Sie seit sieben Monaten keine Sozialbeiträge mehr bezahlt«, rief er. »Und ich möchte nicht wissen, welche Rechnungen noch darauf warten, beglichen zu werden!«

Urs Hediger schnappte nach Luft, doch bevor er antworten konnte, ergriff Geschäftsführer Weber das Wort. »Sind die Vorwürfe in dem Schreiben korrekt?«

»Ich ... ich ... dachte, es wäre besser, bei der Behörde nicht zu zahlen ... Statt Privatleute oder Handwerker warten zu lassen, die von uns abhängig sind.«

»Ist das so?«, fragte Krause. »Und warum haben wir dann gestern eine Mahnung für die letzte Wartung der Orgel bekommen, sowie eine Zahlungsaufforderung eines anderen Handwerkbetriebs?« Er reichte Hediger die Briefe, die merkwürdigerweise in dem Dossier gefehlt hatten. Hediger starrte auf die Absender, unfähig, die Briefe zu lesen.

Schließlich nahm Weber die Schreiben an sich und überflog sie. Er schüttelte ungehalten den Kopf. »Ich muss den Herren empfehlen, Ihre Gemeinde St. Clara zu unterstellen.«

»Das können Sie nicht!« Hediger richtete sich auf. »Die Gemeinde hat verbriefte Rechte, die Sie nicht einfach außer Kraft setzen können!«

»Im Falle eines finanziellen Notstands schon.« Weber verschränkte die Arme.

»Im Übrigen warten wir immer noch auf eine plausible Erklärung für das plötzliche Finanzloch der Gemeinde«, stichelte Krause. »Woher sollen wir wissen, dass das Geld nicht veruntreut wurde?«

»Das muss ich mir nicht gefallen lassen!« Hediger funkelte Krause an. Ausgerechnet der spielte sich hier auf! Krause dachte nur an Macht, Politik und Götzendienst. Den ekelte es doch sogar an, ein paar Obdachlose zu bewirteten. Warum sonst tat er das nur an St. Martin und auch nur dann, wenn die Presse anwesend war? »Ich habe diese Gemeinde wieder aufgebaut!«, rief Hediger. »Vor mir war der meistbesuchte Gottesdienst in St. Joseph die philippinische Messe! Ich habe St. Joseph zu dem gemacht, was es ist. Eine lebendige Gemeinde. Das lasse ich mir nicht kaputt machen!« Er zitterte, doch er war noch nicht fertig. »Gerade jetzt wo ich seelsorgerisch immens gefordert bin, kann man mich nicht entmündigen.«

»Weswegen bist du mehr als sonst gefordert?«, fragte Langenbrück.

Hediger tupfte sich den Schweiß von der Stirn. »Es handelt sich um ein seelsorgerisches Problem, das ich unter vier Augen mit dir besprechen wollte.«

»Was ist das für ein Problem?« Krause lupfte scheinbar interessiert eine Augenbraue. »Psychologischer Natur?«

Hediger funkelte ihn an. »Ein Gemeindemitglied von mir bedarf momentan intensiver seelsorgerischer Betreuung. Die Person kommt noch vor Öffnung der Kirche zur Beichte.«

Krause wollte etwas erwidern, aber Langenbrück bedeutete ihm mit einer Handbewegung, sich zurückzuhalten. »Keine Sünde ist so groß, dass deren Bekenntnis nicht bis zur Beichtstunde warten kann«, sagte er. »Wer eine Untat sofort beichtet, bereut sie nicht. Reue braucht Einsicht, braucht Zeit. Man darf die Gläubigen nicht verwöhnen.«

»Fritz, es handelt sich hier nicht um irgendwelche harmlose Sünden«, widersprach Hediger. »Es geht um Leben und Tod!«

»Also sind Sie in der Gemeindearbeit mehr als üblich gefordert?«, fragte Krause.

Hediger nickte überrascht. Weshalb baute ihm Krause auf einmal eine Brücke?

»Wenn Sie das so belastet, ist es umso wichtiger, dass die finanziellen Angelegenheiten der Gemeinde von professioneller Seite betreut werden«, erklärte Krause.

»Das eine hat mit dem anderen nichts zu tun!« Hediger erhob sich.

»Gerade haben Sie etwas anderes behauptet«, widersprach Weber. »Die Diskussion führt uns offensichtlich nicht weiter. Ich würde daher vorschlagen, wir stimmen nun ab. Sollte sich bis zum Wochenende die Finanzlage von St. Joseph nicht entspannen, wird St.

Joseph am Martinstag der Gemeinde St. Clara unterstellt, die Kollege Krause kommissarisch mitführt.«

»Das können Sie nicht ...«

»Wer ist dafür, dass wir abstimmen?«, fragte Weber.

Alle außer Hedigers Hände gingen in die Höhe, selbst die von Langenbrück. Dessen Augen wichen Hediger aus, sie wirkten eisig entschlossen. So hatte er seinen Freund noch nie gesehen.

Eifrig verteilte Krause die Abstimmungszettel. Jeder bis auf Hediger kreuzte seine Entscheidung an und warf sie in eine hölzerne Wahlurne.

Weber nahm die Urne, drehte sie auf den Kopf, öffnete deren Boden und holte die Abstimmungszettel heraus. Er faltete jeden einzelnen auseinander und trug das Ergebnis in einer Liste ein.

Es ging alles viel zu schnell. Innerhalb von Minuten zerstörten sie, was er über Jahre aufgebaut hatte. Einstimmig, eine Enthaltung.

De facto war Krause jetzt sein Vorgesetzter, denn wer das Geld verwaltete, der besaß auch die Macht. Nicht nur, dass Krause seine Gemeinde führte wie eine Bankfiliale, auf der Kanzel wetterte er gegen jeden, der nicht seine Meinung teilte. Und er bekam Rückendeckung vom Bistum, selbst als Krause in einem Interview Homosexualität als Todsünde bezeichnet hatte, war er nicht gerügt worden, sondern hatte kurz darauf auch noch St. Clara zur Betreuung übertragen bekommen.

Die Kirchenräte verabschiedeten sich, Hediger blieb wie abgeschaltet sitzen.

Als sie wieder zu zweit waren, setzte sich Langenbrück neben ihn. »Es war die richtige Entscheidung«, sagte er. »Wir mussten Schaden von der Gemeinde abwenden. Stell dir vor, die Presse bekommt davon Wind ...«

»Was ist, wenn alle Rechnungen bis zum Wochenende bezahlt sind?«

Langenbrück blickte ihn ungläubig an. »Dann würde die Notwendigkeit für die Fusion entfallen. Aber wie willst du das anstellen?«

Hediger biss sich auf die Lippen.

»Was ist das für ein seelsorgerisches Problem?«, fragte Langenbrück schließlich.

Hediger schwieg weiter.

»Deswegen wolltest du doch mit mir reden, oder?«

Hediger blickte auf, Trotz stand in seinen Augen. »Mir ist die Lust vergangen, darüber zu sprechen.« Er erhob sich.

Langenbrück legte ihm die Hand auf die Schulter. »Du bist immer noch Seelsorger«, sagte er. »Auch nach dem Martinstag. Vergiss das nicht!«

Hediger seufzte und setzte sich wieder. »Ein Gemeindemitglied hat mir gebeichtet, dass er schwere Straftaten begangen hat.« Er faltete die Hände. »Die Polizei sucht nach ihm. Und ich befürchte, der Mann wird noch weitere Taten begehen, wenn er nicht gestoppt wird.«

»Er hat in deiner Funktion als Pfarrer mit dir geredet, während der Beichte?«, fragte Langenbrück.

Hediger nickte.

»Dann wird Gott es richten.«

»Ich kann doch nicht mit ansehen, wie Menschen ...« Hediger stoppte mitten im Satz. Er biss sich auf die Lippe.

»Du kennst die Regeln«, sagte Langenbrück. »Sie gelten seit achthundert Jahren und sind unumstößlich.« Er schaute Hediger mit durchdringendem Blick an. »Wenn ich davon erfahren würde, dass du das Beichtgeheimnis brichst, hätte ich keine Wahl. Ich müsste dich exkommunizieren.«

34

Nach der Analyse wussten die Kommissare zwar, dass alle drei Speichelspuren auf den Drohbriefen, die sie in Tanja Eggers Wohnung gefunden hatten, von derselben Person stammten, aber deren Identität konnten sie wegen des Sperrvermerks immer noch nicht feststellen.

Und so hatte Lindberg sich an Bundesanwalt Schiller gewandt, doch der hatte geantwortet, einen Sperrvermerk gebe es nur bei Fragen der nationalen Sicherheit und ohne Antrag könne er da gar nichts tun.

Weil Mia nie um eine Ausrede verlegen war, wenn es darum ging, einem Bericht oder Antrag auszuweichen – angeblich hatte sie eine Spur und wollte etwas recherchieren – stellte Lindberg den Antrag und um weitere Verzögerungen zu vermeiden, brachte er ihm Schiller persönlich vorbei, der in der Nähe des Schweizer Bundeshauses logierte.

Der Bundesanwalt versprach, ihn an den NDB, den Schweizer Nachrichtendienst weiterzuleiten, bemerkte aber gleich, dass das dauern könne. Denn ein Sperrvermerk würde auf politischer Ebene gesetzt und dort müsse über dessen Entfernung entschieden werden.

Wirklich schneller waren sie in diesem Fall durch die neue Technik also nicht geworden.

Als er wiederkam, blickte ihn Mia strahlend an. »Kannst die Jacke grad anlassen, wir besuchen einen Verdächtigen.«

»Wen denn?«

»Sag ich dir unterwegs.« Erst als sie in der Tiefgarage standen, schien sie zu zweifeln. »Ist zwar ein ziemlicher Schuss ins Blaue, aber wir treten ja momentan ohnehin auf der Stelle.«

»Kann es sein, dass du nur ein paar Runden mit dem Tesla drehen willst?«, fragte Lindberg.

»Und wenn schon, das lüftet den Kopf durch.« Sie stieg in den Wagen. »Weißt du eigentlich, wo der Begriff Ketzer herkommt?«

Lindberg schaute sie irritiert an.

»Ich hab vorhin ein wenig recherchiert. Also pass auf: Der Begriff Ketzer geht auf die Katharer zurück. Das war eine christliche Glaubensbewegung, mit Ursprüngen in Köln, die sich vor allem in Südfrankreich und Oberitalien ausbreitete. Bis Ende des 12. Jahrhunderts war sie dort die vorherrschende Glaubensrichtung.«

»Hat das irgendetwas mit unserem Fall zu tun?« Lindberg schloss die Beifahrertür.

»Das wirst du schon noch sehen.« Mia startete den Elektromotor. »Die Katharer waren Christen, aber sie lehnten das Alte Testament ab, weil dort der Schöpfergott einer bösen Welt beschrieben sei. Ihre Priester, sowohl Männer als auch Frauen, predigten in Volkssprache und nicht in Latein. Sie waren also wesentlich moderner als die katholische Kirche der damaligen Zeit.«

»Und der von heute.«

»Genau«, sagte Mia. »Dem Papst, Innozenz dem III. waren die unabhängigen Katharer allerdings ein Dorn im Auge und er beschloss ihre Missionierung. Dazu holte er sich die Unterstützung vom heiligen Dominikus, der die Aufgabe hatte, die Ketzer durch Predigten zu bekehren.«

»Und weil er so erfolgreich war, wurde er heiliggesprochen?«

»Nicht ganz. Denn die Katharer wollten sich gar nicht bekehren lassen und so ließ Innozenz der III. sie kurzerhand hinrichten. Wegen Ketzerei.«

»Klingt nicht gerade nach Nächstenliebe«, sagte Lindberg. »Aber jetzt weiß ich immer noch nicht, was das mit unserem Fall zu tun hat.«

»Weil du keine Geduld hast.« Mia lächelte und bog auf die Autobahn Richtung Basel. »Dabei ist das normalerweise meine Rolle. In ganz Südfrankreich wurde damals bekehrt, geraubt und gemordet. Auch in Béziers, ein kleines Städtchen in der Nähe von Montpellier. Die Belagerung der Stadt im Jahr 1209 leitete der Papstgesandte und spätere Erzbischof, Arnaud Amaury. Auf die Frage, wie man denn die Ketzer von den Gläubigen unterscheiden solle, hat er geantwortet: ›*Tötet sie alle – Gott wird die Seinen schon erkennen.*‹«

Lindberg blieb der Mund offen stehen.

»Allein in Béziers wurden damals zwanzigtausend Menschen getötet«, erklärte Mia. »Viele davon waren in die Magdalenen-Kirche geflüchtet, in der sie sich sicher glaubten, doch Amaury ließ das Gebäude in Brand setzen und siebentausend Menschen starben, in einer christlichen Kirche, von Christen getötet. Zur Belohnung für seine Hilfe bei der ›Missionierung‹ der

Katharer durfte der Heilige Dominikus den Orden der Dominikaner gründen, auch Predigerorden genannt. Der Orden entwickelte sich zur Keimzelle der Inquisition und so wurde er bald auch Domini Canes genannt, Hunde des Herren.«

»Und jetzt fahren wir zu irgendwelchen Dominikanern?«, fragte Lindberg.

»Knapp vorbei.« Mia lächelte. »Mit der Inquisition breiteten sich die Dominikaner im 15. Jahrhundert in ganz Europa aus. Über Straßburg kamen sie auch nach Basel und kauften im Jahr 1511 den Wald zwischen Riehen und Basel um dort ein Kloster zu bauen.«

»Also lag ich doch richtig?«

Mia schüttelte den Kopf. »Du hast etwas Wichtiges vergessen. Die Reformation.«

»Stimmt, Basel war da ja ganz vorne mit dabei.«

Mia nickte. »Schon 1529, nach dem Basler Bildersturm, mussten die Dominikaner das Gelände räumen. Heute erinnert nur noch der Name des Waldes an die damalige Zeit: Predigerholz. Und da fahren wir jetzt hin.«

»Sag das doch gleich.« Lindberg seufzte. »Das Predigerholz kenne ich nämlich. Es liegt in der Nähe vom Galgenbruderholz, wo Tanja Egger begraben wurde.«

»Indiz Nummer eins meiner Recherche«, sagte Mia. »Kommen wir zu Indiz Nummer zwei: Die Sonnentempler sagen dir was, oder?«

Lindberg nickte. »Die haben damals Massenselbstmord in der Schweiz begangen, oder?«

»Wieder ein Kriminalfall, der so gar nicht zum Bild der idyllischen Schweiz passt. Im Oktober 1994 haben über fünfzig Mitglieder der Sonnentempler in der französischsprachigen Schweiz kollektiven Massenselbstmord begangen«, sagte sie. »Und nur ein Jahr später, ausgerechnet am Vorabend vor Weihnachten, fand man im Vercors-Massiv in den Französischen Alpen sechzehn verkohlte Leichen, die sternförmig um ein Feuer angeordnet waren, genau wie das Symbol der Sonne.«

»Wenn ich mich recht erinnere, hat man niemals herausgefunden, wer die Sonnentempler umgebracht hat, oder?«, fragte Lindberg.

»Das ist so«, antwortete Mia. »Die Theorien reichen von Massenselbstmord über fremde Täter bis hin zu durchgedrehten Sektenführern, die ihre Mitglieder ermordet hätten, angeblich weil das Ende der Welt nahte. Kommt dir das bekannt vor?«

Lindberg nickte. »Das war zwar eine nette Geschichtsstunde«, sagte er. »Aber jetzt weiß ich immer noch nicht, warum wir in das Predigerholz fahren.«

»Nun, kommen wir zu Indiz Nummer drei: Ich habe mir die Medienberichte zur Atheismuskampagne von Tanja Egger angeschaut und wer sich alles dazu geäußert hat. Das waren die üblichen Verdächtigen, die Schweizer Bischöfe, die Züricher Verkehrsbetriebe, Tanja Egger selbst. Plus der Mann, zu dem wir jetzt fahren. Samuel Zuber.«

»Der Name sagt mir nichts.«

»Er ist der Anführer einer urchristlichen Gemeinschaft, genannt die Primuschristen, die im Predigerholz leben«, antwortete Mia. »In dem Interview behauptete Samuel Zuber, Gott werde Mittel und Wege finden, die Kampagne zu verhindern und diese Atheisten zu bestrafen.«

»Dann fühlt er sich jetzt wohl bestätigt.«

»Wahrscheinlich. Laut Sektenstelle sind die Primuschristen eine ultrareligiöse Gruppierung, angeblich Mormonen oder Urchristen. Und weißt du, was die predigen?«

»Mormonen? Vielweiberei!«

»Das wäre ja harmlos«, Mia Adam lächelte. »Nein, wie die Sonnentempler behaupten sie, das Ende der Welt sei nah. Und nur wer von den Primuschristen getauft ist, wird es überleben!«

35

Lange war Pfarrer Hediger ziellos in Basel umhergefahren, dann parkte er doch vor der Villa des alten Freundes. Ja, so konnte man Johann Imhoff nennen, schließlich hatten sie gemeinsam die Matur absolviert, sich zwar später aus den Augen verloren, aber als Imhoff nach seiner Karriere als Geschäftsführer einer Baufirma wieder nach Basel zurückgekommen war, hatte er sich eine Villa in seiner Gemeinde gekauft.

Imhoff war selbst für Schweizer Verhältnisse vermögend. Doch das nützte ihm nicht mehr viel, denn er hatte Krebs im Endstadium. Und keine Angehörigen.

Hediger klingelte und eine Pflegerin des privaten Pflegedienstes, den Imhoff engagiert hatte, ließ ihn hinein. »Gut, dass Sie kommen, Herr Pfarrer. Er hat Sie schon vermisst.«

»Ich ihn auch.« Hediger lächelte unverbindlich. »Wie geht es ihm?«

Sie seufzte. »Er ist heute ein wenig vergesslich.«

Hediger nickte und ging hinauf zum Schlafzimmer. Er klopfte an die Tür.

»Herein!«, hörte er von innen, mit kräftiger, klarer Stimme. *So schlimm steht es also nicht um ihn. Gott sei es gedankt.*

Der Pfarrer betrat das Schlafzimmer. Früher hatten hier antike Möbel gestanden, ein Biedermeierbett, Ölgemälde, ein edler Wandschrank aus Mahagoni. Die Pfleger hatten alles in den Keller bringen lassen und ein Krankenhausbett und medizinisches Gerät aufgebaut. Jetzt wirkte der Raum klinisch, kalt und nur das Schachbrett auf einer stählernen Anrichte brachte ein wenig Leben hinein. Johann lag in seinem Bett, die Rückenlehne aufgerichtet. »Ich habe die Figuren schon aufgestellt«, sagte er und seine Augen strahlten.

»Solang du spielen kannst, geht es dir gut, oder?«

Imhof antwortete nicht, strich sich über den kahlen Schädel, auf dem vor Kurzem noch volles weißes Haar gethront hatte und schaute aus dem Fenster. »Manchmal wünschte ich, es wäre alles schon vorbei.«

Ich auch, dachte Hediger. *Ich auch.*

Plötzlich hielt er inne. Ein Gedanke flog vorbei, nistete sich ein und ergriff von ihm Besitz. Es war nur ein einziger Gedanke, doch er war so stark, so mächtig, dass Hediger zu zittern begann.

36

Ein paar Minuten später kamen Mia und Lindberg im Predigerholz an. als Erstes fiel Lindberg eine hölzerne Kapelle auf, deren weißer Anstrich glänzte wie neu. Die Glocke im Türmchen der Kapelle schlug vier Uhr nachmittags. Neben der Kapelle lag ein älteres Gebäude, der Predigerhof, ein ehemaliges Ausflugsrestaurant. Offensichtlich war es geschlossen worden und die Primuschristen hatten den Hof samt Gelände übernommen und ausgebaut.

Das Anwesen war mit einem gut zwei Meter hohen Zaun eingefasst, hinter dem mannshohe Hecken standen; den einzigen Durchgang bot ein schmiedeeisernes Tor an dessen Spitze ein Spruch eingearbeitet war: ›Glauben macht frei‹. Die beiden Kommissare blickten sich irritiert an.

An der Einfassung des Tors befand sich keine Klingel, kein Namensschild, nicht mal ein Türknauf.

Lindberg musterte das Schloss. Kein Ding der Unmöglichkeit es aufzubrechen, aber auch kein guter Zeitpunkt. »Mach mal das Martinshorn an«, sagte er zu Mia, was sie mit einem Lächeln quittierte.

Das Signal lief keine zehn Sekunden, da kam schon ein schwarzhaariger Mann mit Vollbart auf sie zu. Seine Nase war auffallend groß, seine Augen standen ein wenig zu eng beieinander. »Kann ich Ihnen weiterhelfen?«, fragte er durch das Gitter des geschlossenen Tors.

Mia stoppte das Signal und Lindberg zeigte seinen Ausweis. »Wir haben keine Klingel gefunden und möchten mit Herrn Zuber sprechen.«

Der Mann zuckte leicht zusammen. »Weswegen denn?«

»Das würden wir ihm gerne selbst sagen.«

Der Mann öffnete das Tor und setzte ein Lächeln auf. »Darf ich Sie in mein Haus bringen?«

Lindberg schaute ihn überrascht an. »Sie sind Samuel Zuber?«

Der Mann nickte.

»Ein beeindruckendes Gelände haben Sie hier.« Lindberg zeigte auf die Kapelle. Hinter dem Predigerhof sah er einen Bauernhof samt Stall und dahinter einige Holzhäuser.

»Mit vielen Händen kann man einiges erschaffen.« Zuber führte die Kommissare zu einem der Häuser. »Wir bewirtschaften unsere eigenen Äcker und leben von dem, was Gott uns beschert.«

»Wie viele Mitglieder haben Sie denn?«

»Zweihundert in der gesamten Schweiz«, antwortete Zuber. »Hier im Predigerholz sind es über fünfzig. Wir sind eine der wenigen christlichen Glaubensgemeinschaften, die noch wächst.«

»Die etablierten Kirchen sind darüber nicht so erfreut, oder?«

»Weil wir den ursprünglichen Glauben lehren. Den Glauben, bevor Paulus kam und alles negierte, was Jesus gesagt hatte.«

»Das heißt, Sie glauben nicht an die Bibel?«

»Wir glauben an die Bibel, wie sie die Urchristen kannten.« Zuber öffnete die Tür zu seinem hölzernen Haus und bat die Kommissare hinein. »Also an die vier Evangelien, die Offenbarung Johannes und an einige Apokryphen, die später aus der Bibel ausgeschlossen wurden, obwohl sie Jesus Worte predigten.«

Lindberg blickte sich um. Es fiel nur wenig Licht ins Wohnzimmer, die Möbel waren alt, aber in gutem Zustand. Als sie den Raum betraten, verschwand eine Katze hinter dem Wohnzimmerschrank.

»Warum wurden diese Apokryphen damals ausgeschlossen?«, fragte Mia.

»Weil sie der Lehrmeinung von Paulus widersprachen«, antwortete Zuber. »Paulus hat sich im Auftrag der Römer die christliche Kirche untertan gemacht, hat sie so verändert, dass sie den Römern diente. Deswegen lehnen wir seine Lehre ab.«

»Aber das ist zweitausend Jahre her«, sagte Mia.

»Das macht das Unrecht nicht wieder gut.«

»Irgendwo habe ich gehört, Sie wären Mormonen?«, fragte Lindberg.

»Das behaupten Unwissende.« Zuber stellte den Kommissaren ungefragt zwei Gläser Wasser hin. »Aber Sie sind sicher nicht zu mir gekommen, um über meinen Glauben zu diskutieren, oder?«

Lindberg nickte. »Wir ermitteln in zwei Mordfällen.«

»Mord?« Zuber sah ihn mit großen Augen an.

»Kannten Sie Tanja Egger?«

Zuber rieb sich durch seinen schwarzen Bart, stoppte, schaute kurz auf seine Finger und merkte dann wohl selbst, dass er schon zu lang für die Antwort gebraucht hatte. »Das ist die Leiterin der Atheismuskampagne in Zürich, oder?«

»Sie kannten sie also?«

»Was ist mit ihr?«

»Würden Sie meine Frage bitte beantworten?«

»Die Existenz Gottes in Frage zu stellen, ist eine Sünde.«

»Es ist nicht verboten«, widersprach Mia Adam. »Es gehört auch zur Glaubensfreiheit, an nichts zu glauben.«

»Ein aufrechter Christ hat die Pflicht, sich gegen solche gotteslästerlichen Kampagnen zu wehren!«

»Und wie haben Sie sich gewehrt?«

Zuber biss sich auf die Lippe. »Ich habe gebetet, dass Gott dem ein Ende bereitet.«

Na, das hat ja gut geklappt, dachte Lindberg. »Und jetzt danken Sie Gott, dass er Ihrem Gebet nachgekommen ist?«

»Weshalb?«

»Wie gesagt ermitteln wir in zwei Mordfällen.«

»Frau Egger ist tot?« Zuber bekreuzigte sich. »Möge Ihre Seele in Frieden ruhen.«

Lindberg blickte ihn fragend an.

»Wenn ein Mensch gehen muss, ist das immer zu bedauern«, erklärte Zuber.

»Hatten Sie mit ihr Kontakt?«, fragte Mia.

Der Priester schüttelte den Kopf.

»Auch nicht per Brief?«

»Ich verstehe nicht recht, was Sie von mir wollen?«

»Frau Egger wurde vor ihrem Tod bedroht.«

»Dass man unterschiedlicher Auffassung ist, heißt nicht, dass man jemanden bedroht«, antwortete Zuber. »Die christliche Religion ist eine Religion des Friedens.«

Lindberg musste an den Katharer denken und damit Zuber nicht sein Misstrauen sah, wandte er seinen Blick von ihm ab und musterte durch das Fenster des Holzhauses die Kapelle. Ganz in Weiß sah sie fast jungfräulich aus. Irgendwie kam sie Lindberg bekannt vor. Weil sie aussah wie diese klassischen Hochzeitskapellen in Las Vegas? Nein, es musste etwas anderes sein. Und dann sah er die Holzkreuze daneben und wusste, woher er die Kapelle kannte. »Begraben Sie Ihre Gemeindemitglieder hier?«

Zuber nickte. »Wir haben dazu eine Genehmigung.«

»Kann ich mir den Friedhof mal ansehen?«

»Das ist keine Sehenswürdigkeit, sondern eine Ruhestätte.«

Lindberg ging ein paar Schritte auf die Haustür zu. »Ich würde trotzdem gerne mal schauen.«

Zuber kam um ihn herum und stellte sich vor ihn. »Die Kapelle und den Kirchgarten dürfen nur Gläubige betreten.« Seine Augen funkelten einen kurzen Moment zornig, doch dann gab er sofort wieder den lächelnden Schäfer Gottes. »Sie müssen verstehen, es ist unser Allerheiligstes. Dort darf man nur mit einem Tempelschein hinein. Hätten die Urchristen das auch so gehalten, wäre es Paulus nie gelungen, sie zu unterwandern.«

»Von uns geht in der Hinsicht bestimmt keine Gefahr aus«, entgegnete Mia und lächelte, doch Zuber reagierte nicht.

»Dann gehen wir mal«, sagte Lindberg. »Aber ich denke, wir haben uns nicht das letzte Mal gesehen.«

Zuber öffnete die Haustür und begleitete sie zum Tor, öffnete es und kaum standen sie außerhalb seines Reichs, schloss er es wieder.

Lindberg deutete auf die Spitze des Tors. »Finden Sie den Spruch nicht ein wenig provokant?«

»Es geht hier nicht um Provokation«, antwortete Zuber. »Es geht um die Wahrheit. Das mögen Sie jetzt noch nicht verstehen, aber ich verspreche Ihnen, bald ist es soweit.«

37

Esther Gutt gehörte zu jenen Fünfundzwanzigjährigen, die das wahre Leben spannender fanden als das Internet. Zwar war sie jeden Tag mehrere Stunden online, doch sie ging genauso gerne unter Menschen. Und was früher normal, heute aber schon eine Besonderheit war: Keinen ihrer Partner hatte sie über das Internet kennengelernt.

Doch auch sie musste zugeben: Online war die Auswahl überwältigend. Sie fand es effektiver, sich schon ein Bild von jemandem machen zu können, bevor man miteinander redete oder gar gemeinsam den Abend verbrachte. Zu oft hatte sie sich in irgendwelchen Kneipen oder Discos von Typen belabern lassen, die überhaupt nicht ihr Geschmack waren. Zu blöd, zu prollig, zu hakennasig. Wer glaubte, er sei cool, nur weil er einen tiefergelegten BMW besaß, für den war schon ein einziges Wort zu viel. Es sei denn, es hieß Tschüss.

Doch auch online hatte sie schon merkwürdige Typen kennengelernt. Mit manchen, wie Rainer, Sascha oder David hatte sie über Tage oder Wochen intensiv gechattet, doch kaum war es zu einem Treffen gekommen, hatten die Kerle sich nie mehr gemeldet. *Dabei habe ich alles, was ein Mann will: Brüste, tolle Figur, Hirn. Okay, manche Männer haben immer noch ein Problem mit intelligenten Frauen, aber diese Kerle verfügen selbst nur über einen IQ knapp über einem Wollfussel. Da nützt es auch nichts, wenn sie aussehen wie Adonis. Dann waren sie vielleicht im Bett zu gebrauchen, aber spätestens danach musste man sie loswerden – am besten wegschnipsen wie genau diesen Wollfussel.*

Doch auch die besseren Exemplare hatten es bisher nie länger als ein Jahr mit ihr ausgehalten. Sie fuhr sich durch das lange strohblonde Haar. Vielleicht war ihr der Richtige einfach noch nicht über den Weg gelaufen. Unter geschätzt zwei Milliarden Männern mit Internetzugang mussten doch auch ein paar Tausend für sie dabei sein.

Wobei ihr schon einer reichen würde, schließlich war ein Kerl schon Arbeit genug. Zumindest wenn ihn noch keine Frau erzogen hatte. Und das war meistens der Fall, jedenfalls bei den Männern in ihrem Alter. Die waren oft noch nicht mal daheim ausgezogen und noch so vom Hotel Mama verwöhnt, dass sie einem zwar einen Braten in die Röhre schieben konnten, aber nicht mal wussten, wie man einen zubereitete.

Esther schaltete ihren Computer ein und öffnete die Online-Partnerbörse E-Amor24. Sie klickte durch ein paar Profile, bei kaum einem betrachtete sie mehr als das Bild. Wenn man davon ausging, dass bei einem durchschnittlichen Profil die Hälfte gelogen war, war es bemerkenswert, wie langweilig die meisten aussahen.

Nach einer Viertelstunde hatte sie über zweihundert Profile durchgeklickt und war immer noch nicht fündig geworden. Exakt die Ausbeute wie nach einem Abend in einer Disco, doch wesentlich schneller, günstiger und ohne die Gefahr, von einem vollgesoffenen Typen Bier über die Bluse geschüttet zu bekommen.

Gut, auch bei E-Amor24 gab es dumme Anmachsprüche, doch landeten die in ihrer Mailbox und man konnte sie mit einem Klick löschen. Falls jemand das nicht verstand und es immer wieder versuchte, sperrte man ihn einfach und es war vorbei mit der virtuellen Belästigung. Manches Mal hingegen waren auch interessante Mails in ihrer Box und so öffnete sie diese.

Neben einem Typen, der nicht mal wusste, wie man *exquisit* schreibt und jemandem, der aussah, als sei Quasimodo keine Romanfigur, fand sich eine Mail von einem Mann, der mehr als nur einen Klick wert war. Gutaussehend, keine dreißig, Fotograf. Irgendwie kam er ihr bekannt vor, aber sein Pseudonym *Saint Fond* sagte ihr nichts. Eigentlich stand sie mehr auf südländische Typen, aber die nordischen hatten auch ihre Reize. Zumal dieser nicht aus Skandinavien, sondern aus Bern kam. Das lag zwar in der Schweiz, aber nicht wie Berlin oder Hamburg achthundert Kilometer von Freiburg entfernt, sondern nur hundertsechzig. Das waren keine zwei Stunden mit dem Zug und falls man sich in der Mitte in Basel traf, konnte sie es sogar mit ihrer Vespa schaffen.

Sie las die E-Mail und lachte mehrmals laut auf. Der Mann hatte Humor. War das nicht das Wichtigste? War nicht jeder, der Humor hatte, auch halbwegs intelligent?

Esther las sich noch einmal durch, was er geschrieben hatte und schmunzelte.

Liebe Esther,

zwar kennen wir uns noch nicht, aber so Gott, E-Amor24 und Du wollen, kann sich das ja ändern. Auch wenn wir aus verschiedenen Ländern stammen, teilen wir uns genaugenommen jetzt schon das Wohnzimmer, zumindest aus der Perspektive einer globalisierten Welt. Oder wegen mir auch vom Sternenhimmel aus, was selbst für einen Mann wie mich eine romantischere Vorstellung ist.
Ich würde mich freuen, wenn Du mich nur halb so attraktiv findest, wie ich Dich. Toll wäre auch, wenn Du dann noch geistig sowie feinmotorisch in der Lage wärst, eine Tastatur zu bedienen. Da Du sicher viel intelligenter bist als ich, habe ich daran überhaupt keinen Zweifel.
Ich hingegen war bei Deinem Anblick so blockiert, dass ich nur noch wie ein Neandertaler auf der Tastatur herumdrücken konnte. Aber ich glaube, das ist ein männerspezifisches Blutkreislaufproblem, das je nach Konstitution fatale Ausxjsljflsdlf …

Patrick alias Saint Fond

Patrick? Konnte das sein?
Er sah ihm ähnlich, irgendwie.
Aber wahrscheinlich war es nur Zufall. Esther biss sich auf die Lippe, strich sich eine Strähne aus der Stirn und tippte eine Antwort.

38

Mia stieg wieder in den Tesla, Lindberg blieb davor stehen. Er blickte sich um, Zuber war in einem der Häuser verschwunden. »Kannst du mich dort drüben abholen?« Er zeigte zum anderen Ende des Geländes. »Ich muss noch ein Foto machen.«

Mia blickte ihn fragend an, nickte dann aber und fuhr los.

Lindberg ging in die Hocke und huschte am Maschendrahtzaun entlang, bis er auf der Höhe der Kapelle war. Die Hecke dahinter war blickdicht, also stieg Lindberg auf den Zaun und kletterte ein paar Rauten nach oben, bis er freien Blick auf den Friedhof hatte.

Er holte sein Handy heraus, fotografierte erst die Kapelle und zoomte dann auf die Kreuze.

Dann ging er zum anderen Ende des Geländes, wo Mia schon auf ihn wartete. »Hat die Batterie noch ein wenig Saft?«, fragte er.

»Wenn wir nicht mit zweihundert über die Autobahn brettern, auf alle Fälle.«

Er scrollte durch die Fotos. »Ich weiß, ich war bei der Schreinerei Ullrich nicht allzu fit, aber ich glaube, ich habe dort ein Modell der Kapelle stehen sehen.«

Mia zuckte mit den Schultern. »Kann ich mich nicht daran erinnern. Hast du die Holzkreuze auch fotografiert?«

Lindberg nickte. »Aber man kann sie nicht gut genug erkennen, standen leider zu weit weg. Aber wenn die Kapelle von der Schreinerei stammt, dann vielleicht auch die Kreuze.«

»Alles klar«, sagte Mia. »Dann fahren wir über das Seenland zurück nach Bern.«

Eine Dreiviertelstunde später parkten sie in der Einfahrt der Schreinerei in Aarberg. »Vielleicht ist Herr Ullrich unterwegs«, sagte Mia. »Sein Transporter steht jedenfalls nicht hier.«

»Wir schauen besser mal nach«, antwortete Lindberg. Sie stiegen aus, die hölzerne Tür der Schreinerei war nur angelehnt. Mia klopfte trotzdem an. Der Angestellte, mit dem Pferdeschwanz, der sie schon das erste Mal hereingelassen hatte, schob die Tür auf.

»Wir würden gerne zu Herrn Ullrich«, sagte Mia.

»Er ist nicht da«, antwortete der Mann. »Er liefert Möbel aus.«

»Vielleicht können Sie uns weiterhelfen«, sagte Mia. »Sie sind Herr Bender, oder?«

Der Mann nickte überrascht. »Ja, David Bender.« Er bat die Kommissare in den Verkaufsraum. Lindberg blickte sich um, doch das Modell der Kapelle fand er nicht mehr.

»Hier stand letztens eine weiße Kapelle«, sagte er. »Wurde die verkauft?«

David Bender nickte. »Für eine Krippe, es beginnt ja bald die Weihnachtszeit.«

»Wir waren heute bei den Primuschristen«, sagte Lindberg. »Ich dachte, ich hätte dort eine ganz ähnliche Kapelle gesehen.«

Der junge Mann lächelte. »Es ist dieselbe. Wir haben sie gebaut.«

»Neben der Kapelle steht ein kleiner Friedhof. Liefern Sie auch die Grabkreuze dafür?«

David Bender nickte. »Also früher. Jetzt nicht mehr.«

»Warum?«, fragte Mia.

»Der Schreiner will nicht mehr, dass wir dorthin liefern.«

»Zahlen die ihre Rechnungen nicht?«

David Bender kratzte sich am Unterarm. »Es ... es liegt an mir.«

»An Ihnen?«

»Meine Eltern waren dort in der Gemeinde«, antwortete Bender. »Ich war dort auch als Kind, aber dann wollte ich nicht mehr.«

»Möchten Sie uns sagen, weswegen?«, fragte Mia.

Bender schaute sie an. Nur ganz kurz, dann senkte er den Blick. »Nachdem ich einundzwanzig wurde, wollte ich mich nicht taufen lassen.«

»Und was hat der Schreiner, Herr Ullrich, damit zu tun?«

»Als sie gehört haben, dass ich hier arbeite, haben sie Druck auf den Schreiner gemacht.«

»Wer?«, fragte Mia. »Herr Zuber?«

David Bender nickte. »Samuel Zuber ist ein schlechter Mensch.«

»Hat er Ihnen etwas angetan?«

Bender schüttelte den Kopf. »Er tötet Tiere. Aber was Gott geschaffen hat, darf man nicht töten.«

»Er tötet Tiere?«

»Ich habe mitanschauen müssen, wie er eine Gans geschlachtet hat.« In seinen Augen war Ekel zu sehen. »So viel Blut.«

Die beiden Kommissare blickten sich an. »Und weswegen wollten Sie sich nicht taufen lassen?«, fragte Lindberg.

Bender schien einen Punkt genau zwischen Lindberg und Mia zu fixieren, wich jeglichem direkten Augenkontakt aus. »Sie taufen nicht richtig. Nicht wie Christen.«

»Wie taufen sie denn?«

David Bender biss sich auf die Lippe. »Ich weiß nicht.« Er schüttelte den Kopf. »Nur welche mit einem Tempelschein dürfen das sehen.« Er flüsterte. »Es ist ein geheimes Ritual.« Er beugte sich zu Mia. »Angeblich taufen sie Tote, genau wie die Mormonen. Aber Tote kann man nicht taufen. Sie müssen leben!«

»Sind die Primuschristen denn Mormonen?«

»Der Schreiner sagt, Zuber wechselt den Glauben wie andere die Unterhosen.«

Mia lachte laut auf. »Die Kreuze, die Sie an die Gemeinde geliefert haben, trugen die immer einen Namen?«

David Bender schüttelte den Kopf.

»Und es war immer dasselbe Modell?«

»Ich glaube schon. Wollen Sie die Kreuze sehen?«

»Nein danke, wir kennen sie schon. Wissen Sie, wer den Primuschristen jetzt die Kreuze liefert?«

»Ich glaube, die machen sie selbst, in der eigenen Schreinerei. Haben Sie noch weitere Fragen? Ich ... ich müsste nämlich mal los.«

»Nein, ich denke das war es.« Mia gab Bender die Hand und verabschiedete sich.

Lindberg zögerte noch. Irgendetwas war ihm durchgerutscht. Nur was? Er rieb sich die Stirn, gab Bender die Hand. Blickte ihn an. Drehte sich um. Ging ein paar Schritte.

Dann drehte er sich wieder um, mit einem Lächeln im Gesicht. »Die Gans, die Sie erwähnt haben, lebte die auf dem Hof der Primuschristen?«

Bender nickte. »Zuber zieht jedes Jahr mehrere Gänse auf, behandelt sie besser als seine Frauen und dann, an St. Martin, schlachtet er sie.«

39

Esther Gutt schaute bestimmt schon zum zwanzigsten Mal in ihre Mailbox bei E-Amor24. Verdammt, sie konnte doch nicht den ganzen Tag im Internet surfen! Jedenfalls nicht, wenn sie ihr Studium irgendwann abschließen wollte.

Eigentlich hasste sie es, von irgendwelchen Internetseiten mit Mails bombardiert zu werden, aber es war ja nur wegen Patrick, alias Saint Fond.

Sie navigierte zu den Benutzereinstellungen und aktivierte die Benachrichtigungsfunktionen. Wenn sie zukünftig jemand bei E-Amor24 kontaktierte, bekam sie von nun an automatisch eine Benachrichtigung auf ihrem Smartphone. Wieder ein Grund weniger, ständig auf das Smartphone zu schauen, auch wenn es noch hundert andere gab, gerade wenn man am Lernen war.

Esther legte ihr Smartphone beiseite und setzte sich wieder vor ihr Biologie-Lehrbuch. Sie las einen einzigen Absatz, dann musste sie wieder an Patrick denken. Seine Antwort war so anders gewesen. So völlig ohne Klischees und humorvoll.

Sie wollte sich gerade wieder ihrem Buch widmen, als ein ›Pling‹ ihres Smartphones sie darüber informierte, dass ihr jemand bei E-Amor24 geschrieben hatte. Esther überflog den Inhalt der Nachricht und schob sie direkt in den Papierkorb. Irgend so ein Autotuner aus der Hölle. Oder wo immer die Typen herkamen.

Nur weil sie auf ihrem Profilbild ein wenig freizügig war, hieß das doch noch lange nicht, dass sie für jeden zu haben war. Das würden die Typen wohl nie verstehen. Sie gefiel sich, so wie sie aussah. Warum sollte sie es dann nicht zeigen? Außerdem musste man die Kirche auch mal im Dorf lassen. Schließlich war sie auf dem Foto nicht nackt, zeigte nur ein wenig Dekolleté.

Sie setzte sich wieder vor ihr Buch und schaffte dieses Mal immerhin drei Seiten. Dann kam erneut eine Nachricht von E-Amor24. Als sie sah, von wem sie war, schlug ihr Herz schneller.

Liebe Esther,

vielen Dank für Deine schnelle, nette, witzige und überraschende Antwort. Selbstverständlich erinnere ich mich an Dich, die süße Esther, drei Klassen unter mir. Und ich erinnere mich auch daran, dass wir damals nach meinem Abi gemeinsam im Kino waren. Tja, und eine Woche später bin ich auf Weltreise gegangen. Aber irgendwie hab ich Dich nie vergessen können.
Vor ein paar Jahren bin ich nach Bern in die Schweiz gezogen und jetzt treffen wir uns tatsächlich wieder.
Das muss natürlich gefeiert werden! Darf ich Dich zum Essen einladen? Wie wäre es, wenn wir uns in der Mitte treffen, in Basel im Les Trois Rois? Ich hoffe, das ist Dir nicht zu nobel, falls doch, könnten wir alternativ in einer Hamburgerbude dinieren. Das macht sicher auch Spaß,

verwöhnt aber nicht unbedingt den Gaumen. Und schließlich sind wir ja auf der Welt, um das Leben zu genießen, oder?

Liebe Grüße
Patrick

PS: Dein Bild kam mir auch bekannt vor, aber das hab ich nun wirklich nicht vermutet.
PPS: Du siehst noch besser aus als damals.

Esther legte ihr Handy beiseite und schob sich eine strohblonde Strähne aus dem Gesicht. Patrick Morgenthaler. Zwei Jahre lang hatte sie für ihn geschwärmt, heimlich, weil sie sich als viel zu jung empfunden hatte und schließlich, kaum hatte sie ihn kennengelernt, war er schon wieder verschwunden.

Dann waren andere Männer gekommen. Und er war nur noch eine Erinnerung gewesen. Eine Beinahe-Jugendliebe. Und eine Warnung, die Chance beim Schopf zu packen und nicht zu warten, bis es zu spät war.

Ihm schien es nicht schlecht ergangen zu sein. Das Les Trois Rois war das Nobelhotel in Basel. Bestimmt konnte man dort erstklassig dinieren. Aber das konnte man auch in anderen Restaurants in der Stadt. Warum also trafen sie sich in einem Hotel? So weit war Bern jetzt auch nicht entfernt, dass er dort übernachten musste. Hatte er trotzdem ein Zimmer reserviert? Bei dem Gedanken wurde sie ganz hibbelig.

Oder war er nur an einer schnellen Nummer interessiert? Wollte sie als Eroberung abhaken?

So einfach würde sie es ihm nicht machen.

Schließlich war sie keine sechzehn mehr.

Sie nahm ihr Telefon, rief im Friseursalon an und überredete die Inhaberin so lange, bis sie ihr für den Abend einen Termin gab.

Als sie zwei Stunden später ihre Wohnung verließ und zum Bus ging, der in Richtung Friseur fuhr, bemerkte sie nicht, dass sich auf der Straße zwei Rentner stritten und auch nicht, dass ein Dobermann an einen VW pinkelte, während der Hundehalter achtlos eine Kippe auf den Gehsteig warf. Das alles sah sie nicht, denn für sie war die Welt gerade ein einziges Paradies.

Und so bemerkte sie auch nicht, dass ihr jemand folgte.

40

Kaum waren Lindberg und Mia gegen Abend wieder in ihrem Büro in der Bundespolizei Bern, stürmte Bundespolizeichef Graf hinein und knallte wortlos die *Image am Abend* auf den Tisch. ›*Serienmörder plant Weltuntergang!*‹ stand auf der Titelseite.

Graf stellte sich breitbeinig vor die beiden Kommissare. »Woher haben diese verdammten Idioten ihre Informationen?«

»Sie bekommen die Bekennerbriefe«, antwortete Lindberg. »Anscheinend redet der Täter lieber mit der Zeitung als mit uns.«

»Und wir konnten die Briefe nicht abfangen?«

»Der Täter hat sie bei zwei verschiedenen Büros eingeworfen. Ab sofort überwachen wir alle Niederlassungen der *Image*-Zeitung.«

»Und dann wirft er seine Briefe bei der NZZ ein.« Auf Grafs Stirn pochte seine Zornader, wie immer wenn er sich aufregte.

»Wir können nicht die ganze Welt überwachen«, entgegnete Lindberg.

Wenn Grafs Blick ein Wort gewesen wäre, hätte es *Doch* geheißen.

»Wir haben einen Verdächtigen und brauchen einen Durchsuchungsbefehl.« Lindberg erzählte von Samuel Zuber.

»Hab ich das richtig verstanden?«, rekapitulierte Graf. »Weil die Primuschristen sich zufällig eine Kapelle vom Lieferanten des Kreuzes haben bauen lassen, sind sie verdächtig? Was wollen wir dort durchsuchen? Die Baupläne der Kapelle oder was?«

»Wir vermuten, dass Zuber das zweite Opfer bedroht hat«, sagte Lindberg.

»Und wenn schon«, antwortete Graf. »Das ist kein Beweis, dass er sie auch umgebracht hat. Und dann kirchlich bestattet. Eine Atheistin! Wo soll da das Motiv sein? Und überhaupt, wo ist die Verbindung zum ersten Opfer?« Graf schüttelte den Kopf. »Der Bundesanwalt drängt mich ohnehin schon, den Fall an Furrer zu delegieren. Wenn ich ihm jetzt noch mit so einer unausgegorenen Idee komme, dann liefere ich ihm auch noch die Argumente dazu.« Damit beendete Graf die Diskussion und schlug die Tür hinter sich zu.

Ausgerechnet Furrer. Der Leiter der Terrorermittlung bei der Bundespolizei hatte schon häufiger versucht, Lindbergs Fälle an sich zu ziehen. Mit dem Anthrax hatte er nun sogar ein Argument dazu.

»Ist das sein Ernst mit Furrer?«, fragte Mia. »Dieser Powerpoint-Ermittler?«

»Graf und Schiller stehen da leider drauf«, antwortete Lindberg. »Und wenn wir nicht bald Resultate haben, wird auch der Druck auf sie größer.« Er erhob sich. »Lass uns mal zu Katharina gehen. Vielleicht gab es bei der Obduktion von Tanja Egger neue Erkenntnisse.«

Doch sie konnte ihnen nur erzählen, dass *Le 'Obbydiktator* herausgefunden hatte, dass beide Opfer vom selben Täter erdrosselt worden waren. Erneut hatte er am Kopf Spuren von Olivenöl gefunden, wahrscheinlich Chrisam. Auch bei der Daunenfeder schien es sich um dieselbe Art zu handeln, aber die Untersuchungen liefen noch.

»Und was ist mit dem Milzbrand? War der Bekennerbrief wieder damit kontaminiert?«, fragte Lindberg.

»Das wissen wir erst morgen«, erklärte Katharina. »Bisher leben wir ja noch.« Sie grinste. »Und falls das morgen nicht mehr so ist, will ich wenigstens noch was erlebt haben. Schließlich habe ich eine Nachtschicht hinter mir.« Sie holte ein Konzertticket aus ihrer Handtasche. »Kommt jemand mit, ›Dead Can Dance‹ ist eine tolle Band.«

Mia und Lindberg schüttelten gleichzeitig den Kopf.

»Ist überhaupt nicht düster«, sagte Zach. »Höre es dir wenigstens mal an.« Sie reichte Lindberg einen USB-Stick.

»Machst du etwa auch Feierabend?«, fragt Mia und blickte Lindberg an.

»Schön wär's.« Er druckte eine Kopie der Drohbriefe aus, die Tanja Egger erhalten hatte. »Wenn Graf die Beweise gegen Zuber zu schwach sind, besorgen wir uns eben bessere.«

»Du willst schon wieder zu den Primuschristen nach Basel?«, fragte Mia.

Lindberg nickte. »Oder hast du die Lust am Tesla schon verloren?«

»Das nicht«, sagte sie. »Aber der Akku ist leer. Und die anderen Dienstwagen sind langweilig.«

»Ich kann auch allein fahren.«

»Auf keinen Fall«, sagte Mia und zog ihren Mantel an. »Schließlich bin ich genauso von seiner Schuld überzeugt wie du.«

Lindberg nahm die Kopie der Drohbriefe und folgte ihr.

Sie stiegen in den Dienstwagen und kaum hatte Mia Gas gegeben, fiel Lindberg auf, wie veraltet und schmutzig ein Auto mit Benzinmotor sich anfühlte, wenn man erst einmal ein Elektroauto gewohnt war.

»Was hältst du übrigens davon, wenn wir es mal mit weiblichem Charme probieren?«, fragte er.

Mia kniff die Augen zusammen. »Wie jetzt?«

»Ganz einfach«, sagte Lindberg. »Du redest mit Zuber, und wenn ich den Eindruck habe, du solltest deinen weiblichen Charme spielen lassen, reibe ich mich an der Nase.«

Sie blickte ihn skeptisch an.

»Vielleicht können wir Zuber so überraschen und er begeht einen Fehler.«

»Mein weiblicher Charme ist aber nicht so ausgeprägt«, sagte Mia unsicher. »Ich bin mehr so der Kumpel-Typ.«

»Glaubst du.« Lindberg lächelte. »Und warum schauen dir in der Kantine alle hinterher?«

»Weil sie glauben, ich bin fünfzehn.« Sie seufzte. »Jetzt mal im Ernst, soll ich mit Zuber flirten oder was?«

»Viel subtiler«, antwortete Lindberg. »Lächle ihn an, mach ihm ein Kompliment, zeige ihm, dass er ein Mann ist. Glaub mir, er wird drauf reinfallen. Und wenn er erst mal mit der Unterhose denkt, haben wir ihn im Sack.«

Mia verzog angewidert das Gesicht.

»Glaub mir, Männer ticken alle gleich.«

»Du etwa auch?«

»Ich bin der Schlimmste von allen.« Er lächelte, doch sie schaute ihn nur irritiert an. »Früher jedenfalls«, schob er hinterher und musste an Paula denken. Die wilden Zeiten hatte er schon lange vor ihr hinter sich gelassen und jetzt, wo er nichts anderes wollte, als eine normale Beziehung, wurde sie ihm versagt.

Als sie im Predigerholz ankamen, war es draußen schon stockdunkel.

Mia startete das Blaulicht und nach weniger als einer Minute kam Samuel Zuber mit schnellen Schritten auf sie zu.

»Schön, dass Sie kommen«, rief Mia, bevor Zuber etwas sagen konnte. »Wir haben noch ein paar Fragen.«

Zuber öffnete das Tor und lächelte zwar dabei, aber seine Mundwinkel drängten so stark nach unten, dass er dreinblickte wie ein abgewählter Politiker. Er führte Mia und Lindberg vorbei an einem kleinen Bauernhof wieder in sein Haus, dieses Mal stellte er ihnen jedoch kein Glas Wasser hin.

»Wer hat denn die Kapelle gebaut?«, fragte Mia.

»Wir selbst.«

»Und dabei hat Ihnen niemand geholfen?«

Zuber schüttelte den Kopf.

»Wer hat das Holz geliefert?«, fragte sie.

»Eine kleine Schreinerei.«

»Schreinerei Ullrich aus Aarberg?«

Zuber blickte Mia an, als könne er nicht glauben, was er gerade gehört hatte. »Was spielt das bitteschön für eine Rolle?«

Mia schoss in Abwehrhaltung nach oben und riss den Mund auf. »Würden Sie die Frage bitte beantworten?«

Lindberg räusperte sich und fasste sich an die Nase.

Mia warf ihm einen widerwilligen Blick zu.

Zuber kam näher auf sie zu. »Was wollen Sie?«

Mia schloss die Augen. Nur eine Sekunde, dann lächelte sie. »Ich frage nur, weil die Kirche architektonisch so gelungen ist.« Sie deutete auf die Kapelle. »Bei dieser Schreinerei habe ich ein Modell davon gesehen. Und dann habe ich mich gefragt, ob die das einfach so dürfen, Ihr Meisterwerk kopieren.«

Zuber blickte sie misstrauisch an. »Schreinerei Ullrich, sagten Sie?« Er räusperte sich. »Die haben das Holz geliefert und beim Bau geholfen. Handwerker eben.«

»Und wer kam auf die Idee, die Kirche weiß zu streichen?« Mia fasste sich ans Herz. Oder an die Brüste, je nach Perspektive. »Weiß, wie die Unschuld.«

Zuber rieb sich unsicher die Stirn. »Das ... Das war ich.«

Mia lächelte. »Das dachte ich mir.« Sie deutete auf eine hölzerne Marienstatue in Zubers Wohnzimmer. »Stammt die auch von Ihnen?«

Lindberg lächelte. *Wusste ich doch, dass sie ihn um den kleinen Finger wickeln kann.*

»Die Figur hab ich selbst geschnitzt«, antwortete Zuber. »Sie ist aus Lindenholz.« Stolz klang in seiner Stimme.

»Die Grabkreuze vor der Kapelle sind auch von Ihnen?«

Zubers Blick verdunkelte sich. »Inzwischen ja.«

»Inzwischen?«

»Früher kamen die auch von dieser Schreinerei.« Zuber räusperte sich. »Wir haben uns ... überworfen.«

»Weswegen?«

»Ich mag es nicht, wenn man mir erklärt, was ich zu glauben habe.«

»Aber versuchen Sie selbst nicht auch, andere Menschen zu bekehren?«

Zuber schüttelte den Kopf. »Zu uns kommt man freiwillig.«

Mit einem Mal verschwand das zuckersüße Lächeln auf Mias Gesicht und sie holte die Kopie der Drohbriefe heraus. »Dann haben Sie Tanja Egger sicher auch nicht diese Briefe geschickt, oder?«

Zuber warf einen kurzen Blick auf die Briefe und blickte dann demonstrativ daran vorbei. »Natürlich nicht.«

»Dann nehme ich an, Sie haben nichts gegen einen DNA-Test einzuwenden?«

Zuber rieb sich den Bart. »Ist der Test freiwillig?«

»Ja«, antwortete Mia. »Noch.«

»Was heißt: noch?«

»Im konkreten Verdachtsfall kann der Bundesanwalt einen Test anordnen.«

»Dann ... dann hab ich ja nichts zu befürchten«, sagte Zuber.

»Also machen Sie den Test?« Mia holte ein Wattestäbchen heraus.

»Nein!« Zuber verschränkte die Arme. »Auf keinen Fall! Das ist ein Eingriff in die menschliche Schöpfung!«

»Es ist ein Wattestäbchen«, widersprach Mia und wirkte nun vollends genervt statt charmant. »Damit tupfen wir ein wenig Speichel auf und das war es.«

»Es geht darum, was mit dem Speichel geschieht«, entgegnete Zuber. »Gott sagt, du sollst dir kein Bild von mir machen. Und Gott ist in jedem von uns.«

Mia wollte etwas antworten, doch Lindberg räusperte sich. »Das respektieren wir natürlich.«

Mia schaute ihn irritiert an.

»Könnte ich vielleicht einmal Ihr WC benutzen?«, fragte Lindberg. Er stand auf, lächelte unbeholfen und kniff die Beine zusammen.

»Sicher«, antwortete Zuber. »Durch den Gang und dann die erste Tür rechts.«

»Danke.« Lindberg ging schnellen Schrittes in die Toilette. Als er wiederkam warf er einen kurzen Blick in einen Nebenraum, dessen Tür nur angelehnt war. Der Raum stand voll mit elektrischen Geräten. Als er nach zwei Minuten wiederkam, deutete er in Richtung des Raumes. »Sind Sie Hobbyfunker?«

»Die Mitglieder des Ordens bringen mir ihre Geräte wenn sie defekt sind.« Er zuckte mit den Schultern. »Ich hab ein Händchen dafür.«

»Von meiner Seite hätte ich keine Fragen mehr«, sagte Lindberg. Er blickte Mia an. »Du?«

Sie blickte ihn fragend an, schüttelte aber mit dem Kopf.

Zuber brachte sie an das Tor und wartete, bis sie in den Wagen gestiegen waren. Mia knallte die Fahrertür zu.

»Was ist?« fragte Lindberg.

»Warum lässt du mich erst diese Charmescheiße durchziehen und dann gibst du einfach nach?«

»Erstens hast du das super gemacht«, sagte Lindberg. »Er hätte uns beinah eine DNA-Probe gegeben.«

»Hat er aber nicht.«

Lindberg zuckte mit den Schultern. »Und zweitens habe ich den Verdacht, dass Zuber sich die Haare gefärbt hat.«

»Was?« Mia legte ihre Stirn in Falten. »Und wen soll das interessieren? Oder hast du jetzt auch noch deine weibliche Seite entdeckt?«

Lindberg lächelte. »Ich hab mir mal deine Methoden zu eigen gemacht und im WC ein wenig rumgestöbert. Im Mülleimer habe ich das hier gefunden.« Er holte eine durchsichtige Plastiktasche aus seiner Jackettasche, in der ein Einweghandschuh stecke. An dem Handschuh klebte schwarze Farbe und ein paar schwarze Haare mit blondem Ansatz. »Nachdem wir freiwillig keine DNA-Probe von ihm bekommen haben, haben wir jetzt eben eine unfreiwillige. Es ist wieder Zeit für Katharinas Supermaschine.«

41

Katharina Zach öffnete ihr linkes Auge. Es brannte, als habe jemand Chilisamen hineingestreut. Sie hatte mal wieder vergessen, die Kontaktlinsen herauszunehmen. Irgendetwas Blaues lag neben ihr. Ein Kissen? So groß? So blau? Verdammt, das war nicht ihr Bettzeug.

Und das war nicht ihr Bett.

Sie riss das rechte Auge auf. Blondes, lockiges Haar bedeckte das blaue Kissen. Lag sie neben einer Frau? Sie versuchte, sich zu erinnern.

Ihr Hirn nahm so langsam Fahrt auf wie ein Schlitten, vor den man Schnecken gespannt hatte. Sie war erst dreiundvierzig, aber falls es so etwas gab wie Aufwachalzheimer, dann litt sie definitiv darunter. In einer Minute würde es schon anders aussehen, aber so lang konnte sie nicht warten. Sie musste jetzt wissen, wer neben ihr lag. Sie hob ein wenig den Kopf und erblickte auf der anderen Seite des Kissens ein Kinn. Mit Dreitagebart.

Dreitagebart?

Sollte sie jetzt erleichtert sein, oder besorgt?

Der Nebel, der ihre Erinnerung bedeckte, lichtete sich ein wenig. Richtig, sie war gestern Abend nach dem Konzert noch in einer Bar gewesen.

Und hatte offensichtlich die Kontrolle verloren, denn normalerweise ging sie nie mit fremden Männern mit.

Sie hasste es, wenn sie die Situation nicht unter Kontrolle hatte.

Wenn sie den Mann nicht unter Kontrolle hatte.

Der Dreitagebart bewegte sich, drehte den Kopf und lächelte sie an. »Hallo, Katharina«, flüsterte er in einem Tonfall, wie Männer es nur taten, wenn sie einen in die Kiste bekommen wollten oder es am Abend zuvor geschafft hatten.

»Hallo ... Matthias«, flüsterte sie.

»Ich heiße nicht Matthias«, sagte er.

»Weiß ich doch«, log sie und räusperte sich. »Wollte nur wissen, ob du wach bist.«

»Und wie heiß ich dann?«

Sie zog ihn zu sich und gab ihm einen Kuss. Jetzt war er zwar abgelenkt, aber Küssen und Nachdenken schlossen sich konstruktionsbedingt gegenseitig aus. Jedenfalls bei ihr.

Das Klingeln ihres Handys rettete sie.

Sie sprang aus dem Bett, nahm ihre große Handtasche und riss ihr Handy heraus. Etwas fiel auf den Boden, aber sie hatte jetzt keinen Blick dafür. Sie starrte auf das Display. Es war mal wieder ihr Strebermitarbeiter Lang. Aber momentan hätte sie jeden Anruf angenommen, selbst vom Teufel.

»Ja?«, meldete sie sich, nickte dem Dreitagebart entschuldigend zu und ging ins Bad.

Als sie wiederkam, stand er vor dem Bett und hielt ein paar Handschellen in der Hand. »Was ist das denn?«, fragte er. Er blickte sie mit großen Augen an.

»Noch nie gesehen? Das sind Handschellen.«

»Und die führst du in deiner Handtasche spazieren?«

Offensichtlich hab ich ihm gestern meinen Beruf nicht verraten. Ist auch gut so, die Typen glauben sonst, sie haben eine ›Du-kommst-aus-dem-Gefängnis-frei-Karte‹ gezogen.

»Man weiß nie, wem man begegnet.«

»Du stehst auf Fesselspiele? Bist du so eine 50-Shades-of-Grey-Hausfrau?«

Mit einem Mal war Katharina Zach wach. Das hatte noch nie jemand zu ihr gesagt. Außerdem war sie schon immer so gewesen, daran änderte auch kein Bestseller etwas.

»Wenn du das mal probieren möchtest, stelle ich mich zur Verfügung.« Er lächelte sie lasziv an.

Was ist gestern nur in mich gefahren? Der ist überhaupt nicht mein Typ! Wenn er wenigstens auf meiner Folterbank läge, dann könnte er nicht so blöde Fragen stellen.

»Vielleicht sollte ich sie aber auch dir anziehen«, sagte er. »Wenn du nicht mal meinen Namen kennst.«

»Ich hab deinen Namen nicht vergessen!« Sie kam einen Schritt auf ihn zu, den Blick auf die Handschellen gerichtet.

»Das hab ich noch nie erlebt, dass sich eine Frau nach einem One-Night-Stand nicht mehr an meinen Namen erinnert.« Er grinste. »Eigentlich müsste ich mich jetzt benutzt fühlen. Ich bin ein Sexobjekt, wie erniedrigend!«

»Ihr Männer steht doch auf so was«, sagte sie. »Und jetzt gib mir die Handschellen!«

Er hielt sie ein Stückchen weiter von ihr weg. »Wenn du meinen Namen weißt, kannst du sie haben.«

»Mario?«, fragte sie vorsichtig.

Er schüttelte den Kopf, lächelte überheblich, doch schon im nächsten Moment hatte Katharina sich die Handschnellen geschnappt, ihm den rechten Arm auf den Rücken gedreht und ihn ans Bettgestell gefesselt.

42

Als Lindberg am nächsten Morgen zu Katharina Zach ins Büro kam, fühlte er sich genauso erschlagen, wie sie aussah. Er war gestern in der Rehaklinik eingeschlafen, während er darauf gewartet hatte, dass Paula mehr tat, als nur ihre Augen zu öffnen.

Doch es war nicht geschehen. Dabei hatte er sich anfangs gefreut, sie mit wachem Blick zu sehen, doch dann war da keine weitere Regung gewesen, nichts, sie hatte ihn genauso angestarrt wie zuvor die Zimmerdecke.

Und das war die ganze Nacht so geblieben.

Katharina Zach grüßte ihn fast tonlos, ihre Haare waren zerzaust, ihre Schminke ungewohnt flüchtig aufgetragen. »Alles okay?«, fragte er.

Sie nickte, blickte aber an ihm vorbei.

Die Reaktion kannte er schon von Mia. Als er am Morgen im Büro angekommen war, hatte er ihr vorgeschlagen, die Akten des Falles durchzuarbeiten und eine Zusammenfassung für Graf zu erstellen. Sie hatte ihn daraufhin angeschaut, als sei er völlig durchgedreht, doch dann hatte sie einfach genickt und ihn ins Labor gehen lassen.

Vielleicht hatte er es damit übertrieben, aber Polizeiarbeit war nun einmal Aktenarbeit und damit musste sich früher oder später jeder auseinandersetzen.

Lindberg blickte wieder zu Katharina Zach. Irgendetwas war mit ihr gestern Abend passiert. »Wie war das Konzert?«

»Gut, aber jetzt habe ich eine Herbstgrippe.«

Lindberg musste lachen. »Ich hab da was für deine Wundermaschine.« Er hielt ihr den Asservatenbeutel mit Zubers Haaren hin.

»Eigentlich wollte ich mit der Maschine Zeit sparen und nicht andauernd im Labor stehen.« Sie platzierte den Beutel auf einer ziemlich vollen Ablage. »Du musst ein wenig warten«, sagte sie. »Es läuft gerade noch eine andere Analyse.«

»Der Bekennerbrief?«

Katharina Zach schüttelte den Kopf. »Den kann und darf ich hier nicht analysieren, weil er mit Anthrax kontaminiert ist.«

»Hast du schon die Resultate erhalten?«

Zach nickte. »Anthrax. Eindeutig. Wieder eine geringe Sporenzahl, noch ungefährlich.«

»Noch ungefährlich?«

»Der Brief war stärker mit Anthrax kontaminiert als das letzte Mal.«

»Der Täter weiß also, was er tut?«

Katharina Zach seufzte. »Davon gehe ich aus.«

»Können wir das Anthrax zurückverfolgen? Irgendwo muss er das Zeug ja her haben.«

»Tja, entweder von einem Labor, das die Genehmigung zur Produktion hat ...«

»Oder von einem, das sie nicht hat«, ergänzte Lindberg.

»Das stimmt leider«, sagte Zach. »Oder von einem Pestfriedhof.«

»Pestfriedhof?«

»Gibt es einige in der Schweiz. Der größte in Basel lag zum Beispiel an der Elisabethenkirche, ungefähr dort wo heute das Städtische Theater steht.«

»Das ist ja mitten in der Stadt!«

»Fast alle historischen Friedhöfe lagen früher vor den Toren der Stadt und heute mittendrin. Theoretisch könnte der Täter die Milzbrandsporen aus der Erde extrahieren.«

»Und die wären noch aktiv?«

»Das ist umstritten«, antwortete Zach. »Der Erreger ist auf alle Fälle extrem resistent gegen äußere Einflüsse, Wasser, Luft, Hitze, das alles macht ihm nichts aus. Selbst Abkochen bringt nichts, der hält bis zu 140 Grad Celsius aus. Bei Normalbedingungen bleibt der jahrhundertelang stabil.« Sie räusperte sich. »Die Extraktion wäre natürlich sehr aufwändig. Wahrscheinlicher ist also, dass die Probe aus einem Labor stammt. Die Anfrage an die entsprechenden Stellen läuft schon.«

Lindberg zeigte auf das Analysegerät. »Und was untersuchst du jetzt gerade?«

»Ich hab Proben der beiden Gänsedaunen genommen, die wir auf den Opfern gefunden haben. Sie scheinen von der gleichen Gänsesorte zu stammen, aber spannender ist, ob sie auch vom selben Tier sind.«

»Warum?«

»Das sag ich dir gleich. Die Analyse ist nämlich gerade fertig.« Sie stellte sich vor das Display des Analyseautomaten, klickte sich durch ein paar Graphiken und deutete dann auf zwei grüne Balken auf dem Display. »Wie vermutet, stammen die Federn auf den Opfern von derselben Gans.«

»Heißt das, der Täter züchtet sie selbst?«

»Nicht unbedingt«, antwortete Katharina. »Aber er kann die Federn auf keinen Fall aus dem Handel haben, oder aus einem Kissen oder einer Daunenjacke, die sind nämlich alle untermischt. Entweder er besitzt selbst Gänse oder er hat die Federn von einem Bauern gekauft.«

»Und was ist, wenn die Gans an St. Martin geschlachtet wird und alle Beweise aufgegessen werden?«, fragte Lindberg.

»Tja, Berufsrisiko.« Katharina Zach zuckte mit den Schultern.

»Wenn ich noch mal auf meinen Asservatenbeutel zurückkommen dürfte«, sagte Lindberg. »Die Haare darin stammen nämlich von einem verdächtigen Gänsezüchter.«

Katharina Zach blickte ihn überrascht an. »Du machst Scherze, oder?«

Lindberg schüttelte den Kopf.

Sie lupfte eine Augenbraue. »In dem Fall analysiere ich sie sofort.«

43

Er parkte seinen VW vor seiner Holzhütte am Rand des Waldes, stieg aus und vergewisserte sich, dass ihm niemand gefolgt war. Er durfte jetzt nicht nachlässig werden. Alles musste gut vorbereitet sein. Gott hatte die Welt zwar in sieben Tagen erschaffen, aber bestimmt viel länger geplant, so makellos wie alles war.

Bis auf die Menschen. Wenn nur noch die leben würden, die Ehrfurcht vor Gott hatten, dann endlich wäre die Welt perfekt. Dann endlich wäre das Himmelreich auf Erden vollendet.

Das war sein Auftrag.

Direkt von Gott.

Er hatte mit ihm gesprochen. Es konnte keinen Zweifel geben. Das war Gottes Wille.

Antipas ging zur Haustür, schloss sie auf, schob sich durch den Türspalt und sperrte sofort wieder zu. Im Wohnzimmer öffnete er alle Fenster und zog sofort die Vorhänge zu, damit die Sonne nicht in sein Reich eindrang. Bald wurde der Raum vom Duft des Waldes erfüllt und er atmete zufrieden ein.

Vor seiner Stadt kniete er nieder. Beschaulich lag sie da, durch und durch mittelalterlich, mit ihren gotischen Torbögen, verspielten Türmchen und den mit ockerfarbenen Ziegeln bedeckten Erkerdächern. Nur eine Stadtmauer, die brauchte sie nicht. In dieser Welt herrschte der Frieden schon.

Er nahm seine Figur, stellte sie auf den Marktplatz, führte sie am Wirtshaus vorbei, dem Haus des Stadtschreibers, dem Kornhaus und der Bäckerei. Er kam auf den Kirchplatz, rechts das Spital, links die Schule und in der Mitte die Kirche. Er legte seine Figur in die Glockenstube des Kirchturms. Der mächtige Turm überstrahlte die ganze Stadt. Es war eine einfache Ordnung. Genau deshalb funktionierte sie.

Doch selbst seine Stadt war ein unvollständiges Uhrwerk. Ein Rädchen fehlte noch. Noch war es zu früh, die Stadt zu vollenden. Aber es würde nicht mehr lang dauern, bis sie perfekt war.

Gott würde ihm sagen, wenn es soweit war.

Gott sah alles, was in der Stadt geschah, denn der Altar des Allmächtigen stand direkt dahinter. Ein güldener Holzschrein, reich verziert, mit einem Strahlenkranz in der Mitte. Er hatte ihn schon vor Jahren angefertigt, der Altar war das Einzige, was er von seinem früheren Leben mitgenommen hatte.

Durch ihn sprach Gott zu Antipas.

Er ließ die Stadt ruhen, ging auf den Dachstock und öffnete in dessen hintersten Ecke einen hölzernen Verschlag. Aus den Holzkreuzen, die dort standen, wählte er eines aus und spannte es in die Werkbank vor dem Dachfenster. Er nahm das Schnitzeisen und setze es am Querbalken des Kreuzes an. Mit routinierten Griffen ritzte er den ersten Buchstaben in den Balken: *E*. Mit einem feinen Schmirgelpapier glättete er die Einkerbung und setzte das Schnitteisen rechts daneben an. Er schlug fünf Kerben zu einem *S* in das Holz und verfeinerte auch diesen Buchstaben. Schließlich nahm er erneut das Eisen und erschuf ein *T*, dann ein *H*, wieder ein *E* und abschließend ein *R*.

ESTHER.

Zufrieden nahm er das Kreuz und schloss den Verschlag. Auf dem Weg zur Treppe blieb er vor der Bleitonne stehen. Er erinnerte sich noch gut daran, wie er sie hier hinauf gewuchtet hatte. Allein. Nur mit einem Seilzug, es hatte ihn alle Kraft der Welt gekostet. Seitdem stand sie bereit für den Martinstag.

Gott hatte ihm befohlen, allein zu arbeiten.

Also würde die Bleitonne hierbleiben müssen. Nur deren Inhalt würde er mitnehmen. Natürlich war das ohne die Tonne tödlich, aber auf die paar Stunden kam es dann auch nicht mehr an.

Er fuhr mit seinen Fingern über die blaue Außenhaut der Tonne. Darauf prangten so viele Warnsymbole, wie er noch nie auf einem Gefäß gesehen hatte. Ein Dreieck auf gelbem Hintergrund war besonders dominant. Darin befanden sich drei nach oben schlanker werdende, offene Kreise, die traubenförmig nebeneinander angeordnet waren und von einem weiteren Kreis in ihrem Zentrum geschnitten wurden. Darunter stand in Englisch ›Biohazard‹.

Alles andere konnte er nicht lesen, denn es war in Kyrillisch geschrieben. Den größten Schriftzug hatte er sich jedoch übersetzen lassen. ›биологи́чески акти́вное вещество! сиби́рская я́зва!‹ Es war der Beweis, dass sich in der Tonne genau das befand, was er gekauft hatte: ›Biologisch aktiver Wirkstoff! Anthrax!‹

44

Lindberg knallte sein Handy auf den Labortisch und fluchte.

»Was ist?«, fragte Katharina, blickte aber weiter durch das Okular des Mikroskops vor ihr.

Lindberg nahm sein Handy und strich mit dem Finger über die neue Delle. »Das war Graf. Er hat schon wieder mit Furrer gedroht. Wenn wir nicht bis morgen einen belastbaren Verdächtigen vorweisen, wird der die Ermittlungen übernehmen.«

»Warum das denn?« Katharina blickte jetzt doch von ihrem Mikroskop auf.

»Die Weltuntergangs-Drohungen, das Anthrax, der Fall ist wie gemacht für die Terror-Jungs.«

»Aber die haben keine Ahnung! Die halten doch nur Vorträge und warnen vor dem großen Anschlag, der nie kommt...«

»Weil sie so erfolgreich sind«, sagte Lindberg. »Das glauben sie zumindest selbst.«

»Und was können wir dagegen tun?«

»Selbst erfolgreich sein.« Lindberg zeigte auf das Analysegerät, das gerade die Haarprobe Zubers untersuchte.

»Dir ist schon klar, dass ein heimlich herbeigeführter DNA-Test vom Gericht niemals akzeptiert wird?«

»Wenn das ein Treffer ist, kann Zuber sich gegen eine offizielle Probe nicht mehr wehren«, sagte Lindberg. »Und dann haben wir den Verdächtigen, den Graf und Schiller wollen. Wie weit ist die Analyse?«

»Als Erstes wird die DNA mit einer Pufferlösung gebrochen, dann zentrifugiert und anschließend werden diese Bruchstücke extrahiert«, erklärte sie. »Das ist alles schon durch. Jetzt wird die DNA im Thermocycler mit sich selbst multipliziert, damit genügend Probenmaterial für die Analyse vorliegt. So können wir auch aus den kleinsten Spuren ein DNA-Profil erstellen.«

»Und das geschieht alles vollautomatisch?«

Katharina Zach fuhr mit der Hand über die Oberfläche des Analyseautomaten. »Mit dem Gerät hier schon.«

»Und was hast du dann überhaupt noch zu tun?«

Sie lupfte eine Augenbraue. »Nichts. Der Thermocycler braucht nämlich noch fünf Minuten. Lass uns einen Kaffee trinken gehen.«

Zach und Lindberg fuhren mit dem Lift nach oben zur Cafeteria. Kaum hatten sie diese betreten, deutete Katharina auf einen Tisch in der Ecke. Dort saß Furrer, zusammen mit Bundespolizeichef Graf, über Akten gebeugt. »Wenn man vom Teufel spricht.«

Falls die beiden Lindberg gesehen hatten, ignorierten sie ihn.

»Furrer war früher übrigens beim Schweizer Nachrichtendienst«, sagte Katharina. »Er könnte wissen, wer hinter dem Sperrvermerk steckt.«

»Er würde es uns trotzdem nicht verraten.« Lindberg ließ sich in der gewohnten Kombination einen Kaffee aus der Maschine laufen. »Schließlich sieht er uns nicht als Kollegen, sondern als Konkurrenten.«

»Ich hab noch jeden Mann zum Reden gebracht.« Katharina ließ ihre Knöchel knacken.

»Wie denn?«

Sie zwinkerte ihm zu. »Ich hab da so meine Techniken.«

»Dann stimmen die Gerüchte vom privaten Folterkeller also?«

Katharina Zach grinste. »Sie sind weit untertrieben.« Sie blickte Lindberg an. »Aber hier hat ja jeder seine Geheimnisse, oder?«

Lindberg nickte. Zum Glück war die Zeit vorbei, in der er verheimlicht hatte, dass seine Freundin im Koma lag. Katharina Zach hatte es von Anfang an gewusst, doch nie jemandem davon erzählt. »Du würdest mit so einem Unsympathen wie Furrer ins Bett gehen, um den Fall zu lösen?«, fragte er.

Unentschlossen wippte Katharina Zach ihren Kopf hin und her. »Sportlich ist er ja, aber dieses schleimige Gesicht müsste man mit einem Handtuch abdecken.« Sie lächelte süffisant. »Und wenn ich mit einem Typen ins Bett gehe, heißt das nicht zwingend, dass *er* Spaß hat.«

In dem Moment warf Furrer ihr einen Blick zu, den man kaum mehr harmlos nennen konnte.

»Lass uns zurück ins Labor gehen«, sagte sie. »Ich glaube, ich schau doch lieber meinem Analysegerät beim Arbeiten zu.«

Im Labor angekommen, piepste das Analysegerät wie eine Waschmaschine, die ihre Arbeit getan hatte. »Es geht los«, sagte Katharina. »Das DNA-Profil wurde erstellt. Jetzt gleiche ich es am Computer mit der DNA-Datenbank CODIS ab.«

Lindberg hatte seinen Kaffee nicht mal ausgetrunken, da deutete Katharina auf einen Eintrag auf ihrem Monitor. »Du glaubst es nicht!«, sagte sie. »Schon wieder ein Sperrvermerk.«

»Was?«

»Nein, warte«, sagte sie. »Es ist der Gleiche.«

»Wie der Gleiche?«

»Na, der Mann mit Sperrvermerk, der die Drohbriefe an Tanja Egger geschrieben hat!«

»Was ist mit ihm?«

»Samuel Zuber hat exakt dieselbe DNA.«

45

Esther Gutt wechselte schon zum dritten Mal ihr Kleid und war immer noch nicht zufrieden. Wäre es nicht besser, einfach in Jeans und Bluse zu kommen? Andererseits gingen sie ins noble Les Trois Rois und Patrick trug sicher einen Anzug, sonst hätte er kaum dort reserviert. Also musste es ein Kleid sein. Aber welches? War es nicht das Wichtigste, dass sie sich wohl fühlte, mit dem, was sie trug? Dass sie keine verkleidete Esther im Spiegel sah, sondern sich selbst?

Sie holte einen schwarzen, ungetragenen Slip aus dem Schrank, den sie sich für besondere Gelegenheiten aufbewahrt hatte und zog ihn an. Perfekt, nicht zu freizügig und nicht zu bieder. Sie zog den passenden BH an, dann nahm sie das kleine Schwarze vom Bügel und schlüpfte hinein. Es war immer noch das Beste: Betonte ihre Figur, zeigte nicht zu viel Ausschnitt, aber auch nicht zu wenig. Es versprühte sogar ein wenig klassische Eleganz. Damit passte es ideal zur goldenen Halskette ihrer Großmutter. Esther hatte Ruth geliebt, ihren Stil, ihre Frechheit und ihren Mut. Jetzt war all das Vergangenheit und es gab nichts mehr von ihr. Nur noch dieses Stückchen Schmuck.

Esther probierte nacheinander verschiedene Schuhe an, entschied sich für die schwarzen Stilettos und hängte sich ihre Handtasche um. Braun, das ging gar nicht! Sie durchwühlte den Wandschrank, fand nichts passendes und entschied sich, ohne Handtasche zu gehen. Das war ohnehin am besten, so sah er gleich, dass sie nicht zu diesen Tussis gehörte, die ohne Schminke nicht überleben konnten. Oder so einen Unsinn zumindest glaubten. Außerdem war ihre Manteltasche groß genug für Handy und Schlüssel, mehr brauchte sie nicht.

Sie hatten den ganzen Tag miteinander gechattet. Über dies und das, Belanglosigkeiten. Und doch immer mit einer Spur Humor und Ernsthaftigkeit. Es kam ihr so vor, als wäre sie wieder sechzehn. Vielleicht konnten sie beide ja nachholen, was sie damals versäumt hatten.

Sie ließ sich gerne treiben, konnte sich völlig im Hier und Jetzt verlieren, aber es war trotzdem gut, dabei nicht auf andere angewiesen zu sein.

Esther kannte genügend Frauen, die einmal selbstbestimmt gewesen waren und sich irgendwann in Abhängigkeit von einem Mann begaben, erst zaghaft, schleichend, dann Tag für Tag ein Stückchen mehr. Spätestens wenn Kinder da waren, ließen sie alle Vorsicht fahren, gaben ihre Karriere auf, steckten das gesamte eigene Ersparte in das gemeinsame Haus und hatten nur noch eine einzige Perspektive: Ihn und die Kinder glücklich zu machen. Manchen gefiel diese Rolle, ja, sie waren wirklich glücklich darin.

Bis eine Jüngere kam, die dem Mann den Kopf verdrehte, woraufhin er sie mit den Kindern zurückließ. Doch die Krönung des Ganzen bestand darin, weswegen die Männer die neue Partnerin bevorzugten: Nicht deren Jugend, nicht deren Attraktivität, sondern deren Selbstständigkeit.

Genau so war es ihrer Mutter gegangen.

Daraus hatte sie gelernt.

Nein, sie hatte nichts gegen verheiratete Männer, ganz im Gegenteil, sie waren aufmerksam, erfahren und dankbar. Sehr dankbar. Und ein bisschen wahnsinnig. Für einen einzigen Blowjob setzten manche ihre Existenz aufs Spiel. Nicht, dass sie es soweit kommen ließ, es lag ihr fern, sich ins gemachte Nest zu setzen oder Männer nach deren finanzieller Potenz auszuwählen. Auch wenn ihre Freundinnen das anders sahen. Aber sie lebte nicht das Leben ihrer Freundinnen, sie lebte ihr eigenes.

Esther Gutt warf einen letzten Blick in den Spiegel, schenkte sich selbst ein Lächeln und ging aus dem Haus. Sie blickte in den Abendhimmel über Freiburg. Es sah nicht nach Regen aus. Sie würde die Vespa nehmen und über die Landstraße fahren, schließlich waren es nur achtzig Kilometer nach Basel. Sie freute sich schon auf den Moment, wenn sie dem Portier vor dem Les Trois Rois den Schlüssel reichte, um den Roller zu parken. Esther band ihr strohblondes Haar zu einem Pferdeschwanz, zog den Helm auf und schob die Vespa aus der Garage.

Wie immer hatte sie die Nebenstraße fast für sich allein. Sie liebte es, in der Mitte zu fahren, ausnahmsweise nicht von den Autos an den Rand gedrängt zu werden, als gehöre denen die Straße allein.

Autofahren fand sie ohnehin bescheuert. Was konnte man schon von jemandem erwarten, der sich freiwillig in ein tonnenschweres Fahrzeug setzte, um lächerliche sechzig oder vielleicht hundert Kilogramm von A nach B zu befördern? Vielleicht kam da die Biologin in ihr durch, in der Natur gab es einen solchen Unsinn jedenfalls nicht.

Im Rückspiegel sah sie einen Wagen, aber der fuhr so langsam, als suche er etwas. Sie verließ den Freiburger Stadtteil Zähringen, ignorierte die Hauptstraße und bog in die parallel verlaufende Nebenstraße ein. Bald kam sie an ein kleines Waldstück. Sie fuhr immer noch in der Mitte der Straße, blickte in den Rückspiegel und sah, dass wieder ein Auto hinter ihr fuhr. Es kam immer näher. War es der Wagen von vorhin?

Plötzlich leuchteten an dem VW beide Blinker auf. Sie konnte nur die Silhouette des Fahrers erkennen und dass er ihr mit den Händen Zeichen gab.

Was wollte der Mann?

Sollte sie anhalten? Nach einer Panne sah das nicht gerade aus. Oder hatte er sich verfahren?

Sie sah auf das Nummernschild, ein Schweizer Kennzeichen. Sie seufzte. Meist wussten die Schweizer in Deutschland nur wo der Aldi war.

Esther blickte auf die Uhr. Ein paar Minuten konnte sie erübrigen. Sie fuhr rechts ran, stieg von ihrer Vespa, stellte sie ab, zog den Helm aus und drehte sich um.

Der VW stand mitten auf der Fahrbahn, mit angeschalteten Warnblinkern. Sie versuchte, in das Auto zu blicken, doch die Scheinwerfer blendeten sie. Esther konnte lediglich erkennen, dass der Fahrer nicht mehr hinter dem Steuer saß.

Im nächsten Moment wünschte sie sich, sie hätte nie angehalten.

46

Lindberg betrachtete die Grafik mit den beiden übereinstimmenden Resultaten der DNA-Analyse. »Also steht fest, dass Zuber die Drohbriefe an Tanja Egger geschrieben hat«, sagte er. »Aber seine DNA ist weder an einem der Leichenfundorte zu finden, noch an einem der Opfer, oder an den Bekennerschreiben, die an die *Image*-Zeitung gesendet wurden.«

»Die DNA des Täters haben wir noch nirgends gefunden«, antwortete Katharina Zach. »Also kann er es durchaus sein und inzwischen nur gelernt haben, wie er vermeidet, seine DNA zu hinterlassen. Und dafür reichen zwei YouTube-Videos im Internet und ein wenig Glück.«

Lindberg rieb sich die Stirn. »Trotzdem, irgendetwas stimmt da nicht.« Gab es bei der DNA-Bestimmung nicht ein paar Sonderfälle, die bei den Ermittlungen gerne in Vergessenheit gerieten? Lücken, die bestimmte Personen ausnutzten, weil man ihnen die Täterschaft nicht zweifelsfrei nachweisen konnte. »Hat Zuber einen eineiigen Zwilling?«, fragte er. »Ich hab nicht viel Ahnung von Genetik, aber das wäre doch dann dieselbe DNA, oder?«

Katharina Zach wiegte ihren Kopf hin und her. »Grundsätzlich hast du recht, aber schon im Embryonalstadium ereignen sich kleinste Mutationen, die den einen Zwilling betreffen und den anderen nicht. Und diese Mutationen kann man nachweisen.« Sie zuckte mit den Schultern. »Aber dazu braucht man natürlich das Material beider Zwillinge. Und in Zubers Probe, der von seinem Drohbrief und der DNA mit dem Sperrvermerk gibt es keine solchen Unterschiede. Also stammen sie von ein und derselben Person, selbst wenn Zuber einen Zwillingsbruder hätte.«

»In einem Fernsehkrimi wäre das jetzt die Lösung gewesen«, sagte Lindberg. »Die dem Kommissar fünf Minuten vor Schluss einfällt. Aber wir haben es natürlich nicht so einfach.«

»Wir werden ja auch dafür bezahlt«, lächelte Katharina. Und wühlen in echten Leichen herum statt in Requisiten.«

»Mir würde es anders herum besser gefallen.« Lindberg atmete tief aus. »Eines verstehe ich einfach nicht: Wie kann es sein, dass Zuber polizeilich ein unbeschriebenes Blatt ist, aber seine DNA in der Datenbank mit Sperrvermerk gelistet ist? Dann müsste er doch zumindest aktenkundig sein!«

Katharina Zach zuckte mit den Schultern. »Am besten fragst du das Graf.«

Lindberg nickte, verabschiedete sich und ging zurück in sein Büro. Mia saß an ihrem Schreibtisch, im Ablagefach vor ihr lag ein großer Berg Akten, in dem daneben auf dem *Erledigt* stand, war Ebbe.

»Hast du den Bericht fertig?«, fragte Lindberg.

»Mich Akten durcharbeiten zu lassen ist so, als würdest du Lionel Messi als Torwart aufstellen«, sagte sie. »Verschenktes Talent.«

»Und wo liegen deine Talente?«

»Ich bin mutig, mag Action, Geschwindigkeit und«, sie seufzte, »definitiv keine Akten. Da hätte ich auch Buchhalterin werden können.« Sie schob den Aktenstapel so weit von sich, dass er beinah vom Schreibtisch fiel. »Wenn es wenigstens Dateien wären, dann könnte ich ein Programm stricken, um sie auszuwerten und nach Gemeinsamkeiten zu suchen. Aber so muss ich alles lesen wie in der Steinzeit.«

Lindberg sparte sich die Bemerkung, dass man in der Steinzeit nicht mal hatte lesen können. »Eine Gemeinsamkeit haben wir auch so gefunden.« Er erzählte ihr von Zubers DNA. »Lass uns mal zu Graf gehen, spätestens jetzt macht der Sperrvermerk ja keinen Sinn mehr.«

Noch bevor Graf sie hereinbat, fragte er schon nach dem Bericht. »Ich kann den leider nicht fertigstellen«, antwortete Lindberg. »Denn mir fehlen wichtige Informationen, weil unser Hauptverdächtiger vom Nachrichtendienst gedeckt wird.«

Er erzählte von Zubers DNA auf den Drohbriefen und dessen blütenreinen Weste trotz Sperrvermerk.

Graf lehnte sich zurück und atmete tief aus, als sortiere er seine Gedanken. »Das ist ein Wespennest«, sagte er schließlich. »Bevor Sie nicht einen gerichtsfesten Beweis haben, dass Zuber der Täter ist, steche ich da nicht rein.« Er blickte Lindberg an. »Heute nicht, morgen nicht, niemals!«

47

Esther Gutts Herz schlug schneller, die Härchen an ihrem Unterarm stellten sich auf. *Wo war der Fahrer?*

»Hallo?« Es hätte laut und kräftig klingen sollen, doch es war nur ein ängstliches Flüstern in das leise Atmen des Waldes hinein.

Sie hielt die Luft an, spürte, wie sie zitterte. »Wo sind Sie?«

Erneut gelang ihr nur ein kraftloses Flüstern.

Niemand antwortete auf ihre Frage.

Nichts rührte sich. »Hallo?« Ihre flattrige Stimme erschrak sie selbst.

Sie war voller Angst.

Todesangst.

Sie fasste sich ans Herz, fühlte, wie es pochte. *Es ist sicher nur ein Witz. Mir wird nichts passieren. Da vorne ist die nächste Ortschaft. Nur wenige hundert Meter.*

Sie drehte sich zu ihrer Vespa, wollte gerade den Helm wieder aufsetzen, als sie am Hals nach hinten gezogen wurde. Instinktiv versuchte sie um Hilfe zu schreien, doch es kam nur ein Röcheln aus ihrer Kehle. Sie fasste an ihren Hals, wollte das abstreifen, was ihr den Atem abschnürte.

Doch es gelang ihr nicht.

Esther spürte, wie die Luft knapper wurde. Panisch schlug sie um sich.

»Ruhig«, flüsterte eine Stimme von hinten.

Es war eine Männerstimme.

Mit letzter Kraft versuchte sie, sich zu drehen und ihm in den Schritt zu treten.

Doch er lachte nur und zog noch fester zu. »Wenn du brav bist, geschieht dir nichts.«

Sie nickte und er lockerte die Drahtschlaufe ein wenig.

Beim Einatmen verschluckte Esther sich beinah. Sofort drückte er wieder fester zu und schob ihren Oberkörper nach rechts. »Hier lang.«

Die Luft hatte ihr ein wenig Kraft gegeben. Sie winkelte ihren Arm an und schlug ihren Ellenbogen so fest nach hinten, wie sie nur konnte.

Er zuckte kaum merklich zurück, packte ihr Handgelenk, drehte ihren Arm nach hinten und bevor sie verstand, was geschah, hatte er die Drahtschlaufe kurz losgelassen, ihre Hände hinter ihrem Rücken mit einem Kabelbinder zusammengeschnürt und dann wieder die Schlaufe angezogen. Vor Schmerzen wollte sie aufschreien, doch nicht einmal das konnte sie.

»Du tust dir nur unnötig weh«, flüsterte er und schob sie um sein Auto herum. »Niemand will, dass du dir wehtust. Ich am allerwenigsten.«

»Aber du tust mir doch weh!«, wollte sie rufen, doch ihre Stimme war nur noch ein Röcheln.

»Wir werden jetzt eine kleine Reise machen«, sagte er. »Nur du und ich. Wenn du wieder aufwachst, wirst du an einem anderen Ort sein. Es ist der Vorhof zum Himmel.«

Sie zerrte an ihren Handgelenken, die Kanten der Kabelbinder schnitten ihr in die Haut. Sie ignorierte den Schmerz, versuchte wieder, nach dem Mann zu treten, doch er zog die Schlaufe um ihren Hals enger zu und brach ihren Widerstand.

Ihre Lunge fühlte sich leer und leblos an. Die Farben um sie herum verblassten bis sie wie ein einziges Weiß schienen. Esthers Bewusstsein driftete davon, als habe er es in Treibsand geworfen, es glitt immer tiefer hinab.

Dann spürte sie nichts mehr.

48

Wie jeden Abend saß Erik Lindberg im Neuro-Re an Paulas Bett und erzählte ihr von seinem Tag.

Als er Isabels neuen Freund erwähnte, öffnete Paula ihre Augen. Ihre Mundwinkel zuckten, einen kurzen Moment lang glaubte er, hinter ihren Augen so etwas wie Leben zu erkennen. Er rief ihren Namen, griff nach ihrer Hand, drückte sie, doch nichts geschah.

Schon nach wenigen Sekunden wirkten Paulas Augen wieder genauso leblos wie in der gestrigen Nacht, als sei alles dahinter abgeschaltet.

Er strich über ihre Backe, erzählte noch mal von Isabel, ja sogar davon, dass sie in ihm die Lösung ihrer Probleme gesehen hatte, doch Paula starrte nur unbewegt an die Decke.

»Isabel ist jetzt neu verliebt«, sagte er. »Das freut mich für sie, auch wenn ihr Freund ein wenig merkwürdig ist.«

Paula reagierte nicht.

»Und ich hoffe, du liebst mich noch.« Er spürte, wie ihm Tränen in die Augen stiegen. »Denn ich liebe dich nach wie vor.«

Eine Träne kullerte über seine Wange, doch Paulas Augen blickten an ihm vorbei, als seien sie schon gestorben.

Seit sie das erste Mal wieder ihre Augen geöffnet hatte und die Hoffnung in ihm tobte, hatte er das immer wieder erlebt. Und jedes Mal war die Hoffnung wieder ein Stückchen geschmolzen, wie ein Gletscher, der irgendwann nicht mehr da war. Und was auch immer er versuchte, sie reagierte auf nichts.

Wachkoma nannte man das, was ja schon ein Widerspruch in sich war. Entweder man war wach oder man lag im Koma.

Und Paula lag im Koma.

Immer häufiger fragte Lindberg sich, ob seine Liebe zu Paula wirklich groß genug war. Das letzte Jahr hatte im Grunde nur aus Mordermittlungen und seinen Besuchen in der Rehaklinik bestanden.

Jeden Tag wuchsen seine Zweifel, dass er durchhielt, bis sie wieder gesund war.

Wenn sie jemals wieder gesund wurde.

Lindberg seufzte, gab Paula zum Abschied einen Kuss auf die Stirn und packte seine Sachen.

Damit er auf andere Gedanken kam, hatte Lindberg vor ein paar Monaten beschlossen, etwas für Geist und Körper zu tun.

Während die Werbung einen glauben machen wollte, das könne man mit koffeinbombigen Erfrischungsgetränken, hatte er eine andere Methode gewählt.

Schachboxen.

Das Prinzip war einfach: Man spielte drei Minuten Schach, dann eine Runde boxen. Bis der Gegner am Boden lag oder schachmatt war.

Zum Glück lag die Sporthalle in der Nähe der Rehaklinik und so stand Lindberg nach wenigen Minuten in der Umkleidekabine.

Kaum hatte er sich umgezogen und die Schachfiguren aufgestellt, setzte sich schon sein Sparringpartner zu ihm.

»Du gebe nicht auf, obwohl du immer verliere«, begrüßte ihn der Mann, der eigentlich Erdin Kourlaev hieß, den aber alle nur Gehirnklitschko nannten.

»Ich werde mich heute einfach nicht von dir ablenken lassen«, antworte Lindberg und gab seinem Freund die Hand. Erdin war seit seinem ersten Kampf im Schachboxclub ungeschlagen und Lindberg war der Einzige, der noch gegen ihn kämpfte.

Bevor sein Gegenüber mit dem üblichen Smalltalk beginnen konnte, zog Lindberg schon den ersten Bauern.

Gehirnklitschko lupfte eine Augenbraue, doch er sagte nichts.

Das ging vier Runden so, ohne das Lindberg seine Deckung entblößt oder seine Dame verloren hätte. Das war neuer Rekord und Lindberg merkte, dass die Konzentration ihm half, all das zu vergessen, woran er lieber nicht denken wollte.

Dann kam die fünfte Boxrunde. »Du wirken angespannt«, sagte Gehirnklitschko und setzte kurz vor Ende der Runde zu einer Rechts-Links-Kombination an. »Geht nicht gut?«

Lindberg wich mit dem Oberkörper aus und presste die Lippen zusammen.

»Du nicht wolle reden heute, warum?«

Lindberg zuckte mit den Schultern.

»Dann ich nix könne lerne Deutsch von dir«, antwortete Gehirnklitschko. »Und am Ende du trotzdem liege an Bode.«

Lindberg musste lachen. Der Gong schlug und sie setzten sich an das Schachbrett. »Also gut, mir geht es beschissen«, antworte Lindberg und schlug mit seinem weißen Läufer den schwarzen Turm. »Wir haben einen neuen Fall und keine Fortschritte bei Paula.«

»Du warst heute schon bei ihr?«

Er nickte. »Wie jeden Abend.«

»Ich nix könnte«, antwortete Gehirnklitschko und schlug den Läufer mit seiner Dame. »Aber ich auch nur Müllmann.«

»Du bist Doktor der Philosophie«, widersprach Lindberg.

»Aber ohne Abschluss«, widersprach Gehirnklitschko. »Und in diese Land ohnehin niemand brauche aserbaidschanische Doktor der Philosophie, dafür aber Müllmänner, also ich zufriede mit meine Beruf.«

Lindberg postierte seinen Turm so, dass er mit dem nächsten Zug die schwarze Dame schlagen konnte.

Gehirnklitschko rieb sich die Stirn. »Und was ist mit neue Fall?«

»Du weißt doch, dass ich das nicht erzählen darf.«

Gehirnklitschko zog die Dame zurück zu ihrem Ausgangpunkt. »Das dich bisher nie gestört.«

Lindberg lächelte und erzählte von Zuber und dem Sperrvermerk auf demselben DNA-Profil.

»Er also Agent?«, fragte Gehirnklitschko. »Staatsschutz oder so?«

»Das kann sein«, antwortete Lindberg und setzte mit seinem Läufer nach.

»Guter Zug.« Gehirnklitschko nickte anerkennend. Er konnte seine Dame nur noch auf zwei Felder ziehen und auf beiden würde Lindberg sie schlagen. »Staatsschutz von Aserbaidschan war schuld, dass ich musste verlasse Land«, sagte er. »Also ich helfe dir.«

»Aber hier geht es nicht um den aserbaidschanischen Staatsschutz, sondern um den der Schweiz«, widersprach Lindberg.

»Mir schon ist klar«, antwortete Gehirnklitschko, wartete lächelnd, bis die drei Minuten für die Schachrunde abgelaufen waren und erhob sich. »Aber die sind die Gleiche auf ganze Welt. Egal für welche Land arbeite. Immer habe Schmutz an Stecke ...«

»Es heißt ›Dreck am Stecken‹.« Lindberg zog sich wieder die Boxhandschuhe über.

»Schmutz am Stecken aber viel poetischer«, widersprach Gehirnklitschko. »Ist zwar keine Alliteration aber beinah.« Er stieg in den Ring, startete den Timer für den Rundengong und zog sich dann die Boxhandschuhe über. »Wobei ›Dreck am Stecke‹ ist mit Binnenreim.«

»Wie ich sehe ist dein Deutschkurs erfolgreich.« Lindberg hob die Deckung.

»Ist nicht Deutschkurs, ist Buch über Lyrik, was ich immer lese in Pause von Arbeit.« Gehirnklitschko tänzelte vor Lindberg auf und ab wie Muhammed Ali zu seinen besten Zeiten. »Aber auf alle Fälle ich dir helfe.«

»Selbst der Bundespolizeichef kann uns da nicht helfen.« Lindberg seufzte. »Oder genauer, er will es nicht.«

»Weil er sich halte an Regle.« Gehirnklitschko schlug erneut eine Rechts-Links-Kombination. »Und weil er ist keine Hacker.«

Lindberg parierte. Er fühlte sich heute zum ersten Mal auf einer Höhe mit Gehirnklitschko und ging zum Angriff über. »Willst du mir erzählen, du bist nicht nur Doktor der Philosophie, sondern auch ein Hacker?«

»Ich nicht, aber meine Bruder.« Gehirnklitschko ließ sich in die Seile drängen, schlug wie verzweifelt um sich. »Mein Bruder schon war in Netz von Einwanderungsbehörde von USA.« Er schnaufte. »Er sich so besorgt Greencard.«

Lindberg setzte mit einem Jab nach, gefolgt von einer rechten Gerade und einem Aufwärtshaken. »Dein Bruder lebt also in den USA?«

»Nein, er lebe in Aserbaidschan.« Gehirnklitschko parierte die Schläge, ließ sich vom Seil zurückprallen, konterte mit einem Aufwärtshaken. »Mein Bruder meint, er nix wolle lebe in Staat mit so schlechte Firewall.«

Während Lindberg dem Schlag auswich, musste er lachen, vernachlässigte seine Deckung und im nächsten Moment erwischte ihn Gehirnklitschkos nächster Haken.

Und der Kommissar lag am Boden. Wie immer wenn er gegen Gehirnklitschko kämpfte.

49

Esther war sein Meisterwerk. Ihre langen, seidengleichen Haare, ihre elfenhaften Gesichtszüge, die taillierte Figur, ihre üppige Brust: Alles hatte er perfekt nachgebildet.

Sogar ihr Lächeln.

Er nahm die Figur aus Lindenholz, legte sie in die rechte Hand und strich mit dem Zeigefinger über deren Gesicht. Er liebte sie. Obwohl er anfangs gar nicht gewusst hatte, ob seine Bindung zu ihr stark genug war, um sie zu retten. Schließlich hatte er sie nur ein einziges Mal gesehen und sie nur deshalb kennengelernt, weil er seiner Schwäche nachgegeben hatte. Die ihn immer wieder verfolgte. Die trotz Gottes Hilfe immer einen Weg fand, zu ihm durchzudringen.

Das konnte nur Satans Werk sein. Unwillkürlich musste er an Esthers wohlgeformte Brüste denken.

Sein Herz schlug schneller.

Nein! Das war nicht sein Ziel! Er war nicht so! Er war rein.

Und sie würde es werden.

Denn im Himmelreich Gottes gab es keine Schwäche.

Und keinen Satan.

Er blickte auf seine Stadt, öffnete das kleine Tor zu seiner Kapelle und legte Esthers Figur hinein. Esther würde schon bald erlöst sein und ins Himmelreich auffahren.

In wenigen Tagen würde er ihr nachfolgen. Und jene Menschen dort wiedersehen, die er auserwählt hatte. Er sprach ein kurzes Gebet und erhob sich.

Seine Blicke suchten das Kreuz, welches er geschnitzt hatte. Es lag neben dem Werktisch. Einfach, schlicht, würdevoll. Er nahm es, wog es in seiner Hand und strich über den Namen. ESTHER. Alles war vorbereitet.

Antipas verließ sein hölzernes Haus, schloss zweimal ab und ging zu seinem Wagen. Etwas schlug von innen an den Kofferraum. Esther war erwacht. Sie war stark, stärker als die anderen. So würde er mit ihr nicht zur Kapelle fahren können. Er musste sie erst beruhigen.

Mit einem einzigen Handgriff öffnete er den Kofferraum. Esther schoss nach oben wie ein Tier, das eine Chance zum Ausbruch wittert. Da ihre Hände und Füße immer noch mit Kabelbindern fixiert waren und eine Augenbinde ihr die Sicht nahm, verlor sie die Balance und kippte nach vorne. Kurz bevor ihr Oberkörper auf der Kofferraumkante aufschlug, fing er sie auf. »Es bringt nichts, sich zu wehren«, sagte er und strich ihr durch das strohblonde Haar.

Sie entgegnete etwas, doch durch das Gaffer-Tape vor ihrem Mund war es nicht zu verstehen.

Er setzte sie aufrecht in den Kofferraum und ließ sie dann los. Es war nicht gut, wenn die Auserwählten schon zu früh in Todesangst gerieten. Man musste ihnen für einen Moment das Gefühl der Freiheit geben, dann gab es weniger Widerstand.

Doch Esther war anders, sie schob ihren Kopf am Kofferraumdeckel entlang, versuchte die Augenbinde daran abzustreifen, ihre goldene Halskette schwang dabei hin und her. Sie ließ sich nicht von naiven Emotionen lenken, das hätte er schon damals an ihr gemocht. Sie kämpfte, doch es würde genauso vergebens sein wie bei den Frauen zuvor.

Antipas holte die Drahtschlaufe heraus. Sie sirrte leicht, als er sie spannte.

Esther schien das Geräusch gehört zu haben, jedenfalls wehrte sie sich noch heftiger. Mit einem festen Griff packte er sie am Oberkörper, drehte sie mit dem Rücken zu sich und legte die Drahtschlinge um ihren Hals.

Er zog zu.

Sie röchelte, versuchte um sich zu schlagen.

Er erhöhte den Druck, doch anstatt aufzugeben kämpfte sie immer verzweifelter.

»Du kannst nicht entkommen«, flüsterte er. »Das hat noch keine geschafft.«

Sie murmelte etwas, schien ihm noch widersprechen zu wollen, obwohl sie schon blau anlief.

»Gott hat jene Schafe am liebsten, die ihr Schicksal ohne Widerspruch hinnehmen«, flüsterte er. »Er bestimmt die Geschicke der Welt. Nicht der Mensch.«

Sie zappelte, bäumte sich auf.

Er zog die Schlaufe fester zu.

Esther zuckte noch einmal und sank dann in sich zusammen. Er lehnte ihren Oberkörper an den Kofferraumdeckel, fuhr mit seinen Händen über ihre Stirn, hinunter zu ihren Wangen, zu ihrem Hals. Sein Blick drängte zu ihren Brüsten.

Doch er gab nicht nach, fixierte stattdessen ihre goldene Halskette. Ihre Glieder aus glänzendem Gold waren akkurat verarbeitet, echte Handwerkskunst. Er nahm die Kette in die Hand, sie war dünn wie ein Bindfaden und leicht wie eine Feder. Und doch wurde sie durch irgendetwas in Esthers Dekolleté gezogen.

Genau wie er.

Mit zitternden Fingern schob er die goldene Kette nach oben. Hatte er vorhin richtig gesehen? Hing ein Anhänger daran?

Wie eine Schlange starrte er auf ihre Brüste. Langsam kam etwas dazwischen zum Vorschein. Erst die schmale Spitze des Anhängers, dann der Querbalken und schließlich der komplette Längsbalken. Tatsächlich, er hatte richtig gesehen.

Es war ein Kreuz. Ein goldenes Kreuz.

50

Mia Adam drückte den Vibrationsalarm ihres Handys weg und schlich sich aus dem Bett. Ihr Freund Sascha schnarchte wie ein Bär im Winterschlaf. Sie kannte ihn jetzt seit vierzehn Monaten, aber sie spürte in ihrem Innersten, dass kein weiterer hinzukommen würde. Sie hatte ihn gestern Abend noch um Rat gefragt, doch nach seiner Antwort hatte sie ihm nicht mal mehr erzählt, aus welchem Grund sie ihn gefragt hatte. Deswegen musste sie jetzt leise sein, denn er wusste nichts von ihrem nächtlichen Ausflug. Das war auch besser so, denn Sascha fand ohnehin, dass sie zu viel arbeitete.

Kein Wunder, er war Betriebswirt. Wenn die weniger arbeiteten, gab es höchstens weniger Wachstum. Manchmal fände sie das gar nicht schlecht. Wenn sie hingegen weniger arbeitete, starben Menschen. Oder Kriminelle kamen ohne Strafe davon. Das war der Unterschied. Deswegen machte es ihr normalerweise nichts aus, mitten in der Nacht aufzustehen.

Und wenn Graf Beweise wollte, dann würde sie diese liefern. Gleichzeitig wollte sie Erik zeigen, dass sie mehr draufhatte, als Berichte zu schreiben und Akten zu lesen.

Denn sie hatte dem Bauernhof auf dem Gelände der Primuschristen mehr als nur einen Blick gegönnt und sieben Gänse gezählt. Wenn sie von allen Federn besorgte, würde man sehen, ob eine davon identisch war mit jenen, die sie auf den Leichen gefunden hatten. Dann konnte Schiller sich nicht mehr gegen den Durchsuchungsbefehl wehren und sie würden exakt denselben Test mit den Gänsen erneut durchführen, dieses Mal aber gerichtsfest.

Außerdem waren die Gänse dann ein Beweismittel und würden St. Martin überleben, anstatt geschlachtet zu werden.

Es gab dabei nur ein Problem.

Sie hatte eine verdammte Angst vor Gänsen.

Denn als kleines Mädchen war sie von einer Gans gebissen worden. Die Wunde war vereitert und sie hatte drei Wochen mit Blutvergiftung im Krankenhaus gelegen. Und alles nur, weil sie deren Eier hatte stehlen sollen, eine Mutprobe für einen Jungen aus der Parallelklasse. Drei Dinge hatte sie daraus fürs Leben gelernt. Erstens: stehlen zahlt sich nicht aus, zweitens: mache niemals, was dumme Jungs dir befehlen und drittens: Gänse sind gefährlich.

Vor allen Dingen, wenn man ihnen zu nahe kommt.

Mia zog eine schwarze Jeans, ein schwarzes Oberteil sowie schwarze Schuhe an und schlich aus dem Haus. Die ideale Tarnung in einer dunklen Nacht wie dieser. Als sie aus dem Haus trat, zog sie noch eine schwarze Mütze auf, so sah man nicht mal ihren roten Bubikopf.

Leider konnte sie für ihre private Aktion den Dienst-Tesla nicht nehmen und da sie selbst kein Auto besaß, hatte sie sich per Carsharing einen Wagen besorgt.

Dummerweise war dieser knallrot, aber dann parkte sie eben ein wenig abseits.

Kurz vor drei Uhr nachts kam sie am Predigerholz an und parkte ein paar hundert Meter entfernt. Es war die perfekte Zeit; zwischen zwei und fünf Uhr blieben die meisten Einbrüche unbemerkt, weil die Menschen dann am tiefsten schliefen.

Selbst wenn es sich bei Gänsen genauso verhielt, bezweifelte sie, dass sie ihnen einfach ein paar Federn auszupfen konnte, ohne sie zu wecken. Für den Fall hatte sie Plan G entwickelt.

Sie stieg aus dem Wagen, nahm eine zur Hälfte gefüllte Plastiktüte aus dem Kofferraum und schlich zum Tor des Gemeindeareals.

Das Gelände war von einer hohen Hecke umgeben, vor der ein Maschendrahtzaun stand. Das nützte herzlich wenig, wenn jedes Kind über das Eingangstor steigen konnte, das zwar über diese unsägliche Inschrift verfügte, aber weder Zacken noch Stacheldraht kannte.

Ihr sollte es recht sein, schließlich war sie keine Beraterin für Gebäudesicherheit. Blieb das Problem mit den Gänsen. Ihr Freund hatte doch tatsächlich vorgeschlagen, *die Dinger mit einem Schwert zu enthaupten und anschließend zu St. Martin zu servieren.*

Hatte er etwa vergessen, dass sie Vegetarier war?

Oder – und das war noch schlimmer – nahm er sie so wenig ernst, dass er mit solchen Nonsens-Vorschlägen kam?

Wenigstens hatte sie das letztlich auf die Lösung gebracht.

Plan G.

G wie Gras.

Nein, nicht irgendein Gras, nicht das, auf dem man Fußball spielt oder Kühe weidet, sondern das, mit dem man den Geist auf Reisen schickt. So erzählte man zumindest.

Obwohl sie mit ihrem roten Bubikopf, ihren Doc Martins und ihren knalligen Outfits ständig auf der Straße angesprochen wurde, ob sie Drogen kaufen wollte, hatte sie das noch nie getan.

Bis heute.

Am Abend war sie von der Bundespolizei zur Reitschule in Bern gefahren, dort scheinbar planlos umhergelaufen und schon nach wenigen Metern angesprochen worden. Der Verkäufer hatte sie zwar etwas merkwürdig angeschaut, als sie ihren Extrawunsch äußerte, doch dann war er einfach verschwunden und ein paar Minuten später mit der Plastiktüte wiedergekommen. Es gab in der Schweiz mehr Privatanbauer als man dachte.

Mia kletterte über das Tor, schlich sich zu Zubers Haus, das wie alle anderen im Dunkeln lag, ging dahinter in Deckung und wartete ein paar Sekunden. Es war totenstill, nicht einmal der Wind pfiff ein Lied. Geduckt lief Mia weiter zum Bauernhof, ging darum herum und kam an das Gänsegehege.

Dort lagen sie, alle sieben, direkt hinter einem hüfthohen Zaun. Eine Gans reckte den Kopf, offensichtlich hatte sie die Kommissarin gewittert.

Sofort bewegten sich die anderen Köpfe. Das mit den schlafenden Gänsen konnte sie schon mal vergessen.

Mia öffnete die Plastiktüte und holte das Gras heraus.

Natürlich kein getrocknetes Gras, sondern vor wenigen Stunden frisch geerntete Hanfblätter. Schließlich war es eher unwahrscheinlich, dass es ihr gelingen würde, den Gänsen über Nacht das Kiffen beizubringen.

Sie warf die Blätter in das Gehege. Eine der Gänse probierte das erste Blatt, verschlang sofort danach das zweite und dann machten sich auch die anderen über die unerwartete Mahlzeit her.

Sie ließen nicht ein Blatt übrig. Bis hierhin lief es perfekt. Jetzt musste Mia nur noch warten.

51

Urs Hediger schlief schon lang nicht mehr den Schlaf des Gerechten. Nein, er hatte keine Sünde begangen. Nur einen Fehler. Er hatte sich verspekuliert. So wie viele vor ihm und viele nach ihm.

Wäre er ein Bankmanager würde er einfach behaupten, seine Firma sei systemrelevant, könnte sie vom Staat retten lassen und alles wäre wieder gut. Doch obwohl nichts systemrelevanter war als Gott, blieb ihm dieser Weg verwehrt. Er war nun mal kein Bankmanager, sondern ein einfacher Pfarrer, der versuchte, eine Gemeinde zu führen. Und genau deshalb schlief er schlecht.

Jeden Abend dauerte es Stunden, bis er einschlafen konnte und dann weckte ihn jeder Laut, jedes Zwicken und jeder Albtraum. Und er hatte viele Albträume.

Hediger hörte ein Klacken und schaltete seine Nachttischlampe an.

Da war das Klacken wieder, es kam vom Schlafzimmerfenster. War das ein Kieselstein? Er stand auf, ging zum Fenster und schaute hinaus.

Nichts. Der Gehweg lag einsam im Schein der Straßenbeleuchtung, kein Auto parkte vor dem Pfarrhaus, niemand war auf der Straße. Hediger wollte sich schon wieder hinlegen, als er sah, dass in der Kirche Licht brannte.

Hatte er vergessen es auszuschalten? Nein, das war ihm noch nie passiert.

Andererseits wurde er nicht jünger. Hediger seufzte, zog sich das Priestergewand über den Schlafanzug, legte ein Paar Socken an und schlüpfte in seine Schuhe. Vielleicht tat ihm etwas frische Luft gut und er konnte danach besser schlafen. Hediger stieg hinab ins Erdgeschoss, nahm die Kirchenschlüssel und öffnete die Außentür des Pfarrhauses.

Nur die Stille empfing ihn.

So schnell er das in seinem Alter noch konnte, huschte er über die Straße und drückte die Klinke am Kirchenportal herunter. Die Tür war offen. Er hatte sie doch abgeschlossen! Oder fantasierte er schon?

Durch den Vorraum lief er in das Kirchenschiff und schaltete das Hauptlicht aus. Doch zu seiner Überraschung lag nicht die gesamte Kirche im Dunkeln. Hediger blickte nach rechts. Da, am Beichtzimmer brannte das rote Licht.

»Was soll ...?«, rief er, doch dann erinnerte er sich daran, dass Gott jederzeit für jeden Menschen da war. Manchmal konnte eine Beichte eben nicht bis zum Morgen warten. Jedenfalls nicht, wenn es der Sünder war, den er erwartete.

Hediger setzte sich in das Beichtzimmer und bekreuzigte sich.

»Im Namen des Vaters und des Sohnes und des Heiligen Geistes«, begann sein Gegenüber. Hediger erkannte die Stimme sofort.

»Gott, der unser Herz erleuchtet, schenke euch wahre Erkenntnis eurer Sünden und seiner Barmherzigkeit«, antwortete Hediger.

»Amen«, sagte der blonde Mann.

»Um drei Uhr morgens habe ich noch nie eine Beichte entgegengenommen«, erklärte Hediger. »Es muss eine große Last auf Euch liegen.«

»Es ist die Last der Welt.«

»Das mag sich für Euch vielleicht so anfühlen, aber die Last der Welt kann nur einer tragen: Der Heiland.« Hediger bekreuzigte sich wieder. »Was liegt Euch auf dem Herzen?«

»Ich wollte heute wieder eine Frau taufen.«

Hediger schluckte. »Und weiter?«

»Dann habe ich entdeckt, dass sie ein Kreuz trug.« Der Mann machte eine kurze Pause. »Also war sie schon getauft, oder, Herr Priester?«

»Ich ... ja ... ich denke, das kann man annehmen.«

»Das ist ein Zeichen Gottes. Ist ... ist das nicht ein Zeichen Gottes?« Die Stimme des Mannes flatterte.

Hediger spürte, dass er ihm eine klare Orientierung geben musste. Deswegen war der Mann mitten in der Nacht zu ihm gekommen. »Wer das Kreuz trägt, tut dies aus gutem Grund. Also war es ein Zeichen Gottes.«

»Dann habe ich also richtig gehandelt?«

»Was habt Ihr denn mit der Frau gemacht?«

»Ich habe sie gehen lassen. Denn sie war getauft.«

Hediger atmete erleichtert aus. »Und das habt Ihr auch mit den anderen Frauen gemacht, die Ihr getauft habt, oder?«

»Nein.« Der Mann sprach nun ganz leise. »Ich hab sie begraben.«

Urs Hediger schloss die Augen. Ihm wurde heiß und kalt, er zitterte. »Also waren die Frauen tot, als sie getauft wurden?«

»Nein, sie waren am Leben.«

»Und ... und wer hat sie dann getötet?«

»Das habe ich schon das letzte Mal gebeichtet.«

»Aber ... was ...weshalb?«, stammelte Hediger.

»Christus wird kommen und die Menschen erlösen. Wer nicht getauft ist, wird in der Hölle schmoren.«

Hediger schüttelte den Kopf. »Nicht jeder geht von Anfang an den richtigen Weg. Die Frauen hätten noch Zeit gehabt, ihn zu finden.«

»Die Welt, wie wir sie kennen, wird untergehen.«

Hediger schluckte, war unfähig etwas zu antworten.

»Sind Sie auf das Jüngste Gericht vorbereitet?«, fragte der Mann. Seine Stimme war nicht mehr unsicher, nicht mehr schwach, sondern kraftvoll und fordernd.

Hediger spürte, wie ihm Angst den Nacken hochkroch. »Ich ... ich verstehe nicht ganz. Es steht doch nicht unmittelbar bevor.«

»Doch. Am Martinstag.«

Die absolute Gewissheit, mit der sein Gegenüber die Worte ausgesprochen hatte, ließ Hediger das Atmen vergessen. »Woher ...«, fragte er. »Woher wisst Ihr das?«

»Weil ich es bin, der den Untergang der Welt herbeiführen wird.«

TEIL II

Büren an der Aare, 1495

Bartholomä klopfte die Schneeflocken von seinem löchrigen Mantel und legte ihn Selma um den Oberkörper. Der Winter war früh gekommen dieses Jahr.

Viel zu früh.

Sie sah die Tränen in seinen Augen. Mehr als vier Tagesmärsche waren sie inzwischen von ihrer Heimat entfernt. In einem fremden Land. Alles was ihnen geblieben war, hatten sie bei sich. Zerlumpte Kleider, ein paar Ledersandalen, zwei Wolldecken und den Säugling. Ihr Sohn, der ihr Glück hätte sein sollen.

Und ihr Verderben war.

Wenigstens das kleine Säckchen hatte Bartholomä retten können. Niemand wusste davon, nur sie beide. Es zählte nicht viele Münzen, dennoch mochte es ihre einzige Hoffnung sein. Falls sie es überhaupt zur Wallfahrtskirche schafften.

Hätten sie nicht schon lang darauf stoßen müssen? Hatte der Bauer nicht gesagt, dass sie in zwei Stunden in Oberbüren wären? Seitdem waren vier vergangen. Sie gingen langsam, waren ausgezehrt und der Schnee tat sein Übriges. Aber reichte das als Erklärung, oder hatten sie sich verlaufen?

Wahrscheinlich war das Schicksal ihnen noch immer nicht hold. Wie seit der Geburt. Kaum hatte sich im Dorf das Gerücht herumgesprochen, dass der Säugling ohne Taufe gestorben sei, hatte der Schnee am Morgen auch die letzten Zweifler umgestimmt. Was noch nicht in den Schobern und Kammern lag, hatte der Frost geholt. Es war die schlimmste Missernte seit einer Generation gewesen. Sie hatten Schuld auf sich geladen, die Strafe Gottes für den Ungetauften.

»Soll ich es nehmen?«, fragte Bartholomä und zeigte auf den Säugling. Dessen bläulicher Kopf schaute leblos aus der Wolldecke.

»Es geht schon.« Selma zog die Decke enger um ihn. »Ich halte ihn warm. Ich spüre, es ist noch Leben in ihm.« Doch ihre Tränen sprachen andere Worte.

Bartholomä wandte sich ab. »Der Pfarrer hat das nicht so gesehen.«

»Melchior schon.«

»Melchior ist ein alter Mann.«

»Er ist der Einzige, der uns geholfen hat«, entgegnete sie. »Melchior hat Einfluss. Wenn wir wiederkommen, wird er für uns eintreten.«

»Wenn wir ohne Taufe wiederkommen, kann niemand uns retten.«

»Die Kirche ist bestimmt bald zu sehen«, antwortete Selma.

Bartholomä schaute wieder auf den Jungen, setzte an, um ihm über den Kopf zu streichen, doch dann schreckte er zurück. »Er ist im Limbus«, flüsterte er. »Es ist nicht gut, ihn zu berühren.«

»Du bist ein starker Mann.« Selma legte ihre Hand in die seine. »Ein Mann mit Zweifeln, aber auch ein Mann der Tat. Wir werden das überstehen. Gemeinsam.«

Bartholomä nickte und gab ihr einen Kuss auf die Stirn. »Weiter«, sagte er. »Es kann nicht mehr lang dauern.«

Selma wischte den Schnee von ihren Haaren und fixierte den Horizont. Sah sie dort vorne nicht Rauch aufsteigen?

Bartholomä hatte es auch gesehen, lief schneller. Selma kam kaum nach.

»Dort«, sagte er. »Dort oben.«

Sie schloss zu ihm auf.

»Siehst du den Turm?«, fragte er.

Selma nickte.

Von neuer Kraft getragen, kamen sie bald schon an den Ortseingang von Büren, nahe der Aare gelegen. Mit seinen grünen Sandsteinhäusern, den Lauben und den hölzernen Dachvorbauten sah das Städtchen aus wie ein Paradies von Menschenhand. Doch dafür hatten sie keinen Blick. Sie kannten nur ein Ziel: die Kirche oberhalb des Ortes in Oberbüren.

An einem Brunnen auf dem Weg tranken sie hastig. Obwohl sie erschöpft waren, wollte keiner der beiden eine Pause einlegen. Sie liefen weiter zur Bürener Hauptgasse, immer den anderen Pilgern nach. Überall waren Marktstände aufgebaut, Händler boten Kreuze feil, Marienbilder, Gänsedaunen. Die ganze Gasse roch nach Weihrauch. »Es ist ein heiliger Ort«, sagte Selma. »Sieh nur die ganzen Leute.« Sie zeigte auf den Pilgerstrom vor ihnen, der hinauf zur Kirche strebte. Viele trugen Decken, in denen etwas eingewickelt war.

Genau wie bei ihnen.

»Das ist unheimlich«, flüsterte Bartholomä. Er hielt Selma zurück. »All die Toten.«

Ihr Blick strafte ihn. »Du spürst nicht, was ich spüre.«

»Aber schau doch!« Er zeigte auf die Frauen, die an ihnen vorbeiliefen. »Keiner der Säuglinge lebt.«

»Deswegen gehen sie nach oben zur Kirche, genau wie wir.«

Sie schaute in die Gesichter der Frauen. Sie sahen verzweifelt aus, ängstlich, erschöpft.

Aber nicht hoffnungslos.

»Dann lass uns gehen«, sagte er.

Sie stiegen einen steilen Weg hinauf, das Kopfsteinpflaster setzte ihren wundgelaufenen Füßen zu. Doch jetzt, das Ziel so nah vor Augen, mit so viel Gleichgesinnten, spürten sie das nicht mehr. Es gab nur noch eines, das zählte.

Ihr Kind aus der Vorhölle zu befreien. Aus dem Limbus.

Kurz vor der Mauer des Kirchgeländes stockte der Pilgerzug. Die Frauen vor ihnen blieben einige Meter davon entfernt stehen. Bartholomä tippte eine von ihnen an der Schulter an. »Was ist?«

Die Frau verstand ihn nicht, antwortete etwas, das klang wie Latein, nur nicht so erhaben. Selma stellte sich auf die Zehenspitzen und schaute nach vorn. Ein Mann stand am Tor, stellte den Pilgern davor ein paar Fragen, und ließ sie schließlich hinein, hinter die Mauer.

Manche schickte er jedoch fort.

Selma sah die Tränen der Abgewiesenen, spürte ihre ausweglose Verzweiflung. Sie nahm Bartholomäs Hand.

Endlich kamen sie an das Tor. Der Wächter blickte sie aus strengen Augen an. »Was wollt Ihr hier?«

Bartholomä zeigte auf das Wollbündel. »Wir wollen unseren Sohn taufen lassen.«

Der Wärter stellte sich vor den Eingang und verschränkte die Arme. »Ihr müsst gehen«, sagte er. »Es hat keinen Platz mehr in der Kirche.«

52

Als sie aufwachte, schien sie aus nichts als Schmerzen zu bestehen. Sie gingen tief in ihren Körper hinein und doch darüber hinaus.

Esther Gutt biss die Zähne zusammen, hob ihren Kopf, blickte sich um und erkannte nichts. Nur das Dunkel der Nacht.

Sie tastete den Boden ab.

Asphalt.

Da lag etwas, unförmig, groß wie ein Reh. Esther versuchte, darauf zu fokussieren, rieb sich die Augen.

Es war kein Tier, es war irgendwie eckig. Oder doch rund? Sie schob sich näher an das Ding heran und streckte ihren Arm danach aus. In dem Augenblick, in dem sie das Ding berührte, wusste sie, was es war: Ihre Vespa.

Lag sie auf einer Straße?

Hatte sie einen Unfall gehabt?

Wie auch immer, sie musste hier weg.

Esther versuchte sich aufzurichten, doch es gelang ihr kaum, den Oberkörper aufzurichten. Ihr Atem brannte, als habe jemand glühende Kohlen in ihre Lungen gelegt. Jeder Atemzug kostete mehr Kraft, als er brachte. Doch sie durfte nicht aufgeben. Sie musste aufstehen!

Sie stützte sich mit dem Ellenbogen auf den kalten Asphalt, lehnte sich mit dem Rücken an den Sitz der Vespa und schob ihren Oberkörper nach oben. Sie musste Husten und die Schmerzen in ihrer Brust ließen sie verkrampft zusammenzucken. Sie führte ihre Finger zum Hals, jetzt erst merkte sie, dass auch ihre Handgelenke sich anfühlten wie aufgeschnitten. Sie strich mit den Händen am Nacken entlang und spürte etwas Warmes, Feuchtes.

Blut?

Was war geschehen?

Eine Erinnerung blitzte auf. Basel. Patrick Morgenthaler. Sie hatte ihn dort treffen wollen.

Sie schaute auf, die Straße entlang. War da nicht ein Licht?

Verdammt! Ich muss aufstehen!

Sie zog die Beine an, stemmte die Arme auf den Boden und schob den Oberkörper nach vorn. Einen Moment verharrte sie so auf den Knien. Sie blickte wieder auf. Täuschte sie sich, oder kam da ein Auto?

Esther atmete hektisch, verdrängte die Schmerzen und versuchte, ihren Oberkörper nach oben zu hieven. Im dritten Anlauf gelang es ihr endlich. *Die Vespa! Sie muss hier weg!*

Viel zu schnell stand sie auf, spürte, wie ihr schwindelig wurde und packte den Motorroller am oberen Teil des Lenkers. Sie wollte daran ziehen, mit aller Kraft.

Mehr, als sich daran zu erheben, gelang ihr nicht. Die Vespa war zu schwer und ihre Knie zu weich.

Das Licht kam immer näher.

Etwas in ihr wusste, es würde sie töten.

Adrenalin schoss in ihren Körper. Sie spürte den Druck der heranrasenden Reifen in den Knien und spürte, dass der Wagen nur noch wenige Meter entfernt war. Sie wollte davonrennen, doch kein Muskel gehorchte.

Reifen quietschten. Der Fahrer hatte sie gesehen.

Spät. Viel zu spät.

Sie ließ den Roller los und sah das Auto direkt vor sich.

Die Scheinwerfer nahmen ihre Augen unter Beschuss und sie verlor für einen kurzen Moment die Orientierung.

Noch drei Meter, vielleicht zwei, sie wusste es nicht. Der Wagen war zu groß. Viel zu nah.

Und alles ging zu schnell.

Esther zitterte, wollte nur noch eines: Hier weg!

Sie schrie, befahl ihren zitternden Beinen zu rennen. Um nichts als um ihr Leben.

Doch so wackelig ihre Knie auch waren, ihre Füße fühlten sich so starr an wie einbetoniert.

53

Wenige Minuten nachdem die Gänse das Hanf gefressen hatten, begannen sie aufgeregt zu schnattern. Die weckten noch die ganze Gemeinde auf! Anscheinend wollten sie noch mehr Hanf, doch Mia hatte alles an sie verfüttert, bis auf das letzte Blatt. Mia ging hinter Zubers Haus in Deckung, vielleicht beruhigten die Vögel sich, wenn sie Mia nicht mehr sahen.

Zehn Minuten später schnatterten die Gänse zwar nicht mehr, rupften aber wie wild Gras aus dem Rasen. Offensichtlich hatten sie Hunger. Fehlte nur noch, dass sie ihr Geschnatter von vorhin für geistreich hielten, dann wäre das Klischee perfekt.

Mia huschte wieder zu den Gänsen und öffnete das Gatter. Sofort drehte sich eines der Tiere zu ihr, das einzige mit einem dunkleren Hals, ein wenig größer als die anderen. Schnell folgten ihm die anderen. Offensichtlich war der Dunklere der Gänserich, ihr Anführer. Und er tat, was ein Anführer meistens tat: Angreifen. Sofort eilten auch die anderen Gänse mit erhobenen Mäulern auf die Kommissarin zu.

Mia wollte instinktiv das Gatter wieder schließen, doch dann bemerkte sie, dass die Gänse so planlos auf sie zu watschelten, als seien sie betrunken.

Oder eben stoned.

Anscheinend reckten sie die Hälse auch nur deswegen nach oben, weil sie mehr von dem leckeren Futter wollten. Mia blickte sich im Gehege um. Hinten in der Scheune stand ein Trog. Mia öffnete einen Verschlag, fand dahinter einen Futtersack, holte ihn heraus und füllte den Trog. Die Gänse stürzten sich sofort darauf. Ohne Mia weiter zu beachten, steckten alle sieben ihre Mäuler in den Behälter.

Mia zog ein paar Gummihandschuhe über und ging hinter der ersten Gans in die Hocke. Die Kommissarin zupfte ihr eine Daune aus dem Bürzel. Sofort schnappte das Tier mit dem Maul nach Mia.

Die Bewegungen der Gans waren allerdings so fahrig, dass sie Mias Hand um mehr als zehn Zentimeter verfehlte und stattdessen ihre Nachbarin pickte. Die schlug kurz mit den Flügeln, dann war für beide das Essen wieder wichtiger.

Mia legte die erste Feder in einen Plastikbeutel und stellte sich hinter jene Gans, die von ihrer Nachbarin gepickt worden war. Die Kommissarin bückte sich und riss auch ihr eine Daune aus dem Federkleid. Die zweite Gans schnappte nach der ersten, wohl weil sie dachte, erneut von dieser gepickt worden zu sein.

Die beiden schnatterten, wie es nur Gänse können, und steckten ihre Artgenossen mit der Unruhe an. Mia trat einen Schritt zurück. Hatte sie da eben nicht ein Auto gehört? Sie ließ ihren Blick über das Gelände schweifen.

Sie konnte nichts erkennen.

Vielleicht war das Geräusch von dem Feldweg gekommen, der am Gelände der Primuschristen vorbeiführte. Mia packte die zweite Daune ein und stellte sich hinter die nächsten beiden Gänse. Sie flatterten mit den Flügeln. Wenn die Tiere jetzt noch anfingen umherzulaufen, würde Mia kaum mehr wissen, von welchen sie schon eine Feder genommen hatte. Sie musste sich beeilen.

Sie ging in die Hocke und zupfte von beiden Gänsen gleichzeitig eine Feder aus. Die Tiere schnatterten kurz etwas lauter, dann fraßen sie wieder. Bei den Gänsen Nummer fünf und sechs lief es ähnlich unkompliziert ab.

Jetzt blieb nur noch Gans Nummer sieben: der Gänserich.

Mia stellte sich hinter ihn, doch instinktiv wich er aus. Anscheinend vertrug er mehr als die anderen. Und er reagierte schneller. Sie versuchte es von der Seite, kam einen halben Meter an ihn heran, dann schnappte er nach ihr. Seine Zähne drangen durch das Gummi der Handschuhe und schnitten in ihren Handrücken. Mia wollte vor Schmerzen aufschreien, doch mehr als ein gepresstes Fluchen erlaubte sie sich nicht. Sie packte den Gänserich am Hals und löste seinen Biss. Er schlug mit den Flügeln nach ihr, traf sie und sie zuckte ob der Wucht zurück.

Genau wie damals als Kind.

Aber jetzt war sie erwachsen, war Kommissarin und es ging nicht um irgendwelche Eier. Es ging darum, sich zu beweisen und den Fall aufzuklären. Sie wich den Schlägen des Gänserichs aus, kam von der Seite näher an ihn heran und packte eine Feder an seinem Flügel, mit dem er weiter schlug. Doch Mia hielt die Feder fest und dann riss sie das Ding heraus. Sofort drehte der Gänserich sich zu Mia und schnappte nach ihr.

Mia hatte nicht einmal Zeit, die Feder in den Plastiksack zu packen. Hastig rannte sie zum Gatter, gefolgt vom Gänserich und den anderen Gänsen. Der Herdentrieb war anscheinend stärker als der Fressdrang.

Und sie waren schnell. Noch bevor Mia das Gatter erreichte, bohrten sich zwei Gänseschnäbel in ihren Po. Sie schüttelte die keifenden Gänse ab und sprang über das Gatter. Ihre rechte Hand blutete, ihr Hintern schmerzte, aber sie hatte die Federn. Alle sieben. Nur eines, würde sie nie wieder behaupten: Dass Hanf friedlich macht.

Sie rannte am Bauernhof entlang, wollte gerade auf das freie Feld vor dem Tor zuhalten, als sie im Augenwinkel sah, wie in Zubers Haus das Licht anging.

Mia stoppte, duckte sich und schlich hinter das Bauernhaus zurück. Langsam steckte sie ihren Kopf hinaus und beobachtete das Haus. Im Erdgeschoss brannte Licht, aber es war niemand zu sehen.

Sie wartete. Ein, zwei Minuten, das Licht erlosch.

Eine gute Gelegenheit, ungesehen zu verschwinden.

Aber eine noch bessere, um herauszufinden, warum Zuber mitten in der Nacht wach war.

Mia wartete noch eine Minute, dann schlich sie zu dem Haus und lehnte sich an die hölzerne Eingangstür. Sie legte ihr Ohr an die Tür und lauschte.

Stille.

Plötzlich hörte sie aus der Wohnung ein Geräusch.

Es klang wie Fußtritte, auf Holz, schnell, hektisch.

Ein Schlüssel drehte sich von innen im Schloss.

Sie wollte gerade davonrennen, da fiel ihr das schwarze Auto auf. Es parkte neben dem Gebäude. War es das Auto gewesen, das sie gehört hatte?

Ein Türriegel wurde beiseitegeschoben.

Mia lief zu dem Wagen und verstecke sich dahinter.

Jemand kam heraus und blickte sich um. Es war Zuber.

Er schaute in ihre Richtung.

Lange.

Dann wandte er seinen Blick zur Seite.

Mia legte ihre Hand auf die Motorhaube.

Sie war noch warm.

54

Im letzten Augenblick riss der Fahrer das Lenkrad herum. Er streifte die Vespa, Funken sprühten, eine Hupe brüllte hinaus in die Nacht.

Esther Gutt stand neben der Vespa und rührte sich immer noch nicht.

Sie blickte den Rückleuchten hinterher.

Lichter.

Zwei helle Lichter. Sie formten sich zu einem Bild, füllten die Lücke in ihrem Gedächtnis. Sie war durch den Wald gefahren und dann ... dann war ein Auto gekommen ...

Da endete es.

Nichts.

Kein Bild mehr.

Hatte sie einen Unfall gehabt? Sie war auf der Straße aufgewacht, neben ihr der Motorroller. Ja, es war ein Unfall gewesen.

Nur es fühlte sich nicht so an.

Angst kroch in ihr hoch. Begleitet von etwas, das noch schlimmer war.

Hilflosigkeit.

Ihre Gurgel brannte, schnürte sich fast zu vor Panik. Sie keuchte, rieb sich am Hals, doch die Beklemmung ließ nicht nach. Sie sackte in die Knie, lehnte sich an die Vespa und übergab sich.

Sie würgte, als könne sie dieses Gefühl, diese Hilflosigkeit auskotzen.

Es gelang ihr nicht. Sie schloss die Augen, versuchte, ihren Atem zu beruhigen, doch der Schmerz, der auf ihren Lungen lastete, ließ es nicht zu.

Was, wenn wieder ein Auto hier entlang fuhr? Sie konnte nicht auf der Straße bleiben!

Angestrengt schaute sie nach vorn. Aus dieser Richtung war vorhin das Auto gekommen.

Nichts.

Langsam drehte sie sich zur anderen Seite.

Zwei Lichter.

Sie kamen näher.

Schnell!

Esther stützte sich am Boden ab, langte in das eigene Erbrochene, stemmte mehr vor Ekel getrieben, denn vor Kraft ihren Oberkörper nach oben.

Sie hielt sich am Lenker der Vespa fest und drückte ein Bein durch. Es zitterte, aber es hielt. Sie ließ die Vespa los, drückte das andere Bein durch und stellte sich auf.

Ihr wurde schwindelig, aber sie stand.

Die Lichter wurden größer, blendeten schon wieder.

Sie wandte den Kopf ab, wollte einen Schritt weiter zum Straßenrand gehen, doch noch in der Bewegung merkte sie, dass sie es nicht schaffen würde.

Ihr Hirn fühlte sich an, als habe es mitten in einer Karussellfahrt einen Wackelkontakt. Sie wollte sich irgendwo abstützen, doch ihre Hände ruderten unbeholfen ins Leere. Sie verlor den Halt und knallte auf den Asphaltboden.

Dann rührte Esther Gutt sich nicht mehr.

55

Kaum hatte der blonde Mann den Beichtstuhl verlassen und sich in einen VW gesetzt, war Hediger ihm unauffällig gefolgt. Der Mann hatte Basel über die Autobahn verlassen, war dann über ein paar Dörfer gefahren und schließlich in einen Waldweg eingebogen. Erst an dessen Ende hatte er an einem einsamen Holzhaus geparkt. Direkt am Rand des Waldes.

Hediger hatte eine halbe Stunde überlegt, was er nun tun sollte und war dann wieder zurück gefahren.

Als er den Wagen schon vor dem Pfarrheim geparkt hatte, drehte er den Zündschlüssel wieder um und gab Gas. Der Beichtende hatte ihn so schockiert, dass er fast die Kontrolle verloren hatte.

Doch das durfte nicht geschehen.

Er musste sich auf das konzentrieren, was wichtig war. Auf das, was realistisch war. Er musste erst jede Möglichkeit ausschöpfen, bevor er sich erlauben durfte, an eine Alternative zu denken.

Auch wenn etwas in ihm das ständig tat.

Dabei war klar, was er tun musste.

Er knöpfte seinen Mantel zu, stellte den Kragen hoch und ging los. Es war kalt, ungemütlich. Ein typischer

Novemberabend. Ideal zum Schachspielen. Auch wenn er überhaupt keine Lust dazu hatte.

Aber irgendeinen Grund hatte er Johann ja nennen müssen, weswegen er schon am Morgen vorbeikommen wollte.

Auf dem Weg zu Imhoffs Wohnung überlegte er sich verschiedene Formulierungen, wie er seinen alten Freund um Geld bitten könnte. Keine überzeugte ihn. Er würde improvisieren müssen. Er, der gewohnt war, alles bis ins Detail zu planen.

Doch damit war es jetzt vorbei.

Er ging die Treppe zu Imhoffs Wohnung hoch und klopfte an der Haustür. Ein Pfleger, den er nicht kannte, öffnete ihm. »Die Morgentoilette von Herrn Imhoff ist erledigt«, sagte der junge Mann zur Begrüßung. »Ich wollte gerade gehen.«

Hediger nickte und ließ den Mann heraus. Er klopfte an die Schlafzimmertür, hörte ein Brummeln als Antwort und trat ein. »Hallo, Johann.«

Imhoff lag im Bett, lächelte und zog den Ausziehtisch aus dem Bettschränkchen. »Das Brett liegt noch auf dem Küchentisch.«

Hediger ging in die Küche. »Hast du einen neuen Pfleger?«

»Dieser private Pflegedienst schickt mir ständig neue«, rief Imhoff. »Alles schlechte Schachspieler. Die Jungen lernen das heute nicht mehr.«

Hediger kam mit dem Brett wieder, Imhoff zwinkerte ihm zu. »Aber du verlierst ja auch ständig gegen mich.«

Hediger versuchte gar nicht erst zu lächeln und stellte die Figuren auf.

»Was ist?«, fragte Imhoff. »Du siehst so bedrückt aus. Man könnte meinen, du hättest Krebs und nicht ich.«

»Die Gemeinde hat große Geldsorgen«, antwortete Hediger. »Ich weiß nicht, wie ich die lösen soll.«

»Kommt Zeit, kommt Rat.« Imhoff machte den ersten Zug.

»Das sagst du so einfach. Die setzen mir die Pistole auf die Brust.« Hediger schob einen Bauern nach vorn. »Die Gemeinde kann ihre Rechnungen nicht mehr bezahlen.«

»Dann zahlt jemand anderes«, antwortete Imhoff. »Die katholische Kirche wird schon noch irgendwo Geld haben.«

»Es geht nicht um die katholische Kirche. Es geht um meine Gemeinde.«

»Die Bestandteil der katholischen Kirche ist.« Imhoff schlug den Bauern mit seinem Läufer. »In schlechten Zeiten hilft man sich gegenseitig. Das ist doch normal, oder?«

»Sie wollen mir die Finanzverwaltung der Gemeinde wegnehmen ...«

»Was ist daran so schlimm? Bist du Bankier oder Priester?«

»Wenn ich die Finanzverwaltung verliere, wird es zu einer Gemeindefusion kommen.« Hediger schob wieder einen Bauern nach vorn.

»Und? Dann bleibst du immer noch Pfarrer in St. Joseph.«

»Krause würde dann der Gemeinde vorstehen.«

Imhoff schlug auch den zweiten Bauern. »Krause? Ein unangenehmer Kerl.«

»Du verstehst mich also?« Hediger schöpfte Hoffnung und zog mit einem Läufer ein paar Felder nach vorn.

»Krause kann nicht überall sein. Er wird dir wohl kaum die Predigten schreiben.«

»Nein, aber er wird mir sagen, was er in einer Predigt hören will und was er nicht hören will.«

»Also eine Art Zensur.«

Hediger nickte.

»Das hat die Kirche in vielen Ländern zu erdulden, also macht es deinen Fall nicht speziell.« Imhoff warf einen kurzen Blick auf das Brett und schlug den Läufer mit einem Pferd. »Du spielst unaufmerksam. Schlechter als diese Pfleger.«

»Kannst du mir vorübergehend Geld leihen?«

»Was?« Imhoff zog seine Augenbrauen nach oben. »Dir?«

»Also der Gemeinde.« Hediger blickte auf den Boden, dann in Imhoffs Augen. »Ich würde es auch zurückzahlen.«

Imhoff wich seinem Blick aus, schaute an die Decke. Oder schaute er zu der ledernen Tasche, die oben auf dem Schrank stand? Zu der er so häufig blickte, vor allem wenn er sich unbeobachtet wähnte. »Ein Todkranker, der Geld verleiht, ist ein wenig merkwürdig, findest du nicht?« Imhoff räusperte sich und deutete wieder auf das Spiel.

Hediger schlug das Pferd mit seinem Turm.

»Das ist die einfache Lösung«, sagte Imhoff. »Aber die falsche. Schachmatt in drei Zügen.«

Hediger betrachtete die Figuren. Natürlich, er hatte wie ein Anfänger gespielt. Kein Wunder. Schach war nicht das Leben. Es ging nicht um ein Spiel. Es ging um alles. »Und?«, fragte er vorsichtig.

»Revanche?«

»Ich meine wegen des Geldes. Ich weiß keine andere Möglichkeit.«

»Ich werde der Gemeinde kein Geld leihen. Sie kann sich selbst helfen.« Imhoff wirkte jetzt nicht mehr wie ein alter, kranker Mann, sondern wie der Geschäftsmann, der er früher gewesen war. Sein Gesichtsausdruck war unergründlich wie ein Pokerface.

»Aber wird die Gemeinde nicht ohnehin ...«

»Die Gemeinde wird das Geld nicht erben«, entgegnete Imhoff knapp. »Falls es das ist, was du fragen willst.«

Hediger fragte nichts mehr. Der Schock war einfach zu groß. Alles, was er jetzt noch tun konnte, war, nicht so verzweifelt auszusehen, wie er tatsächlich war.

»Es wird eine Person erben, die mir viel bedeutet«, sagte Imhoff schließlich. »Und jetzt genug davon.« Sein bestimmender Gesichtsausdruck ging in ein Lächeln über. Er stellte die Figuren wieder auf das Schachbrett. »Schließlich gibt es Wichtigeres. Zum Beispiel die Revanche. Ich Weiß, du Schwarz?«

56

Esther Gutt schreckte hoch. Sie konnte nur ein paar Umrisse erahnen. Ihre Finger tasteten suchend umher, ihr fiel ein, dass sie auf einer Straße gelegen hatte. Panik stieg in ihr auf, doch ihre Hände fanden keinen Asphaltboden.

Dann kam das Licht.

Sie presste ihre Augen zusammen. Der Lichtschein war so intensiv, er drang durch ihre Lider hindurch. Nur kam er nicht von vorn, nein, er kam von oben. War sie schon so verwirrt?

Sie hörte eine Stimme. Eine Frau. Sie spürte Erleichterung. Esther wusste nicht weshalb, aber jetzt würde alles gut.

»Wie geht es Ihnen?«, fragte die Frau.

»Ich ... ich muss von der Straße weg«, antwortete Esther.

»Sie liegen in einem Bett«, antwortete die Frau und strich über Esthers Hände. »Hier. Sie können es spüren.«

Esther entspannte die Finger soweit es ihr möglich war. Tatsächlich. Da war etwas Weiches.

Kein Asphalt.

Eine Bettdecke?

»Sie liegen in Freiburg im Krankenhaus«, erklärte die Frau. »Ich bin Schwester Regina.«

»Wie ...?«, fragte Esther, weiter kam sie nicht. Ihr Hals schmerzte immer noch. Sie öffnete die Augen. Langsam wurden aus den Umrissen Gegenstände und Gesichter. Tatsächlich, sie lag in einem Krankenhaus.

»Sie hatten wohl einen Unfall«, sagte die Schwester. »Jedenfalls hat ein Autofahrer uns informiert. Er hätte Sie beinah über den Haufen gefahren.«

»Einen Unfall?«, fragte Esther.

»Sie können sich nicht erinnern?«

Esther schüttelte den Kopf.

»Die Polizei möchte Sie befragen, sobald Sie dazu in der Lage sind.« Die Schwester hielt ihre Hand. »Fühlen Sie sich dafür gut genug?«

Das tat Esther nicht, aber sie nickte trotzdem. Vielleicht wussten die Bullen ja, was geschehen war.

»Dann rufe ich dort an«, sagte die Schwester und verabschiedete sich.

Das nächste was Esther mitbekam war, dass ein älterer Mann an ihrem Krankenbett stand, zwei jüngere Kollegen neben ihm. Die Schwester hielt ihre Hand. »Die Polizei wäre jetzt hier. Geht es Ihnen gut?«

Esther Gutt nickte, weil das einfacher war, als den Kopf zu schütteln.

»Dann lasse ich Sie mal mit den Herren allein.«

»Sie sind Esther Gutt?«, fragte der ältere Polizist. Er hätte ihr Vater sein können, mindestens.

Esther schluckte. »Ja.«

»Was haben Sie nachts auf der Straße gemacht?« Der Alte versuchte nicht einmal ein Lächeln, blickte sie kalt an, wie eine Verdächtigte.

»Ich weiß es nicht.«

»Wer hat Ihnen die Verletzungen zugefügt?«

»Ich weiß es nicht.«

»Wissen Sie es nicht, oder wollen Sie es uns nicht sagen?«

»Ich weiß nur noch, dass ich auf der Straße lag, neben meiner Vespa.«

»Haben Sie getrunken?« Er zückte ein Notizblock.

Esther schüttelte den Kopf, gerade so weit, wie ihre Schmerzen es zuließen.

»Sonstige Drogen?«

Seit sie wieder aufgewacht war, hatte sie noch nicht viel verstanden von dem, was gerade vor sich ging. Aber eines wusste sie spätestens jetzt: Der Bulle und sie, das waren zwei verschiedene Welten. Sie schwieg.

»Haben Sie Drogen genommen?«

»Das würde ich Ihnen wohl kaum erzählen, oder?«

Der Mann warf ihr einen abschätzigen Blick zu und notierte etwas in sein Notizbuch. »Schlafmittel?«

Esther schüttelte den Kopf.

»Haben Sie sich die Verletzungen selbst beigebracht?«

»Bitte?!«

»Ich habe gefragt, ob Sie sich die Verletzungen selbst beigebracht haben?«

»Nein!« Esther schaute ihn trotzig an. »Ich hatte einen Unfall! Das hat doch auch die Schwester gesagt.«

»Für die Schwester ist alles ein Unfall, dass dazu führt, dass Sie im Krankenhaus landen.«

»Aber ich lag auf der Straße, neben meiner Vespa.«

»Ihre Wunden stammen nicht von einem Verkehrsunfall«, erklärte der Polizist. »Es sei denn, sie sind mit einer Moulinette kollidiert.«

Die beiden Kollegen des Alten lachten. Esther spürte, wie Verachtung in ihr Raum ergriff. Und dann war es wieder da: Dieses Gefühl endloser Hilflosigkeit. Ihr Hals schmerzte, ihre Handgelenke, ja der ganze Körper. Und tat nicht auch ihr Unterleib weh? Ihr wurde schlecht, eine wahnsinnige Angst kroch in ihr hoch. »Ich ... ich glaube, ich...« Ihre Stimme wurde dünn. »Ich ... bin vergewaltigt worden.«

»Bitte?« Der Alte zog eine Augenbraue hoch.

»Ich bin vergewaltigt worden.«

»Und wissen Sie auch von wem?«

Esther senkte ihren Blick. »Nein.«

»Es war also kein Unfall, sondern Sie sind vergewaltigt worden?« Skepsis lag in seiner Stimme. Tonnenschwer. »Vielleicht von ein paar rechten Schlägern? Haben die irgendwelche Hakenkreuze hinterlassen?«

»Sie glauben, ich habe das alles erfunden?«

»Exakt.« Der Polizist schenkte ihr ein Lächeln, so falsch, wie eine Rolex aus dem Kaugummiautomaten. »Denn Sie sind nicht vergewaltigt worden.«

»Woher wollen Sie das wissen?« Esther versuchte, sich im Bett aufzurichten, doch ihr fehlte die Kraft. »Waren Sie etwa dabei?«

Der Alte richtete sich die Krawatte. »Wir müssen bei einem Verbrechen nicht anwesend sein, um zu wissen, was geschehen ist.«

»Und woher wollen Sie wissen, was geschehen ist?«

»Die Ärzte haben Ihren Körper genau untersucht, auf innere Verletzungen abgetastet, und so weiter.« Der

Polizist setzte wieder sein künstliches Lächeln auf. »Sie haben Schnittwunden am Hals, diverse blaue Flecken, aber Ihre Scham ist so ziemlich die einzige Stelle, die nicht malträtiert ist. Also wollen Sie immer noch behaupten, Sie seien vergewaltigt worden?«

»Aber ich ... ich wurde entführt.«

»Unfall, Vergewaltigung, Entführung«, seufzte der Polizist. »Können Sie sich mal entscheiden?« Er blickte seine Kollegen an. »So eine wie die haben wir jede Woche auf der Wache.«

Glaubt der, ich bin ein Junkie, oder was? Sie wollte etwas sagen, doch bevor ihr Hirn auch nur ein passendes Wort fand, redete der Bulle schon weiter. »Sie wollten sich die Handgelenke aufschneiden, waren aber zu feige, wollten sich aufhängen, was auch nicht geklappt hat und dann wollten sie mit der Vespa in den Tod fahren. Und jetzt haben Sie nicht mal den Mut, das zuzugeben!«

»Raus!« Esther deutete auf die Tür. Ihr Hals schmerzte, ihre Stimme war brüchig und doch hatte sie den Eindruck noch nie so laut geschrien zu haben.

Schwester Regina kam in das Zimmer. »Ist alles in Ordnung?«

»Ich bin erschöpft und möchte schlafen«, sagte Esther. »Aber die Herren wollen nicht gehen!«

Die Krankenschwester blickte die Polizisten an wie eine Lehrerin ihre ungezogenen Schüler. »Sie hatten mir doch versprochen ...«

»Wir gehen«, unterbrach sie der Alte. Sein Blick wanderte zu Esther. »Aber wir kommen wieder.«

»Das können Sie sich sparen!«, rief Esther, doch die Polizisten hatten ihr schon den Rücken zugekehrt.

Esther schloss die Augen, hörte, wie die Tür zuknallte.

Die Krankenschwester schüttelte den Kopf. »Ich weiß auch nicht, was mit dem los ist. Normalerweise sind die Polizisten immer sehr freundlich.«

»Ich würde gerne schlafen«, sagte Esther. »Einfach nur schlafen.«

Die Schwester nickte und ließ Esther allein.

Esther starrte an die Wand.

Sie wusste immer noch nicht, was geschehen war.

Nur eines, das wusste sie ganz bestimmt. Sie hatte sich nicht umbringen wollen.

Sie hatte leben wollen.

Leben, unbedingt!

Sie richtete sich im Bett auf, spürte, wie es unter den Verbänden juckte. Esther atmete tief aus. Es schmerzte, aber es war irgendwie auch ein befreiendes Gefühl. Sie atmete wieder ein, langsam, ganz bewusst.

Sie ließ ihre Beine aus dem Bett hängen und setzte sich auf. Leichter Schwindel überkam sie, und sie erinnerte sich, wie sie versucht hatte, von der Straße aufzustehen.

Sie hatte mit der Vespa nach Basel gewollt, im Wald war ihr ein Auto entgegengekommen. Und dann? Was war dann geschehen?

Sie musste es herausfinden. Und wenn die Bullen ihr dabei nicht helfen wollten, würde sie es allein tun.

Sie rutschte auf dem Bett nach vorn bis ihre Füße auf dem kalten Linoleumboden ankamen. Sie setzte fest auf dem Boden auf, spürte, wie die Kraft in ihren Beinen zurückkehrte. Dann stand sie auf, wartete ein paar Sekunden und tapste zum Kleiderschrank. Unsicher hielt sie sich an der einen Tür fest und öffnete die andere.

Gut, hier hingen ihre Kleider.

Esther fasste an ihren Hals. Wo war ihre Halskette? Sie schaute in den Schrank, öffnete die andere Tür.

Nichts.

Sie lief zurück zum Bett und öffnete den Nachttisch.

Erleichtert setzte sie sich wieder auf das Bett. In einer Plastikschale lagen ihr Ring, zwei Ohrstecker und die Halskette, daneben ihr Smartphone. Sie nahm die Kette, fuhr mit den Fingern über das Kreuz und legte sie an.

Esther Gutt war alles andere als abergläubisch, fand Horoskope seien Volksverdummung und konnte auch nichts mit irgendeinem Gott anfangen. Aber sie spürte trotzdem, die Kette ihrer Großmutter strahlte irgendeinen Schutz aus.

Esther legte sich wieder hin und schaltete ihr Smartphone an. Sie öffnete den Browser, gab die Suchbegriffe ›Entführung‹, ›Frau‹ und ›Erwürgen‹ ein und filterte auf Artikel aus dem letzten Monat.

Sie klickte auf den ersten Eintrag, er stammte von der *Image*, einer Schweizer Boulevardzeitung. Sie las den Titel: ›*Weltuntergang?*‹, las ihn noch mal. *Ist Google kaputt, oder was soll das?*

Esther überflog den Artikel, genau bis zu der Stelle, an der von zwei Mordfällen die Rede war. Ihr wurde wieder schwindelig. Sie zitterte.

In Bern bei der Bundespolizei ermittelte man wegen zwei Mordfällen an entführten Frauen, die jemand mit einem Draht stranguliert hatte.

Sie fasst sich instinktiv an ihre Wunden am Hals, schloss die Augen, wartete, bis ihr Kreislauf sich ein wenig erholt hatte und las dann den Rest des Artikels. Was immer da in der Schweiz geschehen war, es hatte mit ihr zu tun!

Und es würde weitergehen.

Kurzentschlossen stand sie auf und tapste zum Schrank. Sie nahm ihre Kleider aus dem Schrank, zog sich an, entfernte den Verband um den Hals, legte einen Schal darum und zog ihren Pullover über die Handgelenke.

Mit jedem Handgriff ging es Esther besser. Denn sie hatte ein Ziel. Sie würde diesen Typen erledigen.

Unter Schmerzen trank sie ein paar Schlucke am Wasserhahn, nahm einen Haargummi, band sich einen Pferdeschwanz und ging zur Tür ihres Krankenzimmers. Vorsichtig drückte sie die Klinke hinunter, schob die Tür einen Spalt weit auf und lugte hinaus.

Niemand war zu sehen. Sie schlüpfte hinaus, nahm die Treppe ins Erdgeschoß und ging am Empfang vorbei als sei sie eine Besucherin.

Vor der Klinik sah sie, dass gerade ein älterer Mann aus einem Taxi stieg. Esther winkte dem Fahrer zu und setzte sich in das Auto.

»Wo wollen Sie hin?«, fragte der Mann.

»Zum Bahnhof«, antwortete sie. »Wissen Sie, wann der nächste Zug in die Schweiz geht?«

Der Taxifahrer schob seinen Kopf hin und her. »Keine Ahnung, aber der geht jede Stunde. Wo wollen Sie denn hin?«

»Nach Bern« antwortete sie. »Zur Bundespolizei.«

57

Normalerweise konnte Roland Träger bei einer Massage perfekt entspannen, jedenfalls wenn es ein *Happy End* gab. Und das gab es immer wenn man in die richtigen Salons ging. Manche behaupteten, ganz Zürich sei ein einziger Puff. Träger fand, sie hatten recht.

Das Wörtchen *Puff* hatte im Schweizerdeutschen eine interessante Doppeldeutigkeit, denn es stand neben der offensichtlichen Bedeutung gleichzeitig für Chaos oder großes Durcheinander. Und weil man ein Durcheinander als echter Schweizer auf keinen Fall tolerieren konnte, musste jegliches Puff beseitigt und jeder Puff reglementiert werden.

Daher trafen sich in Zürich neuerdings Freier und Prostituierte zum Austausch von Körperflüssigkeit gegen Geld in sogenannten Verrichtungsboxen, ganz so, als sei Sex ein notwendiges Übel, dem man sich irgendwie entledigen musste.

Vielleicht war das ja für Bürokraten tatsächlich so.

Roland Träger ging natürlich nicht in solche Einrichtungen, denn dort dauerte eine Massage maximal fünf Minuten und konzentrierte sich ausschließlich auf ein

Körperteil. Außerdem liebte er es, wenn nicht nur der Sex sondern auch das Ambiente stimmte.

Dennoch fühlte er sich, als er den *Salon de Luxe* verließ, alles andere als entspannt. Denn er hatte Fehler gemacht, Fehler, die ihn nicht mehr ruhig schlafen ließen.

Früher oder später würden sogar diese Bundespolizisten sie bemerken. Das hätte Auswirkungen auf seine Glaubwürdigkeit und damit auf seine Möglichkeiten den Stand der Ermittlungen zu verfolgen. Außerdem wollte er auf keinen Fall selbst Teil der Ermittlungen werden und noch weniger Teil der Berichterstattung. Selbst wenn das ordentlich Auflage machte.

Im Grunde wunderte er sich, dass die Polizei noch nicht auf ihn gestoßen war. Konnte das sein? Oder war es nur ein Trick der Ermittler, um ihn in Sicherheit zu wiegen?

Doch was bezweckten sie damit?

Waren sie cleverer als er gedacht hatte?

Das Schlimmste daran war, dass er nicht wusste, ob er agieren sollte oder abwarten. Es war wie ein Pokerspiel, bei dem erst nach Tagen die Karten aufgedeckt wurden. Man konnte wahnsinnig dabei werden.

Oder einfach weitermachen, als sei nichts geschehen.

Was wahrscheinlich die bessere Variante war.

Daher war es auch die, für welche sich Träger entschloss. Von jetzt an würde er die unproduktiven Gedanken einfach in ein Zimmer sperren und den Schlüssel wegwerfen. Wenn die Polizei tatsächlich den Schlüssel fand, dann konnte er sich immer noch überlegen, was zu tun war.

Schließlich hielt er auch noch ein paar Trümpfe in der Hand.

58

Merkwürdigerweise fühlte Erik Lindberg sich total erholt. Dabei hatte er doch nur vier Stunden geschlafen.

Dachte er. Genau bis zu dem Moment, in dem er auf den Wecker schaute.

Jetzt war er richtig wach.

Aber fünf Stunden zu spät.

Er hatte sich nur noch einmal rumdrehen wollen, nachdem der Wecker geklingelt hatte, war wieder eingenickt und hatte verschlafen. Und jetzt war es dreizehn Uhr.

Mit Remexan wäre das nicht passiert, aber das änderte seine Einstellung zu dem Medikament nicht. Er war froh, dass es vom Markt genommen war.

Lindberg zog sich hastig an, lief in die Garage, setzte sich in sein Auto und gab Gas.

Als er endlich in der Bundespolizei vor seinem Büro stand, hing ein Zettel an der Tür. Dort stand eine Nummer, er sollte jemanden aus der Zentrale anrufen. Er drückte die Türklinke zum Büro herunter, doch es war noch abschlossen.

Wo war Mia?

Während Lindberg die Tür aufschloss, wählte er die Nummer auf dem Zettel. Die Frau aus der Zentrale berichtete ihm, dass im Empfang jemand auf ihn warte und dass sie die Person nun zu ihm schicken würde.

Lindbergs Rechner war noch nicht einmal hochgefahren, da stand schon eine strohblonde, junge Frau in der Tür. Sie blickte Lindberg aus verängstigten Augen an, öffnete leicht die Lippen, sagte aber nichts.

»Was kann ich für Sie tun?« Lindberg lächelte die junge Frau aufmunternd an.

»Sind Sie Kommissar Lindberg?«

Er nickte.

»Ich bin Esther Gutt.« Sie strich sich unsicher über ihren Pferdeschwanz. »Ich … ich weiß etwas über den Weltuntergangskiller.«

»Weltuntergangskiller?« Lindberg schaute sie fragend an.

»So nennt die *Image*-Zeitung den Mann, der in der Schweiz zwei Frauen ermordet hat und Drohbriefe an die Presse sendet. Ist das nicht Ihr Fall?«

»Ist es«, antwortete Lindberg. »Nur reden wir bei der Polizei nicht vom Weltuntergangskiller.« Er räusperte sich. »Und was wissen Sie über den Mann?«

»Ich glaube, ich bin ihm gestern Nacht entkommen.«

Lindberg zog eine Augenbraue hoch. Leider war es nach Presseberichten über Kriminalfälle nicht unüblich, dass sich Opfer bei der Polizei meldeten, die im Grunde gar keine waren. Oder nur Opfer ihres eigenen Geistes.

Lindberg musterte die junge Frau. In ihren Augen stand Angst, aber gleichzeitig sah er etwas Selbstbewusstes darin. Eine Frau, die wusste, was sie wollte. »Sie sind ihm entkommen?«, wiederholte er.

Sie nickte und zog ihren Schal aus. Die Wundmale an ihrem Hals erinnerten ihn sofort an die Toten. Ein wenig verschämt zeigte sie ihre Handgelenke und die Fußmale.

»Brauchen Sie ärztliche Hilfe?«, fragte Lindberg.

Sie wich seinem Blick aus. »Ich war im Krankenhaus.«

»Was ist geschehen?«, fragte er. Dass sie Wunden hatte, hieß gar nichts. Dass sie diese allerdings nicht gleich gezeigt hatte, schon. Außerdem, woher hätte sie wissen sollen, wie die Wunden an den anderen Opfern ausgesehen hatten?

»Es war in Deutschland«, sagte sie.

Deutschland? Was macht sie dann hier?

»Ich war mit meiner Vespa auf dem Weg nach Basel, zu einem Date.«

»Ein Date? Mit wem?«

»Ein alter Schulkamerad«, sagte sie. »Patrick Morgenthaler. Aber ich glaube nicht, dass er etwas mit dem Überfall zu tun hat.«

»Wir werden ihn trotzdem überprüfen müssen«, antwortete Lindberg. »Aber ich habe Sie unterbrochen. Sie wollten gerade erzählen, was geschehen ist.«

»Ich wohne in Freiburg, bin mit meiner Vespa kurz nach der Stadt durch den Wald gefahren und hielt dort an, weil ein Auto hinter mir Lichtsignale gab.« Sie stockte. »Dann weiß ich nicht mehr viel.« Sie schloss die Augen.

»Möchten Sie ein Glas Wasser?«

»Gern.«

Er füllte ein Glas und stellte es ihr hin. Sie trank es zur Hälfte, atmete tief aus. »Ein paar Stunden später liege ich an derselben Stelle, die Vespa neben mir und ich habe unglaubliche Halsschmerzen. Ich weiß nicht, warum ich dort liege, aber dann sehe ich diese Wunden ...«

»Und Sie können sich an nichts erinnern?«

»Ich war in einem sehr engen Raum eingesperrt«, sagt sie. »Das sichere Gefühl habe ich.«

»Vielleicht ein Kofferraum?«

Sie nickte. »Und ich glaube, dass ich um mein Leben gekämpft habe.«

»Haben Sie den Täter gesehen?«

Sie schüttelte den Kopf. »Ich kann mich aber an das Auto erinnern. Es war ein schwarzer VW.«

»Wissen Sie irgendetwas vom Täter? Haarfarbe, Größe, wie er gesprochen hat?«

Sie senkte ihren Blick. »Ich weiß nur noch, dass er mir die Kehle zugeschnürt hat, mit einem Draht oder so.«

»Und wie sind Sie auf den Weltuntergangskiller gekommen?«

»Ich habe im Internet nach entführten Frauen gesucht, über die im letzten Monat berichtet wurde. So hab ich den Artikel bei der *Image*-Zeitung gefunden und gelesen. Danach wusste ich es einfach.« Sie wischte eine Träne beiseite. »Er hat die anderen doch auch erdrosselt, oder?«

Lindberg nickte. »Warum sind Sie nicht in Deutschland zur Polizei?«

Sie biss sich auf die Lippe. »Es waren Polizisten im Krankenhaus ... aber ... die haben mir nicht geglaubt. Offensichtlich wussten sie nicht, was hier geschehen ist.« Sie schaute Lindberg direkt in die Augen. »Glauben Sie mir?«

Lindberg wusste, dass er noch einige Fragen stellen musste, um ein Gesamtbild zu bekommen. Um sicher zu sein, dass sie die Wahrheit sagte. Solang würde er auf sein Gefühl hören. »Ich glaube Ihnen«, antwortete er.

»Danke.« Sie lächelte. Nur für einen kurzen Augenblick, doch er genügte, dass Lindberg auffiel, wie hübsch sie war. »Sind Sie gläubig?«, fragte er.

»Wie kommen Sie denn darauf?«

»Sie tragen ein Kreuz.«

Sie nahm ihre Halskette und legte das goldene Kreuz in die Hand. »Das ist ein Erbstück meiner Oma.«

»Haben Sie es gestern auch getragen?«

»Ich trage es immer«, antwortete sie. »Meine Oma hat mir schon als Kind gesagt, es würde mich beschützen.«

»Vielleicht hat es das.«

Esther schaute ihn überrascht an. »Es ist merkwürdig, dass Sie das sagen«, antwortete sie. »Aber das Gefühl habe ich auch.« Sie ließ die Halskette wieder los. »Aber wahrscheinlich bilde ich mir das nur ein.«

»Die Opfer waren bisher alle ungetauft, also Atheisten. Was sind Sie?«

Esther schüttelte den Kopf. »Ich mache mir nichts aus Glauben.«

»Aber der Täter hat vielleicht gedacht, Sie wären katholisch.«

»Warum sollte ihn das interessieren?«

»Wenn wir das herausbekommen«, sagte Lindberg, »dann werden wir den Mörder finden.«

59

Der Popo tat Mia immer noch weh. Die Schmerzen waren noch stärker als in der Nacht. Eigentlich hatte sie sich bei ihrem Arzt nur die Wunden verbinden lassen wollen, doch der hatte sie überredet, sich eine Tetanus-Spritze setzen zu lassen, zusammen mit einer Impfung gegen Vogelgrippe.

Dunkel erinnerte sie sich, dass es nach der letzten Impfungswelle aus Angst vor der Vogelgrippe Fälle von Narkolepsie gegeben hatte. Vorher kerngesunde Menschen fielen plötzlich in den Schlaf, und zwar immer dann, wenn sie besonders aufgeregt waren, also bei Prüfungen, beim Autofahren oder beim ersten Date.

Mia hoffte, dass ihr das nicht auch passierte, schließlich war es nicht zielführend, während einer Schießerei einzuschlafen.

Andererseits hatte der Arzt ihr versichert, das die hiesigen Impfstoffe die sichersten der Welt seien, aber wahrscheinlich erzählte man das in jedem Land. Sie hatte sich trotzdem impfen lassen, schließlich war sie nicht als Angsthäschen auf die Welt gekommen.

Trotzdem fühlte sie sich matt, aber auch das sei normal, hatte der Arzt gesagt. Daher hatte sie nur die

Daunenfedern in Katharinas Labor abgeliefert, war anschließend nach Hause gefahren, hatte das Handy ausgeschalten und sich hingelegt.

Offensichtlich hatte ihr Unterbewusstsein derweil weiter an dem Fall gearbeitet, denn kaum war sie erwacht, kroch eine Idee in ihr Hirn.

Sie holte ihren Dienst-Laptop heraus, meldete sich an und suchte in der Datenbank zu den Morden nach dem telefonischen Verbindungsnachweis des zweiten Opfers Tanja Egger. Sie hatte ihn schon einmal kontrollieren wollen, doch dann war sie von den Akten so erschlagen gewesen, dass sie es vergessen hatte.

Irgendetwas sagte ihr, dass dies ein Fehler gewesen war.

Sie ging alle Telefonate des letzten Monats durch. Der Nachweis endete am vierten November, dem Tag, an dem Tanja Egger ermordet worden war.

In den letzten Stunden vor ihrer Entführung hatte Tanja Egger drei Telefonate geführt, zweimal hatte sie selbst angerufen und einmal war sie angerufen worden. Mia fand schnell heraus, dass die beiden Anrufe, die Tanja Egger getätigt hatte, ihrer Mutter gegolten hatten, davor war sie angerufen worden, um zehn Uhr einundzwanzig, von einer Züricher Nummer, erst um zehn Uhr fünfundvierzig hatte das Gespräch geendet. War Tanja Egger doch nicht Single gewesen, hatte sie einen Freund gehabt, von dem niemand etwas wusste? Mia durchsuchte die Liste erneut, die Verbindung tauchte nur ein einziges Mal innerhalb der letzten dreißig Tage auf.

Mia gab die Nummer in einer Internet-Suchmaske ein. Als sie das Ergebnis sah, musste sie schlucken. Der

Anruf war von der *Image*-Redaktion aus Zürich gekommen.

Mia wählte die Nummer. Das Freizeichen ertönte ein paar Sekunden, dann klickte es in der Leitung. Mia erkannte die Stimme auf der Ansage schon nach wenigen Worten. »Hier ist die automatische Mailbox von Roland Träger, Chefredakteur der *Image*-Zeitung ...«

60

Als Lindberg endlich wieder bei der Bundespolizei ankam, war es schon Abend. An seinem Schreibtisch fand er einen Zettel von Bundespolizeichef Graf. Bundesanwalt Schiller verlange sofort einen Bericht über die bisherigen Ermittlungen. Das Wörtchen *sofort* war dreimal unterstrichen. Lindberg zerknüllte den Zettel und warf ihn in den Papierkorb.

Trotzdem, das klang nach Nachtarbeit im Büro.

Lindberg startete den Laptop und öffnete eine leere Berichtsvorlage. Er wollte gerade mit dem Tippen anfangen, als sein Handy kurz vibrierte.

Die SMS stammte von Esther. Sie bedankte sich dafür, dass er ihr ein Hotelzimmer in Bern besorgt hatte, weil sie sich nicht traute, schon wieder in ihre Wohnung nach Freiburg zu gehen.

Und sie bedankte sich auch, dass er ihr ein paar Klamotten geliehen hatte. Ihre hatte sie Katharina geben müssen, damit diese auf DNA-Rückstände getestet werden konnten. Jetzt saß sie im Hotel, in einem zwei Nummern zu großen Jogginganzug. Das halte sie immerhin davon ab, auszugehen, schrieb sie.

Esther war ein ungewöhnliches Opfer. Einerseits schockiert von dem, was geschehen war, andererseits nach wie vor neugierig auf die Welt.

War das nicht genau richtig so? Besaß der Täter ansonsten nicht immer noch Macht über sein Opfer, auch über die Tat hinaus?

Vielleicht hatte Esther sich dem großen Schock durch ihre Erinnerungslücken noch nicht stellen müssen, und es schützte sie, dass sie nicht wusste, was geschehen war. Wenn es ihr wieder einfiel, würde es sie umso schlimmer treffen.

Doch sie musste sich erinnern, wenn sie den Mann ins Gefängnis bringen wollte, der ihr das angetan hatte.

Daher waren sie nach Freiburg zum Ort der Entführung gefahren. Lindberg hatte gehofft, dass diese Konfrontation etwas bei Esther bewirken würde. Es hatte ihn einige Überredungskünste gekostet, bis Katharina mitgekommen war. Schließlich durften sie in Deutschland nicht ermitteln und Esther wollte auf keinen Fall die Freiburger Kollegen einbeziehen, also war Katharina ins Spiel gekommen.

Kaum hatten sie in Freiburg in dem kleinen Waldstück angehalten, war Esther völlig blockiert gewesen. Sie hatte erst nicht aus dem Wagen steigen wollen und als sie es dann doch getan hatte, konnte sie nur schweigend auf den Asphalt starren. Also hatte Katharina Zach ein paar Spuren gesichert, vielleicht zehn Fotos gemacht und dann waren sie wieder gefahren.

Morgen früh würde Esther im Rechtsmedizinischen Institut untersucht werden, von Molet. Falls der mit lebenden Untersuchungsobjekten klarkam.

Das hatte Katharina arrangiert, hinter deren harter Schale viel mehr steckte, als nur ein weicher Kern. Jedenfalls wenn man nicht bei ihr auf der Streckbank lag.

Ob man bei der Untersuchung Esthers noch Spuren fand, war fraglich, aber zumindest würde man hinterher ausschließen können, dass Esther sich die Verletzungen selbst beigebracht hatte.

Für Lindberg war ohnehin klar: Jemand hatte Esther überfallen. Das hieß allerdings noch nicht, dass es der Täter war, den auch sie suchten.

Er wollte Esther gerade per SMS antworten, als sein Handy klingelte. Es war Mia. »Sorry, dass ich mich nicht gemeldet habe, aber ich war beim Arzt, hab mir eine Tetanus-Spritze verpassen lassen und musste mich erst mal erholen.«

»Katharina hat mir erzählt, dass du bei Zuber warst. Allein, nachts, was hast du dir dabei gedacht?«

»Ich wollte nicht alle Alleingänge dir überlassen.«

Lindberg musste lächeln.

»Zuber ist übrigens erst mitten in der Nacht nach Hause gekommen, ich hoffe, wir haben kein weiteres Opfer.« Mia erzählte ihm von Trägers Anruf bei Tanja Egger.

Lindberg pfiff durch die Zähne. »Und das hat er uns verheimlicht? Hut ab. Ich glaube, wir besuchen ihn morgen mal.«

Nachdem sie das Gespräch beendet hatten, öffnete Lindberg wieder die Berichtsvorlage. Er fragte sich, was er schreiben sollte. Bisher waren alles nur Mutmaßungen, damit brauchte er der Bundesanwaltschaft gar nicht erst zu kommen.

Er hatte kaum drei Sätze geschrieben, da klingelte erneut sein Telefon. Er wollte das erst ignorieren, aber dann sah er doch nach. Es war Gehirnklitschko. Lindberg nahm das Gespräch an.

»Du wolle heute Schachboxe?«, fragte Gehirnklitschko.

»Ich muss leider einen Bericht schreiben«, sagte Lindberg. »Ein anderes Mal wieder.«

»Du müsse aber komme. Ich sonst mit niemandem kann kämpfe. Oder rede.«

»Es ist wirklich schlecht heute Abend.«

»Ist es wege deine Fall?«

»Ja.«

»Eben, deswegen du müsse komme zu Schachboxe. Ich kann nix erzähle an Telefon. Ich erwarte dich in einer Stunde in Boxhalle.«

61

Mit zitternden Fingern drehte Pfarrer Hediger den Autoschlüssel um. Zögernd gab er Gas, setzte den Blinker und wartete dann doch fast eine Minute, bis er endlich ausparkte.

Er fuhr langsamer als sonst, als wolle er nie ankommen.

Unweigerlich musste er an den Besuch bei Imhoff denken. Und daran, was davor geschehen war.

Er hatte den ganzen Tag nach einer Lösung gesucht. Lange war er von einem Ergebnis so weit entfernt gewesen, wie Judas davon, ehrlich zu sein.

Dann war die Erkenntnis doch noch gekommen.

Und jetzt hatte er Angst.

Angst vor sich selbst.

Viel zu schnell kam Hediger an den Wald. Dieses Mal fuhr er den Feldweg entlang, bis direkt zum Holzhaus am anderen Ende des Waldes.

Er wendete den Wagen auf einem Parkplatz davor, stellte ihn in Fahrtrichtung und stieg aus. Die Stille des nahen Waldes war unheimlich. Im Haus brannte kein Licht und doch fühlte er sich beobachtet.

Was hatte er schon zu verlieren?

Wenn Gott alles richtete, dann nichts.

Außerdem durfte er nur mit einem einzigen Menschen über den Inhalt der Beichte reden.

Mit dem Beichtenden selbst.

Langsam ging Hediger auf das Haus zu. Jeder Schritt war eine Last, wog mehr, als er sich je hatte vorstellen können.

Als er endlich vor der hölzernen Tür stand, wusste er nicht mehr, ob er klopfen oder flüchten sollte.

Genau wie gestern Nacht.

Er klopfte erst zaghaft, schließlich ein wenig fester.

Nichts tat sich.

»Ich habe Euch immer empfangen«, rief er schließlich durch die geschlossene Tür. »Zu jeder Uhrzeit.«

Er hörte es hinter der Tür rascheln. »Ich habe über Eure Beichte nachgedacht«, rief Hediger. »Ich möchte mit Euch darüber reden.«

»Ich habe nichts zu beichten.«

»Aber ich«, sagte Hediger.

Und die Tür öffnete sich.

62

Als Lindberg in der Boxhalle in Basel ankam, hatte Erdin Kourlaev schon die Boxsachen angelegt und die Schachfiguren aufgestellt. »Ich hoffe, es ist wichtig, was du mir erzählen willst«, sagte Lindberg.

»Ist immer wichtig, was ich erzähle«, antwortete Gehirnklitschko. »Selbst wenn ich rede von Job als Müllmann. Du glaube gar nicht, was Leute alles wegwerfe.« Er räusperte sich. »Letztens fand ich in Müll Laptop, ging alles, war nur eine Taste kaputt, fünf Minute Arbeit und Tochter happy.« Er setzte sich an den Schachtisch. »Natürlich ich erst musste lösche private Daten von Besitzer, aber mein Bruder hat gemacht.«

»Hat er etwas wegen dem Sperrvermerk herausgefunden?«

»Du viel zu ungeduldig.« Gehirnklitschko schüttelte tadelnd den Kopf. »Erst mal umziehen und spielen eine Runde Schach, ich dann erzähle in Boxring. Ist sicherer.«

Lindberg lupfte eine Augenbraue. Was immer Gehirnklitschko herausgefunden hatte, auf ein paar Minuten mehr kam es jetzt auch nicht mehr an.

Er zog trotzdem schon mal mit seinem Bauer, während er sich umzog.

»Schach ist Spiel, das verlangt Ruhe«, sagte Gehirnklitschko. »Wenn du in Eile, dann du habe schon verlore.«

»Ich verliere doch auch so.«

»Und auch innere Einstellung ist wichtig. Wenn ich mir sage, das alles nur Müll, was ich sammle, dann ist Job schlimm. Wenn ich aber sage, das alles sind Schätze, die man muss entdecke, dann ist Job spannend.«

Lindberg verzog angewidert sein Gesicht. »Was gibt es an einem verschimmelten Joghurtbecher spannendes zu entdecken?«

Gehirnklitschko schob einen Bauern zwei Felder nach vorn. »Besitzer hatte offensichtlich keine Zeit um Müll rauszubringe oder um Joghurt zu esse bevor kaputt. Andere wiederrum wasche Becher aus, was auch komisch. Du mache erst sauber und dann schmeiße weg? Das nur gibt in Schweiz.«

Lindberg setzte einen Bauer direkt gegenüber dem von Gehirnklitschko. »In Berlin kannte ich auch Leute, die das gemacht haben.«

»Ja, Deutschland ist auch wie Schweiz, nur größer, mehr Elleboge und weniger Geld.«

Lindberg musste lachen. Gehirnklitschko hatte mal wieder ins Schwarze getroffen.

Sie machten noch ein paar Züge, dann stiegen sie in den Boxring. Lindberg hob die Arme. »Und was hat dein Bruder jetzt herausgefunden?«

»Ist besser, wir anschließend boxe«, sagte Gehirnklitschko. »Sonst du schon falle allein von dem was ich erzähle auf Boden.«

Lindberg grinste und lehnte sich in die Seile. »Also schieß los.«

»Kennst du Plutonium-Skandal und Fall Tinner?«

»Der Plutonium-Skandal sagt mir nichts, aber den Fall Tinner kenne ich zur Genüge. Das war einer der größten politischen Skandale der Schweiz in den letzten Jahren.« Lindberg seufzte. »Der Bundesanwalt war damals involviert. Das war nicht gerade eine Sternstunde der Behörde.«

»Dazu ich nichts recherchiert, ich nur wisse, dass Tinner hat zusammengearbeitet mit Abdul Kadir Khan, den Vater von pakistanische Atombombe und ihm geholfe bei Bau.«

Lindberg nickte. »Khan wollte anschließend die Pläne für die Atombombe an andere Staaten verkaufen, darunter Libyen. Daraufhin haben die Tinners – ein Vater und zwei Söhne – kalte Füße bekommen und kooperierten mit der CIA, für eine Million US-Dollar. Als Gegenzug fingierten sie eine Lieferung von Zentrifugen nach Libyen und das dortige Atomwaffenprogramm flog auf. Kurz danach vernichtete die Schweizer Regierung auf Druck der USA Akten zu dem Fall. Widerrechtlich.«

»Das passt zu Plutonium-Skandal.«

»Inwiefern?«, fragte Lindberg. »Der ist irgendwie an mir vorbeigegangen.«

»War in Deutschland«, antwortete Gehirnklitschko. »Zum Glück ich habe gute Gedächtnis, so ich müsse nix aufschreiben. Also, pass auf: 1994 hat deutscher

Nachrichtendienst BND drei V-Männer angestiftet zu schmuggle hoch angereicherte, waffenfähige Plutonium aus Russland nach München.«

»Warum das denn?«

»Angeblich Politiker wollte Fahndungserfolg, um vor Bundestagswahl markiere starke Mann.«

»Das ist doch total schwachsinnig!«, sagte Lindberg.

»Ist eben Politiker.« Gehirnklitschko zuckte mit den Schultern. »Und war riskant. 360 Gramm Plutonium, in einfache Koffer, mit normale Lufthansa-Flug. Ich nachgeschaut, 360 Gramm, das ist Viertel von gespaltene Plutonium aus Atombombe von Nagasaki! Schmuggel wurde von Spiegel-Magazin aufgedeckt und gab große Skandal in Deutschland. Weißt du, was wäre passiert, wenn Flugzeug stürze ab? Alles verseucht, Plutonium eine von giftigste Stoffe der Welt, wie Rizin und Anthrax.«

»Das ist erschreckend, aber was hat das jetzt mit unserem Fall zu tun?«

»Nun, meine Bruder hat gehackt Seite von Schweizer Nachrichtendienst.«

»Nein?«

»Doch, war nicht ganz einfach, aber auch dort gebe Mitarbeiter mit bescheuerte Passwörter wie Susi2016.« Gehirnklitschko lächelte. »Mein Bruder dann gesucht nach Samuel Zuber und gefunde Akte, wo stehe, er habe früher getrage Name Martin Rother und hat bekomme neue Identität.«

»Und warum? Hast du das auch herausgefunden?«

Gehirnklitschko nickte. »Um Risike zu vermeide wie bei Plutonium-Skandal und Fall Tinner.«

63

Pfarrer Hediger wachte auf, obwohl er das Gefühl hatte, gar nicht geschlafen zu haben. Ein Blick auf die Uhr überzeugte ihn vom Gegenteil. Es war acht Uhr morgens. Wenigstens hatte er um sechs die Kirche aufgeschlossen. Anschließend hatte er sich noch einmal hingelegt, um seine Nerven zu beruhigen. Zu seiner eigenen Verwunderung war ihm das für zwei Stunden gelungen.

Er zog sich an, stieg die Treppe hinab ins Erdgeschoss und machte sich einen Kaffee. Er verließ das Pfarrheim, würdigte dabei den Briefkasten keines Blickes und lief über die Straße zur Kirche. Als er sie betrat, saßen zwei Gläubige in den Kirchenbänken nahe beim Altar.

Und das rote Licht am Beichtzimmer brannte.

Hediger öffnete die Tür zum Beichtraum und setzte sich auf seine Seite.

Der blonde Mann wartete nicht einmal, bis Hediger die Begrüßungsworte gesprochen hatte. »Es ist eine schwierige Aufgabe«, sagte er. »Ich kenne ihn nicht. Und ich weiß nicht, wie ich es tun soll.«

»Es ist gut und wichtig, dass wir darüber reden«, sagte Hediger. »Aber lasst uns das nicht an diesem Ort besprechen.«

Selbst durch den Sichtschutz sah er, dass der Blonde irritiert war.

»Wir gehen in das Pfarrhaus«, erklärte Hediger. »Das ist auch ein Ort Gottes. Aber einer, an dem wir ungestört sind.«

»Gut.« Der Mann nickte.

»Ihr wisst ja, wo es ist«, sagte Hediger. »Folgt mir in fünf Minuten. Ich lasse die Haustür angelehnt.« Er wunderte sich selbst, wie berechnend er klang. Da der Blonde nicht widersprach, stand er auf und ging an den beiden betenden Gläubigen vorbei aus der Kirche in sein Haus.

Er hatte nicht auf die Uhr geschaut, aber er hätte schwören können, dass der Blonde nach exakt fünf Minuten durch die Tür kam.

»Setzt euch.« Hediger deutete zum Küchentisch. »Wollt Ihr etwas trinken?«

Der Mann schüttelte den Kopf, nahm sich unsicher einen Stuhl und wagte nicht, den Priester anzuschauen. Der Schutz des Beichtstuhls fehlte ihm anscheinend. Oder der Schutz der Dunkelheit, die gestern Nacht geherrscht hatte.

»Ihr braucht keine Angst zu haben«, sagte Hediger. »Gott ist mit uns.«

Der Mann blickte ihn an, nur ganz kurz, aber Hediger glaubte eine Spur seiner Stärke zu bemerken. »Gott hat uns zusammengeführt, auf dass wir gemeinsam ein Werk vollbringen. Auf das wir gemeinsam einen Menschen ...« Er stockte. »Einen Menschen retten.«

»Aber warum taufen Sie ihn nicht selbst?« Der Blonde schaute ihn zweifelnd an. »Ich bin doch nur ein einfacher Gläubiger.«

»Habt Ihr mir gestern nicht erzählt, dass Ihr eine ganz besondere Taufe zelebriert?«, fragte Hediger. »Ist es nicht ein jahrhundertealtes Ritual?«

»Mein Vater hat es mir beigebracht, als ich ein Kind war. Und der hatte es von seinem Vater. Und der hat gesagt, es ist über fünfhundert Jahre alt.«

»Gott hat es euch gelehrt, auf dass es nicht in Vergessenheit gerät. Und auf dass Ihr es anwendet.«

»Und der alte Mann ist nicht getauft?«, fragte der Blonde. Hediger nickte. »Es ist ein guter Mann. Er leidet an Krebs, hat nicht mehr lang zu leben. Wir müssen ihn vorher taufen, damit er im Himmel bei uns sein kann.«

»Wir haben nicht viel Zeit«, sagte der Blonde. »Das Ende ist nah.«

»Er wird sich wehren«, erklärte Hediger. »Er weiß nicht, dass er errettet werden wird.«

»Die anderen haben sich auch gewehrt.« Der Mann wirkte plötzlich ganz ruhig. Als habe er das schon immer getan und würde es immer tun.

Hediger trat der Schweiß auf die Stirn. Er wollte etwas sagen, wollte einen Augenblick lang alles widerrufen, doch sein Mund öffnete sich nicht.

»Ich weiß, wie ich ihn beruhigen werde«, sagte der Mann schließlich. »Nur wie kann ich ihn finden?«

Hediger schloss die Augen und atmete tief aus. Imhoff würde ohnehin sterben. Aber seine Gemeinde, die sollte leben. Er hatte sie aufgebaut. Diese prächtige Kirche, die früher vierzehnhundert Gläubige beherbergt hatte, war quasi leer gestanden, als er die Pfarrei übernommen hatte.

Er hatte das geändert, innerhalb weniger Jahre. Er hatte eine neue Tradition in St. Joseph begründet, neue Gläubige gewonnen, die Krause schon am ersten Tag vergraulen würde. Und wenn Krause erst herausgefunden hatte, woher das Finanzloch kam, dann wäre es ein Leichtes für ihn, Hediger in irgendeine konservative Gemeinde in der Innerschweiz abzuschieben.

Es ging um alles, sein bisheriges Leben, seinen Glauben, seine Ehre.

Außerdem hatte Imhoff ihm vor einigen Monaten das Erbe versprochen. Und jetzt gab er es einfach jemand anderem. Wahrscheinlich irgendeiner Frau, die ihm die große Liebe vorspielte und doch nur an die großen Scheine wollte. »Ich werde es euch auf einer Karte zeigen«, sagte Hediger. »Und ich werde euch erklären, wie Ihr in die Wohnung kommt, ohne dass er Verdacht schöpft.«

»Und nach der Taufe begrabe ich ihn?«

Hediger zitterte, schob seine Hände unter den Küchentisch, damit es nicht auffiel. »Genau wie bei den anderen«, sagte er. »Doch eines ist besonders wichtig.«

Der Blonde blickte ihn aufmerksam an.

»Wir müssen beweisen können, dass er ein guter Mensch war«, erklärte Hediger. »Schließlich ist er schon alt. Viele, die seine Taten bezeugen können, leben nicht mehr.«

Der Mann nickte eifrig. »Wie machen wir das?«

»Er besitzt eine Tasche, in der Beweise für seine Gutherzigkeit liegen. Er zeigt sie niemandem, auch wir dürfen nicht hineinschauen. Sie ist für Gott bestimmt. Er hat mir gesagt, dass wir sie mitbringen sollen.«

Die Augen des Blonden weiteten sich. »Aber Gott kann doch immer alles sehen. Er braucht keine Beweise.«

»Trotzdem verlangt er dieses Zeichen von uns. Wir sollten nicht in Frage stellen, was er uns aufträgt.«

Der Blonde nickte. »Was ist das für eine Tasche?«

»Es ist eine lederne Aktentasche. Sie steht auf dem Schlafzimmerschrank. Ihr müsst sie mir nach der Taufe bringen. Unbedingt.«

»Eine lederne Aktentasche«, wiederholte der Mann.

»Und Ihr werdet nicht hineinschauen?« Hediger blickte ihn streng an. »Denn sonst wird Gott uns zürnen. Und alles wäre verloren.«

Mit offenem Mund saß der andere da, Angst in seinem Gesicht.

»Das ist sehr, sehr wichtig«, sagte Hediger. »Es ist eine Prüfung Gottes. Aber ich weiß, dass Ihr diese Prüfung bestehen werdet.«

»Ich werde nicht hineinschauen«, versprach der Blonde. »Ich bin ein treuer Diener Gottes.«

Hediger atmete tief aus. »Ich zeige euch nun, wie Ihr das Haus findet.« Er stand auf und ging ins Wohnzimmer, um einen Stadtplan zu holen.

Als er wiederkam, stand der Blonde an der Küchenwand neben dem Kalender. Fasziniert betrachtete er das Foto.

»Welche Kirche ist das?«

»Das ist das Straßburger Münster.« Hediger trank einen Schluck und zeigte auf den Kirchturm. »Es ist eine der prächtigsten Kirchen der Welt, eine architektonische Meisterleistung. Nicht wie diese Bauten, die heutzutage als Kirchen gelten.«

»Deswegen bin ich zu Ihnen gekommen«, sagte der Blonde. »Für meine Beichte. Weil Ihre Kirche die schönste katholische in ganz Basel ist. Denn nur wo Gott sich wohlfühlt, ist sein Zuhause.«

Hediger nickte. Der Mann schien einen wahren Sinn für Tradition zu besitzen, den andere schon lange verloren hatten. »Das Straßburger Münster war über zweihundert Jahre lang das höchste Bauwerk der Menschheit, bis 1847.«

»Das höchste Bauwerk der Menschheit?« Die Augen des Blonden bekamen einen strahlenden Glanz. »Wie hoch? Bis fast an den Himmel?«

Hediger nickte. »Jeder Ort Gottes ist dem Himmel nah.«

»Bald sind wir dort«, sagte der Blonde. »Alle zusammen.«

Hediger nickte wieder, auch wenn er nicht ganz verstand.

»Esther!«, sagte der Blonde plötzlich. »Ich hätte sie taufen sollen. Nur so ist sie im Himmel sicher bei uns.«

64

»Verdammt!« Lindberg starrte auf das Analysegerät in Katharina Zachs Büro. »Ist das wirklich sicher?«

Sie nickte. »Die Gänsedaunen, die Mia besorgt hat, stimmen genetisch nicht mit denen überein, die wir auf den Gräbern gefunden haben.«

»Vielleicht hat Zuber die Gans schon geschlachtet?«

»Es ist eine andere Rasse.«

Lindberg schloss die Augen. »Jetzt wo wir endlich wissen, wer hinter dem Sperrvermerk steckt, brechen uns die Beweise weg.«

»Hast du zu diesem Martin Rother schon etwas herausgefunden?«

»Ist angeblich vor vierzehn Jahren bei einem Verkehrsunfall in Rumänien gestorben. Hatte an der ETH Physik studiert, aber im vierten Semester abgebrochen, danach verschiedene Jobs, vor allem im Ausland, keine Vorstrafen. Jedenfalls keine, die in seiner Akte stehen.« Lindberg strich sich über die Stirn. »Im Internet ist zu ihm nichts zu finden, damals war es ja noch nicht üblich, jedes Ferienfoto hochzuladen. Aber er sieht Zuber ziemlich ähnlich. Ich hab hier sein ehemaliges Passbild.« Er reichte Katharina Zach einen Abzug, den er sich von Rothers ehemaligen Gemeinde besorgt hatte.

Katharina Zach lupfte eine Augenbraue. »Wie Zuber in jung, nur mit blonden Haaren.«

»Die hat Zuber auch, sieht man nur nicht, weil er sie färbt. Wahrscheinlich gehört das zu einem Identitätswechsel dazu.« Lindberg nahm das Bild wieder entgegen. »Gibt es schon eine Spur vom Anthrax?«

»Wir warten nur noch auf Antworten aus den amerikanischen und russischen Labors, die europäischen und asiatischen haben bestätigt, dass der Milzbrandstamm nicht von ihnen stammt.« Zach räusperte sich. »Ich habe übrigens noch ein wenig zu Anthrax recherchiert. 1979 wurden in Jekaterinburg über hundert Menschen getötet, weil sie zufällig in der Abwindzone einer Kampfmittelfabrik wohnten.« Sie strich sich durch ihr pechschwarzes Haar. »Bei dem Unfall ist weniger als ein Gramm Anthrax entwichen.«

»Und über hundert Leute sind daran gestorben?«

»Das haben die Russen behauptet, es können auch mehr sein. Aber hätte der Wind in Richtung der Stadt geweht, hätte es laut unabhängigen Wissenschaftlern, die den Vorfall untersucht haben, hunderttausende Opfer geben können. Es war pures Glück, dass es nicht soweit gekommen ist.«

Lindberg biss sich auf die Lippen. »Du machst mir ja richtig Mut. Was ist mit den Spuren aus Freiburg?«

»Ich hab auf dem Asphalt nur Lackspuren von Esthers Vespa gefunden«, antwortete Zach. »Ist wohl mal umgefallen.«

»Und DNA?«

»Nicht am Unfallort. Die Kleider sind wir noch am Analysieren.«

Lindberg legte die Stirn in Falten. »Gibt's auch irgendetwas Positives?«

Katharina Zach schüttelte den Kopf. »Übrigens hat Graf schon dreimal nach dir gefragt. Anscheinend wartet er dringend auf einen Bericht von dir. Und er meinte, Furrer scharrt schon mit den Hufen.«

»Ich werde Graf wohl kaum sagen können, woher wir wissen, wer hinter dem Sperrvermerk steht«, antwortete Lindberg. »Aber ich hab schon eine Idee, wie wir das Problem lösen können.«

65

Kaum hatte Esther Gutt das Rechtsmedizinische Institut verlassen, war eine riesige Spannung von ihr abgefallen. Der Arzt, irgendein alter Typ mit französischem Akzent, hätte gar nicht betonen müssen, dass er ansonsten Leichen untersuchte. Es war auch so klar gewesen. Er hatte nicht eine Silbe mehr als unbedingt nötig an sie verschwendet und ihr seine Ergebnisse nur nach mehrfacher Nachfrage mitgeteilt.

Die Verletzungen könne sie sich nicht selbst beigebracht haben, davon abgesehen sei ihr Körper *unversehrt.* Aufgrund des Winkels der Halsmale nehme er an, dass der Täter wahrscheinlich einen Kopf größer als sie sei, aber das werde er den Kommissaren noch mitteilen. Dann hatte er sie mit Verweis auf seine Arbeit herauskomplimentiert und sie war von einem Streifenwagen wieder zur Bundespolizei gefahren worden.

Dort hatte ihr ein Polizist ein paar Bilder von Verdächtigen gezeigt, darunter auch irgendein Pfarrer, doch sie konnte sich immer noch nicht erinnern, was im Wald geschehen war.

Und wer sie entführt hatte.

Dann hatte man sie wieder ins Hotel Adler gefahren.

Seitdem war Esther in ein Loch gefallen, ein tiefes Loch, die Wände ausgekleidet mit Furcht.

Natürlich hätte sie nach Freiburg zurückgehen können, aber sie hatte Angst, dass der Täter ihr vor dem Überfall von ihrer Wohnung aus gefolgt war.

Und dort auf sie warten würde.

Oder dass dieser Typ von der Freiburger Polizei kam und unangenehme Fragen stellte.

Nein, es war besser, wenn niemand wusste, wo sie war. Sie hatte überlegt, ihre Mutter anzurufen, aber die kam mit dem Alleinsein ohnehin nicht zurecht und würde sich nur viel zu viele Sorgen machen. Zu ihrem Vater hatte sie seit dessen Auszug keinen Kontakt mehr.

Und wenn sie ihre beste Freundin Elena anrief? Aber was sollte sie ihr erzählen?

Wo sie doch nichts wusste. Wenn nur erst die Erinnerungen wiederkamen, dann wäre alles einfacher.

Außerdem hatte Elena schon damals Patrick nicht leiden können.

Auch der hatte sich per SMS bei ihr gemeldet, am Abend des Überfalls und erneut am nächsten Morgen. Er hatte wissen wollen, warum sie nicht gekommen war. Sie hatte ihm nicht geantwortet.

Sie wollte einfach nur allein sein.

Selbst das Mittagessen hatte sie sich aufs Zimmer bringen lassen.

Doch war sie hier wirklich sicher? Kein Polizist wartete vor ihrer Tür, niemand, der sie beschützte. Und alles nur, weil offiziell in ihrem Fall nicht ermittelt wurde. Erik tat zwar was er konnte, aber solange nicht klar war, dass der Weltuntergangskiller sie überfallen hatte, war die Bundespolizei nun mal für ihren Fall nicht zuständig.

Erik hatte ihr gesagt, er sei über die Zentrale der Polizei erreichbar und sie könne dort jederzeit anrufen. Doch was sollte sie ihm erzählen? Dass sie vor Angst bald umkam?

Und er meldete sich auch nicht.

Als könne ihr Handy Gedanken lesen, klingelte es plötzlich. Sie nahm es vom Ladegerät und blickte auf das Display. Der Anrufer war nicht in ihrem Adressbuch gespeichert, sie erkannte lediglich, dass es sich um eine Schweizer Nummer handelte.

War das Erik?

Esther schob sich eine Strähne aus dem Gesicht und drückte die Rufannahmetaste. »Ja?«

»Sind Sie Esther Gutt?«

»Mit wem spreche ich denn?«

»Hier ist Roland Träger von der *Image*-Zeitung.« Die Stimme des Mannes klang angenehm, irgendwie vertraut. »Mir wurde zugetragen, dass die deutsche Polizei sich Ihnen gegenüber indiskutabel verhalten hat.«

Esther schwieg. *Woher weiß der Kerl das?*

»Das geschieht nicht zum ersten Mal«, sagte der Mann. »Dagegen müssen wir etwas tun, finden Sie nicht auch?«

Esther überlegte, ob sie auflegen sollte.

»Wir arbeiten übrigens mit der Schweizer Bundespolizei zusammen«, sagte der Mann. »Sie haben uns von Ihrem Fall berichtet.«

»Wirklich?«

»Es geht um diesen Weltuntergangskiller«, sagte der Mann, der sich Träger nannte. »Und Ihr Fall hängt ja vermutlich damit zusammen. Wollen Sie mir nicht erzählen, was sich in Freiburg wirklich zugetragen hat?«

Vielleicht war es, weil sie sich einsam und schutzlos fühlte, vielleicht weil dieser Journalist so eine angenehme Stimme hatte oder vielleicht weil sie es den Freiburger Bullen heimzahlen wollte, das wusste sie hinterher gar nicht mehr so genau. Sie wusste nur noch, dass sie Träger jedes noch so kleine Detail erzählt hatte.

66

Obwohl es Anfang November war, spielte das Wetter April.

Oder Weltuntergang.

Dicke Wolken kündigten Regen an, der Wind blies, als wolle er beweisen, dass die Erde jeden Tag mehr Energie produzierte, als der Mensch verbrauchen konnte. Auf dem Weg zu den Primuschristen säumten abgebrochene Äste den Weg, ein Baum war sogar komplett umgefallen.

Sie parkten den Tesla vor dem Gemeindegelände. Hinter dem Gatter stand ein älterer Mann in Arbeitskleidung, der versuchte, die herumfliegender Blätter vom Gelände zu kehren.

»Wir sind von der Bundespolizei und würden gerne zu Herrn Zuber.« Lindberg zeigte dem Mann seinen Dienstausweis.

Der Alte blickte die Kommissare mit großen Augen an, doch dann öffnete er das Tor für sie. »Soll ich Sie zum Primus bringen?«

»Wir wissen wo es langgeht.«

Wie sie an dem kleinen Bauernhof vorbeiliefen, erblickten die Gänse Mia und flatterten mit den Flügeln, als wollten sie über das Gatter direkt zu ihr fliegen. Lindberg trat einen Schritt zurück. »Waren die in der Nacht auch so wild?«

Mia zwinkerte ihm zu. »Ich hab sie beruhigt.« Sie ging ein paar Schritte neben dem Gehege her, die Gänse folgten ihr, als seien sie Glucken und Mia der Hahn.

»Wie hast du sie denn beruhigt?«, fragte Lindberg.

»Das willst du gar nicht wissen.«

»Doch«, sagte Lindberg. »Das will ich wissen. So wie die auf dich reagieren, muss es eine ziemlich spezielle Methode gewesen sein.«

»War nur ein altes Hausrezept.« Mia blieb am Ende des Geheges stehen. Die Gänse drängten sich an den Zaun und forderten irgendetwas, das nur Gänseohren verstehen konnten. Mia bückte sich, pflückte etwas Gras und warf es in das Gehege. Die Gänse stürzten sich darauf. »Siehst du, alles ganz harmlos«, sagte sie.

»Bei Tieren gibt es übrigens auch einen Placebo-Effekt«, entgegnete Lindberg. Die Gänse verputzten das Gras und schnatterten nun noch wilder. Mia grinste. »Solange ich da nicht wieder rein muss, dürfen die ruhig noch ein wenig Spaß haben.«

Sie kamen an Zubers Haus, ein schwarzer VW stand davor. Mia hatte sich bei ihrem nächtlichen Besuch das Nummernschild notiert und inzwischen herausgefunden, dass der Wagen auf Zuber zugelassen war. Sie klopfte an Zubers Tür. Der Pfarrer öffnete so schnell, als habe er dahinter gewartet. Sein Priestergewand flatterte im Wind, sein Blick war mürrisch. »Wie kommen Sie hier rein?«, fragte er in einem Tonfall, der seinen Blick noch übertraf.

»Wir hätten noch ein paar Fragen ...«

»Das ist jetzt ganz schlecht«, unterbrach Zuber sie. »Ich habe zu tun.«

»Wir können uns jetzt kurz unterhalten«, sagte Mia. »Oder anschließend auf der Dienststelle. Nur dann werden das Ihre Schäfchen mitbekommen ...«

Zuber legte eine Miene auf, als habe er in eine Zitrone gebissen und ließ sie in sein Haus. »Was wollen Sie wissen?«

Mia deutete durch das Fenster auf den schwarzen VW. »Ist das Ihr Fahrzeug?«

»Der Wagen gehört der Gemeinde«, antwortete Zuber. »Ich nutze ihn als Dienstwagen.«

»Und wer fährt ihn sonst noch?«

»Die Besitztümer der Gemeinde stehen jedem Mitglied zur Verfügung.«

Mia lächelte, als habe sie keine andere Antwort erwartet. »Wer hat den Schlüssel?«

»Er hängt im Gemeindehaus.«

»Hat jemand anders als Sie den Wagen in der letzten Woche gefahren?«

»Keine Ahnung.«

»Zum Beispiel vorgestern Nacht?«

Zuber blickte sie an, als wolle er in ihrem Gehirn nachsehen, was sie wusste. Er bemerkte sein Starren, schaute zur Seite, schien nachzudenken. Mia tat, was jeder guter Ermittler tat: Sie hielt das Schweigen aus.

»Ich habe unsere Partnergemeinde in St. Gallen besucht«, sagte Zuber schließlich. Es klang so schlecht erfunden wie die Ausreden amerikanischer Präsidenten, mal wieder einen Krieg zu beginnen.

»Das werden wir überprüfen«, sagte Mia und ließ sich von Zuber die Namen der Personen nennen, die seine Aussage bezeugen konnten.

»Deswegen sind Sie hierhergekommen?«, fragte Zuber und wollte sie schon wieder zur Tür bringen, als Lindberg das alte Passfoto aus Zubers mutmaßlich früherem Leben unter dem Namen Martin Rother herausholte.

»Ich hätte noch eine Frage«, sagte Lindberg. »Wir sind gerade dabei, die Identität eines anderen Verdächtigen zu überprüfen.« Er hielt Zuber das Foto hin. »Kennen Sie diese Person?«

Zubers Blick wurde starr. Nur eine Sekunde lang, dann fing er sich wieder. »Es ist für alle besser, wenn man die Vergangenheit ruhen lässt.«

»Wie meinen Sie das?«, fragte Lindberg.

»Ich denke, das wissen Sie.« Zuber warf ihm einen Blick zu, den man nur als Warnung interpretieren konnte, stand auf und öffnete den Kommissaren die Tür.

67

Esther atmete tief durch und öffnete die Minibar. Sie nahm ein Bier heraus, trank einen großen Schluck und rief mit dem Smartphone die Homepage der *Image*-Zeitung auf. Sie suchte nach dem Namen Träger. Als sie ihn fand, konnte sie kaum glauben, dass es der Chefredakteur sein sollte. In Esthers Vorstellung musste das ein alter Mann sein, aber er hatte viel jünger geklungen. War es richtig gewesen, ihm alles zu erzählen?

Weshalb arbeitete die Zeitung eigentlich mit der Polizei zusammen? Und stimmte das überhaupt?

Sie schloss die Augen. *Ich hab mich überrumpeln lassen wie ein naiver Teenager.*

Sie wollte ihr Handy gerade wieder beiseitelegen, als eine E-Mail eintraf. Es war eine automatische Benachrichtigung von E-Amor24, jemand hatte ihr geschrieben. Das konnte sie jetzt überhaupt nicht brauchen. Sie wollte gerade die Benachrichtigung deaktivieren, als sie den Absender der E-Mail sah. Ihr Herz klopfte schneller. Es war Patrick Morgenthaler.

Im ersten Moment wollte Esther die Mail ungelesen löschen und Patrick wie die anderen Typen blockieren.

Andererseits konnte er nichts dafür, dass sie überfallen worden war. Sie trank einen Schluck Bier und öffnete die Mail.

Hallo Hübsche,
ich hab Dich vorgestern vermisst. Wo warst Du denn?
Patrick
PS: Ich musste das ganze Acht-Gang-Menü alleine essen. Zweimal :-).

Schon im nächsten Moment traf eine Chat-Nachricht von ihm ein. »Du lebst ja doch noch?!?«

Esther atmete tief aus, war kurz davor, das Handy beiseite zu legen, doch irgendwie tat es auch gut, wenn jemand an einen dachte. »Sorry, mir ist an dem Abend etwas dazwischen gekommen«, schrieb sie.

»Ein Mann, noch attraktiver, charmanter und intelligenter als ich?«

Sollte sie ihm von dem Überfall erzählen? Nein, das konnte sie irgendwann immer noch tun. »Es war ein Arschloch«, tippte sie nur.

»Und hast Du den Männern jetzt abgeschworen, oder immer noch Lust auf ein romantisches Dinner zu zweit?«

Sie biss sich auf die Lippe. »Momentan geht es mir nicht so gut. Ich muss auch gleich los.« Sie klickte auf Senden und schloss den Chat auf ihrem Handy. Das wurde ihr alles zu viel.

Esther warf sich auf das Bett und feuerte beide Kopfkissen an die Wand. Im nächsten Moment kam eine SMS. Sie blickte auf den Absender. *Verdammt, warum hab ich ihm vor dem Date meine Handynummer gegeben?*

Sie legte ihr Smartphone mit dem Display nach unten aufs Bett, wartete ein paar Sekunden, strich sich unsicher durch das strohblonde Haar und drehte das Handy dann doch um. Sie tippte die SMS an und diese öffnete sich. *Warum bist Du in Bern?*

Das war alles was er schrieb.

Woher weiß er, dass ich in Bern bin? Hat er mich beobachtet?

Hat er mich entführt?

Ihre Wunde am Hals brannte, als wäre sie aufgeplatzt. Sie atmete stockend.

Nein, das konnte nicht sein. Sie kannte ihn doch. Trotzdem, woher wusste er, dass sie in Bern war?

Es gab nur einen Weg das herauszufinden. Sie nahm ihr Handy. »Woher willst du das wissen?«, schrieb sie.

Als Antwort klingelte ihr Handy. Sie fluchte, doch dann hob sie ab. »Es passt wirklich grad schlecht«, sagte sie.

»Ich wollte das nur kurz erklären«, antwortete er.

»Also?« Sie legte eine gehörige Portion Trotz in die Stimme.

»Es ist ganz einfach«, sagte er. »Wahrscheinlich hast du die automatische Positionsangabe in deinem Smartphone nicht deaktiviert und E-Amor24 zeigt daher deinen aktuellen Aufenthaltsort an.« Er räusperte sich. »Und da stand vorhin Bern. Ich wollte dich fragen, ob das stimmt, aber da warst du schon ausgeloggt.«

Sie schaute auf ihr Handy. Er hatte recht. Eigentlich war das eine praktische Funktion, nur eben nicht in diesem Fall. »Bist du noch dran?«, fragte er.

»Ja.«

»Und was machst du jetzt in Bern?«

»Ich ... äh.« Sie wusste nicht, was sie antworten sollte.

»Arbeitest du hier?«, fragte er.

»Äh ... nein, ich bin privat in der Schweiz.«

»Dann können wir uns ja treffen, oder? Schließlich wohne ich hier.«

Sie schloss die Augen, rieb ihre wunden Handgelenke. »Vielleicht ein anderes Mal.«

»Ach, komm«, sagte er. »Du kannst mich doch nicht schon wieder versetzen. Um der alten Zeiten willen.«

»Wie gesagt, mir geht's nicht so gut.«

Er schwieg einen kurzen Moment. »Was hast du denn?«, fragte er schließlich.

»Ich ... ich bin einfach nur unpässlich.«

»Brauchst du irgendwas? Kann ich dir was besorgen?«

»Ist okay«, sagte sie. Immerhin schien er nicht nur an das eine zu denken.

»Und wo schläfst du?«

»In einem Hotel«, antwortete sie ausweichend. Hatte sie sich doch in ihm getäuscht?

»Im Hotel Bern? Schweizerhof oder ganz nobel im Bellevue?«

»Nein, nein«, antwortete sie. »Ich bin ja nur eine Studentin.«

»Also ist es außerhalb.«

»Ich weiß nicht«, sagte sie. »In der Nähe vom Wankdorf-Stadion.« Ihre Stimme flatterte.

»Also bei mir um die Ecke«, sagte er. »Im Alpenblick, im Novotel? Oder das Adler?«

Sie hielt den Atem an. Einen Moment zu lange.

»Also hab ich richtig geraten«, sagte er. »Hotel Adler.«

»Ist nur für eine Nacht«, sagte sie knapp. Schon im nächsten Moment hätte sie sich am liebsten auf die Zunge gebissen.

68

Die Zentrale der *Image*-Zeitung in Zürich schien nur aus Holz, Beton und Glas zu bestehen. Wahrscheinlich hatte irgendein überambitionierter Architekt den Verlegern eingeredet, das Gebäude würde so Transparenz symbolisieren. Als die Kommissare die gläserne Treppe in den fünften Stock zur Chefredaktion hochstiegen, vermied Lindberg wegen seiner Höhenangst den Blick nach unten. Er wollte Träger nicht mit wackeligen Knien gegenüberstehen.

In Trägers Vorzimmer saß eine Frau mit kurzem Bob und noch kürzerem Mini, von der Lindberg nicht sagen konnte, ob sie eine vorschnell gealterte Praktikantin oder eine junggebliebene Chefsekretärin war. »Herr Träger ist in der Redaktionskonferenz«, sagte sie, richtete sich den Bob und stellte sich vor Trägers Bürotür.

»Und die Konferenz ist in seinem Büro?«, fragte Lindberg. Sie hatten sich unten am Empfang angemeldet und damit den Chefredakteur wohl gewarnt.

Die Frau schüttelte weder den Kopf, noch nickte sie. »Haben Sie einen Durchsuchungsbefehl?«

»Um mit Herrn Träger ein kurzes Gespräch zu führen, brauchen wir keinen Durchsuchungsbefehl«, antwortete Lindberg. »Außerdem haben wir Neuigkeiten, die ihn interessieren dürften.«

Mia blickte überrascht, aber die Chefsekretärin alias Praktikantin schien es nicht zu bemerken. »Kurzen Moment«, sagte sie, klopfte an die Tür zu Trägers Büro und schlüpfte hinein.

Zwei Minuten später kam sie wieder. »Herr Träger hat die Telefonkonferenz gerade beendet.« Sie bat die Kommissare in dessen Büro.

Als seien sie beste Freunde ging Roland Träger den Kommissaren mit einem Lächeln entgegen und streckte zur Begrüßung die Hand aus. »Was führt Sie denn hierher?

»Tanja Egger«, antwortete Lindberg. Er hatte keine Lust auf langes Vorgeplänkel und Nettigkeiten.

Träger lupfte eine Augenbraue.

»Unser zweites Opfer«, erklärte Lindberg. »Sie haben uns verschwiegen, dass Sie vor deren Tod mit ihr Kontakt hatten.«

»Hab ich das?«, fragte Träger, doch seine nach unten hängenden Mundwinkel machten deutlich, dass es sich nur um eine rhetorische Frage handelte.

»Sie haben bei ihr angerufen«, sagte Lindberg. »Am Tag ihres Todes.«

»Recherche ist nicht strafbar.«

»Es geht nicht um eine Straftat«, sagte Lindberg. »Es geht um Vertrauen. Sie erhalten die Drohbriefe des Täters. Und haben versprochen, uns unverzüglich zu informieren.«

»Ich habe die Drohbriefe sofort weitergeleitet, nachdem ...«

»... sie veröffentlicht waren«, unterbrach ihn Lindberg.

Träger seufzte. »Ich hielt das Gespräch mit Frau Egger nicht für relevant.«

»Sie haben über zwanzig Minuten mit ihr telefoniert«, sagte Lindberg. »Für einen Chefredakteur eine ganz schön lange Plauderei.«

»Wir haben uns über ihre Kampagne unterhalten, ich dachte, das könnte ein Aufmacher werden.«

»Haben Sie Frau Egger getroffen?«

Träger holte ein Taschentuch heraus und putzte sich umständlich die Nase. »Dazu ist es nicht gekommen«, sagte er schließlich.

»Aber es war geplant?«

Träger blickte Lindberg direkt in die Augen und wartete einen Moment. »Wir hatten ein Treffen verabredet«, sagte er schließlich.

»Wann?«

»Am Tag, an dem wir telefoniert haben.« Träger klang auf einmal gar nicht mehr wie der große Chefredakteur. »Aber sie ist nicht gekommen.«

»Und das hielten sie nicht für relevant?«, fragte Lindberg.

»Ich ... vielleicht war es ein Fehler.«

»Sie wissen schon, dass Sie sich damit verdächtig gemacht haben?«

Träger blickte auf. »Das ist doch absurd! Ich war selbst total schockiert. Stellen Sie sich vor, der Täter hätte zugeschlagen, während ich mit ihr unterwegs war!«

»Dann haben Sie ja noch mal Glück gehabt«, sagte Lindberg. »Hat Frau Egger am Telefon von ihren Plänen gesprochen? Wollte sie noch jemanden treffen?«

»Davon hat sie nichts erzählt.«

»Wo waren Sie in der Nacht vom vierten auf den fünften November?«

Träger verschränkte die Arme. »Wenn das ein Verhör wird, möchte ich mit meinem Anwalt sprechen.«

»Wenn wir uns auch auf die Rechtsposition zurückziehen wird es hier ganz schnell ungemütlich«, sagte Lindberg.

Träger stand auf und öffnete die Bürotür. »Wenn es Ihnen hier zu ungemütlich ist, können Sie ja gehen.«

Lindberg gab Mia ein Zeichen und sie verließen das Gebäude.

Sie stiegen gerade in den Wagen, als Lindbergs Diensthandy klingelte. Er blickte auf das Display, seufzte, hielt kurz inne, doch dann meldete er sich und stellte die Freisprechanlage an. »Endlich erreiche ich Sie«, sagte der Anrufer. »Hier ist Bundesanwalt Schiller.«

»Hallo, Herr Schiller.« Wenn der Bundesanwalt sich persönlich meldete, bedeutete das nichts Gutes.

»Sollte ich nicht sofort einen Bericht von Ihnen bekommen, werde ich heute noch Graf anweisen, Ihnen den Fall zu entziehen und Furrer zu übergeben.«

»Wir haben vorhin gerade unseren Hauptverdächtigen verhört«, sagte Lindberg. »Das erschien mir wichtiger, als einen Bericht zu schreiben.«

»Hauptverdächtiger? Wer ist es?«

»Martin Rother.«

Schiller schwieg.

»Rother ist angeblich verstorben, leitet aber inzwischen unter der Identität von Samuel Zuber die Sekte der Primuschristen.«

Der Ton änderte sich, als ob Schiller das Gespräch auf Lautsprecher geschaltet hatte. Er tuschelte im Hintergrund mit jemandem. War das Furrer?

Lindberg und Mia schauten sich an. »Ermittelt der schon?«, flüsterte Mia.

Lindberg zuckte mit den Schultern.

»Wollen Sie mir etwa erzählen, der ist von den Toten auferstanden?«, fragte Schiller schließlich. »Wo sind wir hier, bei Akte X?«

»Zuber hat dieselbe DNA wie unser Verdächtiger mit dem Sperrvermerk«, antwortete Lindberg. »Und nach unseren Informationen ist das Martin Rother. Ein ehemaliger Plutoniumschmuggler.«

»Woher haben Sie diese Informationen?«

Die Frage hatte ja kommen müssen. »Eine undichte Quelle beim Schweizer Nachrichtendienst.«

Schiller tuschelte wieder etwas. »Ich hoffe, nicht alle Ihre Thesen sind so weit hergeholt«, sagte er dann. »Ich erwarte bis vierzehn Uhr Ihren Bericht, per Mail, und bitte gleich an Kollegen Furrer zur Kenntnis.«

Lindberg wollte noch etwas sagen, doch Schiller hatte schon aufgelegt.

69

Esther ließ das heiße Wasser schon seit einer Viertelstunde über ihren Körper laufen. Es tat gut. Jedenfalls wenn sie es vermied, auf ihre Wunden zu schauen.

Sie hatte unter der Dusche die Kette ihrer Großmutter angelassen, immer noch fühlte sie sich beschützt von ihr. Natürlich war es purer Aberglauben. Doch im Grunde war das Christentum auch nichts anderes, oder was sonst sollte man von sprechenden Büschen, erkenntnisbringenden Äpfeln und von Toten halten, die sich nach ihrer angeblichen Wiederauferstehung zweitausend Jahre lang nicht mehr blicken ließen?

Sie spülte gerade den Conditioner aus dem Haar, als es an der Tür klopfte. Sie verhielt sich still, doch die Dusche lief natürlich weiter.

Es klopfte erneut. Hatte sich jemand an der Tür geirrt?

Nass wie sie war stieg sie aus der Dusche und lief zur Tür. »Wer ist da?«

»Dein Beinah-Jugendfreund.«

Sie schloss ungläubig die Augen. »Patrick?«

»Yep!«, sagte er. »Mit einer Flasche eisgekühltem Champagner.«

Ihr Puls schoss in die Höhe. Was sollte sie tun?

»Willst du nicht aufmachen?«, fragte er.

»Ich ... ich bin nackt.«

»Das solltest du mir nicht erzählen, wenn du möchtest, dass ich draußen bleibe.«

»Ich hab dir doch schon am Telefon gesagt, dass es mir nicht gut geht.«

»Deswegen habe ich auch Schweizer Schokolade mitgebracht, pure Nervennahrung und total lecker.«

Sie schwieg, wusste nicht, was sie antworten sollte.

»Und ein Geschenk. Eines, dass ich dir schon damals hätte geben sollen.«

Esther runzelte die Stirn, sagte nichts.

»Es wird dir gefallen.«

Sie atmete tief aus. Verdammt, jetzt hatte er sie neugierig gemacht. Aber vielleicht tat es ihr gut auf andere Gedanken zu kommen. »Ich weiß nicht so recht.«

»Wenn du möchtest, geh ich auch gleich wieder.«

»Ich ... gib mir eine Viertelstunde.«

»Kein Problem«, sagte er. »Ich gehe runter an die Bar, stelle den Champagner kalt und bin in einer Viertelstunde wieder da. Einverstanden?«

Sie konnte es selbst kaum glauben, aber dann sagte sie es doch, dieses eine Wort. »Ja.«

»Also bis gleich«, antwortete er. Sie hörte, wie sich seine Fußtritte entfernten. Esther blieb einen Moment unschlüssig stehen, ging dann zurück ins Bad, spülte sich den letzten Rest Conditioner aus dem Haar und trocknete sich ab. Sie zog ein T-Shirt an, darüber den viel zu großen Pullover und schließlich ein paar Boxershorts, die Erik ihr gegeben hatte und die an ihr aussahen wie ein zwischen den Beinen zugenähter Minirock.

Wenigstens diese grobmaschigen Socken musste sie nicht anziehen, es war warm genug im Hotelzimmer.

Trotzdem, sie sah furchtbar aus. Wenn er sie nach dem Treffen noch mal sehen wollte, dann definitiv nur wegen ihrer inneren Werte.

Sie hatte nicht einmal Puder dabei, um die Striemen und blauen Flecken am Hals notdürftig abzudecken. Es war zu spät, deswegen an der Rezeption anzurufen. Außerdem wollte sie nicht wirken wie eine Tussi im Schminknotstand. Sie zog ihren Schal darüber, dann war sie eben erkältet.

Viel zu schnell klopfte es wieder an ihre Tür.

Sie stellte sich dahinter und horchte. »Wer ist da?«

»Zimmerservice«, antwortete er. »Sie hatten eine Flasche Champagner und Schweizer Schokolade bestellt.«

Esther atmete tief aus und öffnete die Tür. Davor stand ein großer, blonder Mann mit einem freundlichen Lächeln. War das Patrick? Er trug eine lederne Umhängetasche, in der rechten Hand hielt er zwei Gläser, in der linken eine Champagnerflasche. »Hallo, Esther«, sagte er. Seine Stimme klang warm und irgendwie vertraut.

»Hallo, Patrick«, antwortete sie so leise, dass es kaum zu hören war.

Er gab ihr einen Kuss auf die Backe, rechts, links, dann wieder rechts.

Sie ließ es geschehen.

Er stellte die Flasche auf den Schreibtisch, platzierte die Gläser daneben und holte eine Packung mit Schokoladentäfelchen für Touristen aus seiner Tasche. Sie zeigten die Schweiz so idyllisch, als sei hier noch nie ein Mord geschehen. »Möchtest du ein Glas Champagner?«

Ohne ihre Antwort abzuwarten, öffnete er die Flasche mit einem lauten Plopp.

»Sorry, dass ich ein bisschen neben der Spur bin.«

»Wirst sehen, mit Schampus sieht die Welt gleich viel besser aus.«

Sie versuchte ein Lächeln. »Und wie ist es dir so ergangen?«

»Gut«, antwortete er und schenkte die Gläser voll. »Ich hab ein bisschen was an der Börse verdient und kann es mir leisten, als Fotograf zu arbeiten.« Er lächelte. »Aber nur, wenn ich Lust dazu hab.«

Er hob sein Glas und sie stießen an. »Auf die Vergangenheit.« Er suchte ihre Augen mit seinem Blick.

Sie wich ihm aus.

»Und du?«, fragte er und leerte sein Glas zur Hälfte.

»Ich ... ich studiere noch, Biologie.«

»Biologie? Darin warst du immer gut, oder? Ich hab mich damals schon gefragt, ob du eine Frau bist oder ein Wunder.«

»Jede Frau ist ein Wunder«, sagte sie. »Man muss sie nur lassen.«

Er lachte. Ein wenig zu lang und zu laut. »Weißt du noch, wie du damals diese Ratte auf den Schulhof mitgebracht hast?«

Sie nickte. Diese Peinlichkeit hatte sie glatt vergessen. Oder verdrängt.

»Die hast du aber nicht mehr, oder?« Er leerte sein Glas.

Sie musste an die Ratten denken, die sie im Studium seziert hatte und schüttelte den Kopf. Sie leerte hastig ihr Glas, so als könne sie damit irgendetwas beschleunigen. Oder wenigstens dafür sorgen, dass das Gespräch nicht so einseitig war.

»Ist das wieder in?«, fragte er und zeigte auf ihre Klamotten. »Achtziger Retrostyle?«

»Ich weiß, ist ziemlich hässlich.«

Er schenkte ihr erneut ein, dann sich, zog sein Jackett aus und hängte es über den Stuhl.

Er musterte sie. »Warum trägst du die Klamotten, wenn du sie hässlich findest?«

Die Frage traf sie wie ein vergifteter Pfeil. Ihr Atem stockte. Die Tür zu ihren Erinnerungen öffnete sich. Um sich abzulenken schloss sie die Augen.

Bilder, die sie geglaubt hatte vergessen zu haben, drängten wieder nach vorn, wie eine letzte Warnung ihres Unterbewusstseins. Erst verschwommen, doch mit jeder Sekunde klarer.

Sie sah einen blonden Mann, hinter sich. Mit etwas in der Hand. Etwas, dass ihr wehgetan hatte. Sie riss die Augen wieder auf. »Lass uns von etwas anderem reden.«

Patrick schaute überrascht, sagte aber nichts.

Instinktiv fasste sie sich an den Hals. Die Wunde schmerzte. Sie spürte seine fragenden Blicke, wollte die Gesprächspause überbrücken, doch ihr fiel nichts ein.

»Alles okay?«, fragte er schließlich.

»Es tut mir leid«, antwortete sie. »Ich hab ein paar schwierige Tage hinter mir.«

Sein Blick war seltsam kalt, so als kenne er kein Mitgefühl. »Am besten immer nach vorne schauen«, war alles, was er herausbrachte. Er legte den Arm um ihre Schulter.

Es fühlte sich nicht echt an. »Ich bin ja jetzt für dich da«, sagte er.

Auch das klang nicht echt.

Sie löste sich aus der Umarmung. »Ich komme schon klar.«

Patrick Morgenthaler trank aus und wischte sich mit einer Hand den Mund ab. »Ich muss mal aufs WC.« Er holte etwas aus seiner Tasche und ging an ihr vorbei ins Badezimmer.

Sie atmete tief aus, zwang sich, an etwas anderes zu denken, doch die Bilder kamen auch so. Eine Drahtschlaufe! Der blonde Mann, er war aus dem VW gestiegen, hatte eine Drahtschlaufe in der Hand gehalten und sie damit gewürgt. Ihre Kehle zog sich zusammen.

»Ich hab dir ja noch ein Geschenk mitgebracht«, rief Patrick aus dem Badezimmer, doch sie hörte gar nicht hin. »Aber du musst mir versprechen, dass du die Augen schließt und dich nicht umdrehst. Okay?«

»Okay«, antwortete sie, doch sie dachte nicht im Traum daran, die Augen zu schließen. Im Augenwinkel sah sie die geschlossene Tür zum Bad und versuchte ruhig zu atmen.

Die Badezimmertür sprang auf. Er kam auf Esther zu, sie tat so, als habe sie die Augen geschlossen, blinzelte jedoch hindurch. Er drehte ab und stand plötzlich hinter ihr. »Und hast du die Augen geschlossen?«, fragte er.

Sie nickte, doch sie schaute an die Wand gegenüber.

Plötzlich fühlte sie sich schutzlos, bedroht, genau wie im Wald. Angst kroch ihren Rücken hinauf.

Und dann spürte sie, wie er ihren Schal beiseiteschob und ihr etwas um den Hals legte.

Panisch riss sie sich los und drehte sich um. Patrick Morgenthaler stand hinter ihr und hatte etwas in der Hand.

Eine Drahtschlaufe.

70

Am späten Freitagabend verließ Erik Lindberg das Büro der Bundespolizei. Er hatte mit den Glaubensbrüdern Zubers in St. Gallen telefoniert. Sie bestätigten, dass der Primus am Mittwochabend bei ihnen gewesen sei und erst gegen ein Uhr morgens wieder nach Basel aufgebrochen war. Also passte es, dass er gegen drei Uhr nachts heimgekommen war, als Mia ihn beobachtet hatte. Doch bewies das wirklich seine Unschuld?

Vielleicht hatte Zuber das Alibi nur arrangiert, sicherlich kein Problem für einen Sektenführer, dem seine Schäfchen hörig waren.

Mia war um neunzehn Uhr nach Hause gegangen, Lindberg hatte noch eine Stunde an dem Bericht für den Bundesanwalt gearbeitet und ihn dann versendet. Mehrere Stunden zu spät und nur an Schiller und Graf, Furrer konnte ihm gestohlen bleiben.

Während er im Auto auf dem Weg zur Rehaklinik in Basel saß, wählte Lindberg auf der Freisprechanlage eine Nummer, die er immer noch auswendig konnte.

»Wer stört?« Die rauchige Stimme seiner ehemaligen Kollegin Carla Frey war nach wie vor unverkennbar.

Es war eine Weile her, seit sie sich das letzte Mal gesehen hatte und so erzählte Lindberg, was sich in der Zwischenzeit ereignet hatte.

»Ich könnte deine Hilfe gebrauchen«, sagte Lindberg schließlich. »Ein Spezialauftrag.«

»Brauchst du wieder eine Scharfschützin?«

Lindberg musste lachen. Bei seinem letzten Fall hatte Carla Frey mit einem gezielten Schuss nicht nur ihm das Leben gerettet, sondern auch seiner Nachbarin Isabel und deren Kindern. »So schlimm wird es nicht«, sagte er. »Ist aber in Zürich.«

»Und du kannst das nicht selbst erledigen, weil die Züricher die Basler nicht mögen?«

»Damit käme ich klar«, sagte Lindberg. »Aber ich kann mich nicht klonen und selbst wenn ich es könnte, wärst du viel geeigneter für den Job.« Er erklärte Carla den Auftrag und sie versprach, sich sofort darum zu kümmern.

Erleichtert schaltete Lindberg das Handy aus, es war schön, dass auf Carla Frey immer noch Verlass war.

Als er in der Rehaklinik ankam war es wie immer dunkel. Lindberg öffnete den Kofferraum und nahm die Akustikgitarre heraus. Anfangs war er auch tagsüber zu Besuch gekommen, an jedem Wochenende. Aber auch da hatte Paula wie schlafend im Bett gelegen und abends war das für ihn leichter zu ertragen, dann hatte es wenigstens den Anschein von Normalität. Außerdem war tagsüber viel mehr Betrieb in der Klinik und dann traute er sich nicht, all das zu tun, was er tat, um Paula wieder ins Leben zurückzubringen.

Er war eben kein Südländer, der auch vor der Krankenschwester einfach lossingen konnte, ohne rot zu werden. Nein, er war nun mal Halbschwede. Sowie Halbschweizer. Und beide Völker waren nicht gerade als Stimmungskanonen bekannt, jedenfalls nicht ohne Einsatz von Alkohol.

Lindberg klopft an das Zimmer wie er es immer tat, trat ein, gab Paula einen Kuss auf die Stirn und setzte sich zu ihr ans Bett.

Dann nahm er die Gitarre und begann zu spielen.

71

Panisch sprang Esther Gutt auf, rammte mit dem Knie den Tisch vor ihr, schmiss dabei ihr Champagnerglas um und stolperte in Richtung Zimmertür. Morgenthaler folgte ihr, rief irgendetwas. Esther riss die Tür auf, stürzte hindurch und schlug sie hinter sich zu.

Im Treppenhaus hörte sie, wie die Tür wieder aufging und kräftige Fußtritte ihr folgten. Sie hechtete die Treppe hinunter, nahm mehrere Stufen auf einmal, stolperte, fing sich am Geländer und rannte weiter.

Nach zwei Etagen hörte sie ihn wieder rufen, es klang, als stände er noch oben. Oder täuschte sie sich? Sie traute sich nicht zurückzublicken. Was, wenn er den Aufzug nahm?

Im Erdgeschoss sah sie sofort, dass die Rezeption nicht besetzt war. Ein paar Meter weiter befand sich eine Abstellkammer, Esther drückte die Klinke herunter, fluchte und rannte weiter. Die Eingangstür des Hotels öffnete automatisch, sie sprang hinaus und bemerkte zum ersten Mal, dass sie barfuß lief. Der Boden war kalt und nass, Regen prasselte auf sie nieder, und eisiger Wind blies ihr entgegen. Doch sie rannte, wie sie noch nie zuvor gerannt war.

Sie hörte keine Schritte mehr hinter sich, aber das konnte auch am Sturm liegen. Sie wagte immer noch nicht, sich umzudrehen. Sie hatte Angst davor, ihn erneut mit der Drahtschlaufe in der Hand zu sehen, sie wollte dieses Bild endgültig vergessen. Und doch wusste Esther, dass ihr das nie gelingen würde.

Planlos rannte sie eine Hauptstraße entlang, Hauptsache weg von ihm, vom Hotel, von der Welt. Völlig durchnässt kam sie am Wankdorf-Stadion an und versteckte sich in einem Lieferanteneingang an dessen Seite. Von der Straße aus war sie nun nicht mehr zu sehen. Erschöpft schnaufte sie durch, ihre Lunge brannte. Sie musste Erik Bescheid geben!

Esther wollte ihr Handy hervorholen, als ihr einfiel, wo sie es gelassen hatte: Im Hotelzimmer. Zusammen mit der Jacke, ihrem Portemonnaie und ihren Schuhen.

Also blieb ihr nur der Weg direkt zur Bundespolizei. Doch dazu musste sie wieder an ihrem Hotel vorbei. Und wenn sie einen Umweg lief? Sie lugte aus dem Lieferanteneingang in die Dunkelheit. Vor ihr schien ein Trainingsgelände zu liegen, jedenfalls glaubte sie, einen Sportplatz zu erkennen, was sich dahinter befand, konnte sie in der Dunkelheit nicht erfassen. Doch die Richtung stimmte und nach vielleicht einem oder zwei Kilometern müsste sie zur Bundespolizei kommen. Sie schaute sich noch einmal um und lief dann los.

Nachdem sie die Hauptstraße überquert hatte und den Sportplatz entlangrannte, wurde es von Meter zu Meter dunkler. Was wenn es da vorn gar nicht weiterging, wenn das Gelände eingezäunt war?

Mit ihrem Handy hätte sie den Weg beleuchten können, aber so blieb ihr nichts anderes übrig, als weiter durch die Dunkelheit zu laufen.

Sie zitterte und wusste nicht, ob es vor Kälte war oder vor Angst.

Als sie am Ende des Sportplatzes ankam, war es so düster, dass sie nicht mal mehr ihre nackten Füße sah.

Ihr einziger Trost war, dass Morgenthaler sie in der Dunkelheit auch nicht sehen konnte.

Wobei ihr nicht einmal mehr das sicher schien.

Sie wusste nicht weshalb, aber es kam ihr vor, als ob der Mann, der sie im Wald überfallen hatte, die Dunkelheit geradezu gesucht hatte.

Doch es war zu spät, sich darüber jetzt Gedanken zu machen.

Sie konnte nichts anderes mehr tun, als weiterzulaufen und zu hoffen, dass es irgendwann wieder heller wurde.

Nach gefühlten zwei weiteren Sportplätzen donnerte und blitzte es und sie sah für einen kurzen Moment mehrere hundert Meter entfernt eine Straße. Esther rannte weiter und bald schon ließ die Straßenbeleuchtung sie wieder einige Schemen erkennen.

Dann erst bemerkte sie den Zaun vor sich.

Auf keinen Fall wollte sie in der Dunkelheit wieder zurück und doch am Hotel vorbei, also stemmte sie ihre kalten Füße in den Maschendraht und zog sich mit den Armen hoch.

Oben angekommen, schob sie sich auf die andere Seite, riss sich dabei die Boxershorts auf, doch das war ihr inzwischen egal. Sie sprang auf den Boden und rannte weiter bis zur Straße. Die Laternen darüber schienen unnatürlich hell, blendeten sie. Dennoch glaubte sie wenige hundert Meter vor sich den dunkelroten Bau der Bundespolizei zu erkennen. Ihr Herz schlug schneller. Bei jedem Auto, das sie von hinten hörte, drehte sie sich ängstlich um.

Endlich kam sie zu der verkehrsberuhigten Zufahrtsstraße der Bundespolizei. Jetzt musste sie nur noch die paar Meter zum Eingang laufen. Dort war sie in Sicherheit, Trockenheit und in der Wärme.

Und bei Erik.

Sie hörte von hinten ein Auto, glaubte erst noch, dass es auf der Hauptstraße weiterfuhr, doch dann kam es viel zu schnell näher und sie drehte sich um.

Ein schwarzer VW raste auf sie zu.

72

Mia Adams Gedanken hingen immer noch an dem Fall. Sie hatte ihren Freund Sascha angerufen, er war mit ihr Essen gegangen, doch statt sie aufzumuntern, hatte er ihr nur wieder vorgeworfen, sie würde zu viel arbeiten.

Als er beim Dessert sein Handy herausholte und darauf herumtippte, stand sie einfach auf. Warum hatte sie sich überhaupt mit dieser Flachpfeife verabredet? Da konnte sie gleich Single bleiben, wenn sie niemanden hatte, mit dem sie reden konnte.

Sie ließ Sascha sitzen, ohne ihm zu sagen, dass es für immer war. Sie zog einen Regenkombi über und nahm trotz des Gewitters ihr Fahrrad.

Nach Hause wollte sie jetzt nicht, am Ende tauchte Sascha noch dort auf. Also fuhr sie in Richtung Bundespolizei. Als sie in die Zufahrtsstraße vor der Bundespolizei einbog, raste ihr ein schwarzes Auto entgegen. Dann erst sah sie, dass jemand auf der Straße stand. Eine Frau.

Das schwarze Auto war viel zu schnell unterwegs, hielt auf die Frau zu, doch sie bewegte sich nicht.

Instinktiv schrie Mia auf. Die Frau erwachte aus ihrer Lethargie, sah auf und sprang zur Seite. Das schwarze Auto fuhr weiter als sei nichts geschehen, vorbei an der Frau und an Mia.

Jetzt erst erkannte Mia die Frau. Es war diese Zeugin, die überfallen worden war.

Mia hielt neben ihr an. »Was machen Sie hier?«

Die junge Frau blickte sie überrascht an, dann schien sie Mia zu erkennen. »Ich ... ich wollte zu Erik«, stammelte sie. Jetzt erst fiel Mia auf, dass die Frau völlig durchnässt war und nicht mal Schuhe trug. »Kommen Sie mit«, sagte sie. »Ich bin ohnehin auf dem Weg ins Büro.«

Die Frau reagierte kaum, schien immer noch geschockt.

»Frau Gutt, richtig?«, fragte Mia.

Die Frau nickte.

»Ich bin Mia.« Die Kommissarin reichte ihr die Hand, bemerkte, wie sie zitterte. »Alles in Ordnung?«

Esther Gutt schüttelte den Kopf.

Mia unterdrückte einen Seufzer. Statt zu arbeiten, durfte sie sich jetzt um diese Verwirrte kümmern. Hoffentlich war Erik da, schließlich hatte er sie angeschleppt.

Kurz darauf stellte sie ihr Fahrrad in der Tiefgarage ab. »Am besten, du duschst dich erst mal«, sagte Mia. »Ich hab eine Ersatzuniform im Büro. Die dürfte dir zwar zu klein sein, aber sie ist wenigstens trocken.«

Plötzlich packte Esther sie am Arm, blickte sie mit angsterfüllten Augen an. Doch die Studentin sagte nichts, schien keine Worte zu finden.

Mia löste Esthers Griff und legte ihr den Arm auf die Schulter. »Es wird alles wieder gut.«

Esthers Blick verlor sich im Nichts, sie schien in irgendeinem Schockzustand gefangen. Mia führte sie ins Büro.

Es stand leer. Mia seufzte.

»Wo ... wo ist Erik?«, stammelte Esther.

»Es ist Freitagabend«, sagte sie. »Irgendwann haben wir auch mal Feierabend.«

Mia führte Esther zu den Duschen und ließ sich ihre Kleider geben. Zum einen, um sie zu trocknen, zum anderen, um sie zu durchsuchen. So wie Esther sich vorhin auf der Straße benommen hatte, bestand die Gefahr, dass sie sich etwas antat. Vielleicht waren in ihren Taschen Drogen versteckt.

Mia brachte Esther frische Unterwäsche, dicke Socken, ein Paar Sneakers, eine Uniform und einen grauen Pullover damit man die Polizeiabzeichen nicht sah. »Lass dir Zeit«, sagte sie. »Und wenn irgendetwas ist, ich bin im Büro.«

Die Kommissarin nahm die nassen Kleider und hängte sie neben ihren Spind. Sie drehte die Boxershorts auf links, fand jedoch nichts außer einem tropfnassen Taschentuch. Kein Schlüssel, kein Handy, kein Portemonnaie.

Mia ging zurück ins Büro und schaltete ihren Rechner an.

Er war noch nicht hochgefahren, als die Tür zum Büro aufsprang. Esther Gutt stürmte in das Büro, nackt, von oben bis unten nass. Wahrscheinlich war sie direkt aus der Dusche über den Flur ins Büro gelaufen.

Mia blickte sie konsterniert an, sah zum ersten Mal ihre Wunden. Gleichzeitig aber funkelten Esthers Augen und verrieten neue Lebenskraft.

Oder Wahnsinn.

Esther kam auf sie zu, keuchte, Wasser tropfte von ihrer nassen Haut auf den Boden. Ihre Wunde am Hals war rot wie Feuer. »Ich … « Sie stockte, musste schlucken. »Ich weiß, wer der Täter ist.«

73

Lindberg hatte neben Paulas Lieblingssong ›Enjoy the silence‹ inzwischen noch weitere Songs auf der Gitarre einstudiert, aber obwohl er in der letzten Stunde jeden zweimal gespielt hatte, war es dabei geblieben, dass seine Freundin mit offenen Augen an die Decke starrte.

Kein Zublinzeln, kein Finger, den sie bewegte, im Grunde gar keine Reaktion.

Er fragte sich, was er falsch machte. Und ob er in der Situation überhaupt etwas richtig machen konnte.

Er überlegte, ob er noch bleiben sollte, saß drei, vier Minuten unentschlossen da und als dann sein Handy klingelte und er sah, wer es war, wusste er, dass es entschieden war.

»Ich hoffe, ich störe dich nicht«, sagte Mia.

»Ist okay«, antwortete er.

»Esther Gutt ist mir über den Weg gelaufen und sitzt hier bei mir im Büro. Sie ist ziemlich fertig und behauptet, Patrick Morgenthaler sei der Täter. Das ist der Fotograf, den sie am Tag ihrer angeblichen Entführung treffen wollte ...«

»Ich weiß«, sagte Lindberg. »Wie kommt sie so plötzlich darauf?«

»Konnte sie mir noch nicht erklären, sie steht unter Schock.« Mia räusperte sich. »Ich glaube, es wäre gut, wenn du mit ihr redest.«

»Ich steige sofort ins Auto«, antwortete er. »Sag ihr, ich bin unterwegs.«

Ein Kollege hatte Morgenthaler gestern befragen wollen, aber der Fotograf war nicht daheim gewesen. Seine Akte hatte keinen Ansatzpunkt für Verdächtigungen geliefert, ledig, vermögend, nicht vorbestraft, ein völlig unbeschriebenes Blatt. Daher hatte Lindberg sich nicht selbst darum gekümmert.

Vielleicht war das ein Fehler gewesen.

Lindberg packte die Gitarre ein, gab Paula wieder einen Kuss auf die Stirn, glaubte erst ein Zucken in ihren Mundwinkeln zu erkennen, hielt inne, blickte sie eine Minute an, dann noch eine, seufzte und ging.

Er musste bald etwas ändern, ständig zwischen Basel und Bern hin und herzupendeln, war keine Lösung. Er stieg in sein Auto, erinnerte sich an den USB-Stick, den Katharina Zach ihm gegeben hatte, mit dieser Band namens ›Dead can Dance‹ und schob ihn in den Slot des Autoradios.

Schlimmer konnte es schließlich nicht werden.

Doch er war überrascht; diese sphärische, an Filmmusik erinnernde Musik mit einer engelsgleichen Frauenstimme hatte überhaupt nichts Düsteres, dafür etwas sehr Tiefgründiges.

Als er knapp eine Stunde später in die Tiefgarage der Bundespolizei fuhr, fühlte er sich fast ein wenig entspannt.

Er stieg in den Fahrstuhl und als er oben ankam stand Esther schon davor. Sie sah fast aus wie eine Polizistin, trotz der Hochwasserhosen und ihren strohblonden, zerzausten Haaren. Und trotz ihrer Tränen.

Esther wollte etwas sagen, aber die Tränen erstickten ihre Stimme. Sie legte hilfesuchend ihren Kopf auf seine Schulter. Um sie zu beruhigen, strich Lindberg ihr über die Haare. »Jetzt wird alles gut«, sagte er.

Mia kam aus dem Büro, erblickte die beiden und blieb unschlüssig stehen.

Lindberg löste sich von Esther und ging zu seiner Kollegin. »Wieso Morgenthaler?«, flüsterte er. »Hat sie inzwischen etwas dazu gesagt?«

»Sie meint, er hat sie im Hotel bedroht.«

»Hast du die Fahndung eingeleitet?«

»Ich hab einen Streifenwagen zur Überwachung seiner Wohnung geschickt.« Mia zeigte in Richtung Aufzug. »Wir sollten jetzt erst mal ins Hotel. Schauen, was für Spuren es gibt.«

Also hat Mia keine Fahndung eingeleitet. Weil sie Esther nicht glaubt.

»Dann lass uns gehen«, sagte er. Er wandte sich Esther zu. »Ich glaube, es ist am besten, wenn du hierbleibst.«

Sie schüttelte den Kopf. »Ich ... ich will mitkommen.«

Kurz darauf parkten sie den Tesla vor dem Hotel Adler. Die Rezeption war immer noch unbesetzt, Lindberg rief eine Nummer an, die auf einem Schild stand und kurz darauf kam ein Hotelangestellter, der ihnen eine Zutrittskarte für Esthers Hotelzimmer gab. Vor dem Hotelaufzug blieb Lindberg stehen und betrachtete Esther. »Du willst wirklich mit hoch?«

Esther nickte. »Lasst mich nicht allein, bitte.«

»Wieso war Morgenthaler eigentlich bei dir?«

»Er ... hat mich angerufen.« Sie stiegen in den Aufzug. »Und dann hab ich mich verplappert und erzählt, in welchem Hotel ich übernachte ... und plötzlich stand er vor der Tür.«

»Und du hast ihm geöffnet?« Mia zog beide Augenbrauen hoch.

»Ich kenne ihn von der Schule. Er hatte Champagner dabei ... ich dachte ...« Sie stoppte mitten im Satz, Tränen standen in ihren Augen. »Ich war so naiv.«

»Schon gut.« Lindberg nickte ihr zu. Sie stiegen aus dem Aufzug und Lindberg bedeutete ihr, sich ein paar Meter hinter ihnen zu halten. Sie schlichen zum Hotelzimmer, er nahm die Zimmerkarte in die eine Hand, seine Pistole in die andere. Lindberg stellte sich seitlich neben die Tür, wartete, bis Mia gegenüber Position bezogen hatte und führte die Karte ein. Das Schloss klickte und die Tür sprang auf.

Nichts rührte sich. Lindberg hielt die Waffe im Anschlag und schob langsam den Oberkörper nach vorn.

Das Zimmer sah verlassen aus. Lindberg schlich hinein, Mia folgte ihm mit erhobener Waffe, Esther blieb im Flur stehen.

Lindberg huschte zum Bad, trat die angelehnte Tür auf und blickte hinein.

Nur ein paar Kosmetika erwarteten ihn. »Niemand hier«, rief er nach hinten.

Esther betrat das Zimmer.

»Ist alles so, wie du es verlassen hast?«, fragte Lindberg.

Sie schaute sich um, ging zum Schreibtisch, nickte. »Nur den Champagner und die Schokolade hat er wieder mitgenommen.«

Sie wollte ihr Handy nehmen, das auf dem Tisch lag, doch Lindberg stoppte sie. »Wir sollten erst die Spurensicherung herschicken. Wenn wir Fingerabdrücke hier im Zimmer feststellen können, kann er sich nicht mehr rausreden.« Lindberg rieb sich die Stirn. »Wieso bist du sicher, dass er der Täter ist?«

»Ich hab mich auf einmal an den Überfall erinnert.«

»Du hast ihn wiedererkannt?«

Sie biss sich auf die Lippe. »Plötzlich stand er hinter mir, mit einer Drahtschlaufe in der Hand ... genau wie vorgestern Nacht.«

»Und dann?«

»Ich bin geflüchtet ... wusste nicht wohin.«

»Also bist du zu uns gekommen?«

Sie nickte. »Vor eurem Gebäude dachte ich, er wäre mir mit dem Auto gefolgt. Ich war total geschockt ... konnte mich nicht mehr bewegen. Dann hat mich Mia gesehen.«

»Ich nehme an, dir wäre ein anderes Hotel lieber?«, fragte Lindberg.

»Ja.«

»Dann bringe ich sie dorthin und komme später wieder ins Büro.« Er gab Mia die Hotelkarte. »Und du sagst Katharina Bescheid?«

»Okay«, seufzte Mia. »Bis später.«

Lindberg ging mit Esther zurück zum Fahrstuhl. »Irgendwelche Wünsche, was das Hotel angeht?«, fragte er.

Sie schüttelte den Kopf. »Mia ... sie glaubt mir nicht, oder?«

»Ich glaube dir«, antwortete Lindberg. »Und wir werden den Täter finden.«

Sie fuhren per Taxi in ein Hotel in der Nähe des Bahnhofs, er buchte ein Zimmer und brachte sie hinauf. »Brauchst du noch etwas?«, fragte er.

Sie senkte den Blick, schüttelte kaum sichtbar den Kopf.

»Ist alles okay?«

»Ich hab so eine verdammte Angst«, sagte sie. »Ich würde am liebsten einfach vergessen, was geschehen ist.« Sie schaute auf den Boden, eine Träne folgte ihrem Blick. »Und gleichzeitig will ich mich erinnern, damit ihr diesen Scheißkerl erwischt.« Sie blickte ihn mit großen, tiefen Augen an. »Kannst du heute Nacht ... nicht bei mir bleiben?«

74

Es war der perfekte Start ins Wochenende. Jedenfalls für die *Image*-Zeitung. *Exklusiv: Dem Weltuntergangskiller entkommen!* So stand es auf der Frontseite. Ein echter Coup. Obwohl die Zeitung schon seit Stunden vor dem Hotelzimmer auf dem Boden lag, ahnte Lindberg nichts von der Schlagzeile. Denn er schlief.

Als er endlich aufwachte, wurde ihm mit Blick auf die Couch unter ihm klar, dass er keine Zwanzig mehr war. Früher hatte er überall übernachten können, im Matratzenlager, im Stroh, einmal sogar in einer Badewanne, doch jetzt schmerzte sein Rücken, dass er jeden Wirbel einzeln hätte begrüßen können.

Lindberg blickte zum Bett neben ihm. Esther schlief noch, hatte sich bis an den Hals zugedeckt, ihre Klamotten lagen überall auf dem Boden. Der Radiowecker neben dem Nachttisch zeigte schon nach neun Uhr. Auch wenn Samstag war, Lindberg musste dringend zur Bundespolizei.

Er hatte gestern Abend noch lang mit sich gerungen, ob er gegen Patrick Morgenthaler einen Haftbefehl beantragen sollte. Schließlich hatte er es getan, denn er glaubte Esther. Und Morgenthaler war flüchtig.

Jedenfalls war der Fotograf nicht nach Hause gekommen, das hatte die Streife berichtet, die Morgenthalers Wohnung die ganze Nacht überwacht hatte.

Lindberg streckte sich, Schmerz stach in seine Schulter. Er stand auf, ging ins Bad und stellte sich unter die Dusche.

Das warme Wasser schickte wenigstens ein bisschen Leben in ihn zurück. Er schloss die Augen und ließ das Wasser über seine Haare prasseln.

Die Badezimmertür öffnete sich. Lindberg schob den Duschvorhang ein Stück beiseite.

Es war Esther. Sie trug nur die knappe hellblaue Bluse, die Mia ihr gegeben hatte. »Sorry«, sagte sie. »Ich ... wollte nur wissen, ob du das bist.« Sie schloss die Tür wieder.

Lindberg stellte das Wasser ab, trocknete sich ab und band sich das Tuch um die Hüfte.

Als er ins Schlafzimmer kam, hatte sie sich schon angekleidet. »Bist du eigentlich verheiratet?« Sie zeigte auf einen Ring von Paula an seiner linken Hand.

Er zog sein Hemd an. »Das nicht, aber ich bin vergeben.«

Esther biss sich auf die Lippe. »Und jetzt bekommst du wegen mir Ärger, weil du nicht bei ihr übernachtet hast? Das wollte ich nicht.«

Lindberg schüttelte den Kopf. »Meine Freundin ...« Er stockte, nein, er wollte kein Mitleid und er hatte keine Lust darauf, alles immer wieder erklären zu müssen. »Geht es dir besser?«

»Ja.« Sie senkte den Blick. »Danke, dass du geblieben bist.«

Er zog seinen Anzug an. »Ich muss los.«

Sie lächelte verständnisvoll und doch mit einer Spur Bitterkeit.

»Wenn irgendetwas ist, rufst du mich an«, sagte er. »Ich lass dir dein Handy vorbeibringen, sobald die Spurensicherung abgeschlossen ist.« Er schrieb ihr seine Privatnummer auf. »Falls ich per Handy nicht erreichbar bin, kannst du es unter der Nummer versuchen.«

Esther umarmte ihn zum Abschied und er merkte, wie sie zitterte.

Aber das gehörte zum Leben und Leben war genau das, was er vermisste.

Er unterdrückte ein Seufzen, blickte Esther noch einmal aufmunternd an und ging.

Lindberg war so in Gedanken, ihm fiel die Zeitung vor der Zimmertür gar nicht auf. Er lief zum Bahnhof und ließ sich mit dem Taxi zur Bundespolizei fahren.

Mia begrüßte ihn mit zwei hochgezogenen Augenbrauen. »Ich dachte, du wolltest gestern Abend noch hierherkommen?« Sie schaute skeptisch hinter ihrem Computermonitor hervor. »Wo warst du denn?«

»Im Hotel.«

Mia sagte nichts, aber das war Antwort genug.

»Esther hatte Angst allein zu bleiben«, erklärte er. »Du hast ja gesehen, wie geschockt sie war.«

»Wir sind aber keine psychologische Beratungsstelle, sondern Mordermittler«, entgegnete Mia knapp.

Lindberg blickte sie irritiert an. So kannte er seine Kollegin gar nicht.

»Das hätte zumindest Graf gesagt, wenn ich ihm erzählt hätte, wo du steckst«, sagte sie und lächelte. »Er hat heute Morgen direkt nach dir gefragt. Du sollst ihn dringend zurückrufen.« Mia warf ihm die *Image*-Zeitung auf den Schreibtisch. »Aber vorher würde ich mir das hier mal anschauen.«

Lindberg las die Schlagzeile und schlug die Zeitung auf. Er blickte auf ein Foto von Esther in Großaufnahme. Im Artikel stand, dass sie überzeugt sei, dass der *Weltuntergangskiller* sie in Deutschland gekidnappt habe. Sie sei ihm nur durch Glück entkommen, trotzdem ermittle die deutsche Polizei nicht und die schweizerische nur inoffiziell. Er suchte den Verfasser des Artikels und fluchte. »Woher wusste Träger von ihr?«

»Entweder er überwacht uns oder sie hat sich bei ihm gemeldet.«

»Warum macht sie so was?« Lindberg schüttelte den Kopf.

»Die positive Interpretation wäre, weil sie den deutschen Kollegen Feuer unterm Arsch machen will«, antwortete Mia. »Die negative Auslegung dürfte sich irgendwo zwischen Paranoia und extremem Geltungsbedürfnis bewegen.«

Lindberg schloss die Augen, atmete tief aus. »Hat Katharina im Hotelzimmer irgendwelche Spuren gefunden?«

»Keine Drahtschlaufen, falls du das meinst.«

»Und DNA?«

»Jede Menge. Ist aber in einem Hotelzimmer kein Wunder. Sie ist noch am Analysieren, von wem die DNA stammt.«

Lindberg legte seine Stirn in Falten. »Also wissen wir nicht, ob Esther die Wahrheit sagt.«

»Ich dachte, du bist dir da sicher?«

»Dachte ich auch«, antwortete er. »Aber vielleicht sollte ich weniger meiner Intuition trauen. Und mehr den Fakten.«

75

»Was ist denn das für eine beschissene Scheiße?« Graf brüllte so laut, dass Lindberg versucht war, sich die Ohren zuzuhalten.

»Was denn?« Lindberg wünschte, er hätte den Bundespolizeichef besser nur angerufen, anstatt vorbeizugehen.

»Die Schlagzeile!« Graf deutete auf die *Image*-Zeitung. »Sind Sie eigentlich total durchgedreht, ohne die deutschen Behörden zu ermitteln?«

Natürlich kam es Graf nicht mal in den Sinn, dass die Presse nur einen Teil der Wahrheit schrieb. »Die junge Frau hat uns um Hilfe gebeten ...«

»Und die Presse gleich mit. Die deutschen Kollegen machen mir die Hölle heiß. Morgen wird sich die deutsche Boulevardpresse auf das Thema stürzen. Wissen Sie, was dann los ist?«

»Hätte ich die Frau wieder zurückschicken sollen?« Lindberg beugte sich nach vorn. »Sie ist entführt worden! Wahrscheinlich von dem Mann, den wir suchen!«

»Dann kann sie ihn ja identifizieren, anstatt mit der Presse zu reden.«

»Dank den Hinweisen von Frau Gutt haben wir gegen einen Verdächtigen einen Haftbefehl beantragt.«

»Haftbefehl?«, fragte Graf. »Ohne mich zu informieren?«

»Hätte ich Sie heute Nacht anrufen sollen?« Lindberg wurde nun selbst etwas lauter. »Da wurde sie nämlich hier in Bern bedroht. Daher haben wir gegen den mutmaßlichen Täter ...«

»Und wenn Sie die Geschichte nur erfunden hat?«

»Das glaube ich nicht ...«

»Sie sollen nicht glauben, Sie sollen sich an die Fakten halten!«

»Der Verdächtige ist möglicherweise flüchtig ...«

»Das haben Verdächtige so an sich«, antwortete Graf. »Ich will, dass Sie diesen Fall so schnell wie möglich lösen, ist das klar?«

»Und ich will, dass Sie Ihre Klappe halten«, hätte Lindberg am liebsten geantwortet, aber nur weil man etwas *wollte,* ging es noch lang nicht in Erfüllung. Außer man war Gott. Und selbst dem schien nicht alles zu gelingen, wie man in der Bibel so lesen konnte. Oder warum sonst hatte er Adam und Eva, die er, der Allmächtige, selbst erschaffen hatte, sogleich aus dem Paradies vertrieben?

Lindberg stand auf.

»Sie informieren jetzt unverzüglich Furrer. Er wartet in seinem Büro auf Sie.«

Lindberg antwortete nichts, sondern ging einfach.

In sein eigenes Büro.

»Und wie war es?«, fragte Mia und blickte von den Akten auf.

Lindberg deutete auf die Zeitung. »Er war nicht gerade erfreut.«

»Vielleicht hat er sich nach dem Wochenende ja wieder beruhigt.«

Lindberg deutete auf den Titel der Zeitung. »Und wenn es ohnehin anders kommt?«

»Du glaubst den Mist doch nicht etwa?«

»Ich hab noch nie geglaubt, was in der *Image*-Zeitung steht«, antwortete Lindberg. »Aber eines muss man den Jungs lassen. Sie sind besser informiert als wir.«

»Etwa weil Träger der Täter ist?«

»Kann sein.« Lindberg rieb sich die Stirn. »Möglicherweise läuft der Täter uns aber auch schon die ganze Zeit vor der Nase herum und wir erkennen ihn nicht.« Er stand von seinem Schreibtisch auf. »Ich muss zu Furrer, willst du mit?«

Sie zeigte ihm den Vogel. »Du weißt doch, die Akten und mich, die kann niemand trennen.«

Im nächsten Moment klingelte ihr Handy. Sie nahm das Gespräch an und bedeutete ihm zu warten.

»Okay, wir kommen gleich vorbei«, sagte sie schließlich und legte auf. »Das war einer der Streifenpolizisten«, erklärte sie. »Morgenthaler ist gerade nach Hause gekommen.«

76

Roland Träger hasste Stillstand. Stillstand war das Ende jeder Zeitung. Die Dinge mussten in Bewegung bleiben, denn ohne Bewegung keine Veränderung und ohne Veränderungen keine Neuigkeiten. Und Neuigkeiten waren ihr Geschäft.

Besonders hasste er es, wenn der Stillstand selbst verursacht war. Zum Beispiel weil wichtige Dinge unerledigt blieben.

So wie jetzt.

Sein Assistent Soldau war mal wieder zu spät, deutlich mehr als die üblichen fünf Minuten. Es konnte doch nicht so schwer sein, das junge Ding zu finden. Schließlich waren sie investigative Journalisten und schrieben für die erfolgreichste Schweizer Zeitung.

Auch wenn ihn ein Lateinprofessor dafür steinigen würde, in erster Linie hatte investigativer Journalismus etwas mit Investitionen zu tun. Investitionen in kleine Gefälligkeiten, in Plaudertaschen und, falls das alles nichts half, in Abhörtechnik.

Die letzte Methode war vor einigen Jahren aufgrund unvorsichtiger Kollegen in Großbritannien in Verruf geraten, aber dies hieß noch lang nicht, dass sie nicht erfolgreich war. Im Gegenteil, sie war wichtiger denn je.

Man musste nur aufpassen, dass man sich nicht erwischen ließ. Zum Glück war seit den letzten Abhörskandalen einige Zeit vergangen, so dass die Interessensobjekte wieder nachlässiger wurden. So und nicht anders war sie, die menschliche Natur.

Es war ein Leichtes gewesen, Esther Gutts Handynummer herauszufinden und ebenso leicht, sie überwachen zu lassen. Jedenfalls, wenn ihr Handy eingeschaltet war.

Endlich klopfte es an der Tür. Soldau kam herein. Der Gesichtsausdruck seines Assistenten verriet Träger sofort, dass er keine guten Nachrichten hatte.

»Und?«, fragte Träger, weil er wenigstens wissen wollte, wie schlecht die Nachrichten waren.

»Wir wissen nur, dass sie aus dem Hotel Adler in Basel ausgecheckt hat«, antwortete Soldau. »Danach haben wir ihre Spur verloren.«

»Das haben Sie mir schon gestern erzählt«, entgegnete Träger. »Ich will wissen, was es Neues gibt!«

»Wir haben im Hotel nachgefragt, aber Frau Gutt hat es in Begleitung der Polizei verlassen. Daher schließen wir, dass sie sich in deren Obhut aufhält.«

»Und ihr Handy?«

»Scheint ausgeschaltet zu sein. Wir können es nicht lokalisieren.«

»Wir müssen die Frau finden«, sagte Träger. »Heute noch! Am Montag kann die Story schon Geschichte sein.«

»Ich habe gestern die übliche Privatdetektei damit beauftragt«, antwortete Soldau. »Aber außer Spesenabrechnungen haben die noch nichts geliefert.«

Träger seufzte. Es war dieses Seufzen, das jeder Chef draufhatte, wenn er mal wieder den Eindruck hatte, alles selbst erledigen zu müssen. Auch wenn das in Wirklichkeit meist nur bedeutete, nicht restlos alles abschieben zu können. »Und unser Kontakt in der Rechtsmedizin?«

»Hat nichts Neues erzählt. Keine neuen Leichen und auch keine lebenden Untersuchungsobjekte.« Soldau wurde rot und fasste sich an die Nase. Wie immer, wenn er noch etwas Unangenehmes mitzuteilen hatte. »Und er will mehr Geld, jetzt wo es so eine große Story ist.«

Träger lächelte abschätzig. »Unser Mann in der Rechtsmedizin soll froh sein, wenn wir der Polizei nicht stecken, dass es dort einen Maulwurf gibt.«

77

Mia gab Gas, als hinge der Erfolg der Ermittlungen von ihren Fahrkünsten ab. »Dafür, dass du Esther nicht glaubst, bist du ganz schön schnell unterwegs«, sagte Lindberg.

»Ich bin halt Profi.« Sie lächelte. »Außerdem musst du ja im Anschluss dringend zu Furrer, oder?«

»Wenn wir den Täter haben, brauche ich nicht mehr zu Furrer.«

»Wir sind gleich da.« Mia zeigte auf eine Nebenstraße, in der das Zivilfahrzeug für die Überwachung stand. Sie vergewisserten sich per Funk, dass ein Streifenwagen zur Absicherung auf der anderen Seite des Blockes Position bezogen hatte und stiegen aus.

Lindberg nahm seine Waffe aus dem Schulterholster, überprüfte, dass sie entsichert war und steckte sie wieder hinein. Mia tat es ihm nach. Dann schaltete er sein Handy aus, damit es nicht im ungünstigsten Moment losging, stellte sich vor die Tür, horchte einen kurzen Moment daran und drückte dann auf die Klingel.

Nichts tat sich.

Lindberg läutete erneut, wartete, drückte länger auf die Klingel. »Kann Morgenthaler die Wohnung wieder verlassen haben?«, fragte er.

Mia zuckte mit den Schultern. »Die Kollegen meinten, sie hätten ihn nur reingehen sehen.«

Lindberg drückte einen anderen Klingelknopf und die Haustür öffnete sich.

Sie schlichen in den zweiten Stock, Lindberg horchte kurz an der Tür mit Morgenthalers Namen und klopfte dann daran.

Nach dem dritten und ziemlich lauten Versuch hörten sie Schritte, die Tür öffnete sich und ein blonder Mann im Pyjama schaute sie an, die Haare zerzaust, Ringe unter den geröteten Augen, ganz so, als habe er eine lange Partynacht hinter sich.

»Herr Morgenthaler?«, fragte Lindberg.

Der Mann blickte ihn erstaunt an. »Ja?«

Lindberg zeigte seinen Ausweis. »Bundespolizei. Wir hätten etwas mit Ihnen zu besprechen.«

Lindberg glaubte in den Augen des Mannes eine Spur Panik zu erkennen.

»Wenn Sie nicht wollen, dass die ganze Nachbarschaft unsere Unterhaltung mit anhört, sollten Sie uns vielleicht hereinbitten.«

Morgenthaler deutete auf seinen Pyjama. »Darf ich mich erst umziehen?«

»Klar, wenn wir drinnen warten können.«

Morgenthaler zögerte einen Moment, ließ dann aber die Kommissare hinein. »Ich bin gleich wieder da«, sagte er, ging in sein Schlafzimmer, wollte die Tür schließen, doch Lindberg stellte seinen Fuß dazwischen. »Wir werden Ihnen schon nichts abgucken.«

An den Wänden des Schlafzimmers hingen einige Aktfotografien, für die der Begriff freizügig ziemlich verharmlosend war. Kurz darauf kam Morgenthaler wieder, er trug einen Anzug mit offenem Hemd und roch nach herbem Männerparfüm.

»Kennen Sie eine Person namens Esther Gutt?«, fragte Lindberg.

Morgenthaler starrte ihn an, nur einen kurzen Moment, doch es genügte, dass Lindberg die Antwort kannte. »Ich habe sie gestern getroffen.«

»Frau Gutt hat schwere Anschuldigungen gegen Sie vorgebracht«, sagte Lindberg. »Wir haben einen vorläufigen Haftbefehl ...«

»Was?« Morgenthaler wirkte wie jemand, der gerade bemerkte, dass er in einer tiefen Latrine mit ziemlich hohen, glatten Wänden saß. »Weswegen denn?«

»Frau Gutt hat angegeben, Sie hätten sie in ihrem Hotelzimmer im Adler in Bern angegriffen. Waren Sie gestern Abend in dem Hotel?«

»Ich habe Sie nicht angegriffen!«

»Frau Gutt sagt, Sie wären mit einer Drahtschlaufe in der Hand auf sie zugekommen.«

»Was für eine Drahtschlaufe?«

»Das sollten Sie uns eigentlich sagen.«

»Ich hab keine Ahnung, wovon Sie reden.«

»Aber Sie haben sich gestern getroffen?«

Morgenthaler nickte. »Sie hatte mir gesagt, in welchem Hotel sie übernachtet.«

»Und wollte Frau Gutt auch, dass Sie vorbeikommen?«

Morgenthaler rieb sich die Schläfen. »Frauen sagen so etwas ja häufig nicht direkt.«

Lindberg lupfte eine Augenbraue. »Und wie ist Ihr Treffen gestern verlaufen?«

»Ich kam ans Hotelzimmer und Esther ließ mich hinein. Wir unterhielten uns, tranken Champagner ...« Morgenthaler atmete tief aus. »Und dann muss ich irgendetwas gesagt haben, das ihre Stimmung um hundertachtzig Grad drehte.«

»Was hatten Sie gesagt?«

»Es ging um ihre Klamotten. Sie fand sie hässlich. Und ich hab darüber einen Witz gemacht.«

»Und dann?«

»War sie wie paralysiert. Ich ging ins Bad, kam wieder, sie sah mich und rannte panisch davon. Ich bin ihr hinterher, aber nur bis zum Treppenhaus. Dann bin ich zurück ins Hotelzimmer und hab auf sie gewartet. Nach einer halben Stunde bin ich gegangen.«

»Und Sie wollen uns erzählen, Esther Gutt sei einfach geflüchtet, nur weil Sie aus dem Bad kamen?« Lindberg setzte ein ironisches Lächeln auf. »Waren Sie etwa nackt?«

»Natürlich nicht. Ich war bekleidet, hatte ein Goldkettchen in der Hand, wollte es ihr anlegen, Esther damit überraschen.«

»Sie wollten ihr schon beim ersten Date Schmuck schenken?«

»Wir kennen uns schon seit der Schulzeit.«

»Hatten Sie zwischendurch Kontakt?«

Morgenthaler schüttelte den Kopf.

»Und kaum treffen sie sich wieder, schenken Sie ihr einfach so eine Goldkette?«

»Wenn ich gewusst hätte, dass Esther traumatisiert ist … Ich bin unschuldig.« Mit flackerndem Blick suchte er Lindbergs Augen. »Sie müssen mir glauben.«

»Wie teuer war die Kette denn?«

Morgenthaler räusperte sich verlegen. »Nicht so teuer.«

Wenn das keine Lüge war, lass ich mich umschulen, dachte Lindberg. »Können wir das Teil mal sehen?«

Morgenthaler ging in sein Schlafzimmer und kam mit einer feingliedrigen, edlen Goldkette zurück. Wenn er sie seitlich hielt, konnte man sie für eine Drahtschlaufe halten.

Jedenfalls wenn man traumatisiert war.

»Den Schmuck müssen wir mitnehmen«, sagte Lindberg. »Und wir müssen Sie bitten, mit uns zur Dienststelle zu kommen. Sie dürfen im Übrigen Ihren Anwalt informieren.«

»Heißt das, ich bin verhaftet?«

»Vorläufig ja. Wir nehmen auf der Dienststelle dann eine DNA-Probe von Ihnen und schicken ein Team der Spurensicherung in Ihre Wohnung.«

Morgenthaler hob zittrig seine Hände, wollte etwas sagen, drehte sich weg und schüttelte den Kopf. »Sie machen einen großen Fehler.« Er ging einen Schritt näher auf die Kommissare zu. »Ich habe einflussreiche Freunde.«

»Ich auch«, antwortete Lindberg. »Aber wir sind hier nicht bei Facebook. Möchten Sie uns noch etwas zum Fall mitteilen?«

Morgenthaler schüttelte den Kopf. »Kann ich noch eine Tasche packen?«

Lindberg nickte. Morgenthaler ging wieder in sein Schlafzimmer, kramte etwas aus dem Kleiderschrank in eine Sporttasche, ging ins Bad, kam wieder, wirkte verzweifelt, unschlüssig, fuhr sich mehrmals durch die blonden Locken, schloss endlich die Tasche. Dann kehrte die Entschlossenheit in ihn zurück, seine Muskeln spannten sich an, sein Blick wurde stechend.

Plötzlich rannte er in Richtung Haustür, die Tasche in der Rechten.

Mia reagierte zuerst, lief ihm nach.

Morgenthaler riss die Tür auf, sah Mia hinter sich, drehte sich und stieß sie zur Seite.

Lindberg zog seine Waffe. »Stehenbleiben!«

Er hielt den Finger am Abzug, visierte Morgenthaler an, bekam dessen Oberkörper vor die Kimme.

Lindberg zögerte.

Er musste daran denken, wie er vor wenigen Tagen selbst in den Lauf einer Waffe geblickt hatte. Wie er den Jungen und die Frau hatte beschützen wollen. Was wusste er über Morgenthaler? War das wirklich der Täter?

Morgenthaler rannte einfach weiter, passierte die Wohnungstür, doch Lindberg schoss nicht.

Mia sprang vom Boden auf, folgte Morgenthaler in den Hausflur, die Treppe hinunter. Lindberg rannte hinterher, nahm währenddessen mit der anderen Hand das Funkgerät und gab den Kollegen im Streifenwagen in kurzen Worten Anweisungen.

Im Erdgeschoss riss Morgenthaler die Haustür auf. Atemlos kam Lindberg ins Treppenhaus, ein Stockwerk über Morgenthaler, nahm ihn ins Visier, den Finger am Abzug. Mia lief ins Schussfeld, packte den

Flüchtenden von hinten an der Schulter. Morgenthaler rammte ihr seinen Ellenbogen ins Gesicht.

»Stehenbleiben!«, rief Lindberg erneut.

Dann schoss er.

78

Der Polizist, der Esther ihr Handy wiedergebracht hatte, war so sehr in Eile gewesen, dass nicht einmal ein klitzekleiner Smalltalk mit ihm möglich gewesen war. Es war absurd, aber sie fühlte sich danach nicht mehr ganz so einsam, nur weil sie das Gerät in Händen hielt.

Trotzdem zögerte sie, es einzuschalten. Aber was, wenn Erik sich meldete?

Inzwischen hatte er wahrscheinlich die *Image*-Zeitung gelesen und war bestimmt genauso schockiert über den Bericht, wie sie selbst. Der Artikel klang so, als habe sie sich hilfesuchend an die Zeitung gewendet, dabei war sie von diesem Träger überrumpelt worden. Sie fühlte sich schuldig und sie befürchtete, dass Erik sich wegen des Artikels rechtfertigen musste. Wahrscheinlich war er ziemlich sauer auf sie.

Und das war der eigentliche Grund, weswegen sie sich nicht traute, das Handy einzuschalten.

Doch wie lange wollte sie das durchhalten?

Irgendwann musste sie sich der Realität stellen, musste wieder unter Leute, wieder zurück nach Freiburg.

Sie wollte wieder ein normales Leben führen, keines, in dem ihre Ängste sie bestimmten. Sie wollte das Leben wieder genießen können. Doch eines gehörte für sie sicher nicht mehr dazu.

Sie nahm das Handy, schaltete es ein und öffnete E-Amor24. Die Seite war nicht das Richtige für sie, die Typen waren nicht die Richtigen. Sie rief die Einstellungen der Homepage auf, um ihren Account zu löschen. Vorher musste sie noch bestätigen, alle E-Mails zu löschen. Ihr Blick fiel auf Patricks Pseudonym. Was hieß das eigentlich, *Saint Fond*?

Sie öffnete Wikipedia. Es gab mehrere Deutungsmöglichkeiten. Übersetzt hieß das *Heiliger Boden*, aber das war wohl kaum die Bedeutung, die Patrick bei der Auswahl des Pseudonyms im Kopf gehabt hatte. Dann gab es noch einen Geologen namens Saint Fond, aber Geologen waren viel zu unsexy, um sich nach ihnen zu benennen. Außerdem gab es noch eine literarische Person mit diesem Namen. Esther scrollte durch den entsprechenden Artikel, hörte ihr Herz immer lauter schlagen und wählte dann Lindbergs Handynummer.

Es meldete sich nur die Mailbox.

Sie kramte den Zettel mit seiner Privatnummer aus der Hosentasche und gab die Nummer ein.

Sie erreichte wieder nur einen Anrufbeantworter.

Esther fluchte und wählte wieder die Handynummer.

»Hier ist Esther«, sagte sie, als sich die Mailbox wieder angeschaltet hatte. »Tut mir leid wegen des Zeitungsartikels, das wollte ich nicht.« Sie machte eine kurze Pause. »Morgenthaler nennt sich im Internet übrigens Saint Fond. Erst dachte ich, das klingt romantisch. Aber jetzt hab ich nachgeschaut. In Wirklichkeit ist das nämlich eine Figur aus dem Roman ›Juliette oder die Vorteile des Lasters‹ von Marquis de Sade.« Esther räusperte sich. »Saint Fond ist ein Politiker und Millionär der jeden Monat während seiner Orgien dreißig junge Frauen ermorden lässt. Außerdem plant er eine Hungersnot, welche die halbe französische Bevölkerung ausrotten soll. Und das kommt mir ziemlich bekannt vor.«

79

Regungslos lagen Patrick Morgenthaler und Mia Adam im Hausflur auf dem Boden, eine Blutlache breitete sich unter ihnen aus.

Lindberg hielt seine Pistole immer noch im Anschlag, stolperte die Treppe hinunter.

Die Streifenpolizisten stürmten in den Hausflur, Schock stand in ihren Gesichtern. Lindberg senkte den Arm und kniete sich zu Mia. Ihre Stirn war blutig. Hilflos tastete er mit zwei Fingern nach ihrer Halsschlagader, versuchte ihren Puls zu fühlen.

Irgendetwas spürte er. War es das Pochen in den eigenen Fingern?

»Mia«, flüsterte er.

Sie reagierte nicht.

Er packte sie an den Schultern und rüttelte sie.

Mia schlug die Augen auf.

»Alles okay?«, fragte er.

Sie fasste sich an den Kopf. Blut klebte an ihren Fingern. »Der hat mich echt ausgeknockt.« Sie strich über ihre Braue, bemerkte die Wunde über dem Auge. »Ich hoffe, du hast ihn da erwischt, wo's wehtut.«

Lindberg musste vor Erleichterung lachen. »So gut wie Carla bin ich nicht«, sagte er und deutete auf Morgenthalers blutenden Oberschenkel.

Der Getroffene fluchte, seine Stimme klang aggressiv und weinerlich zugleich. Lindberg durchsuchte seine Anzugtaschen, bis auf ein Handy waren sie leer. Dann öffnete er Morgenthalers Tasche und kippte deren Inhalt auf den Boden. Neben einer Jeans und zwei T-Shirts lagen da mehrere Tütchen mit weißem Pulver. Er zeigte sie einem der Streifenpolizisten. »Das muss sofort zur Analyse.«

Dann half er Mia sich aufzurichten und brachte sie an die frische Luft. »Ich bin platt«, sagte sie. »Anscheinend weißt du immer, wer der Täter ist.«

Lindberg lächelte bitter. »Vielleicht.«

Sie schaute ihn irritiert an. »Hast du auch einen Schlag auf den Kopf bekommen? Er wollte flüchten!«

Lindberg reichte ihr ein Taschentuch. »Vielleicht wollte er nur nicht, dass wir das Koks finden.«

Sie wischte sich das Blut von der Stirn. »Warum hast du oben in der Wohnung nicht geschossen?«

»Ich weiß nicht.« Er schaute in den bewölkten Himmel. Obwohl schon fast Mittag war, konnte er die Sonne nicht einmal erahnen. »Ich hätte vielleicht einen Fehler gemacht.«

»Hattest du Angst, ihn zu töten?«

»Es ist so unglaublich einfach. Eine Fingerbewegung.« Er steckte die Waffe weg. »Aber die kannst du dein Leben lang nicht vergessen.«

»Danke«, sagte Mia.

Lindberg wusste gar nicht genau warum.

Ein Krankenwagen kam, Morgenthaler wurde auf eine Trage gelegt und hineingeschoben. Lindberg deutete auf die Sanitäter und blickte Mia an. »Willst du dich auch verarzten lassen?«

»Wegen dem Mückenstich?« Mia lächelte und drückte ein frisches Taschentuch auf die Wunde über dem Auge. »Aber zur Abwechslung darfst du mal den Tesla fahren.« Sie reichte ihm die Schlüssel. »Vorausgesetzt, du fährst nicht wie ein Rentner. Die Bundespolizei hat einen Ruf zu verlieren.«

»Und ich einen Führerschein«, lachte Lindberg und stützte sie auf dem Weg zum Tesla. »Sicher, dass es wieder geht?« Er hielt ihr die Beifahrertür auf.

»Würdest du das auch fragen, wenn ich ein Mann wäre?«

»Wieso?« Er schaute sie mit gespieltem Unverständnis an. »Ich dachte, ihr seid das starke Geschlecht?«

Er half ihr auf den Beifahrersitz und setzte sich hinter das Lenkrad. »Zurück zur Bundespolizei?«, fragte er.

Sie nickte.

Er gab Gas und war schon im nächsten Moment überrascht, wie viel Spaß Autofahren machen konnte.

In der fedpol-Tiefgarage angekommen, war er fast ein wenig enttäuscht, aussteigen zu müssen. Mia sah bleich aus. »Fahre ich so schlecht?«, fragte er und öffnete die Beifahrertür.

Sie schüttelte den Kopf, hielt aber mitten in der Bewegung inne. »Mir ist irgendwie nicht gut.«

»Ich bringe dich in die Ambulanz, okay?«

Sie antwortete nicht, sondern sackte einfach zusammen.

80

»Mia?« Sie reagierte nicht.

Er fasste ihr an die Stirn.

Eiskalt.

Er hob sie vom Boden auf, legte sie in seine Arme und hastete zum Aufzug.

Die Sekunden bis der Lift kam, erschienen ihm endlos. Mia fühlte sich kalt an, nicht mehr von dieser Welt. Endlich öffnete der Fahrstuhl seine Tür, Lindberg hastete hinein, wählte das Stockwerk und die Tür schloss mit der üblichen Schweizer Gemächlichkeit.

In dem Moment fiel ihm ein, dass er bisher nur Paula so getragen hatte, in seinen Armen. Jeden Abend. Als sie noch nicht im Koma gelegen hatte. Er vermisste das.

Der Aufzug hielt, Lindberg zwängte sich samt Mia durch die aufgleitende Tür und rannte auf den Flur. Mia schien kaum mehr zu atmen. Mit dem Fuß stieß er die Tür der kleinen Krankenstation der Bundespolizei auf. »Sie ist ohnmächtig«, rief er.

Die diensthabende Schwester kam ihm entgegen und deutete auf eine Krankenbahre. Lindberg legte Mia vorsichtig hin. »Sie hat einen Schlag auf den Kopf bekommen.«

Die Schwester tastete Mias Schädel ab. »Ist wahrscheinlich eine Gehirnerschütterung. Am besten wir behalten sie erst mal hier.«

»Sollte sie nicht in ein Krankenhaus?«

»Ruhe ist jetzt das Wichtigste. Die bekommt sie auch hier. Wir werden die Patientin eine Weile beobachten.« Die Schwester zog Mia die Schuhe aus. »Ich hole das Verbandsmaterial. Können Sie so lang auf die junge Frau aufpassen?«

Lindberg nickte, nahm Mias Hand und strich ihr über die Stirn. »Es wird alles wieder gut«, flüsterte er. »Bist ja eine starke Frau.«

Als hätte sie das gehört schlug Mia die Augen auf. »Wo ... Wo bin ich?«

»In der Ambulanz. Du bist zusammengeklappt.«

»Echt? Ich fühl mich aber fit.« Sie richtete sich auf.

Mit sanftem Druck legte er sie wieder aufs Bett. »Das hast du vorhin auch gesagt.«

Sie merkte, dass er ihre Hand hielt. Er ließ sie los. »Und ich war wirklich weggetreten?«, fragte sie.

»Wie ein Duracell-Häschen ohne Strom.«

Sie lächelte, richtete sich wieder auf der Liege auf.

»Die Schwester meint, du brauchst Ruhe«, sagte er.

Langsam glitt sie wieder in die Waagerechte zurück. »Welche Schwester?«

»An was kannst du dich erinnern?«, fragte er.

»Dass du gefahren bist wie eine alte Oma.«

Er musste laut lachen. »Ich sehe, dir geht's schon besser.«

Die Schwester kam zurück, den Verbandskasten und ein Glas Wasser in der Hand. »Sie sind ja schon wieder wach«, sagte sie und reichte Mia das Glas.

Die Kommissarin trank es mit hastigen Schlucken aus und die Schwester begann, ihr einen Kopfverband anzulegen.

»Also, ich geh dann mal wieder«, sagte Lindberg. »Ich schau nachher noch mal bei dir vorbei.«

»Wo gehst du hin?« Mia blickte ihn enttäuscht an.

»Ich muss noch etwas erledigen.«

Er ging in die Tiefgarage, wollte schon einen Dienstwagen nehmen, als ihm einfiel, dass er noch die Autoschlüssel des Teslas hatte. Mia konnte den Wagen jetzt ohnehin nicht brauchen. Falls doch, war es besser, er verhinderte das. Er stieg in den Tesla und gab Gas.

81

Nach sechzig unendlich langen Minuten auf der Liege hielt Mia es einfach nicht mehr aus. Sie hatte einen ganzen Bienenstock im Po und lag hier sinnlos rum. Sie wollte den Fall aufklären! Doch die Schwester ließ nicht mit sich reden.

Schließlich gab Mia klein bei, stellte sich schlafend, wartete bis die Schwester mal für kleine Aufpasserinnen musste, nahm ihre Schuhe in die Hand und schlich sich aus der Ambulanz.

Damit sie nicht so schnell entdeckt werden konnte, ging Mia zu Katharina Zach ins Büro.

Die Kriminaltechnikerin schien schwer beschäftigt, hielt mehrere Probengefäße in der Hand, doch als sie Mias Kopfverband sah, blickte sie zweimal hin. »Was ist denn dir passiert?«

»Patrick Morgenthaler hat mich umgehauen, geht aber schon wieder«, antwortete Mia. »Was analysierst du gerade?«

»Die Klamotten dieser Esther«, antworte Zach. »Von ihrer Entführung in Freiburg. Auf ihrem Slip bin ich fündig geworden.«

»Sperma?«

»Hautfetzen. Genug für eine DNA-Probe.«

»Hautfetzen?«, fragte Mia.

»Könnten natürlich auch von ihr sein. Aber vielleicht hat der Täter sie ausziehen wollen und sie hat sich gewehrt.«

»Die Morde hatten doch bisher gar keinen sexuellen Hintergrund, oder?«

»Wenn ein Mann eine Frau umbringt, hat das immer einen sexuellen Hintergrund.« Zach steckte den roten Slip wieder in eine Asservatenbeutel. »Auch wenn er sie nicht kennt.«

»Woher wollen wir das eigentlich wissen?« Mia rieb sich den Kopfverband. »Dass der Täter die Opfer nicht kennt?«

»Das ist euer Job, das herauszufinden.«

»Vielleicht haben die Opfer ein gemeinsames Geheimnis?«

»Zufällig sieht mir die Auswahl jedenfalls nicht aus«, antwortete Zach und deutete auf den Monitor des Analysegerätes. »Die Auswertung müsste jeden Augenblick fertig sein.«

»Hast du von Morgenthaler schon eine DNA-Probe?«, fragte Mia.

Katharina Zach nickte. »Wurde ihm vorhin entnommen. Allerdings läuft diese Analyse noch ein wenig länger. Aber ich denke eh, es ist Zuber alias Rother.« Das Analysegerät piepste. Zach schaute auf dessen Display. »Bingo. Wir haben zwei verschiedene DNA-Stränge auf dem Slip. Ein Männlein und ein Weiblein.«

Katharina Zach transferierte die Ergebnisse in die DNA-Datenbank. Als Erstes überprüfte sie die weibliche Probe.

Wie erwartet stammte sie von Esther Gutt.

»So, jetzt wird es spannend«, sagte Katharina. »Wenn es ein registrierter Straftäter ist, dann haben wir in ein paar Sekunden seinen Namen.«

Mia blickte gespannt auf den Monitor. »Und was ist mit Chefredakteur Träger?«

»Von dem haben wir keine DNA und die Analyse von Morgenthaler läuft wie gesagt noch.«

Die Datenbank suchte alle Einträge durch, doch bei keinem einzigen blieb sie hängen. Auf dem Display stand: ›No results‹.

Mia seufzte. »Das heißt, es ist auch nicht Zubers DNA?«

Katharina legt die Stirn in Falten und nickte.

82

Als es an der Haustür klingelte, glaubte Johann Imhoff erst, es sei sein alter Freund Urs Hediger. Der hatte sich seit ihrem letzten Gespräch nicht mehr gemeldet. Vielleicht war er eingeschnappt, doch auch er würde es letztlich verstehen.

Was waren schon Finanzprobleme gegen eine Freundschaft?

Imhoff drehte sich mit dem Oberkörper zur Seite und drückte auf die Türsprechanlage, die er sich ans Bett hatte legen lassen. »Wer ist da?«, fragte er.

»Ich bin vom Pflegedienst Privatcare«, hörte er eine junge Männerstimme antworten. »Wir sind heute etwas früher.«

Etwas früher ist gut, dachte Imhoff, doch das sagte er natürlich nicht. Früher hätte Imhoff den Mann niemals in seine Wohnung gelassen, doch inzwischen war alles anders. Es war ein hartes Los, todkrank zu sein, nur noch wenige Monate vor sich zu haben. Aber es gab auch einen einzigen Vorteil: Man musste keine Angst mehr haben.

Denn der Tod kam ohnehin.

Imhoff betätigte den Türöffner. »Ich bin im dritten Stock«, sagte er, doch er hörte den anderen über die Türsprechanlage schon nicht mehr.

Imhoff hielt den Knopf weiter gedrückt, bis er vernahm, dass jemand die Wohnung betrat. Kurz darauf öffnete sich die Tür zum Schlafzimmer. Ein großgewachsener, blonder Mann betrat den Raum. Imhoff hatte ihn noch nie gesehen. Der junge Mann trug einen weißen Kittel. Er taxierte Imhoff einen kurzen Augenblick, dann erst lächelte er. Sein Lächeln wirkte irgendwie unecht. Oder lag es nur an der Unsicherheit des Mannes?

»Wollen Sie sich nicht vorstellen?«, fragte Imhoff. Er fand, ein paar Manieren konnte man auch von Jüngeren erwarten.

Der Mann blickte ihn mit leicht offenem Mund an, als wisse er seinen eigenen Namen nicht mehr. »Ich bin neu«, antwortete er nach ein paar Sekunden.

»Und einen Namen haben Sie keinen?«

Der Mann lächelte ertappt. »Ich heiße Samuel.«

»Samuel?«, fragte Imhoff. »Wie der Prophet, der David zum König krönte?«

War der Mann eben zusammengezuckt? Er antwortete nicht, sondern nickte nur.

»Sie wollen mich jetzt aber noch nicht bettfertig machen, oder?«, fragte Imhoff. »Es ist grade mal Nachmittag!«

»Man hat mir gesagt, Sie spielen gerne Schach«, sagte der Mann und deutete auf das Brett neben Imhoffs Bett. »Daher bin ich hier.«

»Schieben Sie das Brett ans Bett, dann spielen wir eine Runde.«

Der Mann hielt kurz inne, zeigte dann auf den Rollstuhl, der in der Ecke stand. »Ich finde es würdevoller, wenn wir am Tisch im Wohnzimmer spielen.«

Imhoff lupfte eine Augenbraue. »Ich sehe, Sie nehmen das Spiel ernst.«

Wortlos nahm der Mann den Rollstuhl, klappte ihn auf, schob ihn ans Bett, fixierte ihn, setzte Imhoff im Bett auf und hob ihn dann in den Rollstuhl. Schweigend schob er ihn in das Wohnzimmer vor den Esstisch. Der Mann holte das Schachbrett aus dem Schlafzimmer, legte es auf den Tisch, nahm die Figuren und stellte sie mit raschen Bewegungen auf.

Imhoff nickte anerkennend. Endlich verstand jemand etwas von dem Spiel. Das merkte man schon daran, dass der Mann nicht viel Worte machte. Worte lenkten ab.

Imhoff machte den ersten Zug. Sein Gegner konterte ohne nachzudenken. »Spielen Sie häufiger?«

Der Mann nickte. »Aber nur gegen mich selbst.«

»Sie spielen immer nur gegen sich selbst?«

Der Mann flüsterte etwas, das wie ein schüchternes Ja klang.

»Und wer gewinnt?«

Der Mann schaute ihn an, als habe er die Frage nicht verstanden. »Manches Mal ich«, antwortete er schließlich. »Doch meistens gewinnt Gott.«

»Ach, Sie spielen auch gegen Gott?«

Der Mann schien sich ertappt zu fühlen, sein Blick fixierte das Ölgemälde hinter der Couch.

Imhoff lächelte. »Jetzt verstehe ich. Das macht es einfacher, eine Niederlage zu verkraften, oder?«

Der Blonde verstand immer noch nicht.

»Gott kennt jeden Zug im Voraus«, erklärte Imhoff und zog einen Bauern nach vorn. »Da verliert selbst der beste Spieler.«

Der Mann zog nach, als sei er ein Schachroboter. Dabei fixierte er wieder das Ölgemälde hinter der Couch.

»Gefällt Ihnen das Gemälde?«, fragte Imhoff. »Es ist ein wenig ungewöhnlich, denn es zeigt das Valentinsmassaker in Straßburg.«

»Es sieht aus wie das Jüngste Gericht.« Der Mann deutete auf die unzähligen brennenden Menschen, die darauf abgebildet waren.

»Den Opfern wird es jedenfalls so vorgekommen sein«, antwortete Imhoff. »Tausende verbrannten damals elendig. Es ist ein Zeichen dafür, wozu Religion fähig ist, wenn man sie missbraucht.«

Der Blonde betrachtete das Gemälde immer noch wie elektrisiert. »Kann ich es anfassen?«, fragte er und wartete gar nicht Imhoffs Antwort ab, sondern sprang auf, stellte sich vor das Bild. Seine Finger fuhren über die Leinwand, als berührten sie eine kostbare Reliquie. »Das Jüngste Gericht«, flüsterte er. »Es war in Straßburg? Wo jetzt das Münster steht, das höchste Gebäude der Menschheit.«

Imhoff nickte. »Aber das ist lange her«, sagte er. »Und jetzt spielen wir Schach, oder?«

Der Mann blickte noch ein letztes Mal auf das Gemälde und dann wieder auf das Schachbrett.

Imhoff lächelte zufrieden und spielte weiter die Eröffnung, die er im Sinn hatte. Zug um Zug. Jedes Mal brauchte der Blonde nur ein paar Sekunden, um seine Figur zu setzen.

Mit der Zeit verließ das Spiel die eingeprägten Bahnen, wurde Spekulation, Taktik und Kampf. Der Blonde zog immer noch schneller als Imhoff, wenngleich er jetzt auch seine Stirn häufiger unter seinen Händen begrub.

Nach einer halben Stunde war Imhoff klar, dass er bestenfalls ein Remis herausholen konnte. Das Spiel fesselte ihn, ja begeisterte ihn trotz der drohenden Niederlage. »Sie sind der beste Schachspieler, gegen den ich seit langer Zeit gespielt habe.« Imhoff lächelte anerkennend. »Ich hoffe, wir sehen uns noch öfter.«

»Wir werden uns immer sehen«, antwortete der Mann und wirkte erfüllt von Ernsthaftigkeit. »Jetzt und in Ewigkeit.«

Imhoff lupfte eine Augenbraue. Der Blonde war ein wenig pathetisch. »Sind Sie dann auf Dauer bei Privatcare?«

Der Mann nickte so abwesend wie ein vielbeschäftigter Vater, auf die Frage seines Kindes, ob es den Osterhasen wirklich gibt.

»Sie reden nicht viel, oder?«, fragte Imhoff.

»Taten sind wichtiger als Worte.« Der Blonde schlug mit seinem Turm die Dame Imhoffs. »Schach.«

Imhoff starrte auf das Schachbrett. So gut, wie der Blonde bisher gespielt hatte, war das ein unglaublicher Fehler. In ein paar Zügen war der Mann schachmatt.

Oder war das ein so raffinierter Zug, dass er ihn selbst nicht verstanden hatte? In Gedanken spielte Imhoff die nächsten Züge durch. Wieder kam er zu demselben Ergebnis. Er hatte das Spiel praktisch gewonnen. Imhoff blickte den Mann an, Unruhe spiegelte sich in seinen

Augen, als wolle er das Spiel absichtlich schnell beenden. »Haben Sie es eilig?«, fragte Imhoff.

»Ich tue, was ich tun muss.«

»Ich auch«, antwortete Imhoff und schlug mit seinem König den Turm.

Der andere zuckte nicht einmal mit dem Augenlid und warf einen Läufer in die schon verlorene Schlacht.

Zwei Züge später hatte Imhoff auch den Läufer erledigt und ging selbst zum Angriff über. Er postierte sein Pferd so, dass sein Gegner nur noch seine Dame opfern konnte.

Der Blonde tat es, und wie im Fieber zog Imhoff die nächste Figur. Der Mann zog nach, nestelte etwas an seiner Hosentasche herum, stand auf, wie ein unruhiges Pferd, doch Imhoff hatte nur noch Augen für das Schachbrett.

Er dachte noch einmal alle möglichen Varianten durch. Wenn er jetzt das Richtige tat, würde dem anderen keine Wahl mehr bleiben. Imhoff zog seinen Läufer ein einziges Feld nach vorn.

Lächelte.

Schaute sich das Spielfeld noch einmal an.

Es war perfekt.

Er blickte vom Brett auf, suchte die Augen seines Gegners. Doch da war kein Gegner.

Er drehte sich zur Seite, bemerkte ein Geräusch hinter sich, spürte ein unglaubliches Ziehen am Hals. Dann hörte er nur noch ein einziges Wort.

»Schachmatt.«

83

Sie trafen sich auf einer Autobahnraststätte zwischen Bern und Zürich, die jeder nur den ›Fressbalken‹ nannte. Ein passender Name, wie Lindberg fand, denn die Raststätte lag wie ein Schwebebalken über der Autobahn, sah dabei aber so wenig grazil aus, als hätten ein paar Architekturstudenten mal zeigen wollen, wie man es *nicht* macht.

Carla Frey schien keinen Tag gealtert, ihr grauer Stoppelschnitt stand wie frisch frisiert. Ihre Augen strahlten vor Freude, als sie Lindberg erblickte.

»Du warst schon erfolgreich?«, fragte Lindberg.

»Gelernt ist gelernt«, lachte Frey. »Nein im Ernst. Träger hat es mir sehr leicht gemacht.«

Lindberg blickte seine ehemalige Kollegin erstaunt an. »Ausgerechnet der Herr Chefredakteur?«

Frey nickte. »Er hat seine Probe quasi freiwillig abgegeben.«

»Wie das denn?«

»Er war in einem Massagesalon.«

»Und?«

»So einer mit Happy End«, sagte Frey. »Ich musste nur nach ihm ins selbe Zimmer und den Mülleimer leeren.«

»Haben sie dich als Frau überhaupt in den Laden gelassen?«

»Klar, Frauen werden dort auch massiert«, antwortete sie. »Vielleicht nicht mehr in meinem Alter und das Happy End gestaltet sich auch anders, aber die sind offen für alles. Selbst wenn man nur gegen ein Trinkgeld den Mülleimer leeren will.« Carla Frey lachte. »Nein, im Ernst, ich hab da ja noch meine alte Polizeimarke ...«

»Das will ich gar nicht wissen.« Lindberg grinste. »Und sonst geht's dir gut?«

Carla Frey nickte. »Meine Generation bekommt ja noch Rente. Also genieße ich das Leben.« Sie biss sich auf die Lippe. »Und du? Ist der Kotzbrocken immer noch dein Chef?«

»Leider.« Lindberg seufzte. »Aber Mia macht sich super. Und Katharina hat nicht nur eine große Berliner Schnauze sondern auch extrem viel Ahnung.«

Sie unterhielten sich über den Fall, doch Carla Frey war ratlos, wer der Täter sein konnte. Am Ende umarmten sie sich. »Hast du meine Waffe eigentlich noch?«, fragte Frey.

»Klar.« Lindberg deutete auf sein ausgebeultes Jackett. »Ich hab sie im Grunde sogar nach dir benannt.«

»Wie denn?«, fragte Carla. »Schweizer Superrentnerin?«

Lindberg lachte. »Nein, sie heißt einfach nur *van Gelsen*. Weil du ihn bei unserem letzten Fall damit erledigt hast und mir das Leben gerettet.« *Und als Warnung für mich selbst, nicht zu schnell zu urteilen,* dachte Lindberg noch, doch er sagte es nicht.

Eine knappe Stunde später kam Lindberg wieder zur Bundespolizei und ging direkt in Zachs Büro. Die Kriminaltechnikerin blickte ihn erstaunt an. »Erst bist du die ganze Zeit nicht da und dann kommst du genau im richtigen Moment?«

Lindberg zuckte mit den Schultern. »Was gibt es denn?«

»Der DNA-Abgleich mit Morgenthaler ist jeden Moment fertig.«

»Welcher DNA-Abgleich?«

»Du erinnerst dich an die Kleider dieser Esther? Auf ihrem Slip bin ich fündig geworden.«

»DNA? Von wem?«

»Wahrscheinlich vom Täter«, antwortete Zach. »Die Hautfetzen stammen von einer männlichen Person und diese Esther hat angegeben, der Slip sei vor ihrer Entführung in Freiburg unbenutzt gewesen. Sie meinte, sie hätte für das Date extra einen frischen angezogen.«

Lindberg rieb sich das Kinn. »Die DNA kann immer noch von einem Verkäufer oder Mitarbeiter der Herstellerfirma stammen.«

»Der Slip ist in Vietnam hergestellt«, sagte Zach. »Bei der DNA handelt es sich aber um einen mitteleuropäischen Genotyp. Und die Dame hat den Slip angeblich im Internet bestellt, originalverpackt.«

»Und wessen DNA ist jetzt drauf?«

»Das wissen wir noch nicht«, antwortete Zach. »Keine Übereinstimmung mit der Datenbank. Auch nicht mit Zuber alias Rother. Das hab ich sogar manuell überprüft.«

Zach stand auf und holte ein paar Ausdrucke. Darauf waren verschiedene DNA-Fragmente abgebildet, mit ihren schwarzen Blöcken sahen sie aus wie von der

Natur erschaffene Barcodes. »Das ist Zubers DNA«, erklärte Zach und zeigte auf ein Blatt, auf dem Zubers Name stand, daneben der Untersuchungszeitpunkt. Sie legte ein anderes dazu. »Und das ist die des Täters.«

Lindberg erkannte sofort, dass die DNA-Muster nicht übereinstimmten. »Und eine Verwechslung ist ausgeschlossen?«

»Definitiv«, sagte Zach. »Die Maschine und ich sind uns einig.«

»Und was ist mit der Probe von Morgenthaler?«, fragte Lindberg in das Piepen des Analysenautomaten hinein.

»Ist gerade fertig.«

Zach lud die Daten in das Auswertungsprogramm und startete die Suche. »Mia ist übrigens in der Ambulanz«, sagte sie.

»Ich weiß«, antwortete Lindberg. »Ich hab sie hingebracht.«

Katharina Zach schüttelte den Kopf. »Ich hab sie hingebracht. Ihr war schon wieder schlecht.«

Lindberg seufzte. »Was hat sie überhaupt hier gemacht?«

»Ihr war in der Ambulanz langweilig.«

»Und wie geht es ihr jetzt?«

»Scheiße!«, seufzte Zach und zeigte auf den Monitor. »Morgenthaler war es also auch nicht.«

Lindberg atmete tief durch. »Damit hab ich irgendwie gerechnet. Als wir ihn verhört haben, hatte er knapp hundert Gramm Koks in der Wohnung. Wahrscheinlich ist er deshalb geflüchtet.«

Katharina Zach schob sich eine schwarze Strähne aus der Stirn. »Also ist es keiner der bisherigen Verdächtigen.«

»Vielleicht doch.« Lindberg reichte Zach eine kleine Plastiktüte. »Schöne Grüße von Carla.«

Katharina nahm die Tüte, warf einen Blick darauf und legte sie dann mit spitzen Fingern auf den Tisch. »Ist es das was ich denke?«

»Du bist doch sonst nicht so zimperlich«, sagte Lindberg.

»Da bestimme auch ich, wer mir eine Spermaprobe liefert und wer nicht.«

»Tja«, sagte Lindberg. »In dem Fall hab ich dir die Entscheidung abgenommen.« Er deutete auf das Kondom in der Plastiktüte. »Et voilà! Das ist die DNA-Probe von *Image*-Chefredakteur Roland Träger.«

84

Er hatte alles exakt so durchführen wollen, wie bei den Taufen zuvor. Doch es war von Anfang an schief gegangen. Imhoff war noch auf dem Stuhl tot zusammengebrochen. Dabei hatte Antipas wegen des Alters des Mannes die Drahtschlaufe extra nicht so fest zugezogen.

In seinem Rollstuhl hatte er Imhoff samt Tasche unauffällig aus dem Haus gebracht und in seinem VW auf dem Beifahrersitz platziert. Wenigstens das war ihm unbeobachtet gelungen. Dann war er losgefahren.

Nach weniger als einem Kilometer war er wieder umgedreht.

Er hatte das Gemälde nicht vergessen können. Nein, es gab keinen Zweifel. Das war ein Zeichen Gottes.

Es sollte ihn anleiten.

Er hatte es aus Imhoffs Wohnung geholt, sich noch einmal versichert, keine Spuren hinterlassen zu haben und war wieder gefahren.

Antipas kam an den Waldweg und schaltete die Schweinwerfer aus. Sofort umschloss ihn die vertraute Dunkelheit.

Er parkte den VW vor seiner Holzhütte, überprüfte, dass er unbeobachtet war und legte Imhoff vom Rücksitz in den Kofferraum.

Dann öffnete er die Schlösser seines Holzhauses, ging hinein, zündete eine Kerze an und stellte sich vor seine Stadt. In seinen Gedanken pulsierte sie wie ein mittelalterlicher Markt. Er nahm ein Stück Lindenholz und begann zu schnitzen.

Er merkte schnell, dass er Imhoff nicht so gut beobachtet hatte wie seine anderen Opfer. Es fiel ihm schwer, dessen Züge so akkurat abzubilden, wie er es gewohnt war.

Doch er gab nicht auf.

Weil Gott auch nicht aufgab.

Dann endlich nickte er zufrieden, nahm die Figur und legte sie in die Kapelle seiner kleinen Stadt. Er stellte sich davor und betrachtete seine Stadt aus Holz ein letztes Mal in ihrer Vollendung. Auch sie würde es nicht überleben.

Nicht in dieser Welt.

Er verließ sein Haus wieder, setzte sich in sein Auto und fuhr los, wie immer, ohne das Licht anzuschalten. Es war früher als sonst, aber die Dunkelheit war auch um diese Zeit sein Freund. Ihm blieb ohnehin kaum mehr als ein Tag. Und er hatte noch so viel vorzubereiten.

Er nahm den direkten Weg zum Wald, parkte hinter den Bäumen, wechselte die Nummernschilder und lud Imhoff aus dem Kofferraum. Der Alte war schon leicht starr. Konnte die Taufe so überhaupt gelingen?

Antipas musste sich beeilen. Er legte Imhoff über seine Schulter und ging in das dichte Unterholz des

Waldes hinein. Der Mann war schwerer als seine anderen Opfer, aber Gott hatte ihm Stärke gegeben, damit er auch diese Aufgabe erfüllen konnte.

Der Gedanke erfüllte ihn mit Zuversicht. Ohne Imhoff einmal abzusetzen, erreichte er seine Kapelle. Antipas legte den alten Mann in das Herbstlaub davor und sperrte die Tür auf. Er betrat den hölzernen Raum, kniete nieder und bekreuzigte sich. Er verweilte einen Augenblick, sog gierig den Duft des Waldes in seine Lungen, den er selbst hier immer noch spüren konnte.

Dann erhob er sich, trug den Leichnam in den Vorbereitungsraum der Kapelle, legte ihn auf eine Bahre und schloss beide Türen. Er zündete eine Kerze an, nahm ein Bund Reisig, füllte damit die obere Hälfte des Metallbettes und entflammte ihn mit der Kerze. Er legte ein paar dünne Äste nach und als auch diese brannten, schichtete er mehrere Holzscheite auf.

Antipas wusch Imhoff mit einem Lappen, trocknete ihn ab und zog ihm ein weißes Büßerhemd an. Er überlegte, ob er auf die Rosenblüten verzichten sollte. Streng genommen gehörten sie nicht zum Ritus. Und doch hatten sie alles feierlicher erscheinen lassen. Er betrachtete den Mann und entschied, ihm dieselbe Ehre zukommen zu lassen wie den anderen. So breitete er die Rosenblätter auf der Bahre aus, das Feuer immer im Blick. Schließlich legte er Imhoff auf die Bahre.

Nachdem das Feuer verklungen war, verteilte er die Glut und schob den metallenen Rost in die Wandhalterung.

Es war soweit.

Er hob Imhoff von der Bahre und legte ihn auf den glühend heißen Rost. Sofort heftete sich das Büßerhemd an die kalte Haut des Mannes. Antipas wartete einen Augenblick, fasste dann an Imhoffs Arm. Der Körper sog die Hitze schon in sich auf und damit den Geist des Lebens. Bald konnte er ihn taufen.

Er nahm das Einmachglas aus dem Regal, holte eine weiße Daunenfeder heraus und legte sie auf die Bahre. Dann füllte er ein kleines Gefäß mit geweihtem Wasser und stellte es neben die Feder. Schließlich legte er noch ein goldenes Gefäß mit Chrisam daneben.

Imhoffs Hemd verfärbte sich am Rücken schwarzbräunlich. Er war bereit. Der Vorraum wurde vom Geruch angesengter Haare erfüllt. Er rollte die Bahre neben den Rost und schob Imhoff hinüber auf die Rosenblätter. Er richtete ihn auf der Bahre aus und faltete ihm die Hände zum Gebet. Antipas öffnete die Tür zur Kapelle und rollte die Bahre dort hinein. Sein Atem kondensierte, so kalt war es im Hauptraum der Kapelle.

Er schloss den Vorraum sofort wieder und geleitete den Mann durch das kleine Kirchenschiff zum Altar. Dort stellte er die Bahre vor den Taufstein im Zentrum des Altars und füllte ihn mit Weihwasser.

Dann erst zündete er die Kerzen an. Sie umringten den Altar wie Wächter, die Flamme stählern aufgerichtet. Es ging kein Luftzug. Imhoff wurde in sanftes Licht getaucht, das Weihwasser glänzte silbern.

Antipas nahm die Daunenfeder in seine Hand und legte sie vorsichtig auf Imhoffs leicht geöffnete Lippen.

Dann ließ er die Daune los.

Wie von einer unsichtbaren Macht gezogen, hob sich die Spitze der Feder sofort an. Sie wölbte sich und dann löste sich auch der Kiel von Imhoffs Mund. Es war jedes

Mal aufs Neue ein Wunder. Die Feder schwebte frei in der Luft, ein paar Zentimeter über Imhoffs Lippen.

Er hatte alles richtig gemacht. Es konnte keinen Zweifel geben.

Imhoff atmete.

85

Behutsam öffnete Lindberg die Tür zur Ambulanz und lugte in den Raum. Mia schien zu schlafen. Lindberg stellte sich neben ihr Bett. »Mia?«, flüsterte er.

Sie reagierte nicht. Um ihre Stirn war ein Verband gewickelt. Wahrscheinlich war es am besten, wenn er sie schlafen ließ.

Auf dem Weg zurück ins Büro fiel ihm ein, dass er sein Diensthandy seit dem Zwischenfall mit Morgenthaler immer noch ausgeschalten hatte. Als Erstes sah er Esthers Nachricht, er hörte sie ab und wählte ihre Nummer.

Sie meldete sich sofort.

»Wir haben Morgenthaler festgenommen«, sagte er.

Sie schwieg einen Moment. »Aber?«

»Bist du im Hotelzimmer?«

»Ja.«

»Ich komme in einer Viertelstunde zu dir.«

Lindberg stieg in den Tesla und parkte kurz darauf am Hotel in der Nähe des Bahnhofs. Erst nach zweimaligem Nachfragen öffnete Esther ihm. Ihre Augen war rot unterlaufen, sie hatte ihre Handgelenke mit Mullbinden bandagiert. Esther setzte sich auf das Bett,

Lindberg auf den Stuhl gegenüber. Sie fuhr sich durch die strubbeligen Haare. »Ich seh furchtbar aus, oder?«

»Du hast auch einiges durchgemacht«, antwortete er. »Wenn du jetzt perfekt aussehen würdest, wärst du ein Roboter.«

Sie deutete ein Lächeln an, doch es erstarb schnell.

»Morgenthaler sitzt nur wegen unerlaubtem Drogenhandels«, sagte Lindberg. »Auf dem Slip, den du in Freiburg getragen hast, war nicht seine DNA.«

»Er muss sie auch nicht dort hinterlassen haben«, entgegnete sie. »Ich hab schließlich nicht behauptet, dass er mich vergewaltigt hat.«

»Es haftete aber die DNA eines anderen Mannes am Slip.«

»Ich bin mir absolut sicher, dass Morgenthaler der Täter ist!« Sie erhob sich. »Er hat zweimal versucht, mich umzubringen!«

»Er gibt das zweite Treffen zu«, sagte Lindberg. »Behauptet aber, es sei keine Drahtschlaufe, sondern ein Goldkettchen gewesen, das er dir schenken wollte. Er hat es uns gezeigt.«

Esthers Augen funkelten wild. »Ich weiß, was ich gesehen hab!«

»Daran zweifle ich auch nicht«, antwortete Lindberg. »Aber das menschliche Hirn ist nicht perfekt. Manchmal überlagern sich die Eindrücke. Vielleicht hast du die Situation mit Morgenthaler auf das projiziert, was vorher geschehen ist?«

»Das glaubst du?«

»Ich stelle nur Fragen«, entgegnete er. »Die Antworten gibst du.«

Sie wandte sich von ihm ab, blickte durch das Fenster des Hotelzimmers nach draußen. Ihre Stimme zitterte. »Ich habe gedacht, du bist anders.«

»Und ich hab gedacht, du vertraust mir«, antwortete er. »Was sollte das mit der *Image*-Zeitung?«

Sie erzählte ihm, wie sie sich hatte überrumpeln lassen. »Dieser Träger hat behauptet, er würde mit euch zusammenarbeiten.«

»Träger ist selbst ein Verdächtiger«, entgegnete Lindberg. »Und wir haben ihm von dir nichts erzählt. Irgendjemand muss geplaudert haben.«

»Er wusste, dass ich in der Rechtsmedizin war.«

Lindberg rieb sich die Stirn. Ein Maulwurf in den eigenen Reihen hatte ihnen gerade noch gefehlt.

Esther packte ihn am Arm. Tränen standen in ihren Augen. »Ihr dürft Morgenthaler nicht wieder freilassen! Du hast doch meine Nachricht erhalten, meinst du, er nennt sich aus Spaß Saint Fond?«

»Wenn sich jemand im Internet Darth Vader nennt, heißt das nicht, dass er gleich einen Todesstern baut«, sagte Lindberg. »Aber ich werde ihn fragen, weshalb er den Namen gewählt hat.«

Sie nickte resigniert.

»Wie erklärst du dir die Spuren auf deinem Slip?«

»Vielleicht hatte er einen Komplizen?«

»Hast du eine zweite Person gesehen?«

Sie ließ Lindbergs Arm wieder los, starrte auf die Bettdecke. Eine Träne kullerte ihre Backe entlang. »Ihr Bullen seid doch alle gleich. Am besten du gehst.«

Und das tat er dann auch.

86

Urs Hediger fühlte sich wie schon gestorben. Diese Nacht hatte er wieder nicht geschlafen. Dabei war er beizeiten zu Bett gegangen, direkt nach dem Abendgottesdienst, den er für die Gemeinde in Riehen gehalten hatte. Früher hatte er seine Sorgen einfach wegschlafen können. Doch früher war lange her.

Mitten in der Nacht, gerade als er gedacht hatte, ein wenig Schlaf finden zu können, hatte er gehört, wie ein Steinchen ans Fenster schlug. Und dann noch eins.

Er hatte aus dem Fenster geschaut und die Tür geöffnet. Es war der Beichtende. Er kam in die Wohnung, stellte die Ledertasche auf den Küchentisch, sagte nichts, nickte nur.

Hediger fragte, wo sein Freund begraben war, und der Blonde erzählte es ihm, stellte dann selbst noch ein paar Fragen. Hediger beantwortete sie ihm, so gut er konnte, schließlich war er kein Geschichtsprofessor. Dann war Antipas wieder gegangen.

Das war vor vier endlosen Stunden gewesen.

Hediger rieb sich die Augen, stapfte in die Küche und machte sich einen Kaffee. Er erschrak fast, als er auf dem Küchentisch die Ledertasche liegen sah. Nein, er hatte das nicht geträumt. Was immer er sich einreden wollte, es war geschehen. Hier stand der Beweis.

Dann erst fiel ihm auf, dass er noch gar nicht in die Tasche geschaut hatte.

Vielleicht wollte er es auch gar nicht.

Wenn er es aber nicht tat, war Johann dann nicht umsonst gestorben?

Hediger stellte die Kaffeetasse ab und bekreuzigte sich. Es war wie ein Reflex, er tat es immer, wenn ihm etwas Unangenehmes bevorstand. Doch war es nicht gotteslästerlich, in dieser Situation? Er atmete tief durch und zog den Reißverschluss der Tasche auf.

Irritiert blickte er auf zwei Plastiktüten, aus denen Zeitungspapier herausschaute.

Hediger schloss die Augen. War alles umsonst gewesen? Mit zittrigen Fingern nahm er die Plastiktüten aus der Ledertasche und riss das Zeitungspapier auf.

Sein Herz blieb stehen. Nur ein, zwei Sekunden, dann hatte es sich wieder gefangen.

So viele Fünfhunderter hatte Hediger noch nie gesehen. Imhoff hatte deutlich mehr beiseite geschafft, als seine Erzählungen hatten vermuten lassen. Doch für St. Joseph hatte er keinen Cent gegeben, trotz seines nahen Todes!

Vielleicht war es gut, dass es geschehen war. Jetzt würde er die Gemeinde retten können, die Gemeinde und seine Art sie zu führen.

Doch so sehr er auch sein Hirn mit Ausreden zupflasterte, die Schuld drückte immer noch auf seine Brust wie ein Fels.

Würde es helfen, wenn er sich von Johann verabschiedete?

Wie auch immer, er musste ihm die letzte Ehre erweisen!

Hediger ließ den Kaffee stehen, verließ das Haus, setzte sich in seinen Wagen und fuhr in Richtung Bettinger Wald.

An dessen Rand parkte er. Es dauerte eine Weile, bis er sich in der Dunkelheit orientiert hatte und den richtigen Waldweg fand, dort schaltete er seine Taschenlampe ein.

Schon bald ging er querfeldein durch das Dickicht. Er hatte dem Blonden genau zugehört, wo das Grab zu finden war, doch hier, inmitten der Bäume, der Sträucher, der gebrochenen Äste, sah alles gleich aus.

Wie viele Meter war er schon gelaufen? Zehn? Zwanzig? Er leuchte in die Richtung, aus der er glaubte, gekommen zu sein und sah nichts als dichten Wald. Hediger seufzte. Es würde ihm nichts übrigbleiben, als weiterzugehen.

Schritt für Schritt kämpfte er sich vorwärts, schwenkte die Taschenlampe in alle Richtungen. Doch er sah kein Grab.

Er ging ein paar Schritte weiter, leuchtete wieder zwischen den Bäumen hindurch.

Da! Hediger lief schneller, stolperte beinah, ließ das Kreuz nicht aus den Augen.

Vor dem Grab ging er in die Knie. Er hatte sich vorgenommen, dem Freund den letzten Segen zu erteilen, doch seine Stimme stockte, als sei jedes Wort vergiftet. Er spürte, wie die Tränen in ihm hochschossen. Eine nach der anderen fielen sie auf das frisch ausgehobene Grab.

Hediger wusste, Gott verzieh vieles, ließ endlose Gnade walten. Doch in jenem Augenblick wurde ihm klar, dass dies für ihn nicht mehr gelten würde. Er hatte eine Todsünde begangen.

87

Antipas träumte von der Welt, wie sie brannte, doch als er erwachte, wusste er nicht, wie er den Traum deuten sollte. War er ein Zeichen Gottes?

Oder wurden seine Zweifel vom Teufel gesät?

Der Teufel konnte jeden in Versuchung führen, selbst den Stärksten.

War das Jüngste Gericht wirklich das, was Gott wollte?

Gottes Plan zu verstehen, war schwierig, wenn man nur ein einfacher Jünger war.

Er zog sich ein Büßergewand an und kniete sich vor seine Stadt. Er entzündete eine Kerze und die Stadt erwachte. Demütig richtete er den Blick zum hölzernen Altar dahinter, fixierte den güldenen Strahlenkranz. »Ich bin ratlos, mein Gott«, begann er. Antipas wusste nicht, was der beste Weg war, Gott anzusprechen. Manchmal antwortete der Allmächtige einfach nicht. Oder erst nach Stunden. Deswegen hatte er mit der Beichte begonnen, weil er hatte reden müssen über das, was er getan hatte.

Denn Gott hatte geschwiegen.

Und so hatte Antipas allein entschieden, wen er in den Himmel mitnehmen wollte.

Wahrscheinlich sprach Gott nur zu dem, der geduldig war. Und zu dem, der nicht seine eigenen Wünsche und Nöte in den Vordergrund stellte, sondern der Gott fragte, wie er dem Allmächtigen zu Diensten sein könnte. Wie er Gottes Werk vollenden konnte.

War das nicht der einzig wahre Gläubige? Der alles für Gott tat, was auch immer der Herr verlangte?

Antipas rutschte auf Knien näher zu dem hölzernen Altar. »Ich bin dein Werkzeug, mein Gott«, flüsterte er. »Sag mir, was ich tun soll.« Antipas blickte starr auf den Altar, blickte nicht zur Stadt davor, nicht zur Welt da draußen, fixierte nur den güldenen Strahlenkranz Gottes.

Er wusste nicht weshalb, aber plötzlich spürte er Gottes Anwesenheit. Es war ihm schon häufig so ergangen, selbst nach Stunden des Wartens hatte er gewusst, dass Gott gleich antworten würde.

Ein leichtes Zischeln drang durch den Altar, seine Haare stellten sich vor Spannung auf. »Ich bin dein Werkzeug, mein Gott«, wiederholte er und bekreuzigte sich. Er beugte sich auf den Knien nach vorn, so dass er fast dalag, demütig. »Soll die Welt wirklich zerstört werden?«, fragte er. »Es gibt doch auch gute Menschen. Und die Tiere, was ist mit denen?«

Er hörte das Zischeln, bemerkte die Spannung, spürte seinen eigenen Atem, der ihm vom Boden entgegenschlug.

Und dann endlich sprach Gott zu ihm. »Die Welt muss brennen!«, sagte der Allmächtige.

Und Antipas wusste, was er zu tun hatte.

88

Erik Lindberg wachte nicht vom einem Kuss seiner Freundin auf, nicht von relaxter Musik aus dem Wecker und auch nicht vom Geruch frisch aufgebrühten Kaffees, sondern vom enervierenden Klingeln seines Handys.

Während er das Gespräch annahm, drängte die Erinnerung an den gestrigen Abend in sein Bewusstsein.

Die DNA-Analyse hatte ergeben, dass auch Träger nicht der Täter war, jedenfalls war seine DNA nicht auf Esthers Slip zu finden gewesen. War der Überfall auf sie eine Sackgasse und hatte gar nichts mit den Mordfällen zu tun?

Bevor er zu Paula in die Rehaklinik gefahren war, hatte Lindberg noch kurz mit Morgenthaler gesprochen. Dieser hatte behauptet, wie viele andere verehre er den Marquis de Sade, daher habe er den Namen Saint Fond gewählt. Außerdem sei es interessant herauszufinden, welche Frauen hinter die Bedeutung des Namens kämen und wie diese dann reagierten. Im Übrigen habe etwas Verruchtes der Aura eines Mannes noch nie geschadet.

Das Schlimme war, er hatte recht.

Bei Paula in der Reha-Klinik hatte Lindberg es nicht lange ausgehalten. Was immer er tat, um positive Erinnerungen in ihr zu wecken, es funktionierte nicht.

Er befürchtete, dass er Paula bald genauso aufgeben würde, wie es die Ärzte schon lange getan hatten.

»Hast du verstanden?«, fragte die Stimme aus dem Handy. Es war Mia.

»Sorry, bin grad aufgewacht.« Lindberg rieb sich den Schlaf aus den Augen. Hatte Mia gerade etwas von einem Grab erzählt? »Kannst du den letzten Satz noch mal wiederholen?«

»Es gibt ein neues Grab, im Bettinger Wald bei Basel«, erklärte sie.

»Wissen wir schon wer es ist?«

»Ich hab selbst gerade davon erfahren und bin unterwegs.«

Trotz ihres gestrigen Kollapses klang Mia schon wieder so aufgedreht wie ein gerade losgelaufener Aufziehroboter. »Dir geht es wieder gut?«, fragte Lindberg.

»So gut wie es einem eben geht, wenn eine Leiche auf einen wartet.«

Dreißig Minuten später stand Lindberg vor dem Grab im Bettinger Wald, keine hundert Meter von einem Waldweg entfernt. Die Kriminaltechniker hatten die Grube schon so gut wie ausgehoben, daneben lag ein Kreuz. ›Johann Imhoff‹, stand darauf. Katharina Zach nickte ihm zur Begrüßung zu, Mia stand neben ihr, sie hatte ihren Kopfverband mit einem kleinen Pflaster ersetzt.

»Tja, das war wohl doch nix mit dem Beuteschema des Täters.« Zach blickte Mia an. »Von wegen, er steht auf gutaussehende, junge Frauen.« Sie zeigte in

Richtung der teilweise freigelegten Leiche. Ein unbehaarter Kopf lugte aus der Erde, Ansätze einer faltigen Stirn.

»Und sonst sieht alles aus wie bei den Morden zuvor?«, fragte Lindberg.

Katharina Zach nickte. »Außer dass der Erdhaufen dieses Mal nicht sonderlich hoch war.«

»Vielleicht stand der Täter unter Zeitdruck?«

»Oder er hat aus einem anderen Motiv gemordet. Nicht mehr sexuell motiviert, sondern aus Vertuschungsgründen.«

»Und das Kreuz steckte im Boden?«, fragte Lindberg.

»Klar.«

»Es trägt nicht nur den Vornamen«, sagte er. »Vielleicht waren Täter und Opfer nicht per Du?«

Zach zuckte mit den Schultern.

»Und das Grab stammt von dieser Nacht?«

»Davon gehe ich aus«, sagte Zach.

»Das wäre dann die endgültige Entlastung für Morgenthaler«, sagte Lindberg. »Schließlich sitzt er seit gestern im Knast.« Er rieb sich die Stirn. »Wie wurde das Grab gefunden?«

»Zwei Drittklässler auf dem Weg zur Schule haben es entdeckt. Auf dem Weg zur Schule kommen sie an einer Polizeiwache vorbei und so haben die das gleich gemeldet.«

»Was haben die denn im Wald gemacht?«

»Wollten wohl ihren Schulweg abkürzen. Oder interessanter gestalten. So ganz hab ich das nicht verstanden«, antwortete Zach. »Bin ja auch Kriminaltechnikerin und keine Kommissarin.«

»Wo sind die Kleinen?«

»Sitzen im Streifenwagen«, antwortete Mia. »Die Kollegen haben einen Psychologen angefordert. Aber der ist noch nicht da. Und die Eltern sind auch noch unterwegs.«

»Ich gehe mal zu den Jungs«, sagte Lindberg. »Ihr kommt ja hier allein klar.« Er wusste nur zu gut, wie es war, wenn man als Kind mit dem Tod konfrontiert wurde. Wenigstens hatten die beiden die Leiche nicht gesehen.

Er wünschte, ihm wäre das damals erspart geblieben.

Bei seinen Eltern.

Er lief zurück zum Streifenwagen am Waldweg und klopfte an die Autotür. Auf der Rückbank saßen zwei ungefähr neunjährige Jungs, einer schwarzhaarig, einer brünett. Sie spielten nicht, redeten nicht, schauten nur angestrengt auf den Boden. Wahrscheinlich hatten sie Angst, etwas falsch gemacht zu haben.

Lindberg öffnete die Tür. »Hier sind also die beiden Pfadfinder, die das Grab entdeckt haben.« Er lächelte sie an. »Ich bin Kommissar Lindberg und wollte mich bedanken, dass ihr uns euren Fund gemeldet habt.«

Die Jungs schauten ihn verängstigt an, aber auch mit ein wenig Stolz.

»Wie heißt ihr?«, fragte Lindberg.

»Luca«, sagte der Schwarzhaarige. »Meine Mutter hat gesagt, letztens wurde jemand im Wald beerdigt. Da dachten wir, das ist auch so ein Fall.«

»Das habt ihr sehr gut gemacht.« Er lächelte den brünetten Jungen an. »Und wer bist du?«

»Fabio«, antwortete dieser ohne aufzublicken. »Aber ... aber ... wir verpassen die Schule. Wir haben eine Mathearbeit.«

»Wir schreiben euch eine Entschuldigung«, sagte Lindberg. »Mit Stempel von der Polizei.«

»Und die Arbeit müssen wir dann nicht mehr schreiben?«

»Das muss euer Lehrer entscheiden.«

»Können Sie ihm nicht sagen, dass wir nicht müssen?« Fabio schaute ihn so voller Hoffnung an, wie es nur Kinder konnten.

»Heute müsst ihr sicher nicht mehr in die Schule«, antwortete Lindberg, gefolgt von Jubelschreien der Kleinen. Ein ganzer Tag schulfrei schien für sie ein unglaublich langer Zeitraum zu sein. »Denn ihr müsst uns helfen, den Mann oder die Frau zu finden, die dieses Grab geschaufelt hat.« Er öffnete das Handschuhfach des Streifenwagens, fand ein paar Formulare, schnitt das Logo der Polizei heraus und steckte es mit einer Sicherheitsnadel an die Jacken der Kinder. »So, ihr seid jetzt Hilfs-Kommissare.«

Wieder jubelten die beiden Jungs. *Ich glaube, den Psychologen kann man sich sparen. Das hier ist ihr Highlight der Woche.* »Als Erstes müsst ihr mir sagen, warum ihr durch den Wald gegangen seid.«

»Es ist spannender«, sagte Luca.

»Macht ihr das öfter?«

»Wenn wir Zeit haben oder uns langweilig ist. Wir haben da ein Lager.«

»Ein Lager?«

»Unter einem Baum, wo uns niemand sehen kann.«

»Und von dort aus habt ihr das Grab entdeckt.«

Luca und Fabio nickten.

»Und wann wart ihr das letzte Mal am Lager?«

Die beiden schauten sich an. »Unsere Eltern haben uns das eigentlich verboten«, antwortete Fabio.

»Eure Eltern haben recht«, sagte Lindberg. »Es kann nämlich gefährlich sein. Stellt euch mal vor, der Mann, der das Grab geschaufelt hat, wäre noch da gewesen. Er hätte vielleicht nicht gewollt, dass ihr uns davon erzählt.«

Sie schauten ihn mit großen Augen an.

»Auch wenn ihr schon groß und mutig seid, solltet ihr auf eure Eltern hören«, erklärte er. »Aber sicher sind sie stolz darauf, dass ihr uns gleich Bescheid gegeben habt.«

Die beiden nickten schüchtern.

»Wisst ihr, ob das Grab gestern schon da war?«

»Gestern nach der Schule noch nicht«, antwortete Luca. »Da waren wir auch im Lager, aber die Stelle davor war leer.«

»Habt ihr heute Morgen etwas beobachtet? Waren irgendwelche Leute im Wald?«

Die beiden schauten sich an. Fabio kaute an einem Fingernagel. »Nein«, antwortete Luca.

»Sicher?«, fragte Lindberg. Die Jungs drucksten herum. Irgendetwas wussten sie. »Es ist wichtig, dass ihr es uns sagt, wenn ihr jemanden gesehen habt«, erklärte Lindberg. »Vielleicht hat die Person jemand anders beobachtet und hilft uns so, den Mann zu finden.«

Wieder kaute Fabio an einem Fingernagel. »Ich hab jemanden gesehen«, flüsterte er schließlich. »Als wir in den Wald sind, ging er da vorne aus dem Wald raus.« Er zeigte auf einen Abschnitt des Feldwegs, der ungefähr fünfzig Meter vom Streifenwagen entfernt lag.

»Hat er euch entdeckt?«

Fabio schüttelte den Kopf. »Er ging ziemlich schnell und er hat nicht zu uns geschaut.«

»Und ihr habt ihn trotzdem erkannt?«, fragte Lindberg.

Fabio nickte. »Es war der Pfarrer.«

89

Als man ihm den Brief brachte, dachte Roland Träger als Erstes daran, dass er die Polizei jetzt wieder informieren musste.

Das war das Ärgerliche an seinem Job als Chefredakteur. Was er veröffentlichte, bekam jeder mit. Auch die Polizei. Er konnte nicht einfach so tun, als habe er nichts gewusst. Jedenfalls nicht, solang die Druckerpresse lief. Und das musste sie jeden Tag.

Er schickte Soldau wortlos weg und zog ein paar Einweghandschuhe an. Wie immer trug der Brief weder Marke noch Absender. Er musste besonnen vorgehen und doch speditiv. Schließlich wurde der Briefkasten von der Bundespolizei überwacht, wenn auch nur per Kamera.

Die Polizei konnte mit Leichtigkeit feststellen, wie viel Zeit seit dem Einwurf des Briefes und seiner Nachricht an sie vergangen war und würde daraus gewisse Rückschlüsse ziehen, zum Beispiel bezüglich seiner Prioritäten.

Doch das war alles Spekulation und er musste sich an den Fakten orientieren. Und Fakt war, es gab einen neuen Brief. Er nahm den Umschlag in die Hand. Unter den Einweghandschuhen fühlte er sich nicht wie Papier an, sondern wie Plastik. So konnten die Sinne einen täuschen. Die größten Gefahren sah man nicht: Radioaktivität, AIDS-Viren, Anthrax.

Träger spürte den Schweiß an den Händen. Was, wenn der Brief erneut kontaminiert war? Einer seiner Angestellten hatte den Umschlag schon geöffnet. Hoffentlich hatten die Jungs von der Poststelle die Sicherheitsvorschriften eingehalten. Träger zog sich eine Schutzmaske auf und holte mit spitzen Fingern den Brief aus dem Umschlag.

Dann las er ihn.

Er atmete tief aus, nahm das Telefon und rief Soldau an. »Trommeln Sie jeden verfügbaren Mann zusammen.«

»Wo meinen Sie jetzt, in der Redaktion?«

»Da sind ja wohl alle da, oder machen wir die Montagsausgabe jetzt schon Freitags? Ich meine in der Druckerei!«

»In der Druckerei? Es ist Sonntagmorgen, die Leute haben frei, die Drucker kommen erst gegen Abend, um die Montagsausgabe ...«

»Ich scheiß auf die Montagsausgabe! Sie haben zwei Stunden, die Mannschaft zusammenzubringen, sonst können Sie zu einer Schülerzeitung wechseln, ist das klar?«

Soldau sagte nichts mehr.

»In einer halben Stunde ist Redaktionskonferenz!«, rief Träger. »Ich will die Leiter Politik, Boulevard und Wissen. Haben Sie das verstanden?«

Ein mutloses *Ja* drang durch die Leitung. Träger legte auf, nahm ein leeres Blatt Papier und notierte die wichtigsten Fakten.

Nachdem er das Blatt vollgeschrieben hatte, holte er noch einmal den Brief aus dem Umschlag. Er wollte sichergehen, dass er nichts vergessen hatte. Er las ihn erneut, Wort für Wort:

Heiliget ein Fasten, rufet die Gemeinde zusammen; versammelt die Ältesten und alle Einwohner des Landes zum Hause des Herrn, eures Gottes, und schreit zum Herrn!

Weh des Tages! Denn der Tag des Herrn ist nahe und kommt wie ein Verderben vom Allmächtigen.

Vor ihm zittert das ganze Land und bebt der Himmel; Sonne und Mond werden finster, und die Sterne verhalten ihren Schein.

Dann wird es allen ergehen wie Johann Imhoff, getaufet und begraben im Bettinger Wald.

Mit Anbeginn von St. Martin, um Mitternacht werdet ihr folgen.

Alle.

90

Die Gemeinde in Riehen, die an den Bettinger Wald grenzte, besaß aufgrund von Sparmaßnahmen keinen Pfarrer mehr. Stattdessen wurde die Gemeinde von verschiedenen Pfarreien aus Basel betreut. Daher hatte Lindberg den beiden Jungs die Bilder der Priester gezeigt, die in Riehen aushalfen. Sie waren sich sofort einig gewesen, wen sie gesehen hatten.

Inzwischen hatte Lindberg über diesen Pfarrer einiges mehr herausgefunden. Erstens war Johann Imhoff, der Ermordete, ein Mitglied der Gemeinde dieses Pfarrers in St. Joseph.

Das konnte Zufall sein, doch es gab noch einen zweiten Fakt, der Lindberg nicht aus dem Hirn wollte. Am fünften November, am Morgen nach dem Mord an Tanja Egger hatte jemand vom Telefonanschluss des Pfarrers die Hotline der Kriminalpolizei Basel angerufen. Und dann doch nichts gesagt.

Lindberg nahm sein Handy und rief Mia an. »Wo steckst du?«

»Bin gerade vom Notar raus«, sagte sie. »Du wirst es nicht glauben, wer der Alleinerbe von Imhoff ist.«

»Wie wäre es mit Urs Hediger?«

»Spielverderber«, antwortete sie. Sie vereinbarten, sich direkt vor Hedigers Kirche zu treffen.

Eine halbe Stunde später standen Erik Lindberg, Mia Adam und Katharina Zach vor St. Joseph.

»Was ist mit dem Sondereinsatzkommando?«, fragte Mia.

Lindberg winkte ab. »Hediger ist dreiundsechzig. Du hast die Gänse und Morgenthaler überstanden, also schaffst du das auch.«

Er läutete am Pfarrhaus.

Bis auf die Klingel hörten sie nichts.

Und das änderte sich auch nicht beim zweiten und dritten Klingeln.

»Ist anscheinend nicht da«, sagte Katharina Zach, doch Lindberg hatte schon seine Lockpicks gezückt. »Das dauert mir alles zu lang«, sagte er. »Der Mann ist entweder der Täter, oder er arbeitet mit ihm zusammen. Oder seht ihr das anders?«

Niemand widersprach. Die drei zogen Einweghandschuhe an. Mia nahm ihre Pistole aus dem Holster und entsicherte sie.

Mit wenigen Handgriffen öffnete Lindberg die Eingangstür. Mia ging voran, die Waffe im Anschlag. Lindberg steckte die Picks ein, zückte seine Waffe und folgte ihr. Mia schlich die Treppe hinauf ins Obergeschoss. Während Katharina Zach im Flur blieb, ging Lindberg im Erdgeschoss von Raum zu Raum.

Hediger war nirgends zu sehen.

Bald darauf kam Mia von oben wieder. »Niemand da«, sagte sie. »Und jetzt?«

»Wir schauen uns noch ein bisschen um.« Lindberg ging in die Küche. Als Erstes fiel ihm der Kalender auf, der neben dem Küchentisch hing. Obwohl November war, stand das Kalenderblatt noch auf Oktober, zeigte ein Bild einer imposanten Kirche bei Nacht. Darunter stand: ›Das Münster unserer lieben Frau zu Straßburg.‹

Dann erst sah Lindberg die Ledertasche unter dem Küchentisch. Er deutete darauf, Katharina Zach bückte sich und stellte die Tasche auf den Tisch. Die Kriminaltechnikerin öffnete den Reißverschluss. Sie pfiff durch die Zähne.

»Was ist?«, fragte Lindberg.

»Wenn ihr korrupte Bullen wärt, wär ich jetzt Millionärin.«

»Was?«

Katharina Zach zog den Reißverschluss weiter auf. »Das ist mindestens eine Million in Fünfhundertern.«

»Was ist das für ein Papier?« Lindberg zeigte auf ein halbseitiges Blatt, das über den Fünfhundertern in der Tasche lag.

Katharina Zach nahm das Blatt und reichte es Lindberg. Es waren nur wenige Worte, aber ihm war sofort klar, dass sie Hediger schnell finden mussten. Sonst würde er ihnen gar nichts mehr erzählen. »Ich bin des Geldes nicht wert«, stand auf dem Blatt. »Gebt es an Misereor.«

91

Hätte er nur schon am Samstag den Brief gelesen. Dann hätte er das Unglück noch abwenden können.

Und Johann wäre noch am Leben.

Doch obwohl der Brief am Samstag angekommen war, hatte Hediger seinen Briefkasten erst jetzt, am Sonntagmorgen geleert, damit der Schein wenigstens noch ein paar Stunden gewahrt blieb.

Hediger ging durch die Kirchenbänke von St. Antonius. Wenigstens waren die nicht auch noch aus Beton. Es gab schönere Orte zu sterben, aber er hatte nichts Besseres verdient, als diesen Seelensilo.

Und Krause hatte es wahrlich verdient, ihn zu finden.

Hediger war der einzige Besucher, er blieb vor dem Beichtstuhl stehen, schob den Vorhang beiseite und setzte sich auf den Platz des Priesters. Er schaltete das Besetztlicht an und zog den Vorhang wieder zu.

Er öffnete seine kleine Tasche, nahm eine Packung Schmerztabletten in die eine Hand, eine Flasche Wasser in die andere. Er drückte die Tabletten aus dem Blister und schluckte sie. Eine nach der anderen. Er wusste, es war unwürdig, was er hier tat. Unchristlich. Doch er hatte den Pfad Christi schon lang verlassen.

Niemals hätte er den Beichtenden überreden dürfen, Johann zu töten. Er öffnete die zweite Packung und schluckte wieder Tablette für Tablette.

Er hatte das selbst schon einmal bei einem Mitglied seiner Gemeinde erlebt, einer Frau, die keinen anderen Ausweg mehr gesehen hatte.

Damals hatte er sie nicht verstanden.

Die Dosis, welche die Frau eingenommen und die sie getötet hatte, die hatte er sich dennoch gut gemerkt.

Und verdoppelt.

Der bittere Nachgeschmack der Tabletten brannte in seinem Mund. Er trank die Flasche leer, seine Zunge fühlte sich irgendwie betäubt an. Er bekreuzigte sich, kniete nieder und sprach ein Gebet.

Er wusste, dass es im Himmel für ihn keinen Platz mehr gab.

Aber vielleicht einen für Johann.

Und so betete er für ihn. Für den alten Freund, der ihn nie im Stich gelassen hatte. Hediger musste wieder an den Brief denken.

Darin hatte Johann ihm erklärt, dass er ihm nur aus einem Grund kein Geld für die Gemeinde habe geben wollen, nämlich weil er, Urs Hediger, ohnehin als Alleinerbe eingesetzt sei. Und dann könne er mit dem Geld machen, was er wolle. Vielleicht überlege er es sich also noch mal, ob die Gemeinde wirklich die beste Verwendung für das Geld sei. Denn auch sein Leben sei endlich.

Und wäre es nicht reichlich egoistisch, die Gemeinde jetzt zu retten, wenn sie nach seinem Tod ohnehin eigene Wege gehen würde? Vielleicht könne er das Geld sinnvoller einsetzen. Beispielsweise für ein Hilfsprojekt, das bleibende Werte schaffe. Aber natürlich sei er frei in seiner Entscheidung. Und er, Johann, wünsche ihm alles Gute auf seinem Weg.

Nein, Hediger zürnte seiner selbst nicht, weil er doch geerbt hätte. Sondern er zürnte seiner selbst, weil Johann recht gehabt hatte. Weil er, Urs Hediger, nichts weiter war als ein gottverdammter Egoist.

Deswegen gab es nur eine Lösung.

Er wollte tief einatmen, doch er spürte, wie seine Lunge sich verkrampfte. Sein Atem drang nur noch in Stößen zu ihm durch, sein Herz hämmerte schneller.

Oder schlug es langsamer?

Schwindel ergriff Hediger, er musste sich an der Holzwand des Beichtstuhls abstützen. Er atmete schleppend, schloss die Augen, damit ihm nicht noch übler wurde.

Die Dunkelheit beruhigte ihn ein wenig, ließ ihn klarer sehen.

In dem Moment wurde ihm bewusst, dass er erneut handelte wie ein Egoist. Er konnte nicht einfach so gehen. Er musste die Menschen warnen!

Mit wild zitternden Fingern nahm er die Packungsbeilage des Schmerzmittels aus seiner Priesterrobe und legte sie vor sich auf das kleine Pult. Er holte einen Kugelschreiber heraus, versuchte ihn anzuknipsen, doch er entglitt seinen Fingern und fiel auf den Boden. Hediger fluchte, beugte sich nach unten.

Sofort wurde ihm wieder schlecht. Sein Bewusstsein schwand, als wäre es der herabrieselnde Sand in einer Sanduhr. Hediger riss seinen Kopf wieder nach oben, irgendwie hatte er es geschafft, den Kugelschreiber zu greifen.

Er nahm ihn so fest in die Hand wie er noch konnte und setzte ihn auf die Packungsbeilage.

Er schaffte es, genau vier Wörter zu schreiben.

Dann sackte er zusammen und ging an den Ort, von dem nur Gott wusste, wo er sich befand.

Wenn es ihn denn gab.

92

»Was ist eigentlich mit der *Image*-Zeitung?«, fragte Mia. »Die müssen doch einen neuen Bekennerbrief bekommen haben, oder?«

Lindberg nickte, nahm sein Handy und wählte Trägers Nummer.

»Aaah, Herr Lindberg«, meldete sich Träger. »Sie wollte ich gerade anrufen.«

»Den Satz höre ich jeden Tag zwanzig Mal«, antwortete Lindberg. »Aber mein Telefon klingelt trotzdem nie.«

»Es gibt einen neuen Brief«, sagte Träger.

Lindberg schaltete den Lautsprecher des Handys an und ließ sich den Inhalt des Briefes vorlesen. »Wo wurde er eingeworfen?«, fragte er schließlich.

»In unserem Büro in Aarau«, antwortete Träger.

»Ist Ihnen irgendetwas aufgefallen?«

»Alles wie immer«, sagte Träger. »Kein Absender, keine Briefmarke.«

»Ist Pulver drin?«

»Ich glaube schon.«

»Und wann hätten Sie sich bei uns gemeldet?«

»Der Brief wurde mir gerade gebracht. Ich sitze ja in Zürich ...«

»Wir lassen den Brief sofort abholen«, unterbrach ihn Lindberg, verabschiedete sich und legte auf. Er blickte Mia an. »Ruf mal in Aarau an, sie sollen uns sofort die Aufnahmen schicken. Und wenn die das per Post machen wollen, gibst du denen einen Internetgrundkurs.«

Mia grinste. »Kein Problem.«

Nachdem Lindberg und Zach die Wohnung des Pfarrers durchsucht und nichts auffälliges gefunden hatten, kam Mia wieder. »Man kann von den Aarauern halten was man will«, sagte sie. »Mit Technik können sie umgehen. Ich hab das Video bekommen.«

»Und?«

»Ich dachte, wir schauen es uns gemeinsam an.«

Sie hielt ihr Handy so dass Lindberg und Zach es sehen konnten.

Man erkannte eine Hauswand aus Backsteinen mit einem Briefkasten davor. Es sah aus wie ein Standbild, Mia scrollte das Video weiter nach vorn, bis man eine Bewegung sah. Mehrere Personen liefen an der Wand vorbei, ohne etwas in den Briefkasten einzuwerfen, immer wieder von langen Pausen unterbrochen. Dann endlich hielt jemand an, holte etwas aus einer Tasche, schob es in den Briefkasten und verschwand wieder.

Lindberg kniff die Augen zusammen. »Kannst du das größer zoomen?«

Mia nickte und ließ den Teil des Videos vergrößert starten. Ein Jugendlicher kam ins Bild, schwarzhaarig, irgendwie ungelenk.

»Was ist denn mit dem Jungen?«, fragte Mia. »Er bewegt beim Gehen den Kopf so merkwürdig.«

Irgendwoher kannte Lindberg den jungen Mann. Dieser Gang, dieser Gesichtsausdruck.

»Kannst du sein Gesicht größer machen?«

Mia hielt das Video an, scrollte ein wenig zurück und zoomte auf den Kopf des jungen Mannes. »Kommt mir auch bekannt vor«, sagte sie.

In dem Moment traf Lindberg die Erkenntnis wie ein Schlag. »Verdammt, ich weiß, wer das ist!«

93

Die Menschheit hatte lang genug gewartet. *Er* hatte lang genug gewartet. Alles war vorbereitet für die Ankunft des Herrn. Jene, die ihm im Himmelreich Gesellschaft leisten sollten, waren getauft und warteten darauf, erlöst zu werden.

Jene, die sich nicht zu Gott bekannten, würden sterben.

In den Flammen der Hölle.

In der letzten Stunde hatte er sehr konzentriert arbeiten müssen, doch mit Gottes Hilfe war es ihm gelungen, das Anthrax aus der Bleitonne in einen verschließbaren Plastiksack umzufüllen. Ein gefährlicher und doch absolut notwendiger Schritt, denn nur so konnte er das todbringende Pulver an sein Ziel bringen.

Der Milzbranderreger faszinierte ihn von Tag zu Tag mehr. Von niederen Tieren übertrug er sich auf den Menschen, infizierte und tötete seinen Wirt. Unerbittlich. Genau wie die Pest.

Alles hing zusammen. Nichts war Zufall. Nur wer auf Gott hörte und seinen Worten strikt folgte, erkannte die Zusammenhänge.

Die Pestilenz im Mittelalter war eine erste Warnung für die Menschen gewesen, hatte Millionen dahingerafft. Doch nichts hatte sich seitdem geändert. Jene, die überlebt hatten, waren weder dankbar für Gottes Gnade gewesen, noch hatten sie anschließend gottesfürchtiger gelebt.

Das ließ nur einen Schluss zu.

Dieses Mal würde es keine Überlebenden geben.

Er zog die Atemschutzmaske ab. Er würde sie nicht mehr benötigen. Jetzt, da er alles vorbereitet hatte, konnte er voll und ganz auf Gott vertrauen.

Die himmlischen Heerscharen würden kommen. Sie würden Hagel und Feuer auf die Erde schicken, mit Blut vermengt. Die Flammen würden alles Leben vertilgen, auf das Platz war für das Reich Gottes.

Genau wie auf Imhoffs Bild.

Gleich würde es beginnen.

Denn er war bereit.

Endlich würden sie alle wieder vereint sein: Cesar, Eva, Tanja, Esther. Und er würde bei ihnen sitzen, neben Gott und Jesus.

»Die Erde muss brennen!«, hatte Gott gerufen. Es konnte keinen Zweifel geben. Gott hatte mit ihm gesprochen. Durch den hölzernen Altar, den güldenen Schrein mit dem Strahlenkranz, den er für ihn gebaut hatte. Damals, als er noch ein fehlgeleiteter Jünger gewesen war. Es war das Einzige gewesen, was er hatte mitnehmen dürfen. Sie waren ahnungslos gewesen, wussten nicht, dass Gott durch den Altar zu ihm sprach. Daher hatten sie auch den rechten Weg nicht gekannt.

Antipas ging auf die Knie, bekreuzigte sich. »Ich bin dein Diener, mein Herr«, sagte er. »Ich werde deine Flamme sein.«

Und er tat, wie ihm befohlen wurde.

Die Flammen legten sich bald darauf über den Friedhof am Rande der Stadt und nahmen ihn ein. Sie brannten die Kerzen nieder, die Blumen, die Büsche und die Holzkreuze. Sie befreiten die Toten, ließen ihre Seelen in den Flammen aufsteigen, hinauf zu Gott. Oder hinab in die Hölle, zum Unaussprechlichen, zu Satan, dem Versucher der Welt.

Das Flammenmeer vertilgte die ersten Wohnhäuser, sprang über den Marktplatz, brannte mit besonderer Inbrunst das Wirtshaus nieder, dann das Anwesen des Stadtschreibers, das Kornhaus, die Bäckerei und die Bibliothek. Immer weiter fraß es sich vor, nahm die Schule vor dem Kirchplatz im Sturm.

Die Kinder darin brannten, doch ihre Schreie hörte man nicht.

Sie wurden erlöst, genau wie die Kranken im Spital.

Schließlich schoss das Feuer über den Kirchplatz, züngelte schon an der Kirche. Sie hielt dem ersten Angriff stand, war auf gutem Grund und mit Gottes Hilfe gebaut.

Doch der Allmächtige konnte selbst das niederreißen, was er mit eigenen Händen errichtet hatte. Der ewige Kreislauf des Lebens. Nichts war älter als Gott und nichts würde ihn überdauern.

Mit vehementer Kraft brach das Feuer vom Pfarrhaus zum Kirchportal, setzte es in Flammen. Der Widerstand war gebrochen. Bald schon brannte das Hauptschiff lichterloh, die Flammen im Chor schossen hoch bis zum Kirchturm. Der Turm ragte noch einen Augenblick aus den Flammen hervor, wie Trutzburg schien er über allem zu thronen, gab sich unangreifbar, nur um kurz darauf zusammenzubrechen.

Wie alles, das von Menschenhand war.

Schließlich brannte sogar der güldene Altar und mit ihm die ganze Stadt.

Und bald darauf die ganze Welt.

TEIL III

Büren an der Aare, 1495

Der Wächter vor dem Tor des Kirchhofs musterte Bartholomä und Selma mit durchdringenden Augen. Sein Blick ließ keinen Zweifel daran, dass er nur solche Pilger in die Wallfahrtskirche hineinlassen würde, die ihm wohlgesinnt waren. »Es gibt keinen Platz mehr in der Kirche«, sagte er.

»Aber ... wir sind aus Freiburg hierher marschiert, vier lange Tage.« Selma stellte sich vor den Wächter, so einfach gab sie nicht auf.

Der Wärter deutete auf das kleine Leinensäckchen an Bartholomäs Bund. »Was ist da drin?«

»Alles was wir besitzen«, antwortete Selma. Endlose Stunden hielt sie ihr Kind nun schon in ihren Armen. Bald würde es dorthin gehen, wo die Engel lebten. Sie hoffte es so sehr, wie sie noch nie etwas gehofft hatte.

»Zeigt!« Der Wächter deutete wieder auf das Leinensäckchen.

Mit zittrigen Fingern nahm Bartholomä das Säckchen vom Bund, schnürte es auf und ließ die Münzen in die fordernde Hand des Wächters gleiten. Der Mann steckte alle Münzen ein, bis auf zwei Kreuzer. Die hielt er Bartholomä wieder hin. »Das gebt ihr dem Priester. Mehr hattet ihr nicht bei euch. Ist das so?«

Bartholomä nickte ehrerbietig.

Der Wärter fixierte Selma.

Und sie nickte ebenso.

»Dann dürft Ihr passieren.«

Sie traten durch die Mauer in den Hof der Bürener Wallfahrtskirche. Überall sahen sie Mütter mit ihren Wollbündeln. Die Frauen standen vor dem Eingang der Kirche, beteten und warteten, bis sie eingelassen wurden.

Bartholomä fasste Selma am Arm, zog sie nach rechts. Er deutete auf einen Friedhof mit kleinen Holzkreuzen. »Sieh nur«, sagte er. »Sie begraben ihre Kinder neben der Kirche. Mit einem Kreuz auf dem Grab.«

»Also sind sie getauft«, antwortete sie. Hoffnung durchfloss ihre Adern wie Opium. »Alles wird gut.«

Sie stellten sich hinter die Wartenden. Die Frauen vor ihnen rezitierten den Rosenkranz. Selma blickte nach vorn, auch die Pilger näher beim Eingang beteten und diejenigen, die schon am Portal standen. Alle sprachen mit solcher Inbrunst, dass ihr vielstimmiger Chor klang wie ein einziges, nicht enden wollendes Gebet.

Ein Gebet, dass Gott einfach nicht überhören konnte.

Selma stimmte in den Rosenkranz mit ein. Und wie sie auch Bartholomäs tiefe Stimme hörte, ließ sie sich davontragen, als hätte Gott ihr Engelsflügel verliehen.

Sie spürte nicht mehr ihre wunden Füße, spürte nicht mehr ihre klammen Hände, sie spürte nur noch, dass der kleine Joseph, wie sie ihn nennen wollten, wiederkommen würde.

Wie in Trance gingen sie Schritt für Schritt näher zum Portal. Eine rundliche Nonne hatte sich davor postiert, betete den Rosenkranz. Als sie endlich vor ihr standen, bedeutete die Nonne ihnen mit Blicken, sich zu gedulden.

Nachdem sie mit dem Gebet geendet und das Amen gesprochen hatte, wandte die Nonne sich an Bartholomä und Selma. Es dürfe immer nur ein Paar in die Kirche, zusammen mit ihrem Säugling. Denn die Taufe sei ein Mysterium, das nur reinen Seelen offenbart werde und das nicht gestört werden dürfe.

Wieder begann sie mit dem Rosenkranz und auch Selma und Bartholomä schlossen sich an.

Dann endlich klopfte es am Portal, die Nonne trat beiseite und öffnete das Tor. Der Geruch von Weihrauch empfing Selma. Es war kalt, ihr Atem kondensierte schon auf den ersten Schritten in der heiligen Kirche. Mit weit geöffneten Augen blickte Selma sich um. Die Wallfahrtskirche war fast so groß wie das Münster, welches sie in Freiburg schon seit Jahrhunderten bauten, aber immer noch nicht fertiggestellt hatten. Durch die mit Heiligen verzierten Kirchenfenster fiel farbiges Licht, die Decke in ihrer weißen Reinheit wirkte dem Himmel gleich gewölbt.

Ein Priester kam auf sie zu, in schwarzer Robe, ein Büßerkäppchen auf dem grau behaarten Kopf. Trotz der Kälte, die in der Kirche herrschte, lief er barfuß. Wortlos musterte er sie. Bartholomä nahm die beiden Kreuzer aus seinem Leinensäckchen und reichte sie ihm.

Der Priester nickte und zeigte auf das Wollbündel. »Wie soll er heißen?«

»Joseph«, antworteten Selma und Bartholomä.

Der Priester nickte. »Wir müssen ihn reinigen von der Sünde«, sagte er. »Damit er getaufet werden kann.«

Selma hatte sich die ganze Reise lang nichts sehnlicher gewünscht, als den kleinen Joseph dem Priester zur Taufe zu reichen. Doch mit einem Mal regten sich Zweifel in ihr. »Wie kann ein kleines, unschuldiges Kind Sünde auf sich laden?«, fragte sie.

»Wärt Ihr sonst hier?« Der Tonfall des Priester machte deutlich, dass er keine Widerrede duldete.

Mit zittrigen Fingern überließ Selma ihm das Wollbündel. Er nahm es entgegen, ging ein paar Schritte zu einem Mönch und reichte ihm das Bündel weiter. Der Mönch drehte sich wortlos um und hielt auf eine Tür links vom Chor zu.

Selma wollte ihm mit Blicken folgen, doch der Priester stellte sich vor sie und stimmte ein Vaterunser an. Sie ging in die Knie, faltete die Hände, blickte demütig auf den Boden und sprach das Gebet. Als sie nach dem *Amen* heimlich wieder aufschaute, war der Mönch hinter der Tür verschwunden.

»Das ist kein Ort für Misstrauen«, sagte der Priester. »Es ist ein Ort des Vertrauens. Vertrauen in die Allmacht und Stärke Gottes.«

Selma bekreuzigte sich. »Ich habe ihn seit der Geburt nicht aus den Händen gegeben. Er fehlt mir.«

»Er muss gereinigt sein, wenn wir ihn taufen. Es gehört zum Ritus.«

Sie nickte unterwürfig. »Wenn Ihr ihn nur taufet.«

»Es liegt in Gottes Hand«, antwortete der Priester.

Eine kleine Glocke schlug. Der Priester schritt mit Selma und Bartholomä nach vorn zum Chor. In dessen Mitte thronte ein Marienstandbild, rechts davor stand eine Krippe mit hölzernen Figuren, links daneben ein massiver Taufstein. In den Stein war eine Ablage gehauen, gerade groß genug für ein Neugeborenes.

Selma ging vor dem Standbild in die Knie und bekreuzigte sich. Sie wusste, die heilige Maria hatte schon viele Wunder bewirkt, hier und an anderen Orten. Wenn jemand die Nöte eine Mutter verstand, dann sie.

Ihr Blick schweifte zur Krippe. Sie sah aus wie ein kleines Dorf aus Holz, in der Mitte eine Kirche, davor im Strohbett das Jesuskind.

Der Priester sprach davon, dass sie von nun an streng nach Gottes Regeln zu leben hätten, damit ihr nächstes Kind nicht wieder Schande über die Familie bringen würde.

Selma nickte. Sie hatte immer getan, was der Dorfpfarrer ihnen aufgetragen hatte, kein Zweifel an seinen Worten war über ihre Lippen gekommen. Oder war allein der Gedanke an Zweifel schon Ungehorsam?

Endlich öffnete sich die Tür zum Nebenraum des Chors. Der Mönch trat hinaus, den kleinen Joseph in einem weißen Gewand auf dem Arm tragend.

Selmas Herz schlug schneller. Jetzt, wo sie Joseph wieder sah, wirkte ihr Sohn seltsam entrückt. Als sei eine unsichtbare Wand zwischen sie getreten, die sie nie wieder würde überwinden können.

Behutsam legte der Mönch den kleinen Joseph auf den Taufstein. Selma wollte zu ihm, wollte die unsichtbare Wand durchbrechen, doch der drohende Blick des Priesters hielt sie zurück. Aus einem Behältnis neben dem Taufstein nahm der Priester eine weiße Daunenfeder und hielt sie mit beiden Händen in die Höhe. Das Licht, welches durch die farbigen Fenster in den

Chorraum fiel, schien durch die Feder hindurch, so dünn war sie.

Der Priester segnete die Feder und legte sie dem kleinen Joseph direkt auf die Lippen.

Dann geschah das Unglaubliche!

Die Feder, die eben noch auf dem Mund des Säuglings gelegen hatte, schwebte über seinen Lippen in der Luft.

»Er atmet!«, rief Selma. »Er lebt!« Sie stürzte auf den kleinen Joseph zu.

Der Mönch kam ihr entgegen, hielt sie mit beiden Händen zurück, doch sie wollte zum Taufstein, zu ihrem Sohn, wehrte sich.

»Unsere Macht ist begrenzt«, rief der Priester. Mit drohendem Blick stellte er sich vor sie.

»Aber er lebt!« Selma drehte sich, riss sich vom Mönch los, drängte am Priester vorbei zu ihrem Kind. Sie war Joseph schon ganz nah, als der Priester sie von hinten packte und vom Taufstein wegzerrte. »Hinfort zu Ihrem Mann!«, rief der Priester. »Oder er wird nicht getaufet!«

Selma trat ein paar Schritte zurück, Tränen schossen ihr in die Augen. »Sehen Sie doch, die Feder!«, flehte sie. »Sie schwebt über seinem Mund. Er atmet! Er lebt!«

»Er lebt«, bestätigte der Priester. »Doch einzig aus dem Grunde, damit er die Taufe empfangen kann.« Er sprach wenige, schnell dahingemurmelte lateinische Worte und besprengte den Jungen mit ein paar Tropfen Weihwasser aus dem Taufstein. Dann malte er ihm ein Kreuz auf die Stirn und sprach: »Accipe signum Crucis tam in fron te, quam in cor de, sume fidem caelestium praeceptorum: Et talis esto moribus, ut templum Dei jam esse possis.«

Schließlich salbte er den kleinen Joseph mit Chrisam und kniete nieder. »Es ist vollbracht. Lasset uns beten.«

»Und jetzt?«, fragte Bartholomä, kaum hatte er *Amen* gesagt.

»Jetzt hat er den Limbus, die Vorhölle verlassen und fährt hinauf in den Himmel. Genau, wie Ihr gebetet habt.«

Selma sah, dass sich die Feder über dem Mund ihres Sohnes langsam senkte, kaum noch über seinen Lippen schwebte. »Warum muss er wieder sterben?« Sie schaute den Priester aus verzweifelten Augen an. »Wenn er doch lebt!«

»Wir haben unser Versprechen gehalten«, antwortete der Priester. »Er ist getaufet und die Last seines ungebührlichen Todes ist von Euch genommen. Mehr liegt nicht in unsrer Hand. Geht jetzt!«

94

Jeden Werktag erschien die *Image am Abend* pünktlich um sechzehn Uhr. Ausnahmen hatte es seit Bestand der Zeitung noch nie gegeben.

Bis heute. Schließlich konnte die Welt nur ein einziges Mal untergehen. Und eine Zeitung, die vor einem Weltuntergang nicht noch einmal erschien, war keine Zeitung.

Selbst wenn es Sonntag war.

In schwarzen Großbuchstaben, die sich über die halbe Frontseite erstreckten, prangte die Headline: ›*Weltuntergang um Mitternacht?*‹. Darunter, in kaum kleineren Lettern: ›*Weltuntergangskiller schlägt wieder zu!*‹

Sie waren gerade von Hedigers Wohnung losgefahren und hatten an einer Zeitungsbox ein Exemplar mitgenommen. »Wenn die *Image*-Zeitung recht hat, bleiben uns nur ein paar Stunden.« Katharina Zach reichte Lindberg die Zeitung nach vorn auf den Beifahrersitz.

Lindberg schaute die Kriminaltechnikerin skeptisch an. »Du bist doch sonst nicht so leichtgläubig.«

»Bin ich auch nicht«, seufzte Zach. »Aber die Milzbrand-Spuren an dem neuen Bekennerbrief kann ich mir nicht schönreden. Die haben im Labor Gas gegeben und mir schon die Ergebnisse geschickt: Der Täter hat die Dosis wieder erhöht.«

»Trotzdem ist bisher niemand erkrankt, oder?«

»Noch«, antwortete Zach. »Mit der richtigen Menge kannst du den ganzen Planeten auslöschen.«

»Und wie viele Tonnen brauchst du davon?« Mia drehte sich zu ihr.

»Tonnen?« Zach schüttelte den Kopf. »Weniger als hundert Gramm effizient verteilt und die Schweiz ist Geschichte.« Sie hob den Zeigefinger. »Bisher ist nur niemand gestorben, weil die Dosis auf den Briefen extrem niedrig war. Das waren nur ein paar Sporen, der Bruchteil eines Nanogramms. Der Täter will nur zeigen, was er kann.«

»Aber warum?«, fragte Lindberg. »Er fordert kein Lösegeld, nichts.«

»Selbstmordattentäter fordern auch kein Lösegeld.« Mia biss sich auf die Lippe. »Es geht ihnen um ihren Glauben. Und der ist eben nicht rational.«

»Ich habe Kopien der Briefe an das historische Institut der Universität Bern geschickt«, sagte Katharina. »Daraufhin hat mich der leitende Professor angerufen und meinte, die Texte stammen aus alten Himmelsbriefen, jeweils ergänzt mit dem Fundort der Leichen.«

»Himmelsbriefe?«, fragte Mia.

»Das ist so eine Art Kettenbrief aus dem Mittelalter. Wer einen solchen Brief besaß, war geschützt vor Krankheit, Unglück oder der Pest. Man glaubte, der Brief stamme direkt von Gott. Und wer den Brief nicht wertschätzte, hatte Unheil zu erwarten. Eben genau wie ein Kettenbrief.«

»Ist unser Täter ein Historiker?«, fragte Mia.

»Es wird noch besser«, sagte Zach. »Denn der Professor hat mir auch einiges zum Martinstag erzählt. Der 11.11. ist nicht nur der Tag, an dem man Martinsgans verspeist, die Fasnacht einläutet und mit Laternen durch die Stadt läuft, sondern es war einer der wichtigsten Tage im Kalender des Mittelalters.«

»Weswegen das denn?«

»Am Martinstag endete der natürliche Erntezyklus, deshalb war das der Zinstag, an dem abgerechnet wurde. Man hat Bilanz gezogen, Schulden beglichen, mit dem Alten abgeschlossen. Wenn Gott also mit der Menschheit abrechnen würde, wann wenn nicht an St. Martin?«

Mias Diensthandy klingelte. Sie nahm das Gespräch an, sagte dann aber kaum ein Wort. »Es war ein Basler Kollege«, erklärte sie schließlich. »Anscheinend ist in Basel in der St-Antonius-Kirche ein Pfarrer aus dem Beichtstuhl gekippt.«

»Tot?«, fragte Lindberg.

Sie nickte. »Die Beschreibung passt auf Hediger.«

»Tot kann er uns nicht mehr helfen«, sagte Lindberg. »Und wir müssen nach Aarburg. Katharina, wir setzen dich an der nächsten Ecke ab, du nimmst am besten ein Taxi in die Kirche, dann bist du in einer Viertelstunde da.«

Katharina Zach nickte und stieg an der nächsten Ampel aus. »Ich melde mich dann von dort.«

Als sie an die Schreinerei Ullrich in Aarburg kamen, lag das hölzerne Haus so malerisch in der untergehenden Abendsonne, als stamme es direkt aus einem Werbespot für Schweiz-Tourismus. Und doch trog der

Schein. Lindberg entsicherte seine Waffe. »Glaubst du, dass ein Junge mit Down-Syndrom der Täter ist?«, fragte Mia.

»Im Glauben war ich nie sonderlich gut«, entgegnete Lindberg. »Lass uns erst mal mit ihm reden.«

Sie gingen zur Eingangstür der Schreinerei. Lindberg drückte die Klinke hinunter, wunderte sich, dass die Tür offen war und schaltete das Licht ein. »Ist da jemand?«

Aus dem Lagerraum hörten sie ein Geräusch. Mia zückte ihre Waffe.

Lindberg ging auf die Tür des Lagers zu. Sie war nur angelehnt. »Hallo?«, rief er.

Hinter der Tür fiel irgendetwas zu Boden.

Und dann weinte jemand.

Lindberg stieß die Tür auf, trat in den Raum, die Pistole im Anschlag.

Er saß auf dem Boden, hielt die Hände vor sein Gesicht. Er war allein.

Lindberg packte die Waffe weg und ging in die Hocke. »Christian?«, fragte er. »Ist alles in Ordnung?«

Der junge Mann wischte sich die Tränen aus den Augen, blickte Lindberg schüchtern an. Laut Personenstandseintrag war Christian Ullrich achtzehn Jahre alt, er wirkte aber, als sei er keine zwölf. »Hat mich hier gelassen. Hat versprochen, um fünf ist er da.« Er zeigte hilflos auf seine Armbanduhr, eine Kinderuhr mit extra großen Ziffern.

»Dein Vater?«, fragte Lindberg.

Der Junge nickte. »Hat mich vergessen.«

»Ihm ist sicher nur etwas dazwischengekommen«, sagte Lindberg. »Er würde dich nie vergessen.« Er rückte näher an den Jungen heran. »Wo du doch für ihn heute Morgen in Aarau warst.«

Der Junge blickte Lindberg misstrauisch an, öffnete den Mund, wog den Kopf hin und her. »Das war nicht für Papa«, sagte er schließlich.

»Wer hat dich dann geschickt?«, fragte Lindberg.

»Das ist ein Geheimnis.« Stolz stand in den Augen des Jungen.

»Dein Papa weiß nichts davon?«

Christian Ullrich schüttelte den Kopf.

»Wie bist du denn nach Aarau gekommen?«

»Mit dem Zug.«

»Du hast dir ein Ticket gekauft und bist ganz allein gefahren?«

»Nein ...«, sagte der Junge. »David ...« Er stoppte mitten im Satz.

Doch er hatte genug gesagt.

95

Es roch nach verbranntem Menschenfleisch. Es roch nach Tod, nach Asche, nach der Hölle auf Erden.

Es roch nach der Pest.

Man hatte sie auf einer Rheininsel in einer eigens gebauten Hütte eingesperrt und die Hütte mit dicken Balken und schweren Schlössern verriegelt. Dutzende Menschen, Männer, Frauen und Kinder. Die nur eines einte: ihr Glauben.

Dann hatte man die Insel verlassen. Nur noch das entfernte Rufen der Ausgestoßenen war zu hören gewesen, ihr Flehen, ihr Beten und ihr Wehklagen.

Doch ihr Gott, er hatte sie verlassen.

Vielleicht lag es daran, dass er auch der Gott ihrer Gegner war, derjenigen, die sie hier eingesperrt hatten.

Vielleicht lag es aber auch daran, dass ihr Gott schon lang nicht mehr lebte.

Oder dass es ihn nie gegeben hatte.

Jedenfalls eilte er ihnen nicht zur Hilfe.

Nicht, als sie die brennenden Pfeile auf das mit Stroh bedeckte Dach schossen.

Nicht, als das Feuer auf das Dachgebälk übergriff.

Und auch nicht, als die Menschen in der Hütte elendig verbrannten.

Sie hatten die Pest nach Basel gebracht. Davon waren alle überzeugt gewesen. Jedenfalls alle, die damals in der freien Reichsstadt Basel das Sagen gehabt hatten: Die Zünfte, die sich nebenbei ihrer Schulden entledigten, die Ratsherren, die den Besitz der Ausgeschlossenen unter sich aufteilten und nicht zuletzt der Bischof, der sie endlich bestraft hatte.

Dafür, dass sie Jesus getötet hatten. Dafür, dass sie die Pest gebracht hatten. Oder einfach dafür, dass sie Juden waren.

Natürlich hatte die Pest unvorstellbar grausam in Europa gewütet, hatte ganze Städte entvölkert, Familien ausgerottet, unzähliges Leid über das Land gebracht, sie hatte ein Drittel der Europäischen Bevölkerung dahingerafft. War es nicht verständlich, dafür einen Schuldigen zu suchen? War es nicht verständlich, auf die Worte derjenigen hereinzufallen, welche die Juden aus Eigennutz zu Sündenböcken gemacht hatten?

Die Pest veränderte alles. Sie kehrte das Hässliche im Menschen hervor, befeuerte seinen Rachetrieb, ließ ihn zum Mörder werden.

War es also nicht nachvollziehbar, dass die Basler so reagiert hatten?

Das Problem war nur, dass die Pest zum Zeitpunkt des Basler Pogroms die Stadt noch gar nicht erreicht hatte.

Noch gar nie erreicht hatte.

Es war mitten in der Fasnacht gewesen, die in Basel schon immer mehr mit dem Tod, als mit dem Leben zu tun hatte. Am 16. Januar 1349. An jenem Tag ermordeten die Basler alle Juden der Stadt.

Die Pest war dann trotzdem gekommen, im Mai.

Und als hätte Gott doch noch nach Basel geschaut, war sieben Jahre später das Erdbeben gefolgt.

Am Lukastag des Jahres 1356. Das verheerendste Erdbeben, das sich seit Menschengedenken in Mitteleuropa ereignet hatte. Jede Kirche im Umkreis von dreißig Kilometern hatte das Erdbeben hinweggefegt. Und auch jedes andere Gebäude.

Doch Basel war nur das Fanal gewesen.

Am 30. Januar 1349 wurden in Freiburg alle Juden gerichtet.

Am 14. Februar war Straßburg gefolgt, ausgerechnet am Valentinstag. Das Valentinsmassaker dauerte sechs Tage, mehr als zweitausend Juden wurden ermordet, ihre gesamte Gemeinde ausradiert.

Die Pest wütete danach trotzdem in der Stadt.

Doch kein großes Erdbeben war über Straßburg gekommen.

Bis zum heutigen Tage.

Deshalb war Antipas nach Straßburg unterwegs.

Mit flammendem Schwert würde er die Stadt aus der Landkarte schlagen. Auf dass die Flammen aufloderten und die ganze Welt in Brand steckten.

Nein, nicht, weil er die Juden rächen wollte.

Sondern weil Gott es ihm befohlen hatte.

96

Während Mia auf der Fahrt zurück nach Basel damit beschäftigt war, überambitionierte Sonntagsfahrer zu überholen, informierte Lindberg Bundesanwalt Schiller, um einen Haftbefehl für David Bender zu beantragen. Lindberg hatte schon einiges über den Verdächtigen herausgefunden. Er war dreiundzwanzig, hatte seine Lehre als Schreiner vor zwei Jahren abgebrochen, arbeitete dennoch in dem Beruf, eben bei der Schreinerei Ullrich. Laut Meldeamt wohnte er noch bei seinen Eltern. Sein Strafregister war so unbefleckt wie das eines Neugeborenen.

Und er hatte blonde, lange Haare, wie ein Engel.

»Erinnerst du dich daran, dass David Bender uns erzählt hat, er sei bei den Primuschristen gewesen?«, fragte Mia.

Lindberg nickte. »Daher könnte seine Interpretation der Bibel stammen. Möglicherweise nimmt er die Bibelzitate wörtlich, die er dort gelernt hat.«

»Weswegen hat er die Primuschristen noch einmal verlassen?«, fragte sie.

»Er wollte sich nicht taufen lassen. Weil sie ein merkwürdiges Ritual zelebrieren würden. Oder weil sie es nicht richtig ausführen«, antwortete Lindberg. »So ganz hab ich das nicht verstanden.«

»Ein Taufritual?«, fragte sie. »Das würde zu den Olivenölspuren passen, die man an den Toten gefunden hat. Wie hieß das Öl noch mal?«

»Chrisam«, antwortete Lindberg. »Vielleicht hat Bender die Toten getauft, um ihnen den Platz im Himmelreich zu sichern.«

»Niemand weiß, wann das Himmelreich kommt«, antwortete Mia. »Seit zweitausend Jahren warten die Christen darauf. Und wahrscheinlich warten sie bis in alle Ewigkeit.«

»David Bender ist überzeugt, dass das Himmelreich unmittelbar bevorsteht«, entgegnete Lindberg. »Weil er das Jüngste Gericht selbst herbeiführen wird. Mit Beginn des Martinstags. Heute um Mitternacht.«

»Das Anthrax!« Mia riss ihre Augen auf.

»Allmählich glaube ich, dass es keine leere Drohung ist.« Er blickte Mia an. »Und du auch, sonst würdest du nicht so Gas geben.«

Ein paar Minuten später bogen sie in die Klybeckstrasse in Basel, in der David Benders Eltern wohnten. Das Viertel hatte schon bessere Zeiten erlebt, manche meinten, es sei heruntergekommen, falls es so etwas in Basel überhaupt gab.

Jedenfalls wurde Klybeck überwiegend von Einwanderern bewohnt, teils auch von Schweizern, die sich die teuren Mieten der nobleren Stadtteile nicht leisten konnten. Oder wollten.

Von Natur war hier nicht viel zu sehen, ebenso wenig von der extravaganten Architektur, wegen der Basel wahlweise geliebt oder gehasst wurde.

Lindberg hielt vor einem gesichtslosen und wahrscheinlich geschichtslosen Betonklotz. »Hier muss es sein«, sagte er. Die Straße war kaum belebt, in den meisten Häusern brannte Licht. Er blickte auf die Anzeige am Armaturenbrett. Einundzwanzig Uhr. Mia stürmte aus dem Auto, Lindberg entsicherte seine Waffe. Als er zu ihr an die Eingangstür trat, hatte sie schon zweimal geklingelt.

»Gibt es wieder keine Verstärkung?«, fragte Mia und entsicherte auch ihre Waffe.

Lindberg zuckte mit den Schultern. »Die Jungs von der Sondereinheit wurden zu einem anderen Fall abberufen. Aber sie sind auf mich eh nicht gut zu sprechen.« Er zeigte auf einen Streifenwagen, der hinter dem Block parkte. »Die Kollegen sichern den Fluchtweg, das ist alles.«

Mia drückte erneut auf die Klingel. Lindberg wollte schon seine Lockpicks herausholen, als sich über die Gegensprechanlage endlich jemand meldete. »Ja?«

»Wir sind von der Bundespolizei«, sagte Lindberg. »Würden Sie uns bitte öffnen?«

»Bundespolizei?«, hörten die Kommissare noch, dann ging der Türsummer.

Über das Treppenhaus liefen sie hinauf in den zweiten Stock. Vor einer offenen Haustür wartete eine Frau, Mitte Fünfzig, vielleicht ein wenig älter. Sie hatte ihr graues Haar zu einem Dutt gebunden und trug einen faltigen Rock. Sie musste einmal hübsch gewesen sein, doch inzwischen hatten sich tiefe Sorgenfalten in ihr Gesicht gegraben. »Sind Sie Maria Bender?«, fragte Lindberg.

Sie nickte. »Worum geht es denn?«

»Um Ihren Sohn, David Bender.«

Vielleicht ging es jeder Mutter so, wenn die Polizei vor der Tür stand, aber in ihren Augen las Lindberg, dass sie genau das befürchtet hatte. »Ist er da?«, fragte Lindberg.

Sie schüttelte den Kopf.

»Können wir reinkommen?«

Sie sagte nichts, trat aber einen Schritt beiseite, um die Tür freizumachen. Mia ging in die Wohnung, Lindberg folgte ihr. Der Flur wirkte etwas abgewohnt, aber sauber, an der Wand hing ein Familienportrait, ein Mann, ein Junge, ein Hund. Maria Bender schloss die Tür hinter den Kommissaren, drehte den Schlüssel herum.

»Wer ist da?«, fragte ein Mann aus dem Wohnzimmer. Lindberg wollte schon nach seiner Waffe greifen, da kam der Mann in den Flur. Er blickte die Kommissare mit einem starren, fast manischen Gesichtsausdruck an und hielt irgendetwas Metallenes in der Hand.

Lindberg zuckte instinktiv zusammen, sah im Augenwinkel, wie sich Mia versteifte.

Dann erst erkannte er, was der Mann in der Hand hielt.

Eine silberne Fernbedienung, wohl für einen Fernseher. Der Mann war um die sechzig, kaum ein graues Haar bedeckte seinen Kopf. Es musste Rudolf Bender sein. »Was wollen Sie hier, um die Uhrzeit?«, fragte er. Immer noch bewegte sich seine Miene kaum.

»Wir sind von der Bundespolizei und suchen David Bender«, antwortete Lindberg.

»Der wohnt nicht mehr hier.« Die Stimme des Vaters klang hart. So als habe er gar keinen Sohn mehr.

»Wo wohnt er dann?«, fragte Mia.

»Bei Büren an der Aare, in einer Holzhütte.«

»Haben Sie die Adresse?«

Rudolf Bender blickte Lindberg abschätzig an. »Haben Sie schon mal eine Holzhütte mit einer Adresse gesehen?«

»Sie werden uns sicher sagen können, wo die Holzhütte liegt.« Lindberg öffnete auf seinem Diensthandy eine Landkarte und zoomte zum Ort Büren an der Aare.

Der Mann betrachtete das Smartphone als wüsste er nicht, was er damit anfangen solle.

Lindberg merkte, wie die Frau von der Seite versuchte, auf das Display zu schauen. Es war keine Frage, wer in dieser Beziehung die Intelligentere war. Wie so häufig die Frau. Trotzdem glaubte der Mann, bestimmen zu können, wo es langging.

Lindberg zeigte Maria Bender das Handydisplay. Sie blickte kurz darauf, dann deutete sie auf einen Punkt am Rande eines Waldstücks.

»Sind Sie sicher?«, fragte Lindberg.

Sie nickte.

»Hat er erzählt, was er plant?«

Sie schüttelte schweigend den Kopf. Lindberg glaubte, eine Träne zu erkennen.

»Wir gehen jetzt«, sagte Lindberg. »Wenn Ihr Sohn sich meldet, geben Sie uns sofort Bescheid.« Er reichte ihr eine Visitenkarte.

Maria Bender nahm sie entgegen, ohne jede Regung. Keine Frage kam über ihre Lippen, was ihr Sohn denn verbrochen habe. Als hätte sie es schon immer geahnt.

In der Haustür blickte Lindberg noch einmal zurück. *Das Familienportrait an der Wand. Etwas stimmt nicht damit.*

Er ging zu dem Foto und betrachtete es. Rudolf Bender war darauf zu sehen, jünger und doch schon mit diesem verhärteten Gesicht. Links von ihm stand ein kleiner, blonder Junge, wahrscheinlich David. Der Junge trug ein tönernes Gefäß in der Hand, sein Blick war seltsam entrückt. Zwischen ihnen, auf einem steinernen Podest, lag ein schwarzer Dobermann auf dem Rücken, die Beine unnatürlich abgewinkelt, die Augen geschlossen. So wie der Hund dalag, gab es nur eine Erklärung: Er war tot.

Über dem leicht geöffneten Mund des Hundes war ein weißer Fleck zu sehen.

Nein, es war kein Fleck. Es war eine Feder.

Sie schwebte in der Luft.

Lindberg drehte sich zu Rudolf Bender. »Was haben Sie mit dem Hund gemacht?«

97

Katharina Zach saß im Taxi auf dem Weg zur Rechtsmedizin und fluchte. Offensichtlich zählte die Taxifahrerin nicht zu den Personen, für die man den Minutenzeiger erfunden hatte. Zach versuchte ihr beizubringen, dass es um Leben und Tod ging, doch die Taxifahrerin, die keinesfalls indisch aussah, sondern sehr, sehr schweizerisch, erwiderte irgendetwas von Reinkarnation und dem ewigen Kreislauf des Lebens. Und von schlechtem Karma durch zu schnelles Autofahren.

Endlich erreichten sie die St. Antonius-Kirche. Karma hin oder her, Katharina Zach gab kein Trinkgeld. Sie zog den Schutzanzug und Einweghandschuhe an, grüßte die Kollegen und betrat die Kirche.

Sie ging zum Beichtstuhl und blickte in die hölzerne Kammer, deren Tür offen stand. Sofort erkannte sie Hediger, der Mann sah genau aus wie auf seinem Passfoto. Auf dem Boden lagen zwei leere Blister irgendwelcher Schmerztabletten.

Einer der Spurensicherer vor Ort deutete auf einen Brief, der in Hedigers Talar steckte. Katharina nahm ihn heraus. Sie überflog den Inhalt. Er stammt von

Johann Imhoff, verriet aber nichts über den Mann den sie suchten oder den geplanten Anschlag.

Dann erst sah sie den Beipackzettel unter der kleinen Bank im Beichtstuhl liegen.

Jemand hatte etwas darauf geschrieben, nein, nicht geschrieben, gekritzelt.

Mehrere Buchstaben, offensichtlich vier Worte. Auf den ersten Blick ergaben sie keinen Sinn. Hediger schien mitten im Satz abgebrochen zu haben.

Das erste Wort war leicht zu entziffern: Martinstag. Die beiden Wörter dazwischen waren kaum leserlich, erst das letzte Wort war eindeutig: *›de‹*. Französisch für *von*, oder *aus*, je nachdem, was davor oder danach kam. Doch es kam nichts danach. Nicht einmal ein Punkt.

Oder war das ein unvollständiges Wort?

Sie konzentrierte sich auf das erste Wort, las Buchstabe für Buchstabe. *Martinstag*, sie war sich sicher.

Die beiden Wörter dazwischen konnte sie immer noch nicht entziffern.

Katharina Zach glättete das Papier, hielt es näher vor ihr Gesicht und dann endlich erkannte sie, was dort stand: »Martinstag Notre Dame de«.

98

Rudolf Bender blickte starr an Lindberg vorbei, antwortete nicht, öffnete nicht mal den Mund, sondern krampfte seine Lippen zusammen. Lindberg wusste, es war ein sicheres Zeichen dafür, dass er genau die richtige Frage gestellt hatte. »Was haben Sie mit dem Hund gemacht?«, fragte er erneut.

Notgedrungen musste Bender ihn jetzt anschauen. »Wie meinen Sie das?« Es war die hilflose Antwort eines Ertappten, die zu nichts nütze war, außer ein paar Sekunden zu schinden.

»Die Feder«, sagte Lindberg. »Sie schwebt über dem Maul des toten Hundes.«

»Es ... es war ... der Wind... Zufall«, antwortete Bender.

»Zufall?«, wiederholte Lindberg. »Sie haben zufällig eine vorbeifliegende Feder fotografiert? Und weswegen schaut der kleine David, als sei er gerade erleuchtet worden? Mir sieht das mehr wie eine Taufszene aus.«

Rudolf Bender öffnete den Mund, doch kein Wort kam über seine Lippen.

Dafür hörte Lindberg Maria Bender hinter ihm nervös atmen. »Sie haben recht«, sagte sie, als er sich gerade zu ihr umdrehen wollte. Ihr Mann starrte sie einen Augenblick lang abfällig an, stieß dann einen leisen Fluch aus, drehte sich ab und ging ins Wohnzimmer. »Cesar, der Dobermann, war Davids Ein und Alles.« Maria Bender bekreuzigte sich. »Als er gestorben ist, wussten wir uns nicht anders zu helfen, als Cesar wiederzuerwecken und zu taufen.«

»Wiederzuerwecken?«, fragte Lindberg.

»Wir haben damals in Büren an der Aare gelebt, so wie David heute.« Sie seufzte. »Das ist ein alter Wallfahrtsort, der im Mittelalter dafür bekannt war, ungetaufte Kinder von den Toten auferwecken zu können.«

»Was?!«

»Im Mittelalter glaubte man, dass ungetaufte Kinder in den Limbus kommen, in die Vorhölle. Dort wären sie gefangen und würden Unglück über ihre Familie bringen, über das Dorf, in dem sie als Tote umherstreiften.«

»Ein ziemlicher Aberglauben, oder?«, fragte Mia Adam.

»Wie man es nimmt«, antwortete Maria Bender. »Bis 2007 war dieser *Aberglaube* Bestandteil der katholischen Lehre. Erst dann erklärte der Papst, dass es wahrscheinlich gar keine Vorhölle gibt. Obwohl die katholische Kirche genau das jahrhundertelang gepredigt hatte.«

»Dauernde Wiederholung macht eine falsche Sache nicht richtiger«, antwortete Mia.

»Die Menschen im Mittelalter haben daran geglaubt«, sagte Maria Bender. »Durch die Wiedererweckung und die anschließende Taufe befreite man sie von dieser Schmach. Und die Seelen der Kinder konnten in den Himmel aufsteigen.«

»Aber wie hat man das gemacht?«, fragte Lindberg. »Die toten Kinder wiedererweckt?«

»Kohlen«, antwortete sie.

»Kohlen?«

»Man hat die Leichen der Säuglinge in einem Nebenraum der Kirche über glühenden Kohlen aufgewärmt und dann in den kühlen Chorraum der Kirche getragen. Dort legte man sie vor das Marienstandbild, das für das Wunder der Wiederweckung verantwortlich gemacht wurde. Dann nahm man eine Daunenfeder und legte sie auf die Lippen der Säuglinge. Und da die Körper der Säuglinge Wärme abstrahlten ...«

»Schwebte die Feder mit der aufsteigenden warmen Luft nach oben«, ergänzte Lindberg.

Maria Bender nickte. »Also sah es aus, als ob die Säuglinge atmen würden. Und wer atmet lebt. Und kann getauft werden.«

»Das hat man wirklich gemacht?«, fragte Lindberg. »Ist es nicht nur eine Legende?«

»Die Wallfahrtskirche hat tatsächlich existiert«, antwortete sie. »Man kann noch heute in Oberbüren die Stelle besichtigen, an der sie stand. Bei Ausgrabungen rund um die Kirche wurden hunderte Kindergräber gefunden.«

Lindberg schluckte. »Warum steht die Kirche nicht mehr?«

»Mit der Reformation wurde die Wallfahrt verboten und das Marienstandbild zerstört. Als trotzdem immer noch Pilger kamen, weil die betroffenen Eltern keinen anderen Ausweg wussten, zerstörten die Reformatoren die Kirche.«

»Und dann geriet die Geschichte in Vergessenheit.«

»Nicht in Büren an der Aare«, antwortete Maria Bender. »Aber wohl in der restlichen Schweiz.«

»Und weil David über den Tod seines Hundes nicht hinwegkam, haben Sie Cesar wie in dem Ritus wiedererweckt und getauft«, sagte Lindberg.

Maria Bender seufzte zustimmend. »So wusste David, dass Cesar im Himmel sein würde. Und dort auf ihn wartete.«

»Wer hat das Foto eigentlich gemacht?«, fragte Mia. »Sie?«

Maria Bender schüttelte den Kopf. »Samuel Zuber, der Gründer der Primuschristen.«

»Zuber?«, wiederholte Lindberg. »Warum hat er die Taufe nicht selbst vorgenommen?«

»Ein Pfarrer darf kein Tier taufen«, antwortete sie. »Das hat er jedenfalls behauptet. Trotzdem war es Zubers Idee gewesen. Wir waren damals Mitglieder in seiner Gemeinde und er wollte David an die Gemeinde binden.« Sie stockte. »Ich war dagegen gewesen, David etwas vorzuspielen, aber sie müssen wissen, er kam schon immer schlecht mit veränderten Umständen zurecht. Für ihn hätte die Welt immer so bleiben müssen, wie sie war, als er ein Kind war.« Sie schob sich eine graue Strähne aus der Stirn. »Er war schon damals in Behandlung. Die Ärzte meinten, er sei ein Savant.«

»Ein Savant?«

»Ein Autist mit einer Inselbegabung.«

»Und was ist seine Inselbegabung?«, fragte Mia.

»Holz«, sagte sie. »Er kann alles aus Holz machen. Im Mittelalter wäre er wahrscheinlich ein großer Künstler geworden. Wie Riemenschneider oder Veit Stoß. Aber heute interessiert sich niemand mehr für Holz.«

»Trotzdem hat er die Schreinerlehre abgebrochen«, sagte Lindberg.

»Die Theorie war ihm ein Gräuel. Unter Menschen fühlt er sich nicht wohl.« Sie seufzte. »Nach Cesars Tod hatte er sich völlig eingeigelt, hat mit dem Hundekadaver gespielt, wollte auf keinen Fall, dass wir Cesar begraben. Und dann kam Zuber mit seiner Idee. Rudolf war gleich Feuer und Flamme. Er wollte das Problem einfach nur vom Tisch haben. Schließlich hab auch ich nachgegeben ... ich wollte einfach, dass David wieder lachen kann.« Eine Träne kullerte über ihre Backe. »David hat daran geglaubt, was er gesehen hat. So, wie er noch nie an etwas geglaubt hat.«

»Warum hat David die Primuschristen dann später verlassen?«

»Weil Zuber sich geweigert hat, die Taufe auch an anderen Tieren durchzuführen.« Sie nahm ein Taschentuch und tupfte sich die Tränen aus dem Gesicht. »Und weil Zuber sich geweigert hat, die Taufe an Menschen durchzuführen.«

»An Menschen, die gestorben waren?«, fragte Lindberg.

Maria Bender schüttelte den Kopf. »Nein, an Menschen, die noch lebten.«

99

Die Geschichte, die Maria Bender ihnen gerade erzählt hatte, war der Schlüssel zu dem Fall. Die Verbrennungen und Holzkohlespuren am Körper der Toten, die Daunenfeder auf ihren Lippen, das Chrisam auf ihrer Haut. Nein, das war kein Zufall, Lindberg war sich sicher: Der Modus Operandi des Täters war entschlüsselt.

Er blickte Mia an, sie hatte offensichtlich dieselben Gedanken. »Kennen Sie eine Eva Rohner?«, fragte sie.

Maria Bender überlegte keine Sekunde. »Das war Davids Geschichtslehrerin und Sport hat sie auch noch gegeben ... sie ...«

»Ja?«

»Sie war seine Lieblingslehrerin. Sie war die Einzige, die ihm Nachhilfe geben durfte, die Einzige, auf der er während seiner ganzen Schulzeit gehört hat ... er ... er hat sie vergöttert.«

»Und Tanja Egger?«, fragte Mia.

Maria Bender legte die Stirn in Falten, schob wieder eine Strähne aus dem Gesicht. »Tanja Egger ... warten Sie mal ... Gegenüber von Davids Schule war ein Kiosk, der Egger-Egge hieß ... und wenn ich mich nicht täusche, hatten die Besitzer eine Tochter namens Tanja, die im Kiosk ab und an ausgeholfen hat.« Maria Bender nickte, als müsse sie sich selbst zustimmen. »Ja, das war sie ganz bestimmt. Wenn ich mich recht erinnere, war David damals als Schüler in sie verliebt. Eine Zeit lang hat er sogar behauptet, sie wäre seine Freundin, aber sie war viel zu alt für ihn.« Sie blickte die Kommissare an. »Er war ja damals noch ein Junge.«

Lindberg schloss die Augen. David Bender hatte nicht wahllos getötet, sondern Menschen, die er kannte. Menschen, die er mit in den Himmel nehmen wollte, wenn das Jüngste Gericht kam.

»Die Frauen sind beide ermordet worden«, sagte Mia.

Maria Bender wirkte ein paar Sekunden wie eingefroren, dann setzte sie sich auf eine kleine Bank im Flur, sank in sich zusammen und hielt beide Hände vor den Mund. Verzweiflung, Resignation und Schuldgefühle schienen gleichzeitig auf sie einzustürzen. »Das wusste ich nicht«, sagte sie tonlos.

»Lesen Sie keine Zeitung?«, fragte Mia Adam. Mia konnte sehr feinfühlig sein, aber offensichtlich fand sie, jetzt und hier sei weder die Zeit noch der Ort dafür.

Maria Bender schüttelte den Kopf. »Die berichten nur über Dinge, auf die wir ohnehin keinen Einfluss haben. Und über Mord und Totschlag. Warum soll man sich dem freiwillig aussetzen?«

Um es zu ändern, dachte Lindberg. Doch er sprach es nicht aus. Maria Bender würde auch so den Rest ihres Lebens mit sich hadern. »Und Esther Gutt?«, fragte er stattdessen. »Der Name sagt mir nichts«, antwortete Maria Bender.

»Das ist auch eine junge Frau«, erklärte Lindberg. »Etwa in seinem Alter.«

Sie schüttelte den Kopf. »Als David aber noch hier gewohnt hat, war er viel im Internet. Auch auf diesen Seiten, wo man Frauen kennenlernen kann. Vielleicht kannte er sie daher.« Maria Bender schien davon auszugehen, dass ihr Sohn der Täter war. Als habe sie schon immer geahnt, das ein Teufel in ihm schlief. »Er war Frauen gegenüber immer sehr gehemmt. Ich glaube, daher ist er eine Zeit lang ins Internet geflüchtet. Aber das ging nur ein paar Monate so. Als er ausgezogen ist, hat er den Rechner nicht mal mitgenommen.«

»Und kennen Sie auch Johann Imhoff?«

»Der Name sagt mir nichts.«

»Ich nehme an, den Pfarrer Urs Hediger kennen Sie dann auch nicht?«

Mit jedem Namen war Maria Bender ein wenig mehr in sich zusammengesunken. Kaum merklich nickte sie. »Das ist der Pfarrer von St. Joseph, oder?«, fragte sie schließlich. »Wir waren ein paarmal in seinem Gottesdienst.«

»Kannte er David?«

Sie schüttelte den Kopf.

»Wenn Ihr Sohn flüchten würde, wohin würde er gehen?«, fragte Mia.

Maria Bender wischte sich die Tränen aus den Augen, blickte Mia an. »Ich weiß es nicht«, sagte sie. »Wenn er es könnte ...« Sie blickte vorbei an den Kommissaren aus dem Fenster. »Dann würde er die Welt für immer verlassen.«

100

Die Holzhütte bei Büren an der Aare, deren Lage ihnen Maria Bender gezeigt hatte, erkannte Lindberg schon von Weitem. Es lag nicht daran, dass die Hütte sonderlich gut zu sehen war.

Im Gegenteil, sie lag zwischen mächtigen Bäumen, am Rand des Waldes.

Und es lag auch nicht daran, dass mehrere Streifenwagen davor standen.

Sondern es lag daran, dass die Hütte lichterloh brannte.

Die Kommissare stiegen aus dem Wagen. Heftiger Wind schürte das Feuer, ließ die Flammen wild umherzüngeln. Unterwegs hatten sie Katharina Zach eingesammelt, die sie zuvor über die Nachricht auf dem Beipackzettel informiert hatte. ›*Martinstag. Notre Dame de*‹. Mia tippte auf Paris. Und niemand hatte eine bessere Idee.

Lindberg musterte die Kollegen, die schon vor Ort waren. Die meisten trugen Schutzmasken, aber er wusste auch so, er kannte niemanden.

Bis auf eine Person.

Heinz Furrer, Leiter der Terrorermittlung bei der Bundespolizei.

Furrer hatte einen Mundschutz angelegt und stellte sich breitbeinig vor die Kommissare. »Das ist ein Tatort.«

»Deswegen sind wir hier. Das ist unser Fall.«

»Gewesen«, sagte Furrer. Selbst unter dem Mundschutz konnte man sein überhebliches Grinsen erkennen. »Unser gemeinsamer Vorgesetzter hat entschieden, dass ich die Ermittlungen mit sofortiger Wirkung übernehme.«

»Das kann er mir gern selbst mitteilen«, sagte Lindberg. »Wer hat Sie über David Bender informiert?«

»Sie schon mal nicht, trotz der Anweisung von Herrn Graf.« Furrer reichte den Kommissaren je einen Mundschutz. »Ziehen Sie die an, sonst darf ich mich noch dafür rechtfertigen, wenn Sie Milzbrand bekommen.«

Lindberg streifte die Maske über. »Wie sind Sie auf Bender gekommen?«, fragte er erneut.

»Bundesanwalt Schiller hat uns über den Haftbefehl informiert«, antwortete Furrer. »Es besteht der Verdacht, dass David Bender einen terroristischen Anschlag plant.«

»Woher wussten Sie denn, dass David Bender hier wohnt?«

»Wir haben ihn schon länger im Verdacht, aus einer kirgisischen Quelle Anthrax-Sporen bezogen zu haben. Daher kannten wir seinen Aufenthaltsort.«

»Und Sie haben uns nicht informiert?« Lindbergs Blutdruck schoss in die Höhe. »David Bender ist dringend des Mordes verdächtig, in drei Fällen!«

»Steht das in dem Bericht, den Sie mir nie gesendet haben?«

»Wir haben das vorhin erst herausgefunden!«

»Dito«, antwortete Furrer. »Das Puzzle hat sich erst zusammengefügt, nachdem Schiller uns über Ihren Verdächtigen informiert hat. Wir haben vor zwei Wochen die Hütte hier durchsucht, aber kein Anthrax entdeckt. Also haben wir die Observation abgebrochen. Wir dachten, es sei falscher Alarm.«

»Und woher wissen Sie jetzt, dass dem nicht so ist?«

»Weil wir vorhin Spuren gefunden haben.« Furrer deutete auf ein paar Männer in Brandschutzanzügen, die Gegenstände aus der brennenden Hütte heraustrugen. »Bender hat auf dem Dachboden eine Bleitonne zur Lagerung biochemischer Kampfstoffe stehen«, sagte er. »Leer, aber wahrscheinlich ist es die Tonne, die Bender in Kirgistan gekauft hat. Mit zwanzig Kilo Anthrax.«

»Zwanzig Kilo?«

Furrer nickte. »Eine unvorstellbare Menge. Anthrax ist hochresistent gegenüber Hitze, es ist gegenüber äußeren Einflüsse quasi unempfindlich, selbst Desinfektionsmittel helfen nicht. Das Zeugs kann über Jahre hinweg aktiv bleiben.«

»Und Bender selbst?«

»Scheint nicht da zu sein.«

»Haben Sie eine Ahnung, wo er sich jetzt aufhalten könnte?«

Furrer schüttelte den Kopf. »Sie?«

»Es könnte sein, dass Paris das Ziel für seinen Anschlag ist.«

»Paris? Wie kommen Sie denn darauf?«

»Benders Pfarrer hat einen Hinweis hinterlassen.«

»Sein Pfarrer?«, fragte Furrer. »Meinen Sie Samuel Zuber?«

Lindberg schüttelte den Kopf. »Bender hat die Primuschristen vor einer Weile verlassen, behaupten er und Zuber. Aber wie Sie sicher wissen, heißt der eigentlich Martin Rother und hat früher mit Plutonium gehandelt. Und heute vielleicht mit Anthrax.«

Furrers Augen funkelten einen Moment, doch dann schaute er an Lindberg vorbei und winkte ab. »Vielleicht hätten Sie den Mörder früher gefunden, wenn Sie nicht so viel in der Vergangenheit herumgekramt hätten.«

»Oder wenn Sie sich daran erinnert hätten, dass Sie nicht mehr beim Nachrichtendienst arbeiten.«

Furrers Gesichtszüge verhärteten sich, er verschränkte seine Arme. »Tja, und jetzt arbeite ich eben an diesem Fall. Also, von welchem Pfarrer reden Sie?«

Lindberg biss sich auf die Lippe, doch er wusste, wenn sie den Täter finden wollten, mussten sie zusammenarbeiten. »Urs Hediger«, antwortete er. »Der Pfarrer leitete eine katholische Gemeinde in Basel, er war das letzte Opfer von Bender. Und das hat er uns hinterlassen.« Er reichte dem Kommandanten eine Mappe mit Hedigers Nachricht.

Furrer las sie und schüttelte sogleich den Kopf. »Das ist der einzige Hinweis auf Benders Aufenthaltsort? Notre Dame?«

»Momentan ja.«

»Ein bisschen wenig für drei Mordfälle.« Furrer sagte dies in einem Tonfall, der nur nach einem klang: Kritik.

Lindberg schluckte seinen Ärger hinunter.

Noch.

Er zeigte auf die verkohlten Gegenstände, welche die Helfer aus der Holzhütte getragen hatten. »Können wir einen Blick auf die Sachen dort werfen?«

»Wenn Sie meinen, das bringt etwas.« Furrer wandte sich ab. »Aber nichts anfassen!«

Lindberg sparte sich die Antwort. Die drei Kommissare gingen zu den Beweisstücken, die am Rande des Parkplatzes lagen. Eine Bleitonne sahen sie nicht, wahrscheinlich war sie schon auf dem Weg ins Labor.

Mia deutete auf eine Kiste, in der mehrere Holzfiguren lagen. Das Holz war schwarz vom Ruß, teilweise verbrannt und doch erkannte Lindberg ein paar menschliche Konturen. Einen Meter daneben lag ein Kreuz, in zwei Teile zerfallen. Auf dem Querbalken stand ein Name: Esther.

»Wenn wir nur früher hier gewesen wären.« Lindberg blickte auf Furrer, inzwischen war Bundespolizeichef Graf hinzugekommen und unterhielt sich angeregt mit dem Terrorermittler. Lindberg wandte sich ab, nahm sein Handy und rief Esther an. »Kennst du einen David Bender?«

Er hörte ihr Schlucken selbst über das Telefon. »Warte mal ...ja«, sagte sie. »Ein ganz komischer Typ. Ich hab ihn über das Internet kennengelernt.«

»Hast du ihn mal getroffen?«

»Hab ich«, antwortete sie. »Aber er war mir unheimlich. Hat kaum ein Wort gesagt, mich nur angestarrt.« Sie schluckte erneut. »Und nach dem Treffen hat er ernsthaft gefragt, ob wir jetzt zusammen sind.«

»Wann war das?«

»Vor ungefähr sechs Monaten.«

»Habt ihr noch Kontakt?«

»Nein«, antwortete sie.

»Wir vermuten, dass er der Täter ist«, sagte Lindberg.

»Ich ...« Sie stockte. Atmete tief aus. »Ich weiß, ich war von Morgenthaler überzeugt, aber Bender ... irgendwie ... würde ich ihm das zutrauen.«

»Hast du eine Idee, wo er seinen Anschlag durchführen könnte? Wollte er mal nach Paris, oder so?«

»Ich hab ihn nur ein einziges Mal eine Stunde lang gesehen«, antwortete sie. »Und in der hab fast nur ich gesprochen. Ich weiß nichts über ihn. Nur dass er blond ist und lange Haare hat.« Sie hielt inne. »Aber ein Romantiker ist er ganz bestimmt nicht, sondern ein Psycho.«

Lindberg bedankte sich und legte auf. Mia kam sofort auf ihn zu. Sie zeigte auf ein goldfarbenes Holzstück, das auf einem dunklen Haufen aus Asche und irgendwelchem Schrott lag. »Dieser Strahlenkranz sieht exakt so aus wie der bei Zuber in der Kapelle.«

Lindberg kniete sich vor dem Kranz nieder.

»Kommt mal hier her!« Zach deutete auf ein Ölgemälde. Mia ging zu ihm, Lindberg blieb bei dem Strahlenkranz. Etwas irritierte ihn daran. Er nahm eine Eisenstange und drehte damit den hölzernen Kranz um. Dahinter war eine vom Ruß schwarz gefärbte metallene Box montiert, Kabelenden schauten heraus. In der Box schwelten die Überreste von geschmolzenem Kunststoff. Das Ganze sah aus wie ein Lautsprecher. Direkt darunter lag weiterer verformter Kunststoff gespickt mit Metallteilen. Lindberg konnte eine Antenne erkennen, sowie mehrere verkohlte Kondensatoren. *War das ein Funkgerät?*

»Kommst du?«, rief Zach. »Sonst verpasst du meine Erklärung.« Lindberg stand auf, ging zu Zach und betrachtete das Gemälde. Es war nur an den Seiten verbrannt. Darauf war zu sehen wie Männer, Frauen und Kinder ausgeraubt, geschlagen und getötet wurden, unter der Aufsicht von christlichen Würdenträgern. Im Hintergrund erkannte man unzählige Menschen, die auf einem Scheiterhaufen verbrannten. »Was ist mit dem Bild?«, fragte Lindberg.

»Ich kenne es«, sagte Zach.

»Du kennst es?« Lindberg zog eine Augenbraue hoch.

»Ich hab das letztens in irgendeinem Museum gesehen«, antwortete Zach. »Ich weiß nicht mehr, wie der Maler heißt, aber es zeigt das Straßburger Judenpogrom, auch Valentinsmassaker genannt.«

»Warum wurden die Juden damals umgebracht?«

»Man hatte ihnen vorgeworfen, dass sie die Pest nach Straßburg gebracht haben.«

»Hat Bender nicht davon geschrieben, die Pestilenz über die Welt zu bringen?«, fragte Lindberg.

Zach nickte. »Aber was hilft uns das weiter?«

Lindberg rieb sich das Kinn. »Vielleicht ist Bender doch nicht in Paris.«

»Wie kommst du darauf?« Zach schaute ihn mit zusammengekniffenen Augen an.

»Hätte Hediger die Kirche in Paris gemeint, hätte er einfach nur *Notre Dame* geschrieben«, sagte Lindberg. »Jedes Kind weiß, dass sie in Paris liegt. Aber er hat ›*Notre Dame de*‹ geschrieben. Ich glaube, damit wollte er uns sagen, um welches *Notre Dame* es sich handelt.«

»Dumm nur, dass er den Rest nicht geschrieben hat«, sagte Zach. »Und leider sind wir auch keine Hellseher, oder?«

Lindberg biss sich auf die Lippe. »In Hedigers Küche hing dieser Kalender, auf dem noch das Blatt des vorherigen Monats zu sehen war. Es zeigte eine Kirche. ›Das Münster unserer lieben Frau zu Straßburg‹.«

»Ich versteh nur Bahnhof«, sagte Mia.

»Was heißt ›*unsere Frau*‹ auf Französisch?«, fragte Lindberg.

Mia schlug sich die flache Hand an die Stirn. »Notre Dame!«

101

Antipas parkte seinen VW über einen Kilometer vom Straßburger Münster entfernt. Es war besser, wenn der Wagen seinen Aufenthaltsort nicht sofort verriet. Was immer auch passierte, er würde nicht fliehen. Niemals. Flucht war mangelndes Gottvertrauen.

Und es mochte ihm an manchem mangeln, das wusste er, aber nicht an Gottvertrauen.

Er stieg aus, zog seinen Rucksack auf und spürte mit einer gewissen Befriedigung dessen Gewicht auf seinem Rücken. Ohne seinen Wagen abzuschließen, ging er los.

Er würde dieses Leben hinter sich lassen. Er würde diese Welt hinter sich lassen.

Endgültig.

Er blickte nach oben. Die Wolken über ihm waren so schwarz, sie setzten sich kaum vom nachtdunklen Himmel ab. Es schien ein Gewitter aufzuziehen, eines, das die Welt noch nicht gesehen hatte.

Als er um die Ecke trat, erblickte er das Straßburger Münster. Das höchste Gebäude der Menschheit. Damals, als die Welt sich noch nicht der Technik unterworfen hatte.

Seit er die Kathedrale bei Pfarrer Hediger auf dem Kalenderblatt gesehen hatte, war ihm der unvollendete zweite Turm nicht mehr aus dem Kopf gegangen. Während der Nordturm mit seinen über einhundertvierzig Metern dem Himmel entgegen strebte, endete der Ostturm auf sechsundsechzig Metern Höhe in einer profanen Besucherplattform.

Erst war er enttäuscht gewesen, hatte gedacht, das eine im Grunde unfertige Kirche kaum würdig für seine Pläne sei. Doch dann war ihm klar geworden, warum Gott ihm genau diese Kirche gezeigt hatte. War sie nicht ein Zeichen für die Unvollkommenheit des Menschen?

Der Mensch strebte immer weiter, immer höher hinaus und das immer schneller. Dabei ließ er zurück, was ihn stark machte. Deswegen kam er nicht ans Ziel. Weil er Gottes Willen missachtete.

Deshalb war es Zeit für einen Neuanfang.

Auf dem Place de la Cathédrale angekommen, ging Antipas direkt zum Eingangsportal des Münsters. Staunend blickte er am roten Sandstein entlang nach oben. Die geschwungenen Verzierungen an der Pforte beeindruckten ihn, ebenso wie die spitzen Türmchen, die daraus erwuchsen und zum mächtigen Rundfenster darüber wiesen. Das Portal war ein Meisterwerk, eine Kathedrale aus Gotteslob.

Antipas blickte auf die Uhr. 22:30. Ihm blieben noch eineinhalb Stunden. Genug Zeit, um das Münster von innen zu besichtigen und ein letztes Gebet gen Himmel zu schicken.

Er drückte die schwere Klinke an der Eingangspforte herunter. Natürlich war die Kirche abgeschlossen. Als ob man die Tür zu Gott einfach abschließen könne.

Er sah, dass ihn niemand beobachtete, nahm sein Werkzeug aus dem Rucksack, öffnete mit ein paar Handgriffen die Tür und schlüpfte hinein.

Es war düster in der Kirche, nur das Mondlicht spendete ein wenig Licht. Doch für Antipas erstrahlte die Kirche wie im hellsten Tageslicht.

Als Erstes fielen ihm die hölzernen Beichtstühle auf, die verwaist am Rand des Kirchenschiffes standen. Eine Kirche war unvollkommen, wenn sie der Beichte keine Bedeutung beimaß. Denn nur in der Beichte offenbarte der Mensch sich vor Gott.

Er ließ seinen Blick weiter nach oben schweifen. Die Kirchenfenster waren die größten, die er bisher gesehen hatte, und sie standen in zwei Reihen übereinander, eingefasst in die seitlichen Wände des Kirchenschiffs. Auf den Fenstern der Nordseite waren deutsche Kaiser und Könige abgebildet, auf der anderen erkannte er Szenen der Bibel.

Langsam schritt er durch das Kirchenschiff, betrachtete Fenster für Fenster, ließ sich von den Geschichten vereinnahmen, die er darin las.

Er ging am Altar vorbei und kam links vom Chor in einen Vorraum. Dort stand er.

Der Taufstein.

Massiv, aus grauem Sandstein, kunstvoll verziert. Der Stein gehörte nicht an diesen Platz, an den Rand der Kirche, in einen Nebenraum. Er gehörte zum Altar, direkt in das Zentrum der Kirche, neben das Allerheiligste.

Denn auf diesem Stein, auf der Taufe, hatte Gott seine Kirche gegründet.

Antipas kniete nieder und sprach ein Gebet.

Nach dem Amen bekreuzigte er sich und ging am Altar vorbei in den rechten Nebenraum. Eigentlich wollte er den Raum nur passieren, um die Kirche durch den Seiteneingang zu verlassen, aber dann blieb er fasziniert stehen.

Vor ihm stand eine riesige astronomische Uhr, sie bedeckte die ganze Wand des hohen Raums. Drei Scheiben zeigten die Zeit an, am Boden ruhte ein massiver Erdglobus und eine ebenso große Himmelssphäre. Dahinter, in Wandschränken mit gläsernen Fenstern standen Apparaturen, die er nicht zu deuten wusste. Doch er spürte, hier wurden die Geschicke der Erde und der Gestirne gesteuert.

Beeindruckt kniete er erneut nieder und betete. Anschließend stand er auf, drehte sich um und betrachtete den Pfeiler, der links von der Uhr stand. Er trug den Raum, doch er verzierte ihn auch, mit all den Figuren und all den Szenen, die sich um sie herum rankten.

Als er auf einem Schild den Namen des Pfeilers las, durchströmte ihn das sichere Gefühl, dass er Gottes Hinweise richtig gedeutet hatte.

Das Straßburger Münster war der Ort, an dem alles geschehen sollte.

Es konnte keinen Zweifel mehr geben.

Denn hier stand der Pfeiler des letzten Weltgerichts.

102

»Paris oder Straßburg?« Lindberg blickte die Kollegen an. »Was meint ihr?«

»Paris«, sagte Mia. Sie runzelte die Stirn, musterte noch einmal das Ölgemälde. »Oder nein, Straßburg.«

»Ist eine gewagte Theorie«, sagte Katharina Zach. »Aber ich glaube auch, der Kerl ist dort.«

»Also Straßburg!« Lindberg blickte auf die Uhr. »Wir haben nur gut eine Stunde bis Mitternacht. Selbst mit dem Tesla schaffen wir das nicht.«

»Würde auch nichts bringen«, sagte Zach. »Dann stehen wir nämlich unten am Münster und schauen zu, wie die Welt untergeht.« Sie schüttelte den Kopf. »Es gibt nur einen Weg. Wir brauchen einen Helikopter.« Sie deutete auf Graf, der sich immer noch mit Furrer unterhielt. »Er kann uns einen besorgen.«

»Okay, ich rede mit ihm.«

Als sie Lindberg kommen sahen, stellten Graf und Furrer ihre Unterhaltung sofort ein. Graf begrüßte den Kommissar mit einem reservierten Blick. »Sie wissen schon, dass Herr Furrer für den Fall zuständig ist?«, sagte Graf.

»Ich bin nicht hier, um über Zuständigkeiten zu reden, sondern darüber, wie wir den Anschlag verhindern können«, antwortete Lindberg. »Wir sind uns jetzt sicher, Bender will zum Straßburger Münster.«

Graf legte die Stirn in Falten. »Das Straßburger Münster. Weswegen?«

»Das Ölgemälde, das hier liegt, zeigt das Straßburger Pestpogrom.« Lindberg zeigte in Richtung des Bildes. »Und bei seinem letzten Opfer hing ein Foto des Straßburger Münsters.« Ein Blick auf Furrer genügte und Lindberg wusste, er hätte sich die letzte Anmerkung besser gespart.

»Ja, was jetzt?«, fragte Furrer. »Eben wollte Herr Lindberg noch nach Paris! Und jetzt Straßburg! Und in fünf Minuten vielleicht Monaco? Was gibt das? Die Tour de France?«

»Es ist Straßburg«, entgegnete Lindberg. »Das dortige Münster ...«

»Dort haben wir nichts verloren«, unterbrach ihn Graf. »Und auch nicht in Paris. Unsere Aufgabe ist es, einen Anschlag in der Schweiz zu verhindern! Ich sag Ihnen, was Herr Furrer und ich gerade besprochen haben: Wir schicken ein Team nach Bern ans Bundeshaus, ein anderes ans Berner Münster, zusätzlich sperren wir den Prime Tower in Zürich, den Messeturm, Bau 1 von Roche in Basel und das Sulzer-Hochhaus in Winterthur. Das sind die höchsten Gebäude der Schweiz und von oben kann Bender das Anthrax am leichtesten verteilen.«

»Deswegen will er aufs Straßburger Münster«, erwiderte Lindberg. »Es war mal das höchste Gebäude der Welt ... und Bender lebt in der Vergangenheit ...«

»Ich weiß nicht, in welcher Welt Sie leben«, unterbrach ihn Furrer. »Aber hier, in diesem Fall, bestimmen wir über die weiteren Maßnahmen der Terrorbekämpfung. Und die hat Herr Graf Ihnen gerade geschildert.«

»Es ist nicht mal eine Stunde bis Mitternacht«, widersprach Lindberg. »Sollten wir nicht wenigstens die französischen Kollegen informieren? Dann können die das Straßburger Münster sperren.«

»Wegen solch eines hanebüchenen Verdachts?« Graf schüttelte den Kopf. »Wollen Sie die Bundespolizei lächerlich machen?«

»Dann informiere ich die Kollegen!«

Graf baute sich vor Lindberg auf. »Bei Terrorverdacht läuft die internationale Zusammenarbeit ausschließlich über Kollege Furrer! Wenn ich mitbekomme, dass Sie mit den Franzosen reden, sind Sie Ihren Job los.« Er blickte Lindberg kalt an. »Für diesen Fall sind Sie nicht mehr zuständig!«

Lindberg wollte die Worte einfach an sich abprallen lassen, doch sie fraßen sich in sein Hirn fest wie gierige Maden. Er spürte, wie seine Wut Funken schlug und Feuer fing. In Gedanken holte er schon zum Schlag aus. Etwas in ihm wusste, dass er kurz davor war, seine Karriere mit einem einzigen Fausthieb zu zerstören.

Und doch spannte er die Muskeln an und hob den Arm.

In dem Moment legte Katharina Zach ihm die Hand auf die Schulter. »Komm, wir gehen.« Zach schob ihn mit sanftem Druck vom Kommandanten weg.

Lindberg blickte sie fragend an, wollte sich wehren. Doch die Kollegin grinste nur. »Ich weiß, wo die

Hubschrauber stehen«, flüsterte Zach. »Der zuständige Pilot hat sicher nicht so einen Dickschädel.«

103

Hatte er doch, wie die Kommissare kurz darauf feststellten. »Ihr wollt von mir, dass ich nach Straßburg fliege?« Der Pilot tippte mit seinem Finger auf genau diesem Dickschädel herum. »In fremdem Luftraum, ohne Order, ohne offiziellen Auftrag? Sind wir hier bei Rätselflug, oder was?« Der schmächtige Pilot war einen Kopf kleiner als Lindberg, aber er stellte sich trotzdem so breitbeinig vor den Kommissar, als sei er Rambo persönlich.

»Ich weiß, es klingt abgedroschen, aber es geht um Leben und Tod.« Lindberg schaute dem Piloten direkt in die Augen. »Haben Sie Kinder?«

Der Pilot antwortete nicht. Regen prasselte auf das Wellblechdach des Hangars, der Wind dröhnte unheilvoll. Die Bundespolizei besaß keine eigenen Helikopter und laut Zach war dieser Anbieter der einzige am Airport Basel-Mulhouse mit dem sie einen Überlassungsvertrag besaßen, nach genau definierten Regeln. Die einzigen Hubschrauber, auf welche sie noch Zugriff hatten, waren die des Militärs, doch dort würden sie ohne offizielle Anforderung nicht mal durch das Kasernentor kommen.

Lindberg ließ seinen Blick durch den Raum wandern. Hier stand nur ein einzelner Helikopter und es gab nur diesen einen Piloten.

Der Kommissar blickte wieder auf die Uhr. Sie zeigte 23:30 Uhr. Nur noch eine halbe Stunde. Straßburg lag mehr als einhundert Kilometer von Basel entfernt. Es blieb nur noch die Möglichkeit, den Piloten irgendwie zu überreden. Lindberg hatte auch schon eine Idee, womit es klappen könnte: Weiblicher Charme.

Er trat einen Schritt zur Seite, rieb sich an der Nase und blickte Mia an. Sie verstand sofort und machte ein paar Schritte auf den Piloten zu. Sie schaute den Mann mit jenem hilflosen Blick an, den in dieser Welt nur Katzen, Hunde und Frauen beherrschen. »Der Täter hat drei Menschen ermordet und er plant um Mitternacht einen Anthrax-Anschlag auf Straßburg.« Sie beugte ihren Oberkörper näher zum Piloten und da sie gleich groß waren, wirkte es fast, als flüstere sie ihm ins Ohr. »Sie sind unsere einzige Hoffnung, das zu verhindern. Sie können dadurch zum Helden werden.« Mia schlug ihre Augenlieder so kokett auf, als hätte sie jahrelang nichts anderes gemacht. »Wir müssen so schnell wie möglich nach Straßburg. Bitte!«

»Dann nehmt doch den TGV.« Der Pilot schob seine Mundwinkel zu einem überlegenen Grinsen nach oben.

Im nächsten Augenblick traf ihn Mias Kopf mit voller Wucht.

Der Pilot sackte zusammen wie eine defekte Aufblaspalme. Regungslos blieb er vor Mias Füßen liegen, stöhnte nicht einmal. »Damit wäre wohl geklärt, wer den größeren Dickschädel hat«, sagte sie, hielt sich aber den Kopf, als sei sie sich dessen nicht ganz so sicher.

Lindberg kniete vor dem Piloten nieder, schob dessen Augenlider hoch und fühlte den Puls. »Bewusstlos.« Er blickte auf den leeren Hubschrauber, wieder auf den Piloten und dann auf Mia. »Das hab ich nicht unter weiblichem Charme verstanden.« Er schüttelte den Kopf. »Kannst du mir verdammt noch mal sagen, wer das Ding jetzt fliegen soll?«

104

Samuel Zuber war bereit, aus dem Leben zu scheiden. Es war kein großes Ding, er hatte es schon einmal getan.

Damals, vor fast fünfzehn Jahren, als er noch Martin Rother hieß. Doch das war kein echter Abschied gewesen, nur eine neue Identität, die man ihm verpasst hatte, weil er einen Plutonium-Deal mit weißrussischen Waffenschiebern hatte auffliegen lassen. Nebenbei hatte er damit auch den eigenen Hals aus der Schlinge gezogen, die er sich mit seinen vorherigen Deals gelegt hatte.

Und mit seiner Spielsucht.

Eine Zeit lang waren die Casinos sein einziges Zuhause gewesen. Innerhalb von zwei Jahren hatte er sich dreimal in die Pleite gespielt.

Die er jedes Mal nur mit noch riskanteren Deals abwenden konnte. Bis auch das nicht mehr gelang und er sich die Pulsadern aufschnitt.

Nur weil er Gottes Pläne zu erfüllen hatte, war er noch am Leben. Der Nachrichtendienst ließ ihn in einem Kloster untertauchen und da man dort weit entfernt von allen Spielautomaten war, hatte er seine

Einwilligung dazu gegeben. Dann war der Entzug gekommen.

Über den sprach man immer nur bei Drogenabhängigen, aber auch bei Spielsüchtigen war er kalt und hart.

Doch Gott hatte ihn erlöst und zu ihm gesprochen.

So wie er jetzt zu Antipas sprach.

Jetzt aber holte ihn die Vergangenheit ein. Dieser Lindberg wusste von seiner falschen Identität.

Auch deshalb war es an der Zeit, die Vergangenheit hinter sich zu lassen.

Und dieses Leben.

Doch dieses Mal würde es nicht so einfach werden.

Denn es wartete keine neue Identität auf ihn, sondern das Himmelreich. Gott, Jesus, der Heilige Geist.

Trotzdem hatte Zuber Angst.

Er hatte sich von jedem Jünger das Gelübde geben lassen, gemeinsam zu neuen Ufern aufzubrechen, doch nicht bei allen hatte er diesen unbedingten Glauben gespürt.

Diesen naiven, kindlichen Glauben, den sich David Bender bewahrt hatte.

Oder Antipas, wie er sich jetzt nannte.

Zuber war seit Davids Jugend dessen Glaubensführer gewesen. Doch dann hatte David mit ihm gebrochen, weil er nur noch auf das hören wollte, was direkt von Gott kam. Und so hatte Zuber eine weitere Identität angenommen, nur für Antipas. Und der hatte nie bemerkt, wer da als Gott zu ihm sprach.

Das war der Vorteil an seinem naiven, kindlichen Glauben.

Doch Zuber hatte ohnehin nur das Feuer entfacht, das schon immer in dem Jungen gebrannt hatte.

Das Feuer Gottes.

All die Törichten, die vom *lieben Gott* sprachen, hatten die Bibel nicht gelesen.

Feuer konnte man nur mit Feuer bekämpfen. Und den Teufel konnte man nur mit dem giftigsten aller Stoffe bekämpfen, mit einem Stoff, den die Natur selbst erschaffen hatte. Den Gott selbst erschaffen hatte.

Anthrax.

Zuber ging in seinen Funkraum, schloss die Tür zweimal ab und setzte sich auf seinen Stuhl. Er schaltete das Funkgerät ein und wählte die Frequenz, auf welcher er das Funkgerät in Benders Haus eingestellt hatte.

Versteckt hinter dem Holzschrein, an den Strom angeschlossen, stets Sende- und Empfangsbereit.

Schließlich hörte Antipas nur noch auf Gott und nicht auf ihn.

Vielleicht aber saß er daheim, hadernd, voller Angst?

»Antipas«, sprach Zuber. »Bist du bereit?«

Es kam keine Antwort.

Also zweifelte Antipas nicht, sondern er war unterwegs, um seine Mission zu erfüllen.

Und die Welt würde in weniger als dreißig Minuten untergehen.

105

Mia hielt sich den Kopf und legte sich neben den bewusstlosen Piloten auf den Boden. »Scheiße tut das weh. Im Fernsehen sieht das immer so easy aus.«

»Dort sammelt auch niemand freiwillig Gehirnerschütterungen.« Lindberg beugte sich zu ihr hinab. »Das wäre ein toller Einsatz gewesen«, sagte er. »Wenn du mir sagen könntest, wer das Ding fliegen soll.«

»Ich«, antwortete jemand von hinten.

»Du?« Lindberg drehte sich zu Katharina Zach. »Du kannst einen Helikopter fliegen?«

Zach winkte ab. »Im Prinzip kann das jeder, der ein paar Stunden vor einem Flugsimulator verbracht hat.«

»Das ist jetzt nicht dein Ernst, oder?«

»War ein Scherz.« Zach lächelte. »Ich wollte in meiner Jugend unbedingt beweisen, dass Frauen alles mindestens so gut können wie Männer und war bei der Bundeswehr.« Sie verzog die Miene. »Nur war das keine Konkurrenz. Alles Weicheier.«

»Und was hast du bei der Bundeswehr gemacht?«

»Bestimmt nicht hinter dem Herd gestanden.« Zach öffnete die Pilotentür und ließ sich auf den Pilotensitz fallen. »Willst du jetzt diskutieren oder mitfliegen?«

Mia richtete sich auf. »Hast du einen Pilotenschein?«

»Klar hab ich den.« Katharina Zach deutete auf die Helikoptertür hinter sich. »Los steigt schon ein.«

Lindberg und Mia blickten sich an und zuckten mit den Schultern. Lindberg half Mia auf, sie stieg hinter Zach ein und rutschte auf die andere Seite der Sitzbank. Lindberg setzte sich neben sie.

»Nur dass ihr es wisst«, sagte Zach. »Genaugenommen ist mein Lappen abgelaufen.«

»Was?«, fragten Lindberg und Mia im Chor.

»Das ist wie Fahrradfahren, das verlernt man nicht.« Bevor die beiden protestieren konnten, schüttelte Zach ungehalten den Kopf. »Mann, ihr hab ja überhaupt keine Ahnung! Erik, du musst nach vorn neben mich, wegen dem Gewichtsausgleich!«

Lindberg stieg wieder aus. »Kennst du das Modell wenigstens?« Er glaubte, selbst hier im Hangar zu spüren, dass der Sturm draußen immer stärker wurde.

»Kennste eine, kennste alle«, brummelte Zach. »Wir hatten eine Top-Ausbildung bei der Armee.«

»In was?«, fragte Lindberg. »Im Kampftrinken?«

Katharina Zach grinste genervt. »Wer ist letztens noch mal betrunken zum Dienst gekommen?«

»Schon gut«, seufzte Lindberg, aber etwas hielt ihn davon ab, in den Helikopter zu steigen. »Kannst du das Ding jetzt fliegen oder nicht?«

»Glaubst du ernsthaft, ich würde hier sitzen, wenn ich das nicht könnte?« Katharina Zach drückte einen Knopf auf dem Armaturenbrett. Die Anzeigen im

Cockpit leuchteten auf und justierten sich. »Jetzt macht euch mal locker! Nachdem ich in die Schweiz gezogen bin, hab ich noch zwei Jahre bei der Air Zermatt drangehängt. Also kommst du jetzt mit, oder nicht?«

An einem hatte kein Schweizer Zweifel: Wenn jemand wusste, wie man einen Helikopter flog, dann die Piloten von Air Zermatt. Tag für Tag retteten sie Touristen mit Höhen- und Größenwahn aus allen möglichen und unmöglichen Wänden des Matterhorns. Lindberg stieg ein und setzte sich neben Zach.

»Sag das doch gleich mit der Air Zermatt«, raunzte Mia. »Dann hätte ich mir sparen können, in Gedanken schon mal mein Testament zu machen.«

»Vielleicht brauchst du das doch noch«, antwortete Zach. Ihre Miene verdüsterte sich. »Schließlich müssen wir jemanden stoppen, der in einer halben Stunde Straßburg vernichten will.« Sie setzte die Piloten-Kopfhörer auf und startete den Rotor. »Und das ist nur das Best-Case-Szenario.«

106

Obwohl sein Rucksack fast dreißig Kilo wog, spürte Antipas ihn kaum mehr. Er hatte das Münster durch einen Seiteneingang verlassen und ging an dessen Außenmauern entlang. Zum Nordturm konnte man nicht vom Kircheninneren aufsteigen, und der Eingang befand sich auch nicht auf der Nordseite, sondern gegenüber, beim unvollendeten Ostturm. Antipas wartete, bis er unbeobachtet war, ging dann zum Turmeingang und rüttelte an der hölzernen Tür. Natürlich war sie verschlossen. Das war gut so, denn Zuschauer konnte er nicht brauchen.

Die Menschen waren noch nicht so weit zu verstehen, welchen Dienst er ihnen erweisen würde.

Antipas betrachtete das Türschloss und musste lächeln. Das würde er selbst mit einem Schraubenzieher aufbekommen. Er nahm sein Werkzeug, blickte sich um, sah, dass er immer noch unbeobachtet war und öffnete die Tür mit wenigen Handgriffen.

Er schlängelte sich durch die Öffnung und stieg die Treppe aus rotem, abgenutztem Sandstein hinauf. Er ging zügig und konzentriert, sein Atem immer noch ruhig, nur sein Herz pochte ein wenig schneller.

Bald kam er an das Wärterhäuschen, das auf dem unvollendeten Halbturm thronte. Der Durchgang zur Aussichtsplattform war verschlossen, aber für ihn kein Hindernis. Dreißig Sekunden später trat er auf die Terrasse, der Sturm zerrte an ihm, bald würde es regnen. Er blickte sich um. Die Plattform war gut zehn Meter breit und mindestens zwanzig lang.

Tagsüber mussten die Touristen hier Schlange stehen. Jetzt war er der einzige Besucher. Bei gutem Wetter konnte man von hier aus den Schwarzwald sehen, die Vogesen und den Jura. Vor ihm ragte der Kirchturm in die Höhe, mehr als siebzig Meter, eine beeindruckende, gewagte Konstruktion, an deren Spitze sich eine kleine Kuppel befand.

Sein Ziel.

Der Aufstieg erfolgte über vier Ecktürmchen, die seitlich vom Hauptturm abgesetzt waren und auf halber Höhe endeten. Wie es von dort aus weiterging, konnte Antipas nicht erkennen. Aber er hatte keine Angst. Gott würde ihn führen.

Die Zugänge zu zwei der Ecktürmchen grenzten an die Plattform, sie waren mit mannshohen Gittern abgesperrt. An den Sandsteinmauern davor waren unzählige Namen eingeritzt. Die Inschriften stammten nicht von neuzeitlichen Touristen, sondern waren offensichtlich viele, viele Jahre alt.

Und doch waren es nur respektlose Touristen gewesen. Antipas ließ seinen Blick über die Namen schweifen. Er traute seinen Augen kaum. Was hatte den Ungläubigen Voltaire dazu gebracht, hier seinen Namen einzuritzen? Die Ehrfurcht vor Gott?

Wohl kaum.

Wie konnte diese Kirche, ein Zeichen der Erhabenheit, nur derart beschmutzt werden? Wenn es noch einen Beweis benötigte, wie fehlgeleitet die Menschen waren, so hatten sie ihn gerade erbracht.

Antipas stieg über das Gitter und ging zum Eingang des Wendeltürmchens. Es war mit einer einfachen Holztür verschlossen, die er problemlos überwand. Nichts konnte ihn jetzt noch aufhalten.

Anscheinend hatte man diesen Teil des Turms schon länger abgesperrt, die Treppe wirkte deutlich älter und zerfallener. Der Aufgang wurde an den Seiten nur durch Verstrebungen aus Sandstein begrenzt, mit großflächigen Ausgucken. Das war nur etwas für Schwindelfreie. So wie er einer war. Sein Herz schlug schneller, sein Atem trieb ihn an. Er nahm Stufe um Stufe.

Nach gut dreißig Metern Aufstieg endete das Wendeltürmchen buchstäblich im Nichts, nur umgeben von einer kaum hüfthohen Brüstung aus Sandstein. Durch einen schmalen Steg war das Türmchen mit dem Hauptturm verbunden. Bender blickte hinab in die Tiefe und spürte, wie der Wind an ihm zog.

Weiter. Er musste weiter.

Er ging über den Steg, kam an eine Galerie, welche um den Hauptturm führte und suchte mit Blicken den weiteren Weg nach oben. Da! Er verlief im Inneren des Turms. Wenn man davon überhaupt reden konnte, ihm kam es vor, als würde der Turm mehr aus Luft, denn aus Sandstein bestehen.

Antipas blickte nach oben. Noch vierzig Meter bis zur Kuppel.

Er stieg die steile Treppe hinauf. Schritt für Schritt kam er näher zu Gott.

Der Aufgang verengte sich immer weiter, rückte mit jedem Meter enger zusammen, lief zur Turmspitze zu.

Antipas passierte eine erste Kuppel. Sie lag nur noch wenige Meter unterhalb der Spitze. Über eine Eisenleiter stieg er weiter hinauf, an einem Laternenraum vorbei, bis er endlich ganz oben angekommen war.

Er zog seinen Rucksack ab und atmete tief aus.

Er war am Ziel.

Alles endete hier.

107

Trotz des Sturms flog Katharina Zach über dreihundert Stundenkilometer schnell. Mehr gab der Helikopter nicht her. Sie legten die einhundertfünfzehn Kilometer von Basel nach Straßburg in fünfundzwanzig Minuten zurück.

Und doch waren sie zu langsam. Als sie Straßburgs Stadtgrenze erreichten, blieben ihnen nur noch drei Minuten bis Mitternacht. Abgesehen von ein paar Schwenkern, die Zach angeblich gemacht hatte, um sich an die Steuerung zu gewöhnen, war die Kriminaltechnikerin geflogen wie ein Profi.

»Da vorne ist das Münster«, rief sie und deutete auf den markanten Kirchturm.

»Flieg ganz nah ran«, antwortete Lindberg. »Wahrscheinlich ist Bender schon oben.«

In atemberaubender Geschwindigkeit näherten sie sich dem Nordturm. Die Sandsteinkonstruktion war so luftig, dass Lindberg schon von deren Anblick schwindelig wurde.

Ganz oben bewegte sich etwas. In der Kuppel direkt unter der Spitze. Ein Mann stand dort, wie immer er dahin gekommen war.

»Nur noch zwei Minuten«, rief Lindberg. »Wenn du uns vor der Kirche absetzt, schaffen wir es nie nach oben.«

»Was heißt hier wir?«, fragte Mia. Sie hielt sich den Kopf, ihre Wunde war wieder aufgebrochen und unter dem Verband, den Lindberg ihr dank des Erste-Hilfe-Kastens aus dem Hubschrauber angelegt hatte, zeichnete sich Blut ab. »Ich bin froh, dass ich nicht in den Helikopter kotze«, sagte sie. »Wenn ich in meinem Zustand jemanden verfolgen soll, dann nur eine Schnecke.«

Lindberg schloss die Augen. Ein hundertvierzig Meter hoher Turm und seine Höhenangst, das passte überhaupt nicht zusammen. Aber sie hatten den Helikopter nicht gekapert, damit er jetzt aufgab. »Flieg noch näher ran!«

Zach deutete auf die Aussichtsplattform, auf welcher der zweite Turm endete. »Dort könnte ich landen«, sagte sie.

»Die ist gerade mal auf halber Höhe«, entgegnete Mia. »Das schafft Erik nie rechtzeitig nach oben. Es sind noch mindestens siebzig Meter.«

Lindbergs Knie begriffen sofort, dass Mia recht hatte. Sie zitterten präventiv.

Zach flog näher an die Turmspitze heran. Lindberg musterte die oberste Kuppel. Ja, das war David Bender. Er stand oben am Turm, die Arme ausgebreitet.

Fünf Meter von der Spitze entfernt, drehte Zach ab. »Ich kann dich da nicht absetzen«, rief sie. »Ich komme nicht dichter ran.«

»Ich könnte springen«, sagte jemand, von dem Lindberg nicht glauben konnte, dass er es wirklich selbst war.

»Vergiss es«, antwortete Zach. »Wie willst du hier Anlauf nehmen? Und fünf Meter aus dem Stand springt nicht mal Bob Beamon.« Sie senkte den Steuerknüppel und flog in einer kleinen Schleife tiefer.

»Da könnte es gehen.« Sie deutete auf die vier Wendeltürme, die seitlich am Kirchturm entlang führten. Sie endeten auf ungefähr hundert Meter Höhe, auf einer kleinen Kanzel, die nur über einen schmalen Steg mit dem Turm verbunden war.

»Okay«, sagte Lindberg, fühlte sich jedoch alles andere als okay. »Mach schnell, bevor ich es mir anders überlege.«

Zach flog noch eine Schleife und stand schließlich fast über der kleinen Kanzel des nördlichen Wendelturms. Lindberg schnallte sich vom Sitz los und öffnete die Schiebetür des Helikopters. Sofort zerrte der Sturm an ihm.

»Pass auf dich auf«, rief Mia. Angst stand in ihren Augen. »Sorry, dass ich nicht mitkann.«

»Mach schon, näher schaffe ich es nicht«, rief Zach.

Lindberg setzte sich auf den Boden des Helikopters, seine Beine baumelten im Sturm wie Marionettenglieder.

Sein Blick fiel nach unten auf den Kirchplatz. Er schloss die Augen, konzentrierte sich. Dann blickte er wieder auf die Kanzel. Sie lag ungefähr zwei Meter unter ihm.

Und zwei Meter rechts von ihm.

»Kannst du nicht näher ran?«, rief er.

»Wenn du nicht willst, dass ich den Helikopter schrotte, solltest du jetzt springen. Das mit der Air Zermatt stimmt nämlich nicht.«

»Was?«

»Spring endlich!«, rief Zach.

Lindberg blickte wieder nach unten. Er zitterte, seine Knie wackelten, er spürte, wie ihm schwindelig wurde. Sein Bauchgefühl sagte ihm, dass er in dieser Verfassung keine fünf Zentimeter weit kommen würde.

Und doch sprang er.

108

Antipas lehnte an das reich verzierte Sandsteingeländer der Kuppel und schaute mit glänzendem Blick in den Himmel. Er hatte eine metallene Rutsche an dem Geländer montiert, die er in seinem Rucksack mitgeführt und oben auf der Kuppel zusammengebaut hatte. Die Rutsche war zwanzig Zentimeter breit und anderthalb Meter lang. Sie ragte weit genug über den Turm hinaus, so dass die Sporen nicht daran hängen blieben. Doch der Sturm würde den Milzbranderreger ohnehin hinaus in die Welt tragen.

Wieder ein Beweis, dass Gott auf seiner Seite war.

Lediglich dieser Hubschrauber beunruhigte ihn. Sie waren auf seiner Spur. War es ein Fehler gewesen, Christian zu trauen?

Aber waren die vermeintlich Wahnsinnigen in Wirklichkeit nicht die einzigen, die diese fehlgeleitete Welt mit echten Augen sahen, ungefiltert vom Verstand, seinen Vorurteilen, seinen Kurzschlüssen. Deswegen hatte er ihm getraut. Und er würde es wieder tun.

Außerdem, was sollten sie gegen ihn unternehmen? Hier oben konnten sie nicht landen, und bis sie von unten auf die Kuppel gestiegen waren, befand sich die Welt schon in Gottes Hand.

Der Hubschrauber, der eben noch auf der Höhe des Eckturms in der Luft gestanden war, stieg ein paar Meter in einer Schlaufe an, dann drehte er in südliche Richtung ab. Bender ging den kleinen Gang um die Kuppel entlang, blickte nach unten. Die Kanzeln aller vier Ecktürme waren verwaist, weit und breit war niemand zu sehen.

Sie hatten aufgegeben.

Er nahm ein Fleischermesser aus dem Rucksack, legte es in die rechte Hand, umfasste dessen Griff und streckte seinen linken Unterarm von sich. Er würde mit Kreuzungsmalen vor Gott treten, genau wie Jesus.

Auf das Gott ihn sofort erkannte.

David Bender führte die Spitze des Messers zu seinem linken Handgelenk. Er setzte einen kurzen waagerechten Schnitt und einen langen senkrechten. Das Blut quoll aus dem lebendigen Kreuz, beseelte die Welt, wie es das schon immer getan hatte.

Er nahm das Messer in die linke Hand, störte sich nicht daran, dass das Blut schon daran entlang lief und schnitt sich auch ein Kreuz in das rechte Handgelenk.

Als es vollbracht war, hielt er die Hände erhoben wie ein Priester, der den Segen Gottes empfing.

Er sprach ein kurzes Gebet, senkte die Arme, das Messer immer noch in der Hand und beugte sich hinunter zu dem aluminiumbeschichteten Sack mit den Milzbrandsporen.

Anthrax.

Mit einem einzigen Schnitt öffnete er den Sack am oberen Ende. Zwanzig Kilogramm weißer Tod. Er hob den Sack an und schob ihn in die Halterung an der Rutsche. Sie würde den Sack in der Schräge fixieren, bis er sich entleert hatte. Er schraubte die Flügelschrauben an der Halterung fest und ruckelte am Sack. Er saß perfekt, selbst der Sturm konnte ihm nichts anhaben.

Antipas streckte seine Unterarme von sich, sein Blut tröpfelte auf die metallene Schiene.

Er blickte auf die Welt unter sich.

So musste Gott sich fühlen, wenn er vom Himmel auf die Erde hinabschaute.

Gleich würde es zwölf schlagen.

Er war bereit.

109

In der Sekunde, in der Lindberg sprang, wusste er, dass es ein Fehler war. Er würde die Kanzel verfehlen. Der Sturm trug ihn in die falsche Richtung.

Oder er war nicht weit genug gesprungen.

Was auch immer.

Lindberg streckte die Arme so weit nach vorn, wie er konnte, der steinernen Brüstung des Wendelturmes entgegen.

Wenn er sie zu fassen bekam, hatte er vielleicht noch eine Chance.

Seine Hände platschten auf den Sandstein. Die Schwerkraft zerrte seinen Körper nach unten, der Sturm drückte ihn zur Seite weg. Seine Finger glitten den brüchigen Sandstein entlang, fanden keinen Halt. Sie rutschten über die Brüstung hinweg. Unter den Fingerkuppen seiner rechten Hand spürte er nur noch Luft. Bevor er etwas tun konnte, hing auch seine linke Hand in der Luft.

Nur noch entfernt hörte er den Rotor des Hubschraubers.

Und das Brüllen des Sturms.

Im letzten Moment bekam seine rechte Hand einen der geschwungenen Sandsteinstreben des Wendelturms zu greifen.

Mit der Linken wollte er sich an einer zweiten Verstrebung festhalten, doch er rutschte ab. Sofort griff er die nächste und bekam sie zu fassen. Seine Hände schmerzten, seine Füße baumelten frei in der Luft und seine Arme vermochten sein Gewicht kaum mehr zu tragen. Lindberg versuchte, sich nach oben zu ziehen, aber seine Kraft reichte gerade so, seinen Körper zu halten.

Wie lang noch?

Er ließ mit rechts los, griff eine Verstrebung höher und zog sich nach oben. Dasselbe mit links.

Hoffnung keimte auf.

Bis er das tiefe Brummen spürte, das jede Faser von ihm vibrieren ließ. Der Turm bewegte sich.

Sein Blick fiel nach unten. Die ganze Welt schien zu zittern. War das ein Erdbeben?

Oder ließ die Höhenangst ihn schon fantasieren? Aber er spürte das Vibrieren doch, der Turm wackelte!

Dann erst hörte er die Glocke des Münsters.

Sie schlug Mitternacht.

Es war kein Beben.

Dennoch war er zu spät.

Lindberg kletterte weiter, spürte einen steinernen Vorsprung unter seinen Füßen, konnte seine Arme ein wenig entlasten und zog schließlich seinen Oberkörper nach oben, bis er über der Sandsteinbrüstung des Eckturms hing. Erschöpft ließ er sich auf die Kuppel fallen. Sie war nicht einmal zwei Meter breit, die Brüstung reichte ihm nur bis an die Hüfte.

Der Turm wackelte immer noch unter den Glockenschlägen. Lindberg traute sich kaum aufzustehen. Doch er musste weiter, musste über den schmalen Steg zum Hauptturm und dort hinauf.

Lindberg sprang auf. Etwas kitzelte auf seiner Nase. Ganz zart. Und doch bedrohlich.

Er wischte es weg.

Sofort kitzelte es wieder in seinem Gesicht. Zwei, dreimal. Er rieb mit dem Finger darüber und betrachtete die Kuppe. Es waren Sporen, weiß, winzig wie ein Sandkörnchen und doch todbringend.

Lindberg blickte nach oben.

Von der Spitze des Kirchturms regnete es weiße Flocken.

110

Entseelt, blutleer und aschfahl. So war die Welt nach der großen Pest gewesen. Und so würde sie bald wieder sein. Die Sporen rieselten aus dem Sack, vermischten sich auf der Rutsche mit seinem Blut und schossen hinaus in die Welt, um dieser den Tod zu bringen.

Antipas stützte sich mit beiden Armen auf das Geländer. Holte Gott ihn schon zu sich? Oder warum war ihm so schwindelig? Er erinnerte sich an Zuber, daran, wie der Priester ihm aus der Bibel vorgelesen hatte, das zweite Buch Mose, Exodus genannt. Antipas kannte die Verse auswendig, er hatte sie unzählige Male nachgebetet.

Er begann leise zu beten. Die Worte Gottes würden seine Konzentration stärken, so wie sie es immer getan hatten. »*Und ich werde in dieser Nacht durch das Land Ägypten gehen und alle Erstgeburt im Land Ägypten erschlagen vom Menschen bis zum Vieh. Auch an allen Göttern Ägyptens werde ich ein Strafgericht vollstrecken, ich, der Herr.*«

Antipas spürte, wie seine Sinne zurückkamen.

»*Aber das Blut soll für euch zum Zeichen an den Häusern werden, in denen ihr seid. Und wenn ich das Blut sehe, dann werde ich an euch vorübergehen: So wird keine Plage, die Verderben bringt, unter euch sein, wenn ich das Land Ägypten schlage.«*

Antipas hielt seine Unterarme wieder über die Rutsche. Er hatte sein Zeichen angebracht, hatte sich markiert. Auf das Gott ihn verschonen würde, wenn er das Strafgericht vollstreckte.

»Und dieser Tag soll euch eine Erinnerung sein, und ihr sollt ihn feiern als Fest für den Herrn. Als ewige Ordnung für all eure Generationen sollt ihr ihn feiern.«

Er blickte hinab auf den Münsterplatz, auf die mit Blut getränkten Flocken, die herabrieselten. Sah das nicht feierlich aus? Wie Schnee. Wie Weihnachten. Das Fest der Liebe.

Der Schwindel ergriff ihn wieder, seine Knie klappten zusammen, nur mit Mühe konnte er sich noch auf dem Kuppelgeländer abstützen.

Sah er da nicht einen Engel inmitten der Flocken? Oder war es nur eine Spieglung des Lichts?

Antipas rieb sich über die Augen, atmete kraftlos.

Flügel, er sah Flügel.

Er streckte seine Arme aus, sah dass sie vom Blut schon ganz rot waren.

Doch der Engel war weiß.

Schneeweiß.

Wie im Himmel.

Hörte er da nicht jemanden bellen?

Cesar! Er sah ihn, ja, er lief auf ihn zu! Antipas war wieder ein Kind, der kleine David, er fühlte, dass er gar nicht mehr stand, konnte seinem Hund entgegen schweben. Wie in einem Traum schien das völlig natürlich zu sein. Er sah die Kuppel und das Geländer schon unter sich liegen, als Cesar so schnell im Nichts verschwand, wie er gekommen war.

Mit einem Mal spürte Antipas wieder seinen schweren Körper. Irgendwie war er hingefallen und lag auf dem Sandsteinboden der Kuppel. Obwohl er tief Luft holen wollte, gelang ihm nur ein knapper Atemzug. Er richtete sich auf, krallte sich mit dem Oberarm an der Balustrade fest.

Antipas blickte hinab. Unter ihm löste sich alles auf. Die Erde war nur noch ein Meer aus Chaos. Die Menschen liefen aus ihren Häusern, sahen die Toten, schrien, liefen panisch herum. Bis die Flocken sich auf sie legten und auch sie holten. Da kamen schon die Flammen! Gott schuf eine neue Ordnung. Eine Ordnung für die Ewigkeit.

Antipas schaute nach oben zum Himmel, sah Eva, wie sie auf ihn zukam, in einem leichten, weißen Gewand. Sie rief nach ihm, winkte ihn zu sich. Plötzlich stand Tanja neben ihr, lächelte, war wieder jung, wie damals im Kiosk vor der Schule.

Und alles war so weiß, so unschuldig.

Ja, das konnte nur der Himmel sein. Er spürte, wie sein Körper wieder zusammensackte, wie er ganz leicht wurde und seine Seele sich davon löste.

Er war angekommen.

Seine Mission war erfüllt.

Gott würde zufrieden mit ihm sein.

111

Lindberg rieb sich die weißen Flocken aus dem Gesicht. Seine Lunge brannte, als habe jemand Salzsäure hineingeschüttet. Er wollte tief einatmen, doch stattdessen musste er husten.

Die Welt unter ihm schwankte. Machte das Zeug benommen oder waren das seine wackeligen Beine?

Warum hatte er Katharina nie gefragt, welche Inkubationszeit Anthrax hatte? Sekunden? Ein paar Minuten? Stunden? Er wusste nur, dass es ab einer gewissen Dosis kein Gegenmittel mehr gab.

Und weniger als ein Milligramm war tödlich.

Die Masken von Furrer hatten sie weggeworfen, weil sie dachten, die seien kontaminiert. Doch warum hatten sie keine anderen besorgt? Weil alles völlig überraschend gekommen war, weil sie vor wenigen Stunden nicht einmal den Täter gekannt hatten? Oder weil die Menschen sich nur vor Gefahren schützten, die sie auch sehen konnten?

Doch wenn er schon sterben musste, dann musste er retten, wen immer er konnte.

Der Gedanke gab ihm neuen Mut. Wenn alles verloren war, gab es nichts mehr, das einem Angst machen konnte. Die Ausweglosigkeit ließ selbst seine Höhenangst wie eine Lappalie wirken.

Ohne hinabzublicken, lief er über den kleinen Steg zum Hauptturm, fand den Aufgang im Inneren des Turmes und stieg weiter hinauf. Die Treppe verlief steil nach oben, sie war alt und brüchig, bot kaum Halt, doch Lindberg kletterte einfach weiter, schaute nicht rechts und nicht links.

Schnell nahm er die vierzig Höhenmeter zur ersten Kuppel, dem Laternenraum. Eine verrostete Stahlleiter führte weiter nach oben. Von Bender war nichts zu sehen, nichts zu hören.

Lindberg holte seine Waffe aus dem Holster, hielt sie mit der Linken und stieg vorsichtig die Leiter hinauf. Er lugte in die darüber liegende Kuppel. Nichts.

Wo war Bender?

Lindberg stieg in die obere Kuppel, stürzte hinaus auf die Galerie und sah die Rutsche. Ein mit Aluminium beschichteter Sack hing daran. Weißes Pulver rieselte aus der Konstruktion, wurde vom Sturm in alle Richtungen verteilt.

Wieder musste er husten, noch heftiger als zuvor.

Er musste das sofort stoppen!

Er stürzte zu der Konstruktion, zog an dem Sack, doch der bewegte sich nicht einen Zentimeter. Lindberg steckte die Waffe ins Schulterholster, packte das Konstrukt mit beiden Händen. Es saß fest wie einbetoniert.

Dann erst bemerkte er die Flügelschrauben, die den Sack fixierten. Lindberg versuchte sie aufzudrehen, doch sie rührten sich nicht. Um mehr Druck auf die Schrauben bringen zu können, ging er in die Hocke.

Der Sturm brüllte immer noch sein martialisches Riff in die Nacht, entfernt hörte Lindberg den Rotor des Helikopters die Luft zerschneiden. Und er hörte noch etwas.

Er wollte sich gerade umdrehen und seine Waffe ziehen, als er einen stechenden Schmerz im Rücken spürte. Er wusste sofort, dass es ein Messer war.

Trotz der Schmerzen schoss er in die Höhe, drehte sich und sah gerade noch, wie Bender erneut auf ihn einstechen wollte. Das Messer streifte Lindberg am Oberarm. Dann erst sah er Benders Arme, rot vom Blut, das Gesicht bleich wie der Tod. »Verflucht seist du, Teufel!« Benders Augen funkelten wirr. Mit erhobenem Messer stürzte er auf Lindberg zu. »Du hast nichts im Himmel verloren. Hinfort mit dir!«

Lindberg wollte nach hinten ausweichen, doch er stand schon am hüfthohen Geländer. Sein Oberkörper geriet in Rücklage. Lindberg zog seine Waffe, brachte den Finger noch an den Abzug, da erwischte Bender ihn mit dem Messer an der Schulter.

Er glitt aus seinen Händen und kippte nach hinten.

Er fiel.

Nach zehn Metern knallte er an den Kirchturm, wurde weitergeschleudert, streifte eines der Ecktürmchen, fiel immer weiter hinunter, bis er auf dem Place de la Cathédrale aufschlug.

David Bender stand oben am Turm und senkte seine blutroten Arme.

Gott hatte gewonnen.

112

Die Arme ausgebreitet, die Augen geschlossen, so stand Samuel Zuber vor seiner Gemeinde. Die kleine Glocke der Kapelle hatte Mitternacht geschlagen, aber nichts war geschehen.

»Der Weltuntergang kommt nicht in einer bestimmten Sekunde«, predigte Zuber. »Er ist eine Schlacht, genau wie in der Johannes-Apokalypse beschrieben.« Er ließ seinen Blick durch die Kapelle schweifen, jede Bank war restlos besetzt. »Und wir sind die Krieger.«

Zuber nahm den Dolch aus dem Schaft und segnete ihn mit Weihwasser. Dann richtete er sich wieder an seine Gemeinde, den Dolch in seiner Rechten. »Gott ruft uns zu sich. Denn nur wer sich zu ihm bekennt, kämpft an seiner Seite.« Er packte den Schaft des Dolches fester. »All die Unentschlossenen, die Verzagten, die Opportunisten, sie werden untergehen!« Sein fordernder Blick traf einige der Zauderer. Demütig schauten sie auf den Boden. »Wer nicht für Gott ist, der ist gegen ihn!«

Zuber bekreuzigte sich. Wie Lämmer standen sie vor ihm, bereit, auf die Schlachtbank geführt zu werden.

»Gott hat Abraham befohlen, seinen Sohn Isaak zu opfern«, predigte er. »Und Abraham gehorchte.«

Beim letzten Wort ging die Gemeinde wie üblich auf die Knie. Zuber hatte diesen Ritus vor Jahren schon eingeführt, um jedem in der Gemeinde zu zeigen, was Gehorsam bedeutete. »Hat Gott nicht seinen eigenen Sohn geopfert? Für uns!« Er musterte jeden Einzelnen. »Wie kann man dann glauben, einfach so davonzukommen, indem man nichts tut? Indem man sich versteckt?«

Alle seine Schäfchen hatten das schließlich verstanden. Auch wenn er zwei Familien samt den kleinen Kindern aus ihren Häusern hatte holen müssen. Die Eltern hatten sich gewehrt, doch auch das hatte er kommen sehen. Niemand durfte jetzt Schwäche zeigen. Nicht vor Gott und nicht vor der Gemeinde.

Jetzt saßen die beiden Familien in der letzten Reihe der Kapelle, paralysiert, aber doch ansprechbar. Schließlich wusste Zuber, mit welchen Mittelchen man nachhelfen konnte, wenn der Glaube nicht stark genug war.

»Seid Ihr bereit?«, rief Zuber und hielt den Dolch in die Höhe.

»Wir sind bereit«, schallte es ihm entgegen und dreiundfünfzig Dolche wurden ihm entgegengestreckt.

Seine Jünger.

Der Pfarrer nahm den Dolch in die rechte Hand und führte dessen Klinge über seinen linken Unterarm. Zuber atmete tief durch.

Kurz unter dem Handgelenk stach er zu, schnitt in die Haut bis er fast auf Höhe des Ellenbogens war, setzte dann das Messer erneut an und schnitt den Kreuzbalken.

Es schmerzte, als habe der Teufel den Dolch geführt. Doch das Blut floss aus ihm, als kenne es sein Ziel. Und seine Jünger taten es ihm nach.

113

Er lag auf dem Place de la Cathédrale.

Zerschellt.

Van Gelsen.

Lindbergs Waffe.

Oben auf dem Turm kam Bender wieder auf Lindberg zu, das Messer in der rechten Hand. Seine Bewegungen wurden fahriger, Bender musste eine Menge Blut verloren haben, so wie er aussah.

Aber er hielt ein Messer in der Hand.

Im Gegensatz zu Lindberg.

Außerdem klaffe eine Wunde in Lindbergs Rücken und eine in seiner Schulter. Der Boden war schon rot von seinem Blut. Seine Lunge brannte immer noch wie ein Feuer.

Doch er wollte nicht sterben.

Noch nicht.

Bender schrie irgendetwas in den Sturm, sein Gesicht zu einer blassen Fratze verzerrt. Sein Messer erhoben, visierte er Lindbergs Herz an.

Er stach zu.

Lindberg drehte sich, doch das Messer drang in den Muskel ein.

Es blieb im Knochen von Lindbergs Oberarm stecken. Bender zog das Messer wieder heraus, doch Lindberg packte seinen Arm. »Warum?«, rief Lindberg.

Beide zerrten an dem Messer, gingen zu Boden. Sie rangen auf dem kalten Sandstein miteinander, doch Lindberg spürte, dass Bender zu stark war. Irgendetwas Übermächtiges trieb ihn an, er kämpfte, als ging es nicht nur um Leben und Tod. »Warum?«, rief Lindberg erneut.

Mit einer überraschenden Bewegung biss Bender in Lindbergs linke Hand, packte wieder das Messer, richtete sich über Lindberg auf, bereit zuzustechen. »Gott hat es mir befohlen!«

»Hat er durch den Strahlenkranz zu dir gesprochen?«

Bender blickte irritiert, nur einen kurzen Augenblick, doch der reichte Lindberg, um mit seiner Rechten auszuholen und Benders Kinn einen Schlag zu verpassen, der jeden Boxer stolz gemacht hätte.

Bender sackte zusammen und krachte auf den Sandstein, als hätte jemand den Stecker gezogen.

Lindberg taumelte zur Rutsche, von der immer noch das Anthrax hinabschoss, drehte die Flügelschrauben auf und spannte den Sack ab. Es war nur noch weniger als die Hälfte darin.

Er war zu spät gekommen.

Lindberg knotete den Sack zu und legte Bender Handschellen an. Er nahm sein Handy und wählte Katharina Zachs Nummer. Über das Telefon hörte er nur das Kreischen des Rotors und schrie dagegen an. Lindberg merkte erst, dass Katharina Zach ihn verstanden hatte, als der Helikopter beidrehte und auf ihn zuflog.

Als er nur noch wenige Meter entfernt war ließ Zach einen Tragegurt hinab, der an einem Stahlseil hing. Lindberg musste sich weit über die Brüstung strecken, um den Gurt zu packen, doch das schockte ihn nicht mehr.

Er schnallte den bewusstlosen Bender an den Gurt und gab Zach ein Zeichen, weiterzufliegen.

Der Helikopter entfernte sich, Bender im Schlepptau.

Als Lindberg seinen Blick vom Helikopter abwendete, spürte er, wie er das Gleichgewicht verlor. Erst dachte er, es wäre die Höhe, doch dann sah er die Blutlache, die sich unter seinen Füßen immer weiter ausbreitete.

Er musste hier runter!

Lindberg versuchte seine Kräfte zu sammeln, doch er hatte alles in den einen Schlag gesteckt, der Bender ausgeknockt hatte. Er musste erneut husten.

Erik Lindberg dachte an Paula. Wenigstens einmal noch wollte er sie sehen. Einmal noch mit ihr sprechen. Und wenn es nur ein Wort war.

Er atmete hustend durch und stieg die Leiter hinab. Er passierte die erste Kuppel, stolperte die steile Treppe hinunter, doch er fiel nicht.

Bis sein Handy klingelte.

Er wollte es herausholen und schaute einen Moment nicht auf die Treppe. Er befand sich immer noch fünfzig Meter über dem Zwischenboden, kein Geländer, nichts neben ihm.

Sein Oberkörper kippte nach vorne und er sah sich schon van Gelsen nachfolgen.

An einer Stützstrebe konnte er sich gerade noch halten. Er packte sein Handy, lief weiter und nahm das Gespräch an, ohne auf das Display zu schauen.

»Was ist?« Er klang so tonlos, als habe jemand anders gesprochen.

»Sind Sie total bescheuert?«, hörte er eine männliche Stimme. »Einen Helikopter zu kapern?«

Es war nicht Graf, soviel erkannte Lindberg noch. »Wir haben Bender gefasst«, sagte er. »Und wir haben das Anthrax.«

»Unversehrt?«

Jetzt erkannte Lindberg die Stimme. Furrer! »Wenn Sie uns geholfen hätten, wäre es unversehrt.«

Furrer schwieg.

»Sie sollten zu Ihrem ehemaligen V-Mann«, sagte Lindberg. »Er hat alles geplant, Bender war nur sein Werkzeug.« Lindberg wurde wieder schummrig. Sein Blick fiel hinab in das Innere des Kirchturms, in die Tiefe unter sich.

»Rother?«, fragte Furrer.

Noch bevor Lindberg antworten konnte, hatte er vergessen was er sagen wollte. Vor seinen Augen wurde alles schwarz. Er wollte sich irgendwo abstützen, doch dieses Mal griff seine Hand ins Leere. Dann kippte er einfach um.

114

Samuel Zuber thronte immer noch vor seiner Gemeinde und wartete, dass die Welt unterging. Sein rechter Arm brannte wie Höllenfeuer, schmerzte mit jeder Bewegung. Er sprach den letzten Vers des Exodus, den Dolch in der Rechten, die Klinke ruhte am linken Unterarm.

Sobald er mit dem Exodus geendet hatte, würde er das Kreuz aus Blut auch in diesen Arm schneiden.

Gott würde ihm dabei helfen.

Er würde nicht wieder zögern, nicht wie vorhin. Aber er hatte die Schmerzen einfach nicht ausgehalten, seine Muskeln waren ihm nicht mehr gefolgt. Er hatte nur gezittert, wie ein alter ängstlicher Mann.

War er zu schwach?

War er nicht gottesfürchtig genug?

Gerade noch rechtzeitig hatte er bemerkt, wie sein Zögern Zweifel in seiner Gemeinde geweckt hatte. Gott sei Dank hatte er sich an den Exodus erinnert und angefangen die Verse zu rezitieren.

Nach und nach war seine Gemeinde ihm gefolgt, hatte die Verse mit ihm gebetet.

Jetzt waren sie wieder bei ihm.

Jetzt würden sie ihm weiter folgen.

Er musste nur stark sein.

Zuber endete mit einem *Amen* und blickte auf den Dolch in seiner Hand.

Schweiß stand ihm auf der Stirn, Tränen benetzten seine Augenringe. Schwindel überkam ihn. Der Schmerz, er war zu groß.

Oder sein Glaube zu klein.

Was, wenn Antipas versagt hatte?

Wenn das Jüngste Gericht gar nicht kam?

Einzelne bemerkten, dass er wieder zögerte. Er hörte ihr murmeln.

Er wagte nicht aufzusehen.

Sah das Blut auf dem Boden. Hielt den Dolch fester in seiner Hand, wie zum Trotz.

In dieser einen Sekunde war er sich sicher, zustechen zu können, spannte seine Muskel an.

Doch sie gehorchten ihm nicht.

Er war kein Gott.

Er war nur ein Mensch, ein Sünder. Sein Fleisch war schwach.

Das Murmeln in der Gemeinde wurde lauter. Zuber zitterte, setzte den Dolch erneut an, zwang sich, nur an Gottes Herrlichkeit zu denken.

Doch selbst das gelang ihm nicht. Wieder kam der Schwindel. Er starrte auf den Dolch, kämpfte gegen die Schmerzen, gegen seine Angst, gegen den Willen zu Überleben.

Dann sank er nieder.

Gebrochen.

Am Leben und doch tot.

115

Das erste, was Lindberg hörte, war eine sphärische, engelsgleiche Stimme. Sie sang von Tod und Liebe, begleitet von einer Geige. Lindberg wollte seine Augen öffnen, aber es gelang ihm nicht. »Wo bin ich?«, fragte er.

»Im Himmel«, antwortete eine Stimme mit Berliner Akzent. *Katharina Zach.*

»Und da spielen sie Songs von ›Dead can Dance‹?«, fragte Lindberg.

»Klar, wäre es sonst der Himmel?«

»Was ist passiert?« Lindberg richtete sich auf. Sein Rücken und seine Schulter schmerzten höllisch. Er blinzelte durch seine verklebten Augen, sah irgendeine weiße Wand.

»Bender hat seinen Plan wahrgemacht und die Welt ist untergegangen«, antwortete Zach. »Aber weil wir so toll mitgekämpft haben, hat Gott alle Fünfe grade sein lassen und wir durften auch in den Himmel.«

Lindberg rieb sich mit der Rechten den Schlaf aus den Augen, der linke Arm war irgendwie fixiert. Aber er war wenigstens noch dran.

Hoffte er jedenfalls. »Und wo sind deine Engelsflügel, wenn wir im Himmel sind?«

»Schon mal was von einem weiblichen Engel gehört?« Katharina Zach grinste. »Im Himmel gibt es keine Frauenquote.«

Lindberg musste lachen. Doch dann musste er an das Anthrax denken. Sofort brannte seine Lunge wieder.

Er hustete.

»Tja, hat dich ganz schön erwischt«, sagte Zach. »Wirst den Rest des Lebens mit einer eisernen Lunge rumlaufen müssen.« Sie grinste. »Die Krankenkassen zahlen hier oben nämlich nur das Nötigste. Von wegen ewiges Leben und so. Das geht ganz schön in die Kosten.«

Der Nebel vor Lindbergs Augen lichtete sich langsam. Offensichtlich lag er in einem Krankenhaus. »Was ist mit dem Anthrax?«, fragte er.

»Du willst wissen, wie lang du noch zu leben hast?« Katharina Zach biss sich auf die Lippen. »Ich fürchte, in sieben oder acht Jahrzehnten ist Schluss.«

»Sieben oder acht ...?«

»Du bist kerngesund. Die Konzentration war zu gering.« Zach stoppte die Musik. »Wie auf den Briefen. Die Kasachen haben Bender gelinkt. In seinem ganzen Sack war so wenig Anthrax, den hättest du komplett einatmen müssen, um über die Wupper zu springen.«

»Aber warum hat meine Lunge dann so gebrannt?«

»Phantomschmerzen, Anticebo-Effekt, Hypochondrie, Massenpsychose, Asthma, was weiß ich denn.« Zach grinste und schlug Lindberg auf die linke Schulter.

»Hey! Da hab ich keine Phantomschmerzen.« Lindberg zog das Gesicht übertrieben schmerzverzerrt zusammen, doch dann lächelte er. »Die Welt war also nie in Gefahr?«

Katharina Zach nickte. »Bender hat allerdings an den Untergang geglaubt. Und wir mit ihm. Oder meinst du, ich wäre sonst in den Helikopter gestiegen? So ein Ding bin ich noch nie geflogen!«

»Was?« Lindberg schaute seine Kollegin ungläubig an.

»Ist ein neues Modell. Das gab's noch gar nicht, als ich aktiv war.«

»Bei der Air Zermatt?«

»Das hab ich nur erzählt, damit ihr endlich einsteigt.« Katharina Zach seufzte. »Ich kann nur hoffen, dass niemand meine Papiere sehen will. Die sind nämlich seit fünfzehn Jahren abgelaufen.«

»Und Bender?«

»Liegt auf der Intensivstation. Er wird wohl durchkommen.«

Lindberg nickte. »Und wer hat mich gerettet?«

»Ich hab Mia auf der Aussichtsplattform rausgelassen und sie hat dich gefunden. Lagst auf der Treppe im oberen Teil des Turms. Sie hat dich den ganzen Turm allein runtergetragen, trotz ihrer Gehirnerschütterung.«

»Wo ist sie eigentlich?«, fragte Lindberg.

»Bei Zuber. Der wollte seine ganze Gemeinde ins Nirwana schicken. Wie die Sonnentempler.«

»Warum das denn?«

»Schließlich hat er den Weltuntergang befohlen. Zuber hat Bender sogar geholfen, an das Anthrax ranzukommen, inkognito natürlich. Aber dann um Mitternacht hat ihn der Mut verlassen. Wenn ich Mia richtig verstanden hab, heult der Kerl seit zwei Stunden. Und so einer hat Gott gespielt.«

»Und was ist mit den Leuten aus seiner Gemeinde?«

»Ohne ihren großen Führer wussten sie nicht, was sie tun sollten. Als Furrer ins Predigerholz kam, hatte noch niemand die Kapelle verlassen. Die meisten lagen wie betäubt auf dem Boden. Einige haben ziemlich viel Blut verloren, aber es ist keiner mehr in Lebensgefahr.«

»Waren die alle wahnsinnig?«

»Sind wir das nicht alle ein wenig?«

Lindberg grinste. »Was ist mit dem geklauten Helikopter?«

»Graf hat das nachträglich genehmigt. Schließlich wollte er auch ein wenig vom Ruhm abbekommen und nicht als Ermittlungsbremse gelten. Wir sind also ganz legal geflogen und der Pilot hatte eine Schwächeanfall.« Zach räusperte sich. »Aber es gibt auch schlechte Nachrichten. Den Maulwurf in der Rechtsmedizin haben wir noch nicht gefunden.« Sie lächelte. »Doch der nächste Fall kommt ja bestimmt.«

116

Lindbergs linker Arm schmerzte mit jeder Bewegung. Die Ärzte im Spital hatten ihn mehrfach gewarnt, dass er sofort wieder in die Notaufnahme musste, falls er Blut verlor. Dennoch hatte Lindberg am Martinsabend das Krankenhaus auf eigenes Risiko verlassen.

Schließlich wartete Paula auf ihn.

Er hatte eine Idee, wie er sie vielleicht doch noch zum Sprechen bringen konnte.

Weil er selbst nicht fahren konnte, saß Lindberg im Taxi zur Neuro-Re. Überall sah man Kinder und deren Eltern auf dem Räbeliechtli-Umzug. Während man in Deutschland am Martinstag mit selbstgebauten oder selbst gekauften Laternen umherzog, war es über der Grenze seit langem Brauch, Herbstrüben, genannt Räben auszuhöhlen, Bilder oder Gesichter hinein zu schnitzen und als Laterne zu verwenden. Die Räben waren so groß wie kleine Kürbisse, weswegen die Räbeliechtli auch aussahen wie ein geschrumpfter Jack O'Lantern an Halloween.

Manche glaubten daher, dies sei ein aus den USA importierter Brauch, dabei gab es diese Tradition in den ländlichen Gegenden der Schweiz schon seit Jahrhunderten. Und welche Gegend in der Schweiz war nicht ländlich?

Der Taxifahrer hatte dafür allerdings keinen Sinn und fluchte, weil er nicht so schnell wie gewohnt voran kam.

Doch Lindberg hatte jetzt wieder alle Zeit der Welt.

Er holte die *Image am Abend* heraus, die er noch gar nicht hatte lesen können. Mia hatte behauptet, es stände mal wieder der größte Unsinn darin.

Schon als Lindberg auf den Titel blickte, musste er lachen.

Nachdem Chefredakteur Träger den Untergang der Welt prophezeit hatte, musste er das Spiel offensichtlich weiterspielen und dazu brauchte er einen Helden. Da es nicht ins Konzept der Zeitung passte, dass eine Deutsche und ein Halbschwede die heile Schweizer Welt gerettet hatten, war es an Mia hängengeblieben.

Die zweite Heldin die Träger ernannt hatte, war Esther Gutt, und das, obwohl sie sich trotz der Bemühungen des Chefredakteurs geweigert hatte, mit der Zeitung zu sprechen. Sie hatte also ihre Lektion gelernt.

Zuber wurde auch erwähnt, als ›Irrer Sektenführer, der Gott spielte‹. Man warf ihm vor, Bender zum Weltuntergang angestiftet zu haben, was soweit korrekt war. Doch man warf ihm auch vor, den Täter zu den Morden überredet zu haben, doch das stimmte nicht. Nachdem ›Gott‹ ihm den Weltuntergang befohlen hatte, war es Benders eigene Entscheidung gewesen, jene Frauen, die er begehrte, in den Himmel mitzunehmen.

David Bender wusste noch nichts davon, dass gar nicht Gott zu ihm gesprochen hatte, sondern Zuber, doch wahrscheinlich ahnte er etwas. Schließlich drehte sich die Welt immer noch.

Manche meinten zwar, in die falsche Richtung, aber Mutter Erde wusste das wahrscheinlich selbst am besten.

Lindberg legte die Zeitung beiseite und strich über den kleinen Koffer neben sich.

Wenn man fast schon mit dem Leben abgeschlossen hatte, so wie gestern Nacht, als die Anthrax-Sporen auf ihn gerieselt waren, dann schätzte man es umso mehr, wenn man mehr Zeit bekam.

Der Taxifahrer hielt vor der Rehaklinik an, Lindberg nahm seinen Koffer von der Rückbank, hielt sich kurz die schmerzende Schulter, doch er grinste, denn sie ließ ihn spüren, dass er lebte.

Und Paula würde das bald auch wieder spüren.

Lindberg betrat die Klinik, begrüßte die Krankenschwester und bat um eine Stunde allein mit Paula.

Und das, obwohl er heute nicht singen wollte, sondern etwas tun, was Paula immer genervt hatte.

Vielleicht gab es nämlich gar keinen Grund aufzuwachen, wenn Paula den Eindruck hatte, sie würde gar nicht gebraucht.

Lindberg hatte lange überlegt, was Paula nerven könnte, denn sie war immer recht ausgeglichen gewesen. Doch dann hatte er sich an Berlin erinnert, an Brutus, den Kampfhund der Nachbarn, der mehrmals versucht hatte, Dr. Watson zu reißen. Okay, vielleicht hatte der Bullterrier auch nur spielen wollen, wie die Nachbarn jedes Mal behaupteten, aber Paula hatte mit Argusaugen darauf geachtet, Dr. Watson nur dann in den Garten zu lassen, wenn kein Hundegebell zu hören war.

Nun war ein Kampfhund nicht eben leicht aus Berlin nach Basel zu importieren und in der Rehaklinik ohnehin verboten. Also hatte Lindberg sich von den ehemaligen Nachbarn Brutus‹ Gebell aufnehmen lassen und sich dieses zusammen mit einer alten und übel nach Bullterrier stinkenden Hundedecke schicken lassen. Diese lag nun in seinem Koffer, geruchsdicht verpackt.

Er ging in Paulas Zimmer, doch er klopfte nicht und begrüßte sie nicht wie sonst mit einem Kuss auf die Stirn, sondern schlich sich hinein wie ein Dieb in der Nacht.

Vorsichtig öffnete er den Koffer, holte die Decke heraus und legte sie direkt unter Paulas Nase. Die Ärzte waren zwar überzeugt, dass Komapatienten nichts riechen konnten, aber das hieß nichts. Schließlich waren Ärzte früher auch überzeugt gewesen, das beste Mittel, um einen Syphilis-Patienten zu heilen, wäre es, ihn mit Malaria zu infizieren.

Vielleicht würden die Menschen in hundert Jahren genauso über das Wissen der heutigen Schulmediziner lachen, wie wir über die früheren.

Erik Lindberg nahm den USB-Stick mit den Aufnahmen und steckte ihn in die kleine HiFi-Anlage, die er sonst verwendete, um Paula Musik vorzuspielen.

Er startete das Gerät, fand das Bellen mehr als nur authentisch und beobachtete Paula. Es dauerte keine zwei Sekunden, da hatte sie die Augen aufgeschlagen.

Gerne hätte er sie berührt, etwas zu ihr gesagt, doch er hielt sich zurück. Stattdessen drehte er mit der Fernbedienung das Hundegebell lauter.

Dann legte er Dr. Watsons kuschelige Katzendecke auf Paulas rechte Hand und wartete.

Paulas Mundwinkel zuckten, in ihren Augen glaubte er ein Aufblitzen zu erkennen.

Lindberg schaltete das Zimmerlicht ein, ihre Pupillen zogen sich zusammen, er beugte sich über sie, lächelte.

Wieder sah er das Aufblitzen in ihren Augen. Ihr Mund öffnete sich, langsam, zitternd, doch mit dem Hauch eines Lächelns.

Sie sagte nur ein Wort.

»Erik.«

In dem Moment wusste Erik Lindberg, jetzt würde alles gut werden.

DANKSAGUNG

Als Erstes möchte ich meiner geliebten Frau Oriana und meinem achtzehn Monate alten Töchterchen Tara danken, die ständig an diesem Buch mitschreiben wollte, obwohl sich ihr Vokabular auf ›Mami‹, ›Papi‹ und ›Happihappi‹ beschränkt. Ich bin mir sicher, man wird noch von ihr hören :-).

Weiterhin möchte ich meinem Verlag Digital Publishers danken, hier vor allem Marc Hiller, Stephanie Schönemann, Ruth Papacek und Anja Kalischke-Bäuerle, sowie meiner Lektorin Daniela Höhne und der Coverdesignerin Antoneta Wotringer. Ein großes Dankeschön geht auch an meine Agentur Arrowsmith Agency an Nina Arrowsmith, Oliver Domzalski und Helga Kröger.

Außerdem danke ich Alexander Hofmann für die Autorenfotos, Christian Purwien von purwien.tv für das Video zum Buch-Teaser und -Trailer, Stefan Poiss von Mind.in.the.box für die Sprecherstimme und meiner eigenen Band Nine Seconds für die Vertonung :-).
Da ich beim Schreiben gerne Musik höre, seien hier die Alben genannt, die das Buch am häufigsten musikalisch begleitet haben: Marsheaux mit dem phänomenalen Coveralbum des Depeche Mode Klassikers ›A broken frame‹, Thyx mit dem wie immer gelungenen ›Headless‹ und für die Actionszenen Bak XIII mit ›Aut Ceasar Aut Nihil‹.

Nicht zuletzt danke ich meiner Russischlehrerin Irina Gribi, die ausgerechnet im Russischunterricht von der Totentaufe in Büren an der Aare berichtet hat. Ich glaubte damals erst, ich hätte mal wieder alles falsch verstanden, doch als ich dann zu dem Thema recherchierte, war sofort klar, wovon mein nächstes Buch handeln würde.

Natürlich danke ich auch Ihnen, liebe Leserin und lieber Leser und ich hoffe, Ihnen hat das Lesen so viel Spaß bereitet, wie mir das Schreiben.

Falls Ihnen mein Roman besonders gefallen oder auch nicht gefallen hat, schreiben Sie doch eine Rezension. Gerne bei Amazon oder bei einem der anderen Anbieter, denn so erfahren noch viel mehr Leser, ob dieses Buch lesenswert ist oder vielleicht doch ein anderes.
Sie können mir natürlich auch gerne eine E-Mail an kontakt@thomaskowa.de senden oder mich auf meiner Homepage www.thomaskowa.de besuchen oder bei Facebook unter *www.facebook.com/Thomas.Kowa.Autor*. Dasselbe gilt, wenn Sie mich für eine Lesung buchen wollen, ein Interview führen oder mir einfach nur die unvermeidlichen Rechtschreibfehler mitteilen wollen, die mal wieder alle überlesen haben, nur Sie eben nicht.

Ich hoffe, wir lesen uns bald wieder, am besten gleich mit dem Nachfolger von *Schlafe tief* und *Erwache nie: Erhebe dich.*

Thomas Kowa